光文社文庫

満潮

朝倉かすみ

光　文　社

目次

満潮

第一章　そんなに長生きなんかしたくないんだってさ

1　二〇〇八年六月十四日

目の前にドア。両びらきドア。とても背が高い。天井まで届きそうだ。色はブラウン。ダークブラウン。チョコレートでコーティングしたように艶《つや》がある。ドアの向こう側の音は聞こえてこない。百五十二人もいるのに、物音ひとつしない。「お綺麗《きれい》ですよ」と介添人がわたしにささやく。「お綺麗ですよ」とわたしに。まんざらお世辞でもなさそうに。

（ありがとうございます）

わたしはゆっくりと目をふせた。白いライラックのブーケを持ち上げ、甘い香りをかいでみる。ほんとうは鼻にさわりたかった。ひと差し指を鉤《かぎ》形にし、尖らせた第一関節で鼻の先を二、三度、弾きたかった。そうすれば、きっと、おさまる。さっきから鼻がムズムズしていた。

鼻をいじるのは癖だった。いつ身に付いたのかは覚えていない。考えごとをしたり、ひととと話をするときに、つい手がいってしまう。

何度も直そうとしたのだが、うまくいかなかった。我慢すればするほど、ムズムズしてくる。

鼻の先にちいさな虫たちがうごめいているようで、気になって仕方ない。本腰を入れて直そうと決心したのは、たしか、たぶん、三年前だった。

「それってさ、深層心理で言うと、隠しごとをしてるってことらしいよ」

その場にいた男性のひとりに指摘されたのがきっかけだった。顔も名前も記憶にないが、彼がそう言ったときの口元は覚えている。薄い唇を斜めに上げていた。意地悪そうだった。田舎から出てきたばかりの女の子に恥をかかせようとしていた。おれたちの仲間に入るのはまだ早い、と言いたげだった。彼だけではなかった。みんな、そういう目をしてわたしを見て、そういう口元をしてわたしを嗤《わら》った。

同年代の男女が集まっていたのだった。場所は新宿。西新宿。高層マンションの一室だった。大きな窓から、カラオケビデオに出てくるような東京の夜景が広がっていた。皆、飲んだり、食べたり、歌ったり、キスしたり、ダンスの真似事をしたりしていた。朝までつづいたようだった。愉《たの》しめなかったのは、わたしだけだった。わたしはずっと手持ち無沙汰だった。どう振る舞っていいのか分からず、正解が見つけられず、床に座ってスカートの裾をいじりながら、ふざけっこを仕掛けてくる何人かに一生懸命応じていた。

あのときのことで頭に残っているのは、断片だけだった。とても刺激的な夜だったのに、おかしなことだ。きっと、刺激が強すぎたのだと思う。

その集まりに参加した経緯も思い出せなかった。忘れられないのは、鼻いじりの癖をたしなめられたことと、その男性がギターを弾きながら歌った曲だ。「そんなに長生きなんかしたくないんだってさ」というフレーズが印象に残っている。メロディも覚えていて、いまでもたまに口ずさむ。

思い出したら、歌いたくなった。でも我慢した。背の高いドアの前で、披露宴会場への入場を待つ花嫁が口ずさむ曲ではない。そう考えたら、可笑《おか》しくなった。白いライラックのブーケで口元を隠し、くすくす笑った。

直人《なおと》さんの視線に気づいた。愛おしげに目を細めていた。肩を上下させ、凝りをほぐす身振りをする。披露宴を前にして緊張していたようだったが、少しはリラックスできたようだ。わたしのようすが普段と変わらなかったからだろう。わたしのほほえみは直人さんのきもちを落ち着かせる。

直人さんが改めてわたしの全身をながめた。クラシカルなロールカラーショルダーのウエディングドレス。背が高く、ほっそりしたからだつきだから、シンプルなドレスがよく映える。オフホワイトのシルクの光沢は、わたしの肌の白さを引き立て、薄茶色の瞳を輝かせているはずだ。

直人さんが心持ち顎《あご》を上げ、わたしの目を見た。わたしは彼より数センチ、背が高い。きょうのようにヒールを履くと、十センチ以上も差ができる。わたしは少し気になるけれど、直人さんはちっとも気にしない。

(目を見ひらいてみて)

こんなふうに、と直人さんはちっちゃな目を精一杯ひらく。わたしは少し大きめのくすくす笑いをしてから、目を見ひらいた。披露宴の打ち合わせをしていたときのことが胸をよぎる。

「しかも、なにかこう、独特の雰囲気がおありになって」

ホテルスタッフがわたしに言った。スタイルのよさを熱心に誉めたあとだった。

「目が琥珀《こはく》のような色をしているからじゃないですかね」

わたしの隣に座っていた直人さんがわたしを指差した。

「ぼくは彼女のこの目が割合気に入ってましてね。ようく見たくて、たまに目を見ひらいてみて、とお願いするんですよ。そのたび、虫が閉じ込められているようだ、と思うんですよね。非常に明るい茶色の虹彩の真んなかにある黒い瞳がダンゴムシかなにかが丸まったところに見えるというね」

そう愉快そうにホテルスタッフに言った。わたしは「やだもう」と直人さんの肩を叩いたが、ホテルスタッフは空咳《からぜき》のようなものをして、うつむいた。

あのひとたち、少し困ってたみたい。

あとになって、そう思った。そう思ったことを思い出した。背の高いドアを見上げ、あのひとたちだけじゃないけど、と胸のうちでつぶやく。

直人さんと知り合ったのは一年前だった。

彼が経営する健康食品会社のアルバイトに採用されたのだった。電話注文を受け、PCに入力する仕事だった。テレホンオペレーターの同僚は、およそ二十人はいた。短時間で交代するアルバイトがほとんどで、九時から十八時まで勤務するのは、わたしをふくめ四人しかいず、うちふたりは先代社長の時代から仕えるベテランパートタイマーのため、パソコンが使えなかった。

にんにく、黒酢、深海ザメ、ヤマブシダケなどのサプリメントや自然化粧品を扱う「マカベコーポレーション」の本社は、江戸川区《えどがわ》にあった。

五階建ての自社ビルは、直人さんのお父さまであり、創業者でもある先代が建てたものだ。名古屋、大阪、福岡にも小規模だけれど支店があり、従業員数は百名を超える。

二代目社長の直人さんは先代に倣《なら》い、一日一度は各部署を回り、社員に気さくに声をかけていた。もちろん、四階、パーティションで区切られたテレオペルームにも毎日来るのだと、バイト初日にベテランパートタイマーのふたりから聞いた。ふたりは、二代目社長の噂もわたしに教えた。

先代が亡くなり、跡を継いだのは一昨年だったこと。ちょっと気がちいさいのが難だけど、だからこそ、むやみに業務を拡大しようとせず、現状維持を心がけ、まず大きな失敗はしないはずという予想。三十七歳になるのに独り者なのは、小柄で、からだつきは貧相で、顔の造作も地味なのに、若くて綺麗な女性が好みだから、とつづけたところで、ふたりは顔を見合わせ、「おたくみたいなひとよ、若社長のタイプって」とそれぞれ金歯と銀歯を覗《のぞ》かせ、笑い合った。

金歯さんと銀歯さんは、さらに「実はね」と声をひそめた。

真壁《まかべ》家の事情について話し出した。先代の奥さまは、昨年から娘さん一家と暮らしているらしい。

姑《しゅうとめ》付きじゃ、ただでさえはかばかしくない息子の嫁取りが遅れるばっかりだろうし、そもそも奥さまと娘さんはふたりとも実にさっぱりとした気性のひとたちで相性がよく、孫もいるからにぎやかだし、婿殿《むこどの》もいいひとだし、奥さまにしてみたら息子とふたりで暮らすよりずっと愉快だろうから、と奥さまの心情を推測したのち、「つまりね」とわたしの顔を面白そうに見つめ、「姑、小姑とのあいだによくある面倒な諍《いさか》いは起こらないはずなんだわね」と断言した。代わる代わる発言し、互いの内容を補足しながら、そんなことをわたしに教えた。

「はい」

わたしはうなずいた。はっきりしないほほえみを浮かべていたと思う。金歯さんと銀歯さんの本気のようなそうではないような、わたしへの期待と応援を受け入れると、たぶん、そんな表情になる。

数日後、直人さんから食事に誘われた。

社内メールが届いたのだった。そんなに驚かなかった。バイトの面接のとき——直人さんは社長だけれど、できるだけバイトやパートの面接に立ち会うようにしている——直人さんがわたしに興味を持ったのは知っていたし、毎日の各部署訪問のさいも、テレオペルームに入ると真っ先に、わたしを探すことも知っていた。

会社近くのホテルのロビーで待ち合わせた。鉄板焼きの店に連れて行かれ、カウンターで隣り合って座ると、直人さんはわたしに「いける口?」とかたちばかりに訊《たず》ねたあと、ビールを頼んだ。いくつかあるコースのなかで、もっとも高いものを迷わず注文した。

「木之内《きのうち》さん、お勧めするのは、うちが初めてなんですよね」

直人さんはわたしの提出した履歴書をよく読んでいたようだった。

「二十三にもなるのに、世間知らずで」

わたしは膝《ひざ》に手を置き、からだをちぢこませた。

「伯母《おば》さまのお手伝いをされていたとか」

「こちらに出てきてから、しばらく居候《いそうろう》させてもらっていたので」

「北海道のご出身なんですよね」

「ばんなぐろ、ってところです。石狩《いしかり》市の。札幌の隣の」

わたしはエリンギやシシトウの載っていた皿をちょっとずらし、天板に「花畔」と指で書いた。

「それで『ばんなぐろ』と読むんですか。いやあ、初めて知りましたよ。なかなか読めないですよね」

「風が強くて、ひらたい街です。石狩平野の西のほうで、石狩川が海と合流する、というか」

「なるほど。ゆったりとした、おおらかな環境で育ったんですね」

なるほど、なるほど、そんな感じがします、と直人さんはきもちよさそうにうなずいた。

「……そうかなあ」

グラスに手をかけ、そのグラスを見ながらひとりごちるわたしの横顔に直人さんの視線があたっていた。熱を感じる視線だった。わたしの眉はハの字に下がっていたが、口元はほころんでいた。

「東京には伯母さまのお手伝いに呼ばれて、という感じで？　いや、身辺調査みたいで申し訳ないんですが」

はっはっは、と直人さんはいかにも豪快に笑った。狭い肩幅をいっぱいにひらき、背を伸ばす。カウンター内の料理人に二杯目のビールを頼み、スーツの襟をしごいてから、わたしにちょっと身を寄せ、「これ、仕事じゃないですから」と小声で告げた。わたしはかすかにうなずいた。

「東京の予備校に通うためなんです。大学受験、失敗しちゃったもので」

有名私大の名を恥ずかしそうに直人さんに耳打ちし、

「どうせこっちに来るんだし、予備校にも通わなきゃならないんだから、上京は早いに越したことない、と伯母に言われて。伯母もわたしの目指す大学の出身で。そのままこちらに居着いたひとで。その、仕事の関係もあって」

と説明したのだが、

「……ああ、伯母さまに」

直人さんの返答は一拍遅れだった。ついさっきわたしが耳打ちしたときに吹き込まれた吐息や、わたしのからだが近づく気配を反芻《はんすう》していたのだろう。

「伯母さま、マスコミ関係、でしたっけ」

直人さんは態勢を立て直すような声を出した。

「いえ、そんなそんな。本人は売文業って言ってます」

わたしはちいさく手を振ったあと、手のひらを重ね合わせ、指先を顎にあてた。えっと、と口ごもる。花のつぼみを見つけたときのように、長毛種の猫にふれたときのように、ロマンチックな音楽を聴いたときのように、わたしの顔に甘い笑みが広がった。

「元は雑誌の編集者だったんです。個人で仕事をしているうちに、そちらのほうが忙しくなって、独立した、と」

テレビやラジオにもたまに出るみたいです、と肩をすくめた。直人さんに目を向ける。ついじっと見つめてしまい、そのことに気づき、あ、とちいさく口を開け、うつむいた。いくぶんあわてて、気の抜けたビールを飲んだ。そんなに大きなグラスではなかったが、両手で持って。

直人さんからプロポーズされたのは、それからおよそ半年後のクリスマスイブだった。年が明け、すぐに結婚準備を始めた。

親族の顔合わせは東京のホテルでおこなった。出席したのは真壁家からお母さまと妹さん夫婦、木之内家からは両親と伯母。

わたしの両親はふたりとも中学校の教員だった。揃《そろ》って地味な紺色のスーツを着込み、終始かしこまっていた。陽気な真壁家のお母さまと妹さんにあれこれ話しかけられ、失礼のないよう応じるので手一杯のようすだった。

木之内家で唯一社交的だったのは伯母だった。わりと濃い色のリップを塗った唇で、快活に喋《しゃべ》った。白髪混じりの長い髪をゆるくシニョンにして、細身の黒いワンピースを着ていた。

「バツイチのあたしがここにいるっていうのも、なかなか縁起わるいんですけど」とカラカラと笑い、「眉子《まゆこ》をよろしくお願いいたします」と何度も頭を下げた。そのたび、両親も少し遅れて頭を下げた。直人さんも、直人さんのお母さまも、妹さん夫婦も「こちらこそ」と頭を下げた。

わたしはにこやかな表情のまま、視線を下げて、お辞儀の代わりとしていた。だれかが頭を下げたら、それがだれであっても、そうしていた。

膝痛《しつつう》持ちの直人さんのお母さまが椅子《いす》から立ち上がろうとしたときは、すぐに立ち上がった。手助けは隣の席の直人さんの妹さんがおこなうことになっていたので、わたしが席を立ったのは、ほとんど条件反射だった。なにもしないではいられなかった。そんなきもちが伝わったようで、直人さんのお母さまと妹さんは嬉しそうに何度もお礼を言ってくれた。

「素直」「いいひと」「にこやか」「そしてすごく綺麗だし」。直人さんのお母さまと妹さんは、その夜、直人さんに電話を入れ、口々にわたしを誉めたそうだ。

直人さんの友人や知人にも引き合わされた。学生時代の悪友、商工会議所青年部のメンバー、親の代からの取引先で、家族ぐるみの付き合いをしている誰某《だれそれ》などなど。

どれも気の張らない店での食事会だったので、わたしは居合わせた直人さんの知り合いに料理を取り分けた。グラスに飲み物がないと気づくと、注いだり、注文したりした。のろまではなかったけれど、酒席慣れした女性のようなテキパキさはなかった。

遠慮がちに手を伸ばし、食材のバランスを考えて取り分けたお皿を渡すときや、グラスに飲み物を注ごうとするとき、「ん？」というように相手の目を見て、「どうぞ」とちいさな声をかけた。時間が経つにつれ、直人さんの知り合いのわたしへの好意が高まっていくのが分かった。みんな、とろけそうな顔をしていた。

「ナチュラル」「控えめ」「にこやか」「そしてすごく綺麗だし」。直人さんの知り合いは言葉を換えてわたしを誉めてくれたが、まとめるとこの四点になった。

誉め言葉を聞くたび、わたしは直人さんと目を合わせ、面映《おもはゆ》そうにほほえんだ。うつむいたり、口元に手をあてたり、肩をすくめたりもしたが、いちどきにおこなったわけではなかったから、落ち着きのない印象にはならない。

直人さんは鼻高々なきもちを隠そうと口をわざとへの字にしていた。よかったな、というようにわたしにうなずき、わたしを指差し、舌でちょっと唇を湿らせてから、口をひらいた。

「いやいや、このひと、予備校に通ったはいいけど、次の年もまた大学に落ちちゃって。いったい、なんのために東京に出てきたか、という」

まあ、おれと出会うためだったと言えなくもないけど、と顎に手をあてた。あるいは、

「いやいや、綺麗、綺麗って言ってもモデルじゃないんだし。美容室のサイトに写真がアップされてるくらいで。あ、あと、なんかの雑誌のファッションスナップに出たことはあるんだけど、それは、まあ、親戚のコネだし」

と腕を組んだ。知り合いがわたしを誉めると、三度か四度に一度は、そのようなことを言った。直人さんの知り合いは、曖昧《あいまい》に微笑したきりだった。苦笑、という笑い方に近かったかも

しれない。

あのひとたちも困ってたみたいだった。

わたしもちょっと困っちゃったけど、と思い出し笑いをした。樺《かば》色の色無地を着た介添人がドレスの裾を直す。首だけで振り返り、わたしはシルク百パーセントの生地が湖みたいに広がっているのをたしかめた。

直人さんには、いばりん坊のところがある、と思い、でも、彼がいばりん坊でいられるのはわたしにかんしてだけ、というようなことを考え、そんな直人さんて可愛い、と思った。途端に好きというきもちが胸いっぱいにふくらんだ。しあわせが空からふってきて、しっとりと濡れる。

「汝《なんじ》木之内眉子は、この男真壁直人を夫とし、病めるときもすこやかなるときも、富めるときも貧しきときも」

ついさっき、教会で式を挙げたさいに聞いた神父さまの言葉がよみがえった。全部は覚えていなかった。とにかくどのような状況になっても、わたしは直人さんひとりを愛すると誓ったのだった。死ぬまで愛すると誓った。直人さんひとりを、愛すると誓った。

ホテルに併設された教会は、リニューアルしたてだった。壁がほとんど窓になっていたので、明るい日差しであふれていた。

よかった、晴れてる。今朝、起きたとき、わたしはまずそう思った。なにぶん梅雨《つゆ》どきだから、天気がいちばん心配だった。雨がふっても、窓から見える庭のみどりはさぞ美しいにちがいない。けれど、せっかく「光にあふれた結婚式」がセールスポイントの教会で挙式をおこなうのだ。晴れてほしいに決まっている。

ホテルに併設された教会で挙式をおこなうのは、わたしの希望ではなかった。わたしは、できれば「本物の教会」で結婚式を挙げたかった。「本物の教会」がいいと思ったのは、直人さんとの結婚が決まり、ブライダル雑誌やパンフレットを集め出してからだった。

マカベコーポレーションのバイトは二月には辞めていた。

社長の直人さんと結婚することは、当人から口外するなときつく言われていた。テレオペ同僚の金歯さんと銀歯さんは勘づいたようだった。あまりにも短期間でバイトを辞める理由を訊《き》かれ、「えっと、なんというか、一身上の都合というか」と眉をハの字に下げ、口元にほほえみをたたえつつ答えたら、ふたりは意味ありげに「へえ」と目配せし合い、「ま、時間が経てば分かることだわね」、「そういうことだわね」とそれ以上は訊いてこなかった。

「ありがとうございました」

バイトを辞める日、わたしはふたりにお辞儀した。おかげさまで、とこころのなかで言った。金歯さんと銀歯さんの期待と応援に応えられてよかった。

披露宴をおこなうホテルは、わたしが集めた資料で検討するまでもなく決まった。

ふたりが初めてデートしたホテルに空きがあったのだ。「やっぱり六月だよな」と言っていたロマンチストの直人さんが、ものは試しと確認してみたら、ちょうどキャンセルが出たところだったらしい。

ふたりしてホテルに出向き、打ち合わせを兼ねて、正式に予約した。その場で、直人さんが、ホテルに併設された教会での挙式を組み入れたプランを選んだ。料理も、引き出物も、衣装も、直人さんが選んだ。披露宴進行にかんしても、直人さんと、彼の友人が取り仕切った。

わたしは口を出さなかった。頼りないわたしをリードしようと張り切る直人さんを頼もしく見つめていた。わたしが要望を口にしなくても、直人さんは気にかけなかった。このころにはもう、直人さんは、わたしが彼のすることならなんでも受け入れると分かってくれていた。

結婚にかかる費用はすべて直人さん持ちだった。招待客のほとんどが直人さんおよびマカベコーポレーションの関係者だったからだ。

上京して六年目になるが、わたしには東京での知人がいなかった。わたしが結婚式に招待したのは、家族や、伯母をふくむ親族八名と、花畔在住の友人三名の計十一名だった。千歳《ちとせ》―羽田《はねだ》間の往復航空券、それに宿泊費も、もちろん直人さんが持った。だから遠慮せずにもっと招《よ》べよ、と直人さんに幾度も持ちかけられたのだが、そのたび、わたしは頰を両手でつつみ、「こころから招待したいのはこのひとたちだけなの」とかぶりを振った。

結婚式場が決まってからも、わたしはパンフレットを集めた。そのなかにとてもよい「本物の教会」があった。歴史あるこぢんまりとした教会で、場所は披露宴をおこなうホテルのわりと近く。距離としては短いけれど、膝痛持ちのお母さまを始めとした年配の列席者のためにも貸し切りバスを用意したほうがいいと思った。

携帯で検索し、「体験者の声」を拾った。どのひとも「ほかでは味わえない荘厳な雰囲気に包まれて永遠の愛を誓い」、「ものすごく感動した」と語っていた。

未信者が式を挙げるには、教会主催の「結婚講座」なるものを受けなければならないらしい。

「体験者の声」のなかでも、幾人かがふれていた。

「結婚講座を受けるなんて、最初はめんどくさいと思ったけど、神父さまのお話を聞いているうちに、やっぱり受けてよかったと思いました」

「神父さまの言葉は、わたしたち夫婦の一生の宝物になると思います」

「本物の教会」の画像を何枚もながめ、「体験者の声」を読み返し、わたしは感動した。こころが、きよらかになっていった。やっぱり「本物の教会」で結婚したい。思い切って、直人さんにお願いしてみようかしら。教会の変更は予定外の出費になるけれど、わたしのたったひとつの我儘《わがまま》を直人さんがきいてくれないはずがない、と思ったとき、手にしていた携帯の検索結果一覧に気になる文章が出てきた。

「未信者でも結婚講座を受ければ結婚式は挙げられますが、できれば赦《ゆる》しの秘跡《ひせき》も受けたほうがいいでしょう」

赦しの秘跡？　それはなあに？　分からないけど、とっても厳かなイメージが伝わってくる。さっそく「赦しの秘跡」をコピー&ペーストし、検索した。「赦しの秘跡」は、自分の犯した罪を打ち明け、神に赦しを受ける儀式のようだ。

少し、考えた。

わたしはベッドのなかにいた。眠気がくるまで携帯で気の向くままに興味のある単語を検索するのが、就寝前の習慣だった。携帯を握りしめたまま仰向《あおむ》けになり、低い天井をながめた。照明は落としていたが、暗がりには目が慣れていた。白い天井が煤《すす》をなすりつけたような色に見えた。

少し、考えた。

わたしの犯した罪のことだ。蠅や蚊なら、殺虫剤でしとめたことがあった。蟻も踏みつぶしたことがある。親が費用を捻出《ねんしゅつ》して入れてくれた予備校はさぼってばかりいた。ちっとも勉強しなかった。それにまつわる嘘ならついた。でも。

この程度の罪でいいのだろうか。「赦しの秘跡」という、たぶん、きっと、おそろしく厳格な儀式で打ち明けるには、ささやかすぎやしないだろうか。

この程度の罪を打ち明けるのは、恥ずかしい。それがわたしの出した結論だった。明日、直人さんに「本物の教会」で式を挙げたい、と打ち明けようと思っていたが、言わずにおこうとこころに決めた。

ふとんを引き上げようとしたら、いまさっき、自分の思った「打ち明ける」という言葉が胸に残っていると気づいた。

ごく浅い引っ掻《ひか》き傷をつけられたようだった。予備校をずる休みしたことより、直人さんに思ったことを言わないことのほうが、よほど重い罪だと感じられ、勢いよくふとんを鼻まで引き上げた。もののついでのようにして、ふとんのへりで鼻の先をこすった。そこが、ちょっと、ムズムズしたのだ。

背の高いドアを開ける係の若い女性は二名いた。長い金色の取っ手をナプキンでカバーし、握っている。

ドアの向こうからは物音ひとつ聞こえなかったはずなのに、入場の曲が、なぜか、低く聞こえてくる。直人さんが選んだその曲は、ワーグナーの結婚行進曲。しごくオーソドックスな選曲だった。

ドア開け係の若い女性二名はドアに耳をつけ、披露宴会場からの合図を待っていた。トントン。ノックする音が聞こえ、ドアがひらかれる。同時に入場の曲が大きくなる。出席者からの拍手も押し寄せる。新郎新婦には強いライトがあてられた。とてもまぶしい。目がばかになりそうだ。

直人さんとわたしは、ふかぶかと一礼した。顔を上げ、わたしはほほえんだ。目元周りが自然とゆるみ、少し垂れ目になる、いつもと同じ、いつも通りのほほえみが、わたしの顔に柔らかに浮かんだ。

2　二〇一四年六月十四日

シャワーを浴びた。大きめのバスタオルで丁寧にからだをふく。ガシガシと頭皮を掻くようにして髪の水分を飛ばし、バスタオルで頭を覆ったまま、鏡を見た。顎を上げ、顔を左右に動かしてから、頬に手を添える。少し痩《や》せた。

バスタオルをバスタブに投げ入れ、香水を手に取った。透明なボトルの口に指を二本あてがう。ボトルをかたむけ、指先についた香水を左胸になすりつけた。探り当てた心臓に手のひらをあてる。鼓動が伝わってくる。ぼくの鼓動は遅かった。

大きな動物は鼓動がゆっくりで、長生きすると聞いたことがある。ぼくは、もしかしたら、実は、大きな動物なのかもしれない。夕焼けのサバンナをゆうゆうと歩くゾウみたいな、とつづけ、なんてね、と浅く笑った。

便座に置いていた新品のボクサーパンツの封を切り、身につけた。狭いバスルームは案外便利だ。バスタブ、洗面台、トイレがコンパクトにおさまっている。コックピットにいるパイロットのような気分になる。

ボクサーパンツが入っていた袋もバスタブに放り込み、バスルームを出る。出たら、そこはリビングだ。ぼくの住まいは四畳にも満たないワンルームなのだ。特に不自由は感じない。ロフトもついているし。

回転椅子に腰かけた。尻でくるりと回して、デスクに向かう。まずライトをつける。カーテンを閉めっぱなしにしているので、ぼくの部屋はつねに宵の薄暗さを保っている。

引き出しから手帳を出す。十三センチかける十三センチの真四角のやつだ。大学ノートのようなデザインで、無地の用紙が二十二枚、白い糸で綴じてある。ぼくは覚え書き帳として使っている。日付と、簡単な単語か、短い文章しか書いていないが、読み返せば、その日のことがすみずみまで思い出せる。

一冊、二冊、三冊、四冊、五冊、六冊。表紙に記入した番号順に、左から横一列に並べる。

デスクライトのすぐそばに置いていた七冊目を右端に置く。真っすぐ、等間隔で並ぶよう、それぞれの位置を微調整し、なんとなく手のひらをこすり合わせる。ついさっきつけた香水が不意に香った。ブルガリプールオム。彼女の好きな香りだ。

左端の手帳に手を伸ばした。ページをひらく前に椅子を立ち、二歩進んでキッチンへ。ミニ冷蔵庫から炭酸水を取り出す。これも彼女の好きなもの。

笑いさざめきながら喉《のど》を通り過ぎる炭酸水の感触を味わいながら、再度、左端の手帳を手に取った。左端だから番号は1。記念すべきNo．1だ。

二〇〇八年六月十四日、土曜日。

朝のうちはよく晴れていたけれど、だんだん曇ってきた。雨はふらなかったが、はっきりしない天気だった。

この日はバイトが入っていた。ホテルの配膳係だ。

友人のあとを引き継ぐかたちで始めた。高校で同級生だった高島《たかしま》くんが、大学に入学して間もなく始めた配膳係のバイトに音《ね》を上げたのだ。

「意外にきついし。あと、なんかコンプレックス刺激されるし」

そう言って頭を掻いた。高島くんはややぽっちゃり型だった。背丈は平均値だが、手足が短めだった。男のわりに尻が大きく、見栄えのいい体型ではなかった。高島くん曰《いわ》く、ホテルの従業員はなぜかスタイルのいいひとが多いそうである。さらに高島くん曰く、バイトの制服は

MとLしかないから、安心して太れないとのこと。

「茶谷《ちゃたに》くんなら大丈夫だと思うんだよね」

うん、と高島くんはうなずいた。つられてぼくもうなずいた。ぼくは背が高いほうで、体型は高島くんと反対である。じっくり見たら、高島くんは実にひとのよさそうな顔をしていた。同級生だったが、高校時代は接点がなかった。高島くんは癒《いや》し系キャラとして、男女を問わずクラスメイトから愛されていたのだ。

同じ高校からこの大学に進んだのはぼくらふたりきりだった。これをきっかけにして、今後は仲よくやっていくのだと思っていた。困ったときはお互いさまだ。ぼくはバイトを探していた。家庭教師の派遣会社に登録していたが、一件しか確保できていなかった。

仙台の実家は貧しくはないが、裕福でもなかった。父はガス会社に勤めるサラリーマン、母は葬儀会社の事務パート。高校受験を控えた妹がひとりいる。

仕送り金額は、基本的に月六万円だった。学費は奨学金で支払うことになった。アパートの家賃は三万四千円。バイトさえ途切れなければ、やっていける。

白いシャツに蝶ネクタイ、黒いベストとズボン。鏡に映してみたら、配膳係の制服はぼくの体型によく似合った。普段着ているチェックのシャツや黒っぽいパーカーよりずっと。

高島くんの言うように、仕事は意外にきつかった。宴会のたびにテーブルをセッティングし直さなければならなかったし、一流ホテルだったので、ナイフやフォークも重かった。お客さまにとっては一生に一度の晴れの日ゆえ、気も遣う。サーバーの使い方や、飲み物の注ぎ方、ナプキンのたたみ方など、覚えることもどっさりあった。でも、張り切ってやっていこうと思っていた。

清潔感を出すため、ぼくは耳にかぶさっていた髪を切った。前髪は心持ち長めにして、真んなかで分けた。アイドルの切り抜きを差し出し、「こんな感じで」と美容師にリクエストしたのだった。

アイドルの切り抜きを持参するのと、自分の口でくわしく説明するのとでは、どちらが恥ずかしくないか考えた末、そうした。ぼくはおしゃれに疎《うと》かった。美容室に行ったのも初めてだった。地元では物心ついたときから同じ理容室に通っていた。

東京の美容室でカットしたら、顔が明るくなった。眠たそうな一重まぶたの細い目や、薄くてまばらな眉や、輪郭のぼやけた唇はそのままだったが、地元にいたときとくらべると、洗練されたような気がした。

配膳係の時給はわりあいよかった。家庭教師のバイトがだめになったので、助かった。一度訪問しただけで、先方からチェンジの申し出があったのだった。そんなにショックを受けなかった。相性のわるさは感じていたから。生徒はあまりできのよくない男子中学生だった。ぼくが可能なかぎり分かりやすく説明しているあいだ、彼はなぜか苛立《いらだ》ち、大げさにため息をついたり、貧乏揺すりをしたりした。

たとえバイトでも休日に用事があるのも嬉しかった。それまではアパートでじっとしているか、最寄りの駅界隈《かいわい》をぶらつくしかなかった。ぼくにはまだ友だちがいなかった。高島くんとは、バイトを紹介してもらってから、話をしていなかった。行き合ったら挨拶《あいさつ》はするけれど。

十八歳のぼくにとって、ホテルもめずらしかったが、結婚披露宴もまた、めずらしかった。なにしろ、中学生のときに、親戚の披露宴に一度だけ出席した経験があるきりだ。それが毎週土日及び祝日に裏方として参加し、職場のいち風景のようなきもちで全体をながめるなんてね。

実家から電話がきて、近況を訊ねられ、バイトのことを話したら、ひどく驚かれた。家庭教師もホテルのバイトも、おまえには向いていない、と言いたそうな短い沈黙のあと、母は、「やる気があるのはいいことだ」とひとまず誉め、「がんばってるねえ。チャレンジ、大事。やっぱり東京に出してよかった」と最終的に弾んだ声を出した。

ぼくはひとと交わるのが得手《えて》ではなかった。ぼくのなかに蓄えられたたくさんの言葉は、内弁慶で、出不精だった。外の世界に出たがらず、ぼくのなかで育ち、増殖していく。

母の口にした「やる気」とか「がんばる」とか「チャレンジ」という言葉は、もちろん、ぼくのなかにあった。

ぼくはひそかに――自分自身にさえ気づかれないように注意するほど、ひそかに――大学デビューなるものを目論《もくろ》んでいたのだった。その目論みを見透かされて、ぼくはちょっとだけ、母に腹を立てた。

チェンジされて以来、家庭教師の派遣会社が訪問先を紹介してくれなくなった件は言わなかった。もう終わったことだからだ。

ホテルでも、喋り方がもぐもぐしている、としばしば注意を受け、ときに先輩から「もっとハッキリ発音しろや。てか、存在じたい、ハッキリさせろや」と怒鳴られたが、それも、やはり、言わなかった。注意を受ける回数が徐々に減っていたからだ。

ぼくはどちらかと言うと器用なほうで、呑み込みも早いほうだ。サーバーで取り分けたり、ビールを注いだりするのは上手にできた。それで「ハッキリしない物言い」をカバーしていた。当然、欠点を改善する努力をした上で。

会場の照明が落とされた。ワーグナーの結婚行進曲が流れ、少し経ってから、ドアがひらいた。ドアの外で待機していた新郎新婦が一礼した。強いライトを浴びながら、雛《ひな》壇に向かう。

ぼくは会場のすみに立ち、永遠の愛を誓ったばかりのカップルをながめた。ふうん、このひとたちがきょうの主役か。心中で知った口をきいた。

バイトを始めて日が浅かったが、どのカップルも同じようなものだ、とぼくは早くも気づいていた。それぞれ、自分たちは特別だと信じているのだろうが、他人から見れば、どこにでもいるカップルのうちの一組にしか見えない。そうして、それぞれ、自分たちは世界でいちばんしあわせだと思っている。

いやはや、まったく、めでたい話だ。だから、ぼくは、主賓にもゲストにも、こころを込めて「おめでとうございます」と声をかけることができるのだった。

(ふうん、このひとたちがきょうの主役か)

その日もぼくは心中で知った口を叩いたのだが、目は入場してきたカップルを興味深く追っていた。

ひとことで言うと、不釣り合いなカップルだった。貧相なネズミと、すがたのよい白猫が対になっていた。ぼくの目はまずふたりを捉《とら》え、それからネズミに移り、白猫に長くとどまった。皿を片付けていても、飲み物を注いでいても、白猫が気になってならなかった。ぼくの目が白猫を見たがるのだった。にこやかな白猫だった。ほほえみを絶やさない。ふっくらとした唇は口角がほんのり上がっていた。ぼくは女性が力を入れて口角を「キュッ」と上げようとするのが、わざとらしくて好きではない。ふつうにしていても、柔らかに持ち上がっているのがいい、と、ずっと、思っていた。

白猫の目は、少し垂れていた。眉尻も幾分下がっていた。それもぼくの好みに合致した。やさしく、あたたかな印象を受ける。ぼくを決しておびやかさないような。白猫は、頬も首も胸元もすべすべとしていた。クリームみたいに甘そうだった。これもぼくの好きな肌質だった。モデルさんかな、と思ったが、ちがった。マカベコーポレーションという会社でテレホンオペレーターをしていたらしい。そこの社長が貧相なネズミだった、と、耳に入ってきた来賓挨拶で知った。

その前におこなわれた司会者による白猫の紹介も、ぼくの脳裏にきざまれた。

名前はまかべまゆこ。誕生日は昭和五十九年五月八日。出身は北海道石狩市花畔《ばんなぐろ》。趣味はブログ運営。毎日の暮らしのなかで気づいたことを、写真を添えて、ほとんど毎日更新している。もう三年もつづけている。

「なおとさんと知り合ったのは昨年六月。なおとさんの猛アタックの甲斐《かい》あって、まゆこさんはついに陥落、きょう、この善き日を迎えました」

厚化粧で「キュッ」と口角を上げた女性司会者が読み上げた。彼女もほほえみを絶やさなかったが、白猫のそれとは雲泥《うんでい》の差があった。

白猫の微笑は、つくりものではないのだ、と、ぼくは、なんだか必死にそう思った。少々急いで、おかしなこともあるものだなあ、と、のんきなふうに、胸のうちでつぶやいた。だって、考えてみろよ、相手はバイト先で見かけただけの女なんだぜ？　しかも人妻、ていうか新妻、とリアルではまず使わない口調で苦笑しながら自分自身に問いかけてみたりした。

だが、思わず浮かべた「相手」という言葉に、逆に、胸が熱くなった。ぼくは「相手」として白猫を考え始めていたのだが、このときは、まだ、脳内の娯楽にすぎなかった。

まず年齢。ぼくより五歳上だ。これは大きな問題ではない。ぼくとしても、世間的に見ても。ありふれてはいないかもしれないが、特別めずらしくもない。

それより、ぼくがまだ学生だということのほうが問題だろう。経済力がないのは致命的な欠点だ。けれども、ぼくには将来がある。先ほどの新郎新婦の紹介で聞いた、ネズミの出身大学より、よい大学に通っている。ネズミより背が高いし、ネズミほど貧相ではない。ぼんやりした顔立ちは、ネズミといい勝負だから、やはり、問題は経済力だ、と結論し、独り笑いが出そうになった。白猫を「相手」として脳内で軽くシミュレーションしていただけなのに、ぼくはいつのまにか、ネズミと自分とを比較していたようである。笑止、笑止。

お色直しの衣装は、ラベンダー色のドレスだった。ウエディングドレスのときより、色の白さが際立った。かたちのちがう何枚もの薄い布を複雑に重ねたようなデザインだった。白猫が歩いて起こる、かすかな風で、花びらみたいに揺れた。再入場のさい、白猫はネズミとともに、各テーブルを回った。ぼくは、動く白猫をよく見ることができた。

白猫の動きは、そんなに優美ではなかった。お辞儀をするのでも、参加者とひとことふたこと言葉を交わすのでも、おっかなびっくりという気配があった。おどおど、と言ってもいい。少なくとも、ぼくはそう感じた。

貧相なネズミを頼りにしているようだった。アクションを起こすたびに、ネズミを見て、ほほえみかけた。

(大丈夫？　へんじゃない？　これでいい？)

そう確認しているように窺《うかが》えた。しかし、ネズミは白猫を見たり見なかったりした。それでも白猫は、出席者に携帯のカメラを向けられたり、一緒に写真におさまったりすると、かならず、ネズミにほほえみかけた。

(大丈夫？　へんじゃない？　これでいい？)

やがて、白猫は、ぼくが立っているすぐ近くのテーブルにやってきた。ぼくは普段通りに直立していたが、心象風景では白猫に向かって前傾していた。仕事中ですので、という顔をしながらも、食い入るように白猫を見つめた。

ふと、白猫がこちらを振り返った。

ぼくの視線を察知したのだろう。

振り返った瞬間、白猫は笑っていなかった。少し口を開けていた。照明の加減で、顔に絵画のような影がついていて、頬がややこけて見え、鼻が高く見えた。瞳は白い肌に穿《うが》った穴のようだった。目尻はちょっと垂れていたが、微笑していたときほどではなかった。ぼくのこころを捉えたのは、白猫の瞳の色だった。とても明るい、透き通った茶色をしていた。笑っていない白猫には、表情らしきものがなかった。ぼくは、ぼくのなかに蓄えた言葉から、「白猫が一瞬見せた、表情らしきものがない表情」をあらわすものを急いで探した。「無垢《むく》」という言葉を見つけたとき、白猫は、ぼくのすぐ近くのテーブルでの挨拶を終え、ネズミに笑いかけているところだった。

ありきたりの余興が終わり、ぼくが担当テーブルにケーキを配り終えたら、花嫁の手紙朗読の時間になった。白猫はネズミに笑いかけてから、便せんを広げた。そう長い手紙ではなかった。特徴もなかった。ほとんど文例集をなぞっただけのようだった。

正直、ぼくは落胆した。白猫はあまりおつむがよくないようだ。しかし、まあ、ぼくの少ない経験では、「花嫁の手紙」は、文例集をちょっぴりアレンジするだけが主流。にもかかわらず、得々と読み上げ、感極まる花嫁が多かった。それにくらべたら、ニコニコと棒読みし、涙など流さない白猫のほうが、よほどいい。よく考えてみたら、たとえ、白猫のおつむがよくなかったとしても、それもまた、ぼくにとっては大きな問題ではなかったし。

退屈な余興の前におこなわれた友人代表のスピーチを、ぼくは、こころのなかで繰り返し思い出していた。

白猫の友人は、三人とも北海道からやってきたらしい。とくにどうというところのない三人組だった。着ていたものはもちろん、顔かたちも思い出せない。張り切っておめかししたんだな、という印象だけが残っていた。

三人揃ってステージに上がったが、スピーチをしたのは、真んなかの女性だけだった。彼女はとても緊張していた。第一声が裏返り、ますます緊張したようだった。「えー、えー」と口ごもり、なかなかスピーチに入らない。話す内容を忘れてしまったのだろう。メモのようなものは持っていなかった。毎晩練習し、暗記してきたのだろう。

「わたしと、まゆちゃんは、小学校、中学校、高校と同じで」

震える声でそう言い、左右の友人を指し示し、こちらは中学校、高校が同じ、そしてこちらは小学校、高校が同じ、クラスが同じになったのは、わたしが小学校なん年生のときと、なん年生のときで、中学校では……と、くどくどと不必要な情報を語った。

会場全体がいたたまれないきもちでひとつになった。皆、さりげなく視線を外し、彼女たちを見ないようにした。白猫はちがっていた。ほほえみを浮かべながら、あたたかなまなざしを友だちにそそいでいた。がんばって、というように、時折ゆっくりとうなずいた。

表情に変化があったのは、地元の友だちがしどろもどろになりながらも、おそらくアドリブで、あるエピソードを語り出したときだった。

ほほえんではいたのだが、ものやわらかなものではなかった。白い手袋をはめた手を鼻のあたりまで持っていっては、下ろしていた。

「まゆちゃんは、中学のときは、『二十歳のわたしなんて想像できない』って、しょっちゅう言ってました。でも、高校を卒業して、東京に行く直前は『三十歳のわたしなんて想像できない』と言いました。『それまでに死にたい。歳をとってまで生きていたくない』とか、意味のよく分からないことも言ってました。わたしが『生きていくって歳をとることだよ』と言うと、『あ、ほんとだ』と笑っていました。わたしはそのとき、なんだかとても怖い感じがして、怖かったのですが、いま、きっと、まゆちゃんは『ずうっと生きていたい』と言うと思います。よかったなあ、とこころから思います。おめでとう、まゆちゃん」

ぺこりとお辞儀をし、小走りでステージを降りた三人に拍手を送ったときには、元の笑顔に戻っていた。羽毛のように軽くて、柔らかで、あたたかな笑顔だ。ネズミを見て、胸に手をあて、ほっとした、という身振りをした。

ぼくは、彼女を知りたいと思った。

もっとも大きな問題は、ぼくが彼女のことをなにも知らない、ということだった。

彼女がぼくの存在すら知らないことも、もちろん大きな問題だが、彼女が結婚していることは、さして問題ではなかった。ぼくが特別な関心を寄せているのは、彼女自身だ。カップルの片割れとしての彼女ではない。

第二章　ケレドモ、ボクハ　イツデモ　キミヲ　ワスレマスマイ

1　二〇〇九年六月

新居は江戸川区。江戸川区の、東小松川《ひがしこまつがわ》。最寄り駅は船堀《ふなぼり》。都営新宿線の船堀駅。直人さんの経営する会社は葛西《かさい》にある。車で通っている。シトロエンのC4ピカソだ。去年、結婚を機に買い替えた。こどもができたらファミリーカーとして活躍する。

新居といっても、建物じたいは古かった。直人さんが生まれた年に、お父さまが建てた。築三十八年。リフォームはまだおこなっていない。どうせやるなら徹底的に、というのが直人さんの意見だった。外壁も、水回りも、キッチンも、内装も、すべて自分の思い通りに変えたいらしい。

先延ばしにしている理由は、直人さんが言うには「経済的な問題」だった。結婚で出費がかさんだ。車も買い替えた。大規模な改修ともなれば、工事期間中の仮住まいが必要になる。家具を保管する貸し倉庫も手当しなければならない。

実を言えば、リフォーム費用の工面など造作なかった。マカベコーポレーションの業績は堅

実に上がっている。取引銀行からの信頼も厚いらしい。譲り受けた土地もある。直人さんが「経済的な問題」と言いたがるのは、それが気の利いた軽口だと考えているからだった。富裕層に属する者しか口にできない、特権的な冗句だと。

わたしもそう思っている。直人さんが口にするたび、ちいさく噴き出す。肩をすくめ、両手を口にあて、長く笑う。

ほんとうは、面白いのかどうかよく分からない。これはこの軽口にかぎったことではない。わたしは冗談というものが苦手で、よく理解できない。でも、とても上手に笑うことはできる。タイミングも外さない。

話し手の顔つきや切り出し方で、「面白いこと」を言おうとしているのは見て取れる。声音や抑揚で、話し手が「面白いこと」を言っているつもりなのかも感じ取れる。その冗談が笑うに足るものなのかどうかは、周りの反応で察せられるのだけれど、わたしはそこに関心を持てない。冗談のできばえには興味がないのだった。わたしが反応するのは、話者の意向だけだった。

だいたいの場合、話し手は「面白いこと」を言おうとするとき、まずわたしに目を向ける。いつもほほえんでいるわたしなら、できのよくない冗談でも、きっと、やさしく受け入れるだろう、と直感で分かるようだ。わたしになら、安心して「面白いこと」が言える、そのきもちをわたしも直感で感じ取るから、安心させてあげたくてならなくなる。それが、だれであっても。でも、いまは、直人さんが第一。

わたしの役目は、直人さんが「面白いこと」を言ったら、ぷっ、と噴き出すことなんだわ。そう考えていた。それがパーティでのわたしの役目。

直人さんは自宅に知り合いを呼びたがった。月に一度か二度はホームパーティをひらいた。金曜の夕食か、土曜の昼食にゲストを招いた。金曜は知り合いのみ、土曜はそれぞれの家族か恋人とともに、といつしか決まった。直人さんはこれを紳士会、ファミリー会と名付けた。

ゲストたちは、金曜は夜中まで、土曜も夜まで腰を落ち着けた。パーティの終盤になると、金曜は酩酊《めいてい》した大人が船をこぎ、土曜はこどもがおねむになった。わたしは、リビングにつづく八畳の和室に床をのべ、金曜は大人を寝かせ、土曜はこどもを寝かせた。

金曜も土曜も、パーティ料理を用意し、ときにデリバリーの手配をした。レシピと店はインターネットで調べた。飲み物の購入もオンラインサイトを利用した。安さが売りのサイトと、めずらしいものや、ちょっと高級な品を扱うサイトとを使い分けた。テーブルウエアもインターネットで手に入れた。やはりオンライン通販を利用した。情報サイトで紹介されていた雑貨屋に、雨の日は朱色の傘を、晴れた日は白い日傘をさして、出向いたりした。

新品の食器たちのなかに、いまは妹さん一家と暮らすお母さまが置いていった柿右衛門《かきえもん》風や古伊万里《こいまり》風の器を置くと、どちらもぐんと引き立つ。うまく言えないが、それっぽくなる。センスのいいブログにアップされる写真みたいに決まる。直人さんも喜ぶ。母親の趣味が認められたような気になるのだろう。

花も飾った。掃除も念入りにした。これはいつものことだった。いつものことと言えば、毎日の食事のレシピをインターネットで調べるのもそうだった。野菜や魚の選び方、収納のアイデア、家事のコツ、可愛い雑貨、シンプルで上質な普段着などなど、情報はすべてパソコンから得た。

パソコンはわたしの花嫁道具だった。親戚からの結婚祝い金で買った。機種はMac。MacBook Air。独身時代はPowerBookを使っていた。居候させてもらっていた伯母のお下がりだった。

結婚するまで、料理はおろか、家事らしい家事はしていなかった。直人さんには、プロポーズされたその日に伝えた。結婚の約束を取り付け、いかにもほっとしたようすの直人さんはビールをあおり、プハーと大きな息をつき、こう言った。

「おれ、手料理に飢えてんだよね。おふくろが妹んとこにいくまでは上げ膳据え膳だったからさあ」

ビールのお代わりを頼み、さらに言った。

「とはいうものの、おふくろのつくる料理は茶色っぽくて、ザ・昭和って感じのやつばっかりで。おれとしては、色合いや盛りつけにひと工夫した、なんていうのかな、こじゃれた料理っていうのかな、そういうのにあこがれちゃったりなんかするわけですよ」

「自信ないなあ」

わたしはミモザというカクテルの入った細長いグラスの柄に指を添えた。

「実家にいるときや、伯母の家にいたときは、ソコソコやってたんだけど……」

「だけど？」

と語尾をさらって、直人さんが肩を寄せた。

「独り暮らしを始めてから、つい、自堕落になってしまって」

「自堕落？」

おっと、そいつは聞き捨てならないな、と直人さんは肩でわたしの肩を小突いた。

「目玉焼きとか炒め物くらいしか。それと麺類。あ、あと、サラダ。サラダはいつもつくってた」

わたしはオレンジ色のカクテルを見つめていた。口元はほころんでいたが、眉間《みけん》には浅い皺が入っていた。少し垂れた目とあいまって、困っちゃったな、恥ずかしいな、という表情。

「あのね。そういうのは自堕落とは言わないの」

直人さんはわたしの頭に自分の額をつけ、こすりつけるようにした。レストランで食事したあと入ったバーは静かで薄暗かった。クリスマスイブだったから、客はカップルばかりで、心得たふうのバーテンダーは、カウンターで競うようにいちゃつく彼らの見て見ぬふりが上手だった。

「でも……」

わたしがうつむくと、直人さんはわたしの髪を撫でながら、

「部屋もきれいにしてたじゃん」

とささやいた。わたしの頰が赤らんだ。お酒のせいにするように、急いでカクテルを飲んだ。

前回のデートの帰り、送ってくれた直人さんを部屋に上げた。こたつに入り、一緒に深夜番組を観た。笑ったり、お茶を飲んだり、キスをしたりしながら観ていたのだが、だんだんキスの回数が増えていった。九十度の角度で座っていたはずなのに、いつのまにか、わたしは直人さんの足のあいだに座らされ、後ろから抱きしめられ、いじられていた。

直人さんがリモコンでテレビを消した。ワンルームのアパートなので、ベッドはすぐ近くにあった。小柄な直人さんはわたしを抱き上げることができなかった。後ろから抱え、そのまま引きずるというかたちになった。

端から見れば滑稽だが、直人さんの心持ちは飛び切り旨い肉を持つ獣をしとめた狩人だった。それを、わたしは感じ取っていたので、おとなしく引きずられた。こころのなかでは、いっそ、髪を摑《つか》んで、ちゃんと引きずってくれればいいのに、と思っていた。そしたら、わたしは、もっと美味《おい》しい肉になれるのに、と。

「そうかな?」

わたしはゆっくりと首をかたむけた。直人さんとは反対の方向だった。ずいぶんかたむけてから、首を起こし、スツールを半回転させ、直人さんと向き合った。膝の上で手を重ね、

「わたし、ほんとうに自堕落なんです」

ごめんなさい、と頭を下げた。顔を上げたら、直人さんに頰を挟まれた。

「正直でよろしい」

誉めてつかわす、と直人さんは威張ってみせた。自堕落という大げさな言葉を使ってみたく

てならない若い女の子をからかうような気配があった。

わたしにとって、パーティは通知表だった。どのくらい家事の腕が上がったかを確認する目安になる。家事の腕が上がるのは、主婦の腕が上がることとひとしい。

そう直人さんに言ったら、満足そうにうなずいた。だから、わたしも満足した。準備にかかる手間など、ちっとも苦にならない。わたしは、直人さんから、つねに前回よりもよい点数をもらいたい。

今夜のパーティはいつもと少しちがっていた。初めて招くゲストだった。

直人さんが会社で目をかけている部下が六人やってくる。契《ちぎ》り会、と命名したところを見ると、直人さんは今後、このパーティを恒例にするつもりなのだろう。

四角いガラスのプレートにサーモンとホタテのテリーヌやトマトのジュレなんかを見場よく置き、真っ白な角皿には鯵《あじ》のカルパッチョ、丸皿には各種野菜をどっさり盛ってベーコンとキノコのパスタは柿右衛門風の大皿に。スペアリブと、唐揚げと、おにぎりも用意した。

夜七時前、直人さんがゲストを引き連れて帰宅した。女性がふたりいた。わたしがほんの短いあいだマカベコーポレーションに勤めていたときの先輩パートタイマーだった。金歯さんと銀歯さん。通称、金さん、銀さんのあのふたり。玄関で出迎え、驚いた。

「サプラーイズ!」と笑う直人さんの肩をぺちんと叩く。「いってぇ」と大仰なリアクションをした直人さんは、四人の男性をわたしに紹介しながら、次々と玄関に上げた。それから自分も靴を脱ぎ、両手を広げて、少し先をゆく部下たちを後方から覆うようにして、リビングへと誘導した。

残ったのは金さんと銀さんだけになった。くすぐったそうに笑い合ったあと、わたしは「お久しぶりです。お元気でした？」と声をかけた。にわかに懐かしさで胸がいっぱいになった。金さんと銀さんもそのような顔をしている。

「おかげさまで」と頭を下げたあと、

「眉子さんもお元気そうで」

「眉子さんは相変わらず美人さんで」

と口々に言った。「これ、あたしたちから」と金さんはお菓子を、銀さんは薄い正方形の箱の包みを差し出した。ひとつは手土産で、もうひとつは結婚祝いだと言う。

「遅くなっちゃったから結婚一周年祝いだわね」

「そうだわね」

ふたりはそう顔を見合わせ、プレゼントのなかみはレースのドイリーだと告げた。柄の異なる二枚が入っているそうである。

「ありがとうございます」

わたしは深く頭を下げた。とても嬉しかった。ふたりの名を呼び、お礼を言いたかったのだが、名前が思い出せなかった。金さんと銀さんの顔つきから、わたしに名前を呼ばれたがっていることは伝わってきたのだが、どうしても思い出せなかった。ふたりのきもちに応えることができず、かなしくなった。すごくかなしかった。嫌われてしまいそうで、少し、怖かった。

パーティの最中、ほかのゲストが彼女たちを呼ぶのを聞いて、ようやく思い出した。だからといって、べつに呼びかけたりはしなかった。直人さんから矢継ぎ早に紹介されたほかのゲストの名も全員覚えていたが、やはり、わざわざ呼びかけたりはしなかった。ことさらに好意をあらわすのは卒業したのだ。やりすぎると、嫌悪される。たしか、たぶん、四年前に。独り暮らしを始めて間もないころ。見てはならないものを見るような、他人の気味悪げな表情はもう見たくない。

それに、わたしはパーティのあいだ、ずっと忙しい。パタパタとリビングとキッチンを往復している。テーブルに留まり、会話に加わることもあったが、ほんの短い時間だった。手には空いた皿か空き瓶か空いたグラスを持っていた。ただし、直人さんが「経済的な問題」の冗句を言ったときには、どこにいても、なにをしていても、ちいさいけれど、皆に分かるよう、はっきりと、ちいさく噴き出した。

今夜は初めてのゲストだったけれど、何度もパーティに招いているゲストの前でも、直人さんは「経済的な問題」の冗句を定期的に口にする。ゲストの視線がリビングの天井や壁、床に向けられたら、我慢できなくなるらしい。

わたしがいち早くちいさく噴き出すと、ゲストたちは釣られて（少しは）笑う。直人さんはゆるいしかめっ面をしてみせる。さざなみのような笑い声がおさまったら、「いやー、実は」と頭を掻いて、だいたい、こう言う。

「リフォームくらい、なんてことはないんだけどね。でもまー、あれでしょ、そんなにそんなに嫁さんの機嫌ばっかり取ってちゃ、いかんでしょ。舐《な》められるでしょ」

からだを斜めにして椅子に腰かけ、足を組み、こうつづける。

「最初が肝心って言うしね。最初っから甘やかすっていうのはどうかな、と。まあ、こどもでもできて、夫婦として、っていうか、家族として落ち着いてからでいいかな、なんてね」

としきりにうなずくのがファミリー会バージョンだった。紳士会バージョンには、さらにつづきがある。

「とかなんとか言いながら、おれ、眉子には弱くてさ。いくらでも甘やかしちゃうの。むしろもっと舐めてもらいたいの」

ここだけの話、眉子は舐めるのがうまいんだよ、と声をひそめ、眉を上下させるのだった。

ふたつめのバージョンの場合、わたしは普段より水を多く出して洗い物をし、聞こえないふりをすることにしていた。愛想笑いをしたゲストたちが探るような目でこちらを見ているのは感じたが、それにも気づかないふりをした。

今夜のパーティでは、卑猥《ひわい》な落とし方はしなかった。「いやー、実は」と頭を掻いて、リフォームなどその気になればいつでもできるというネタバラシもしなかった。代わりに、直人さんはわたしを叱った。

「おい、そこ、笑うとこじゃないんだよ。おれ、おまえが思ってるよりずっと貧乏なんだぜ」

舌打ちし、かぶりを振って、さりげなくゲストたちを見回した。

「あいつ、なんか勘違いしちゃってるみたいで、申し訳ない」

そんなに深くはなかったが、ゲストたちに頭も下げた。

水を止め、洗い物の手も止めて、わたしも謝った。

ゲストたちの視線がわたしに集まっているのが分かった。顔を上げたら、さっと視線が離れた。金さんと銀さんの視線は、ほかのゲストよりもほんの少し長くわたしにとどまった。気の毒そうな、でも、いい気味だというような目をしていた。それらが合わさり、「やっぱり、たいへんなんだねえ」と読めた。

今夜のパーティではよい点数がもらえないだろう。

ゲストたちが帰ったら、きっと、また叱られる。

人前で揶揄《やゆ》されることは結婚する以前からときどきあった。それは直人さんがわたしを自分の持ち物だと皆に宣言するようなもので、可愛かった。

けれども、今夜の、あのときの、直人さんはちがった。あんな直人さんを見るのは初めてだった。疎ましそうだった。わたしを憎んでいるようですらあった。とても厭《いや》そうだった。だれかに、あからさまに、嫌悪の表情を見せられたのも初めてだったような気がする。きっと、生まれて初めてだ。そうだ、こんなことは、いままで一度もなかった。

吸って、吐いて。できるだけ長く、深く。目元周りをゆるめ、自然なほほえみを浮かべながら、ゲストたちの目を盗んで、腹式呼吸を繰り返した。胸が重くて、そのなかのどこか一点がとても痛かった。

パーティは、いつもとちがい、十時過ぎにはおひらきになった。夫婦で玄関の外まで出て、見送った。家に戻って、ドアを閉め、鍵をかけ終え、わたしは身構えた。ふと、わたしのほうから先に改めて謝るべきではないか、と思い立った。

パーティの後半、直人さんは機嫌を直したように見えた。もしかしたら、あのときのことなどすっかり忘れているかもしれない。だとしたら、怒りを蒸し返すことになる。謝罪などしないほうがいい。反対に、ホストとして上機嫌に振る舞っていただけだとしたら、叱られる前に、素直に謝ったほうがいい。

ほんの少し迷い、わたしは、直人さんに「ごめんなさい」と言おうとした。そのとき、先にリビングに入ろうとした直人さんが振り向き、満面の笑顔で親指を立てた。

「グッジョブ」

わたしを抱き寄せ、

「おかげで、おれの収入がそんなでもないってアピールできた」

と頬にキスをした。

「眉子はちょっと悪者みたいな感じになっちゃったけど……。ごめんな」

何度もキスされて、泣きたくなった。あんまりしあわせで、頭の芯が痺《しび》れた。

翌々日は月曜日だった。

月曜の夜は、直人さんの帰宅が遅い。会議があるらしい。その後、腹心の部下と一杯やる習慣を独身時代からつづけているそうだ。夕食の支度もしなくていいし、先に寝《やす》んでいていいと言われている。

食卓でパソコンを操作し終えたわたしは、首を回し、少し凝った肩を揉《も》んだ。傍らに置いてあった携帯を手に取り、写真の整理をする。それも済んで、メールの受信チェックをした。届いたメールにざっと目を通し、不要なものを削除したら、しばし、やることがなくなった。なんとなく電話帳をながめる。登録件数はそう多くなかった。実家の番号が目に留まり、携帯のボタンを押した。

「もしもし、おかあさん？　わたし。眉子」

2　二〇〇九年　木之内良枝

「あらまあ、久しぶり」

良枝《よしえ》は送話口を押さえ、振り向いた。ソファで寝そべる夫に「眉子から」と伝え、「テレビ、ちいさくして」と言った。夫がリモコンを取り、テレビの音量を低くするのを確認せずに、電話に戻る。

「どう？　元気？　お手紙、届いた？」

と立てつづけに訊ねた。手紙というのは、母の日に小遣いを送ってくれた娘への礼状である。

「元気。届いてる。そっちは？」

娘の返事はいつものように短く、素っ気なかった。口べたなのだ。顔を思い描かないと、冷たく感じる。実際に会って話す印象と、電話とではまったくちがう。

「みんな元気。タケも臨採が決まったし」

娘の一歳下の息子は、昨年、大学を卒業した。両親と同じく教員志望なのだが、二年連続で採用試験に落ちた。来年も受験するか、それとも就職口を探すか悩みながらカラオケボックスでバイトしていた。

「よかったじゃない。ひと安心だね」

「うーん、まあまあね。まあまあよかった」

来年は合格してくれたらいいけど、と付言し、「それはそうと」と良枝は話を戻した。

「お手紙の宛名、あんた宛でよかったのかしらね。やー、直人さんの名前も入れようかどうしようか迷って。もしかしたら、直人さんには内緒だったんじゃないかしら、と思って」

「まさか。ちゃんと相談した」

「あら、じゃあ、やっぱり宛名には直人さんの名前も入れたほうがよかったね」

「大丈夫。手紙、読んで聞かせたから。封筒は見せなかったから。大丈夫」

「ああ、そう」

良枝は自分の書いた手紙を思い出した。「眉子から母の日に贈り物をしてもらうのは、小学校以来ですね。結婚すると変わるネー。直人さんに感謝だネ！　ありがとうございます。大切に使います」と、おおよそこのような内容だった。

「封筒は見せなかったから。大丈夫だから」

繰り返す娘の言葉を聞き、しまった、と思った。娘は些細《ささい》なことをひどく気に病む質《たち》なのだ。

「うん、大丈夫。今度からお手紙出すときは『真壁直人様　眉子様』って大きく書くから」

なるべく明るい声でさっぱりと言った。娘は少しのあいだ沈黙したあと、

「『眉子様』はちいさく書いて」

とつぶやいた。

「うんうん、そうする」壁にかけたカレンダーを見上げ、良枝はそっとため息をついた。そんなに気を遣わなくても、という言葉が出そうになる。玉《たま》の輿《こし》に乗るのも、ゆるくないものだ、とつづけて思った。たしかによくしてもらっているようだけど、会社社長と言ったって、大会社じゃないんだし。自分だって結婚前におこなった親族の顔合わせでおじけづき、緊張したのに、ひとくさり、お腹のなかでぶつくさ言った。

でも、あちらのお母さんにも妹さんにも気に入られたようだし。なにより直人さんは眉子にメロメロだ、ときもちを引き立てた。

自分まで細かいことを気にして、淀んだきもちになると、娘に伝わる。不器用な娘はまたぐるぐるぐる同じ場所で自転するように、ああでもないこうでもない、と思い悩んでしまう。

「先週、結婚記念日だったね」

おめでとう、一年って早いねえ、と話題を転じた。銀行でもらったカレンダーの、マルをつけた日付を指差している。

「うん。食事した。披露宴をやったホテルで」

娘は弾んだ声を出した。

「あら、いいこと」

「来週は温泉に連れてってくれるって。お祝い第二弾だって」

「すごい、すごい。大事にされてるね、よかったね」

「うん。わたしの慰労を兼ねてるって」

「慰労？」

「功労だったかな。なんかそういうの」

「……へえ」

たった結婚一年で「慰労」だの「功労」だの、大振りな言葉を使うなんて、と良枝は違和感を覚えた。まだまだ新婚さんのふたりだから、そういう大げさな言葉を使ってじゃれ合っているのだろう、と考え、

「眉子、がんばってるんだねえ」

と誉めた。

「うん」

娘は即答した。柔らかな笑顔が見えるような声だった。「そうかも」と付け足した声で、はにかむようすが良枝のまぶたの裏に浮かんだ。

「よかったね」

「うん」

娘の返事は最前よりも早く、そして強かった。良枝は襟足に手をやった。短い髪の毛を撫で付ける。夫ともども中学校の教員をつづけている。もう三十年近くになる。そんな良枝にして

みれば、専業主婦として「がんばって」、夫につくし、夫に評価されるのが無上の喜びというふうの娘が、少し、歯がゆい。

それでも、それが娘の望みなら致し方ない。というより、娘は、もっとも適した境遇を見つけたのだと思う。あの性質では会社勤めはむつかしいだろう。人間関係で疲れてしまう。それ以前に、良枝は、娘を、仕事のできる人間とは思えなかった。

小中高と学校の成績は中程度ではあった。だが、些細なことに拘泥《こうでい》しだすと、ひどく愚鈍《ぐどん》な者のようになる。見ているこちらが不安になるほどだ。また、夢のなかの自分と現実の自分とのちがいに気づいていないところも、良枝は心配だった。

東京の有名私大を受験すると言い出したときは驚いた。模試のデータを見せ、無謀だと説明すると、うんうん、とうなずきながら、じっと聞くのだが、「でも、受けてみないと分からないよね」とにっこり笑った。そのようすも、ひどく愚鈍な者のようだった。些細なことをぐるぐるぐる考えるように、ひとつのことしか頭にないようだった。「知恵《ともえ》おばちゃんと眉子はちがうんだよ」と諭してみても、甘ったるい微笑を浮かべ、うーん、と首をかしげるばかりだった。

良枝の姉の知恵は娘が志望した大学を卒業し、文筆業で生計を立てている。娘が姉にあこがれを抱いていたのは気づいていた。姉のちょっと浮ついた感じや、はすっぱな感じを、娘が「洗練されている」と思っても不思議ではない。それは分かる。「華やかな世界」で活躍しているように思うきもちも理解できる。

分からないのは、そのきもちが、姉と同じ大学に行きたいと思うほどのものだった、ということだった。娘だって無謀だと知っていたはずだ。だから「受けてみないと分からない」と言うのだ。

それで気が済むのなら、と受験させた。案の定不合格。これですっぱり諦めて、地元の専門学校に通い、資格のひとつでも取ってくれればいいと思っていたのだが、娘は、東京の予備校にいきたいと言い出した。

「知恵おばちゃんが居候させてくれるって」と嬉しそうに報告した。「だから、地元の予備校に通うのと費用はほとんど変わらないって」と肩をすくめ、「どうせ東京に出るんだから、早いに越したことがないわよ、だって」とうきうきした調子でつづけた。

受験で上京したさいの宿泊先は姉のマンションだった。そのときに、いろいろ吹き込まれたようだった。いや、その前から、吹き込まれていたのではないか。そんな疑念が良枝の胸に突如生じた。

具体的には分からないが、なにか、夢のようなことだ。夢のような生活が東京で待っているというようなこと。娘が現実を——自分の能力とでもいうべきもの——を忘れるほど、甘い言葉で。

接点はもちろんあった。姉は一年に一度は帰省するらしい。夏に、避暑と称して札幌に数日滞在するようだ。良枝の住む花畔まであそびにくることはない。連絡もあったりなかったりだ。「忙しいと思って」というのがその理由だった。

都合が合えば、札幌で食事くらいはする。娘と息子を連れていったのは、姉とふたりでは間が持たないからだった。良枝と姉は、こどものころから、反《そ》りが合わなかった。良枝は姉の派手好みに眉をひそめたし、姉は良枝の地道さをつまらないと思っていたようだった。

姉と札幌で食事をするのは、二、三年に一度である。良枝とはまったくちがうタイプの姉に、娘が興味を持っていると気づいたのは、娘に「今年は知恵おばちゃん、こないの?」と訊かれたときだった。娘は中学生だった。ひと夏に、何度も訊かれた。

姉もまた娘に関心を寄せたようすだった。「見るたびに綺麗になるわ」と、目を細めていた。「将来が愉しみね」と。「だれに似たのかしら」とも言った。眉子は、良枝にも夫にも似ていなかった。両方のよいところを上手に受け継いだのだろう。

もしかしたら、わたしの知らないところで、ふたりは連絡を取り合っていたのかもしれない。良枝がそう怪しんだのは、目の前の娘をしみじみと見たときだった。白い鳥がたまごをあたためているようだった。雛がかえるまで、てこでも動かないと決めているらしい。あたためているのは偽卵《ぎらん》かもしれないのに。

東京に行って、予備校に通っても、娘が志望大学に合格できるとは思えなかった。中程度の大学か短大に引っかかるのが関の山だろう。就職も厳しいはずだ。もし就職しても長つづきはしないはず。フリーターになって、バイト先を転々とするというのが、良枝の考える娘の将来だった。

夫も娘の説得にあたったが、うまくいかなかった。言われたことには素直にうなずくのだが、肝心なところになると、「うーん」と少し笑って首をかしげる娘に、良枝より先に音を上げた。

　良枝が娘の上京を了承したのは、姉と話し合ったあとだった。姉は、もし娘が受験に失敗しても、どこかの大学に入り、卒業したあと就職口がなくても、自分の仕事の手伝いをさせるから、心配はいらない、と簡単に請け合った。

　四十を越した姉に、この先、どのくらい仕事があるのか、良枝には想像もつかなかった。姉にどのくらい収入があるのかも知らなかった。離婚後は、独身のはずである。蓄えはあるのだろうか。老後の準備はしているのだろうか。妹の子の面倒を見る余裕があるのだろうか。

　良枝の沈黙を受話器越しに聞き、姉は言った。

「自分史を書こうみたいな教室、やってるし。たまに代筆もするし。お礼を上乗せしてくれるひともいるし。けっこう地道にコツコツ稼いでるわけよ」

　その言葉を信じることにして、娘を東京に出したのだった。

「よかったね」

　再度言った。

「うん」

　ほんとうによかった、と娘は息を漏《も》らすような声で答えた。

「直人さんの会社にね」

　思い出したように話し出した。

「わたしのいきたかった大学の学生さんがバイトにきてるんだって。配送のほう。男の子」

「へえ」

娘が言うには、先週、直人さんの部下を招いてホームパーティをしたらしい。

「眉子、そんなことできるの？」と驚いたら、「できてる」とクスクス笑った。

「だれかが言ってたんだけど、そのバイトさんね、正社員なみにマカベの商品にくわしくて、インテリなのに汗をかいて仕事するんだって」

「あら、いいひとだこと」

「そしたら、直人さんが『ウチに就職させちゃおうか』って」

良枝は電話越しだが、うなずくきりだった。娘の話がどこに向かっているのか読めなかったのだ。

「直人さん、自分の会社に、いい大学を出た社員がほしいみたいなの。いままでは学歴よりも人柄重視で社員を入れてたんだけど、でもやっぱり、いい大学を出た子分がほしいみたいなの。可愛くない？」

眉子の言い方は無邪気だった。夫を皮肉っているようには聞こえなかった。良枝の頭のなかに、おさないころの眉子が浮かんだ。絵本だったか、童話だったか、とにかく「ご本」を良枝が読んでやっていたときのことだ。

「とりあえず『契り会』に招《よ》んでみるか、って」

「え？」

「『契り会』。直人さんをヨイショしてくれる社員さんたちの集まり。そういうひとだけパーティに招ぶの。直人さん、可愛いでしょ」

この言い方もまたひとつも邪気がなかった。声も澄んでいた。その声と、「ご本」を読み終えたときのおさないころの娘の声が重なった。「わたし、こんなひとになりたい」。娘はたしか、そう言っていた。小学一年生か、二年生のときだったと思う。

3　一九九二年　足立みずほ

一年生から二年生になっても、一組のままだった。

ついこのあいだまで使っていた教室にいるのは、真新しいランドセルを背負った一年生たちだ。

みんな、ちっちゃくて、赤ちゃんぽい。

がやがやきゃあきゃあ騒ぐ一年生を横目で見て、みずほは思った。

うわ靴に履き替えて、教室に向かうところだった。二年生の教室は、一年生の奥にある。毎朝、一年生のようすをながめては同じ感想を持った。

自分の教室に入っても、だいたい同じことを思った。だいたい同じだけれど、少しちがう感想だ。目を伏せて、「おはようございます」と口のなかでつぶやき、ランドセルを下ろし、教室のなかを見渡すと、特に女の子にたいして思う。みんな、ちっちゃいけど、おねえさんっぽいな。

二年生になってまだ三カ月しか経っていなかった。クラス替えもなかったし、担任も替わらなかった。変わった点と言えば、六時間授業の日が登場したくらいだ。なのに、みんな、どことなく大人っぽくなった。

「二年生になったのだから、なになにちゃんと呼び合うのはなるべくよして、男子はなになにくん、女子はなになにさんと呼び合いましょう」

四月に、入川《いりかわ》先生がそう言った。みずほは、ちょっと、くすぐったかった。保育園から一緒の菜乃花《なのか》ちゃんやダイちゃんを、菜乃花さんとか大悟《だいご》くんと呼ぶのは照れくさい。笑いそうになったけれど、我慢した。怒られるのが怖かったのだ。

入川先生は、みずほのおばあちゃんくらいの歳に見えた。一年生のときに、思わず「おばあちゃん」と呼びかけてしまったことがある。そのとき、入川先生は、少し、怖い顔をした。それから、入川先生は、みずほにたいして、いつも、なんとなく怒っているような気がする。最近では、クラスのみんなもなんとなく怒っている。

「おはよう」

席についたら、眉子ちゃんがそばに来た。

「あ、うん、おはよう」

みずほは満面の笑みで挨拶を返した。みずほに挨拶をしてくれるのは眉子ちゃんだけだ。保育園から一緒だった菜乃花ちゃんやダイちゃんだって、みずほに「おはよう」と言わない。保育園に通っていたころだって、あんまり言わなかったけど。

「みぃちゃん、おトイレ、行こうか」

行っといたほうがいいよ、と眉子ちゃんがみずほのむっちりとした腕を引っ張った。

「うん、うん」と、やはりみずほは顔じゅうで笑って、眉子ちゃんに従った。

みずほをみぃちゃんと呼んでくれるのも眉子ちゃんだけだった。入川先生は、「女子はなになにさんと呼び合いましょう」と言っていたけれど、ふざけてそうするとき以外は、みんな、一年生のときと同じように呼び合っていた。

眉子ちゃんに手を引かれて、おトイレに行った。全然したくなかったけれど、眉子ちゃんの言う通りにしたほうがいい。

みずほは、たまに、教室でおもらしをする。二時間目と四時間目に失敗することが多かった。中休みや昼休みになったら、きっと、おトイレに行こうと思っているうちに、間に合わなくなってしまうのだった。

入川先生からは、「授業中でも、おトイレに行きたくなったら、手を挙げなさい」と言われているが、きまりがわるくて、できない。みずほのおもらしの後片付けをしながら、入川先生が口にした、「体格はりっぱなのにねえ」という独り言が耳に残っている。

保育園の先生にも言われたことがある。親にもよく言われる。みずほは身長が百五十センチ近くあった。体重はおよそ五十キロ。

からだは小柄な大人と変わらないのに、みずほには、おもらしだけでなく、万事ハカのいかないところがあった。同年代のこどもたちよりも、なかみは幼い。そして、少々、のんきだった。

ちょっとくらいおトイレに行きたくなっても、中休みやお昼休みまでは、大丈夫、と思ってしまう。スローモーなので、五分休みでは用を足せないという理由もあるし、朝は朝で、親に急《せ》き立てられて用を足しそびれてしまいがちだった。おもらしは、小がほとんどだったが、大の場合もあった。みずほは、むしろ、大のほうを歓迎した。小は皆の知るところとなるが、大はみずほが口をつぐんでいさえすれば、気づかれずに済む。その代わり、とても臭い。みずほは「臭いひと」として、同級生に認知されていた。大をもらしていないときでも、みんなに臭がられる。

のっそりと大きくて、口数が少なく、つねにもじもじしている。笑うと、四角い輪郭のなかの濃い眉がだらりと下がり、細められた大きなギョロ目を覆う厚いまぶたが盛り上がり、あぐらをかいた鼻の、その穴が、ぷうっとふくらむ。

入川先生も、同級生たちも、みずほを見ると、わけもなく苛々《いらいら》した。みずほの言う「なんとなく怒っている」顔つきになる。

二年生になってからは、一度もおもらししていなかった。眉子ちゃんのおかげだ。眉子ちゃんが、朝、おトイレに誘ってくれるようになったからだ、とみずほは思っている。眉子ちゃんは、五分休みにも、みずほの席までやってきて、「おトイレは?」と訊いてくれる。

「まだいい」と首を振りながらも、みずほが落ち着かないようすを見せると、「だめだよ、行かなきゃ」と腕を取った。廊下を早足で歩かせて(ほとんど小走り)、おトイレに連れて行った。列ができていても、「このひと、ほっとくともらしちゃうから」とか「のろまだから」と交渉し、みずほを先頭に立たせた。

眉子ちゃんがみずほの世話を焼くようになったのは、二年生になってすぐだった。一年生のときは、ほとんど話をしたことがなかった。眉子ちゃんは、琴音《ことね》ちゃんや、百花《ももか》ちゃんと仲よしだった。いまでも仲よしだけど、それとは別に、みずほと仲よしみたいな雰囲気になっている。

朝のおトイレはすいていて、待たずに入れた。

眉子ちゃんがドアの外で待っていてくれるから、みずほはがんばって、おしっこを振り絞った。お腹の下のほうを力いっぱい、手で押し込むようにすると、少しは出る。

手を洗って、教室に戻るときも、眉子ちゃんはみずほと手をつなぎたがった。その手を揺すって、みずほを見上げ、「みぃちゃんは、こころがやさしいね」とにっこりと笑いかけることがたびたび、あった。

今朝もそうだった。

「えー、なんでー？」

みずほは大きなからだをぐにゃりとくねらせた。何度言われても驚くし、嬉しい。

「だって、そうに決まってるんだもん」

眉子ちゃんは、ぱっと手を離し、スキップで二、三歩先に行き、みずほを振り返った。ふと、おかあさんの言ったことを思い出す。

「この子、綺麗になりそう」

おかあさんは、クラスの集合写真のなかの眉子ちゃんを指差して、そうつぶやいた。そのあと、「しかし、あんたはでかいね」と、みずほを指し、大笑いした。後列に立ったみずほは、同級生たちよりも頭ふたつは背が高かった。

「アレみたいだよ。昔、せこい遊園地とかにあった、でかい鬼の人形。ボールが当たると、ウイーンってバンザイするやつ」

畳に寝転がって、大五郎《だいごろう》の水割りを飲みながらテレビを観ていたおとうさんも「言えてる」とげらげら笑った。

「できることなら、人間たちのなかまになって、なかよく、くらしていきたいな、って感じ?」

眉子ちゃんは首をかしげて、みずほに話しかけた。なにかを読んでいるような言い方だった。意味もよく分からない。

みずほは、でも、気にならなかった。眉子ちゃんは、おトイレのドアの前で待っているあいだも、よく分からないことをぶつぶつ唱えている。

「きこりが、すんでいたのでしょうか。いいえ、そうではありません。そんなら、くまが、そこにすまっていたのでしょうか。いいえ、そうでもありません」

毎日聞くので、みずほはその部分を覚えてしまった。昔話のようなものだろう。眉子ちゃんは、すごく感情を込めて、丁寧に、唱えていた。

教室に戻ると、眉子ちゃんは、琴音ちゃんや百花ちゃんのところに行って、ベルが鳴るまで、お喋りをする。眉子ちゃんは、おトイレの心配はしてくれるけれど、そのほかの心配はしなかった。男子がわざわざみずほの席にやってきて、鼻をつまんだり、大げさに手で払う真似をして、「くっさ！」とか、「くっせえ！」と言っても、助けてくれない。

ただ、じいっとみずほを見ているだけだった。みずほは、男子にからかわれると、つい、目で眉子ちゃんを探す。すると、なんだか一心にこちらを見つめる眉子ちゃんのキラキラと光る瞳と行き合うのだった。

「しょんべんたれ」とか、「おもらしやろう」と囃《はや》し立てられても、眉子ちゃんは、濡れた目をして、みずほを見つめるきりなのだが、きょうは、ちょっと頬をふくらまし、かすかにうなずいたように感じた。

お昼休みが終わろうとしたときだった。

眉子ちゃんが校庭から教室に戻って来た。眉子ちゃんは、校庭のはしのほうにある桜の木のあたりで、琴音ちゃんや百花ちゃんと縄跳びをしていた。みずほは教室の窓から、眉子ちゃんが琴音ちゃんや百花ちゃんにバイバイをするのを見ていたので、もうすぐ来るな、と思っていた。

「みぃちゃん、おトイレ行こうか」

お待たせ、というふうに、眉子ちゃんは、みずほの腕を取った。みずほは顔じゅうで笑った。嬉しくてたまらなかった。眉子ちゃんに「みぃちゃん」と呼ばれて、話しかけられると、とても嬉しい。

どうして眉子ちゃんが、みずほのおトイレの心配をしてくれるようになったのかはよく分からなかった。二年生になって、おねえさんになったからかな、とうっすら思うきりだった。からだの大きなみずほに、おねえさんっぽく接してくれるともだちはいなかった。というか、ともだちじたい、みずほにはいない。

でも、眉子ちゃんとは仲よしみたいな雰囲気になっている。ともだちだ。おトイレ以外は心配してくれないけど、でも、ともだち。

眉子ちゃんがおトイレ以外の心配をしないこともまた、みずほはどうしてなのか分からなかった。

そんなことは、眉子ちゃんにおトイレに誘われたら、吹っ飛んでしまった。それに、いま、ちょうど、お腹におしっこがたまって、たぽたぽ揺れていた。眉子ちゃんに誘われなければ、まだ大丈夫、と行かないところだった。

眉子ちゃんに手を引かれておトイレに行った。勢いよく、たくさん、出た。眉子ちゃんは、今朝と同じくドアの前で待っていた。

「あれ?」

とみずほが首をひねったのは、普段のお昼休みなら、眉子ちゃんも用を足すからである。

「きょうはいいの」

眉子ちゃんはやさしく答えた。みずほが手を洗うそばで、こう言った。真剣な顔つきだった。なんとなく怒っている感じに近い。

「みぃちゃんが男子にあんなふうに言われたり、女子にもきらわれてるのは、やっぱりおもらしのせいだよね」

「うん」

みずほはゆっくりとうなずいた。眉子ちゃんは、みずほの顔を覗き込んだ。

「おもらししなくなっても、きらわれてるよね」

「んー」

分かんない、とみずほは少し笑った。照れたような表情になった。眉子ちゃんが、みずほのまだ濡れている手を取る。

「みぃちゃんは、みんなと仲よくなりたくて、にこにこしてるのに、だれもみぃちゃんと仲よくしようとしないよね。みんな、みぃちゃんが、こころがやさしいって知らないんだよね」

「そんなー」

みずほははっきりと照れた。なぜかハアハアと息をした。眉子ちゃんは、ごくり、と唾を飲み込んだ。みずほに接近する。みずほの顎の下に眉子ちゃんの目があった。

「五時間目に、わたし、おしっこするから。みんなが騒いだら、みぃちゃんは『やめなさいよ、かわいそうでしょ』って言うこと。そしたら、みぃちゃんが、こころがやさしいって、みんな分かるよね」

「えー？」

みずほは眉子ちゃんがなにを言っているのか理解できなかった。眉子ちゃんの目はびっしょりと濡れて、いままで見たなかでいちばんキラキラしていた。

みずほは依然として笑っていた。眉子ちゃんは、みずほを見つめていたのだが、みずほは見られてる感じがだんだん薄まっていくのを感じた。眉子ちゃんがなにを見ているのか分からない。でも、眉子ちゃんの目にはみずほがちゃんと映っている。それがふしぎで、なぜだか面白くて、頬がゆるむのだった。

眉子ちゃんは、ふう、とちいさく息を吐き、そっとかぶりを振った。

「水くさいことをいうなよ。なにか、ひとつの、めぼしいことをやりとげるには、きっと、どこかで、いたい思いか、損をしなくちゃならないさ」

眉子ちゃんは声色を使った。しかも、男子みたいな口ぶりだった。上手に本を読むようだった。みずほがにやにやしたまま黙っていたら、眉子ちゃんは、さっきよりも、もっと、もっと、目をキラキラさせて、まぶしいくらい、キラキラさせて、言った。

「だれかが、ぎせいに、身がわりに、なるのでなくちゃ、できないさ」

本のなかの人物になりきったようだった。それから、水飲み場で水をがぶがぶ飲み、準備はできた、というようにみずほを見た。

「お腹の下のほうをこうやって、手でぎゅうっと押すと、出るよ」

みずほは、おしっこの出し方を教えた。眉子の役に立ちたかったのだ。

「サンキュー」

「えー、と」

やっぱり、みぃちゃんはこころがやさしいね、と握った手に力を込められ、みずほは満足した。眉子が『泣いた赤おに』に夢中になっていたことなど、ちっとも知らなかった。こころのやさしい赤おにの助けになるため犠牲になった、青おにの役割を眉子がやってみたいと思っていることも、もちろん、全然、知らなかった。

4　二〇一四年七月　三井広太

「初恋というか、性の目覚めというか、なんというか」

三井《みつい》広太《こうた》は牧田《まきた》栄美《えみ》の髪の毛を撫でながら話し始めた。

ススキノのラブホテル。行為のあとの甘い時間だ。栄美とは初めて重なり合った。友人に紹介されて、三度目のデートだった。出会ったときから馬が合った。広太が発言するたび、栄美は即座に反応した。広太の振り出した会話を補足しつつ進めることもあれば、混ぜっ返すこともあった。どちらにしても初対面とは思えぬほど息が合っていて、愉快だった。

広太は大学を卒業し、地場の建設資材会社に勤めて七年である。今年三十歳。そろそろ身を固めてもいい歳だ。二歳下の栄美は地場の航空会社で地上勤務をする契約社員である。顔もまあまあ可愛いし、結婚相手としてまったく悪くない。

「小二のときなんだけどさ」

「性の目覚めにしては早くない？」

広太に腕枕された栄美が笑う。広太は髪を撫でる手を止め、栄美の頭をぽん、と軽く叩いた。

「いまにして思えば、ってこと」

当時はもちろん気づかなかったさ、と付言した。

「授業中、おもらししちゃった子がいたんだよ」

とつづける。

「あ、それって小学校時代のけっこうな『あるある』だよね」

「黙って聞けって」

広太は栄美の口をふさいだ。「苦しい、苦しい」と栄美が笑いながらじたばたしてみせたので、すぐに離したが、いちいちなにかひとこと言いたがる栄美に、花嫁候補としてマイナス一点をつけた。

「普通の女の子だったんだよ。いいほうにも悪いほうにも目立たない、ほんとになにもかもクラスの真んなかって感じの。高学年になったら、普通よりもちょい綺麗かな、って認識されるようになって、中学に行ったら、完全に綺麗な子だってみんな思うようになったんだけど、当時は、まあ、ふつうだった」

「小二だからね」

「うん、小二だから」

と広太は復唱した。

「うちのクラスでおもらしする子は決まってたんだ」

「専売特許?」

「そんな感じ。おもらしといえば足立、みたいな」

あ、名前言っちゃった、と広太は自分の口をおさえた。栄美が声を出して笑う。素肌にシーツをかけていたきりだったので、からだじゅうが揺れているのが見て取れた。からだはいいんだよな、脚もけっこう長いし、と思い、先ほどのマイナス一点を取り消す。

「足立っていうのが、ちょっとアレな子でさ。くわしくは知らないけど、親もなんかアレみたいで、着てるものも若干アレで……」

「アレばっかで分かんないよ」

「ローワーって言うの？　いろいろ低いな、ギリギリだな、みたいな」

「あーはいはい」

「でも、からだはすげえでかかったんだよ」

「足立ね？」

「足立。言い忘れてたけど顔もアレでさ、で、なんか臭いの。カメムシ的な臭さ。で、にやーって笑うんだよね」

「そのうえ、おもらし？」

「バンバンもらしちゃうんだ、これが。そのたび教室が騒然となってだな」

「当然、授業は中断だね」

「先生もイラついてた。これがまた堅苦しいおばあさん先生でさー」

担任の生真面目さをあらわすエピソードをひとつふたつ披露したあと、広太は話を元に戻した。

『あれ？　最近、足立、もらさなくね？』みたいな空気になったころ、のちに綺麗になるふつうの女の子がもらしたんだよ。忘れもしない五時間目のけっこう序盤」

「序盤なんだ？」

「びっくりしたよ。おれ、隣の席だったからさ。気がついたら、椅子からしずくがポタポタ落ちてんの。床、見たら、水たまり的なものができててさ。で、ちょっと湯気っぽいものが立ってて、こもったニオイもするし。あ、こりゃたいへんだ、とおれは」

広太は手を挙げた。

「先生、おしっこしてます」

こどもの声色で、栄美を指差す。

「やだ、もう」

栄美がなぜか顔を赤くする。広太の肩を叩いた。栄美の意外な一面を見たような気がして、どきんと心臓が一打ちしたのだが、おくびにも出さないようにして、話を続行した。

「おなじみの足立のときとはちがって、なんか、みんな、しんとしちゃってさ。だって、その子は全然、そういう雰囲気じゃなかったんだよ。まあ、おもらししそうな雰囲気の子って足立しかいなかったんだけどさ、そうじゃなくて……」

広太は口をつぐんだ。

「そうじゃなくて？」

栄美に促され、話し出す。

「騒いだりなんかできない空気をその子が出してたっていうか。うかつに面白がれないっていうか、なんていうのかなあ、重いっていうかシリアスなムードがそこにあったっていうか」

あ、必死？　うん、そんな感じもあって、と広太は言葉を選びながら言った。どれもしっくりこない。

「それでも、そばの席のやつらは、立ち上がって、その子から離れたわけだ」

「広太も？」

「まあね。でも、おれは最後までその子のいちばん近くにいてしまったんだけど」

広太はよく覚えていた。そのときの、その子のようす。少し、震えていた。でもそれは怯《おび》えているのではなく、興奮によるものだと分かった。その子は頬を紅潮させていて、むしろいきいきとした表情だった。目はぱっちりと開けたままだった。

「その目で、足立を見てたんだよ。で、足立に『早く』って言ったんだ」

「『早く』？」

「したら、足立が、にやにや笑いながら、『やめなさいよー、かわいそーでしょー』ってものすごい棒読みで言っちゃって」

だれもなにも言ってないのにさ、と広太は首をかしげた。

「一同爆笑？」

「……いや」

広太は反対のほうに首をかしげた。

「すごく変な空気になっちゃって。秋の海みたいに静まり返ってしまいましたよ。先生は屈《かが》んで後始末をしてたんだけどさ、足立が異様な発言をしたときは、ぱっと顔を上げて、なんていうか、非常に差別的な言葉が喉元まで込み上げてますって表情をしてたなあ」

「当人は？　おもらしした当人はどうしてたの？」

「立ってたよ。椅子のそばに。なんかもうやりきった感でいっぱいっていうか、いっそ、うっとりしてた」

目なんか、トロンとしちゃってさ。ズボンも靴下もうわ靴も濡れてて、しょんべん臭いのに、と広太は下唇を嚙《か》んだ。

「おれ、目が離せなくてさ。いま思うと、たぶん、ちょっとグッときてたんだろうな」

「……分かるような、分からないような」

栄美はため息をついた。

「でも、それはたしかに性の目覚めかも」

性的なものかも、と襟足に手をやって、つぶやいた。栄美の声は低く、落ち着いていた。言葉にするのがむつかしい広太の「感覚」を共有しているようだ。プラス十点。嫁にするなら、ここ、いちばん大事、と広太は思った。

「あと、女の怖さっていうか、深淵《しんえん》なるものにふれた感があったたね」

「大きく出たねえ」

即、混ぜっ返され、いささか失望する。いまの栄美の言は聞かなかったことにした。

「机の上に教科書とかノートとか置いてあるわけじゃん？　先生が後片付けにくるとき、その子、それを引き出しにサッと入れたんだよね。変な言い方だけど、万引きするような感じで」

「万引きじゃないけどね」

「じゃないけど、そんな感じで、サッと」

広太はここで一拍置いた。つづけざまに混ぜっ返す栄美のタイミングの悪さに少々苛ついていたのだった。この話の要は次のくだりなのだ。

「……おれ、実はその前に、ちらっと見ちゃってたんだよね」

「教科書？」

「や。ノート。ていうか、ノートの上に置いてた紙。白いやつ。手紙っぽいやつ」

「内職？　小二なのに？」

「隣の席だから目に入るじゃん。ほぼカタカナで書いてたし、気になるじゃん？」

「ほぼカタカナ？」

「すげえ読みづらかった。こどもだから、字もそんなうまくないし。でも、『シバラク　キミニハ　オ目ニ　カカリマセン』とか、『タビニ　デル』とか、そのへんは判読できた」

「やだ、書き置き？」

と言いながら、栄美は首をひねった。小学二年生の女子が書くにしては大人びていると思ったのだろう。

「その子はぶつぶつつぶやきながら、その手紙っていうか書き置きっぽいのを書いてたんだよね。だから、まあ、おれも気づいちゃったんだけどさ」

「口に出しながら文章書く子いたねえ、そういえば」

「んー、なんかそういうのとはちがう感じがしたんだけど……。とにかく、そのつぶやきが少ーしずつ大きくなってきたんだよね。もちろん、耳をすまさなきゃ聞こえないんだけど」

耳をすましても、よく聞き取れないんだけど、と広太は説明した。

「分かる、分かる。けっこうハッキリめにつぶやいてるんだけど、内容までは分からないって状態でしょ？」

「そうそう、それ。しかし、その子はつぶやきながら文字にしてたから、最後のほうになったら、おれ、分かっちゃったんだ」

「なーるほど」

栄美の相槌《あいづち》に広太は大きくうなずいた。やっぱりこの子とは馬が合う。決めちゃおうかな、と思いつつ、喉の調子を整えてから、言った。

「ケレドモ、ボクハ　イツデモ　キミヲ　ワスレマスマイ」

「はぁ？」

それって、やっぱり、と栄美が言いかけたのを制してつづけた。

「サヨウナラ、キミ、カラダヲ　ダイジニシテ　クダサイ」

みたいな。いや、覚えてるとこだけだけど、と広太は苦い顔つきをしてみせた。

「その子さ、つぶやきながら、書きながら、泣いてたんだ」

「入り込んじゃったんだ……」

　イタいね、ていうか、その文章、やっぱりどこかで聞いたことあるんだけどな、と記憶を探るような目つきの栄美を見て、広太は心中で舌打ちをした。分かってないんだな、と思いつつ、言う。

「や、単にイタいんじゃなくてさ。そこまで入り込んどいて、直後、おもらしして謎《なぞ》すぎるだろ。で、もらしといて、恍惚《こうこつ》の表情を浮かべるとか、わけ分かんなすぎて、なんかさあ、女だなあ、って最近、おれ、思うんだよね」

「いやいやいや、広太のその感想もざっくりしすぎる上に飛躍がありすぎて意味がよく分からないですよ」

　栄美はついさっき思い出そうとしたことを放り出したようだった。両手を挙げ、指を絡ませる。くるりと返して、広太を見た。

「おれもよく分からん。でも、思い出すと、女だなあ、って思ってしまうわけだよ」

　広太はふくみのある目を栄美に向けた。

「その子、木之内眉子っていうんだ」

「え？」

「旧姓な。結婚後は真壁眉子」

「って、あの？」

「そう、あの」

広太は複雑な顔つきをしていた。ほんの少し得意なような、ほんの少しかなしんでみせるような、そして、ほんの少しだけ、確と理由は言えないが先見の明があると言いたいような、それらが入り交じった表情をして、栄美の反応を待っていた。

5　二〇一四年六月十四日

頰杖をつき、Ｎｏ．１の手帳をながめ、ぼくは、しばし記憶のなかをさまよった。彼女に初めて会ったときのことが、実に鮮明に思い出された。百年以上前の出来事のように感じる。たった六年前なのに。

唇をちょっとすぼめて、細く、長い、息を吐いた。

ロマンチックな音楽が聴きたくなった。ジャズっぽいけど、ジャズじゃない、しっとりとしたムードのＪポップ。そんな気分だった。

ベタである。でも、ぼくは、いま、とても、そうしたかった。慰められるような気がした。ぼくは、ぼくのきもちも、彼女のことも、少しも憎んでいない。これはほんとうだ。でも、ぼくを慰めてくれるひとがひとりもいないのは、やはり、少しさみしいのだった。ひとだけでなく、ものも、ことも、なにもぼくを慰められない。

乾きかけた前髪を搔き上げた。机の上にきちんと並べた手帳をいったん、片付けようとする。Ｎｏ．１からＮｏ．７まで順に重ねて、机の左端の角に合わせて、真っすぐ置いた。

立ち上がったついでに、カーテンをちょっと開けて、外を見た。晴天。梅雨のさなかだというのに、日差しがまぶしい。

二歩進んでキッチンに立った。ミニ冷蔵庫から、食パンと、ハムと、マヨネーズと、紙パック入りの野菜ジュースを取り出す。やや硬くなった食パンにマヨネーズをかけ、ハムを二枚載せた。ハムもふちのあたりが乾涸《ひから》びたように硬くなっていた。絞りきったマヨネーズの容器と、食パンとハムの入っていた袋と、野菜ジュースは右手に、サンドイッチは左手に持って、バスルームに向かって、何歩か、歩く。

バスタブに腰かけ、朝食をとる。ごみはバスタブに放り投げた。サンドイッチはうまくもまずくもなかった。だが、味はさして重要ではなかった。腹を満たすためでもなかった。ぼくの目的は、冷蔵庫を空にすることだった。これで、残ったのは、炭酸水の入ったボトルが一本きり。予定通りだ。まあ、もともと、そんなにどっさり食料品を貯め込んでいたわけでもないんだけれど。

サンドイッチを食べ終え、野菜ジュースにストローを差した。四角い容器がへこむまで、吸い上げる。飲み終わったら、ズッ、と音が立った。

腕をのばして、歯磨きのチューブと歯ブラシを取った。歯磨き粉も予定通りこれで使い終われる。上半身をひねり、バスタブにミント味のあぶく付き唾を吐き出し、立ち上がった。洗面台で口をゆすぎ、ティッシュで口元をふいてから、机に戻った。ティッシュは使い切れないかもしれないな、と思ったが、すぐに、それはそれでよしとした。あんまり完璧じゃないほうがいいような気がする。

椅子に座り、また手帳を並べ始める。左から順に、Ｎｏ．１、Ｎｏ．２……。並べ終えて、汽車の、車両が連結するようすに見立てた。もうすぐ発車しそうだ。手のひらをこすり合わせてから、Ｎｏ．２の手帳を取り上げた。おっと、その前に、と、ぬるくなり、気の抜けた炭酸水を最後の一滴まで飲み干す。


二〇〇九年六月二十七日、土曜日。

マカベコーポレーションのバイトの面接を受けたのは、五月下旬だった。職種は配送。

ぼくは定期的にマカベコーポレーションの求人案内をチェックしていた。最初に見たのは一年前だった。マカベコーポレーションを検索していたら、いくつかの求人情報サイトが表示されたのだ。そのときは「定期営業（配送係）」として正社員を募集していた。

バイトの募集だったらよかったのに、と反射的に思った。正社員の募集はぼくには関係がない。学生だからね。一年生になって間もなかったし。

たとえ就職活動をしていたとしても、マカベコーポレーションはぼくの選択肢に入らない。これでも世間では一流と言われる私大に通っている。名の通った企業に就職するでしょ、ふつう。と言うのは、少しはったりをきかせすぎかもしれないけれど、実際、そんなにむつかしいことじゃない。

不景気とはいえ、ほとんどの優良企業は毎年、新卒を募っている。つまり、毎年かならず一定数の学生が優良企業に入社する。その「一定数」に入ればいいだけの話だと、ぼくはあえて楽観的に考えていた。重要な行為にのぞむときは、リラックスしていたほうがいい、というのが、ぼくの信条なのだ。むかしもいまも変わらない。

たしかに狭き門にはちがいない。「一定数」の具体的な数は、そう多くないだろう。不景気だけが理由ではなく、そもそも、多くないのだ。

大学でも会社でも環境でも、「よいもの」を獲得できる者はかぎられている。そうして、「よいもの」を手に入れることができるのは、皮肉にも、すでに「よいもの」を持っているひとたちだ。ピラミッド型という陳腐な表現を用いるまでもなく、「よいもの」を持つ者だけが「よりよいもの」を手に入れ、「よりよいもの」を手中におさめた者だけが「さらによいもの」を獲得する。

もちろん例外はある。ときに、ほんのちょっと「よいもの」を持っているだけで、最上級の「よいもの」を手に入れる場合がある。たとえば彼女を妻にした真壁氏。ついてるよね。彼はすごくついてる。

おそらく、彼女の周りに「いいもの」を持っている人間が、彼のほかにいなかったせいだろう。だから、彼女は、披露宴であんなに嬉しそうで、その癖、おどおどしていたのだ。親から譲り受けたちっぽけな会社という「よいもの」しか持っていない真壁氏の機嫌を損ねないように、ずうっと彼のお気に入りでいられるように、彼の顔色を窺っていた。

見ようによっては卑屈な態度だ。けれども、それは彼女のせいじゃない。彼女は、ほんとうに「よいもの」を持っている男をまだ知らないだけなのだから。少なくとも、真壁氏よりも

「よいもの」を獲得した男とは出会っていない。それだけのことだ。

彼女は、未来のぼくと出会う日をこころのどこかで待っている——。

これは、このころ、ぼくの好きだった妄想である。その日がきたら、彼女は、きっと、あっさりと真壁氏を捨て、ぼくにすり寄ってくるはずだ。

ぼくは、出会いこそすべてだと考えていた。出会ってしまいさえすれば、ぼくたちはカップルになるべく動き出すはず。言い換えれば、彼女がぼくに気づきさえすればいいのだ。

ぼくは彼女を尊んではいたけれど、絶対的に信じてはいなかった。いくら綺麗でも、ほんのちょっと「よいもの」を持っているだけの男になびくような女だ。もっと「よいもの」を持っている男を知ったら、軽やかな動作で乗り換えるだろう。

ぼくが思うに、それは計算ではなく、彼女の本質である。

披露宴で微笑を絶やさなかった彼女が、一瞬だけぼくに見せた、「表情らしきものがない表情」。ぼくは、それに無垢という言葉をあてはめた。見当外れではないはずだ。

ほんのちょっと「よいもの」を持っている男になびくのも、もっと「よいもの」を持っている男に乗り換えるのも、純真と言えば言える。

ただ、ぼくとしては、もっと「よいもの」を持っていさえすれば、どんな男にだって彼女が真っすぐ向かっていくとは、さすがに思いたくなかった。

そこはそれ、というやつで、ぼくが彼女の「本質」を刺激する場合にかぎり、いくぶんかはロマンチックな要素が加わっていてほしかった。たとえば運命とか、そういうの。

マカベコーポレーションの求人案内を二度目に見たのは、去年の十月だった。「定期営業（配送係）」の正社員ではなく、「配送」のバイトに変わっていた。

おそらく数カ月後にも募集があるだろうと予想し、教習所に通い始めた。費用はホテルの配膳係で得たバイト代でまかなった。免許を取ってからは、月に何度かレンタカーで運転の練習をした。高速道路への入り方や合流の仕方、狭いスペースでの駐車を重点的に。すると、思った通り、五月に「配送」のバイトが募集されたのだった。

テレオペや倉庫内軽作業の募集はわりによく見かけた。でも、ぼくの希望はあくまでも配送係だった。

最初の募集が「定期営業（配送係）」の正社員だったこともあり、ほかの部署でバイトするより、正社員に近い仕事をまかされるのではないか、と思ったのだ。インターネットでマカベコーポレーションのよくない評判は上がっていなかったが、配送のバイトとして雇っておきながら、営業もさせられる、というのはありそうな話である。

巷《ちまた》によくある、名も知れぬ中小企業は、程度の差こそあれ、おしなべてブラック、というのがぼくの考えだった。就業規則などあってないようなもの。ちっぽけな世界に経営者が独裁的に君臨している、というね。

マカベコーポレーションのサイトでは、各種健康食品の情熱的な説明とともに、「アットホームな社風」をアピールしていた。各部署で働く従業員の写真も上がっていた。そのすべてに社長の真壁氏が写り込んでいた。

社長宅でのパーティのようすも公開されていた。真壁氏の趣味はホームパーティなのだそうである。結婚してからの趣味らしく、「奥さん（美人！）自慢をしたいだけなのでは？　ともっぱらのウワサ（笑）」とのキャプションが添えられていた。まさに（笑）。

室内から、ちいさな庭を撮った写真だった。スーツすがただった男性従業員たちがカジュアルな服装でそれぞれの家族をともない、バーベキューに興じていた。開け放したベランダの向こうで肉を焼く真壁氏にピントが合っていた。真壁氏は貧相なからだを白地に青い横線の入ったポロシャツに包んでいた。襟を立て、水色のセーターを肩にかけて。

写真では見切れていたが、手前に白くてすんなりした腕が二本、写っていた。こどもにジュースのお代わりを差し出しているようだった。いっぽうの手でグラスを持ち、もういっぽうは底にあてていた。腕しか写っていないのに、美しい女性だと知れた。

真壁氏のホームパーティに招待されるのは、彼のお気に入りの従業員なのだろう。ぼくがそこまでいくのは無理かもしれないけれど、配送係のバイトになれば、真壁氏のお気に入りの従業員に近づけるかもしれない。

彼女のにおいのするところなら、彼女の息づかいを感じられるところなら、そして、そこにぼくが行ける可能性が少しでもあるのなら、どこにだって行きたかった。ぼくは、彼女と出会える手がかりをどうしても摑みたかった。

マカベコーポレーションでバイトを始めたのは六月だった。

ぼくは配送係として、作業着を着込み、軽のバンを運転し、取扱店に健康食品をおさめた。

授業をやりくりし、平日の午前か午後、週に三日は出勤した。早出をしたこともあったし、残業をしたこともあった。

配送先は、都内と、その近郊にある、ちいさな薬店や薬局だった。道順も手順もすぐに覚えた。配送先は決まっていたし、納品し、伝票にハンコをもらい、店主か店員と少し立ち話をするだけだから、難易度の高い仕事ではない。

そんなある日、真壁氏から声をかけられた。

「茶谷くん、今度の土曜日空いてるかな？」

「これと言って用事は……」

軽のバンに商品を積んでいた手を止め、答えた。トトト、と鼓動が速くなった。この時点でぼくはホームパーティに招かれることを予期していた。一度、真壁氏が総務部長に声をかけるところを見かけたことがあった。真壁氏がぼくに言ったのは、そのときの科白《せりふ》と同じだった。

「ほんと？　無理してない？　デートの予定とかあるんじゃないの？」

真壁氏の口調は、気心の知れた友人に話すようなそれだった。不良品の米粒みたいな輪郭に、幼児が描いたような目鼻立ち。精一杯胸を張って、ぼくを見上げながらも、「同じ釜の飯を食う仲間じゃないか、ただしおれは社長だけど。そこんとこ忘れないように」という空気を放っていた。

「大丈夫です」

ぼくはなるべく純朴な青年のふりをして、うなずいた。視線を下げて手袋を脱ぎ、少し笑った。

バイトを始めて三週間しか経っていないぼくを、彼よりもっと「よいもの」を持っているこのぼくを仲間扱いするなんて。ぼくが光栄に思うとでも？　その上ぼくが彼女と、彼にしてみれば妻と出会うきっかけをあたえるとは。浅いに薄いと書いて、浅薄。浅いに慮《おもんぱか》ると書いて、浅慮。そう思いながらも、ぼくの鼓動は、ドッ、ドッ、ドッ、といよいよ重く、速くなっていた。

「なら、うちにメシ喰いに来ない？　何人か声かけてるからさ、気軽にわいわいやろうじゃない」

真壁氏は実にひとのよさそうな顔をして――愚かしげな顔をして――ぼくをホームパーティに招待したのだった。

「あ。うちのやつ、けっこうがんばって料理つくるからさ、多少不味《まず》くても誉めてやってくれよな」

ぼくの肩をポン、と叩き、わっはっは、と意味なく笑いながら、その場を離れた。ぼくは胸に手をあて、そこの生地を握りしめた。彼の言い草を笑ってやりたかったのだが、そんな余裕はなかった。息をするのでさえ、少々苦しかった。

ぼくが招かれたホームパーティは「契り会」というらしい。

三種類あると聞いたうちのひとつである。真壁氏の腹心の部下があつまるようだった。

おそらく、ぼくは「腹心の部下候補」だったのだろう。真壁氏は、ぼくを彼の懐刀《ふところがたな》のような存在にしたいと思っていたはずだ。

真壁氏の意向は、ホームパーティに呼ばれる前から気づいていた。そもそも、ぼくがバイトに採用された理由が、たぶん、それだ。面接のときから、真壁氏は、ぼくに興味を持っていた。たかだかバイトの採用なのに、真壁氏も面接官として出席していた。いつもそうなのか、ぼくを見たくてそうしているのかまでは分からなかった。とにかく、彼は人事の責任者である総務部長の隣に座っていた。型通りの質問をする総務部長と、紋切り型の受け答えをするぼくとのやりとりを聞いていた。二本の指をこめかみにあて、じっとぼくを見たり、手に持った履歴書に目を走らせたりした。

真壁氏がどういう立場のひとなのか、総務部長は説明しなかった。真壁氏のようすは一見して「シャープな思考を持つデキる経営者」風だったから、言われなくても、社長だな、と分かるけど。

ぼくはもちろん、彼が真壁氏だと知っていた。その上で、知らない振りをした。採用が決まり、初めて顔を合わせたとき、「あ、あのときの」と驚くことも忘れなかった。ぽかん、と口を開けたぼくの二の腕を真壁氏はさも愉快そうに握りこぶしで小突いた。体育会系の先輩みたいな仕草だった。スポーツなんてしそうじゃないのに。

真壁先輩は「期待してるぞ」と励ましてから、伸び上がるようにしてぼくに顔を近づけ、

「配送なんてだれにでもできる仕事だ、なんてバカにしちゃいけないよ」と声をひそめた。

「いえ、そんな、まさか」

ぼくは図星を指され戸惑っている体《てい》でちいさく手を振った。

「ほんとに、そんな」と繰り返したあと、「……まいったな」と独白し、このひとの目はごまかせない、と畏《おそ》れる若輩者を装った。

少しのあいだ、目が合った。真壁氏はぼくを見上げ、ぼくは真壁氏を見下ろしていた。真壁氏は胸を張っていて、ぼくの背は丸まっていた。ふたりとも、もともとの姿勢のよさと悪さを誇張していた。互いの「立場」というやつを端的にあらわした恰好だった。マカベコーポレーションのなかだけで通じる「立場」だ。

この会社にいるかぎり、彼はぼくに劣等感を持たずに済む。それだけではなく、体型、学歴――能力と言い換えてもいいかもしれない――、どちらも自分よりすぐれているぼくを下の「立場」に置くことで、自分の大きさを確認できる。

ぼくが目を逸らそうとしたそのとき、彼はゆっくりと、ひとつ、うなずいた。つづけざまに数度、うなずいた。うなずくたびに口元がゆるんだ。目も細められた。

(現場で経験を積んだら、引き上げてやるからな)

ぼくは真壁氏の表情をそう読んだ。こうも読んだ。

(きみのような人物を配送係のバイトのままでいさせるのはもったいない)

いずれ、おれの右腕に、と、表情だけでなく、真壁氏のこころの声も聞こえた気がした。間違っていなかったはずだ。ぼくが真壁氏のそば近くで仕えれば仕えるほど、彼は自分の大きさを実感できるのだから。

「契り会」は土曜の夜にひらかれた。七時に会社の正面玄関エントランスに集合、と総務部長からお達しがあった。連れ立って、真壁氏の自宅に向かうのだそうである。

都心のちいさな個人経営の薬店や薬局に商品をおさめて帰社し、着替えてから、集合場所に向かった。約束した時間の十五分くらい前だった。

マカベコーポレーションの正面玄関エントランスは小規模なホールになっていた。ガラスの棚に取り扱い商品が売り上げ順に並び――順位を書いた紙と、商品の説明がカード立てに挟んで置いてある――、応接セットがあった。

「あらあら」

「まあまあ」

ふたりの女性がぼくを認め、ソファから腰を浮かせた。テレオペルームのベテランパートタイマーである。喋ると金歯と銀歯が覗くふたりは、それぞれ陰で金さん、銀さん、と呼ばれていた。彼女たちも「契り会」のメンバーなのだった。

「契り会」に招ばれるのは、基本的に真壁氏が抜擢《ばってき》した幹部社員だった。金さんと銀さんは、先代のころから仕えている古参のパートにすぎなかったが、マカベコーポレーションの礎《いしずえ》を築いた従業員として、真壁氏は彼女たちに一目置いているようだった。ただし、彼女たちと同じく「礎を築いた」常務二名は招ばれていなかった。彼らは、真壁氏にとって、煙ったい存在なのだ。

「チャー坊くんもお招ばれしたの？」

ソファに腰を下ろし、金さんが訊ねた。ぼくは少々驚いた。テレオペルームにまでぼくの呼び名が広まっているとは。テレオペルームに所属するひとたちとは口をきいた覚えがなかった。ぼくが金さんと銀さんの顔や、陰の呼び名を知っているのは、彼女たちが社内での有名人だったからだ。

「すごいじゃない、チャー坊くん」

銀さんに笑いかけられて、ぼくは「いやあ」と頭を掻いた。ふたりとも、スムーズに「チャー坊」と発音していた。よほどぼくの噂話をしていたのだと知れる。ちいさな会社だから、バイトとはいえ新入りが噂されやすいのは承知していたが、いやはや、ここまで浸透しているとはね。

営業開発部長の顔を思い浮かべた。ぼくの直属の上司である。毛量の異様に多い中年男性で、声が大きい。営業開発部が花形部署だと心得ていて、社内での態度も大きかった。彼がぼくのことを吹聴したのだろう。「すごいのが入ってきたぞ」とかなんとか、自分の手柄のようにトクトクと。

「さすが、早稲田《わせだ》の政経だわね」

「そうだわね」

ふたりは、顔を見合わせ、うなずき合った。どちらもソファからやや身を乗り出していた。応接テーブルの上で顔を突き合わせているところは、左右対称の写真のようだった。ふたりとも短い髪にパーマをかけ、小太りで、手足が短く、鼻が低い。歳もだいたい同じくらいだった。

六十過ぎだ。彼女たちの年齢に合わせて、パートタイマーの定年が毎年延びるらしい。

「こないだ入ったばかりなのに」

金さんが首をかしげると、

「ほら、きっと、アレよ」

と銀さんが手首のスナップをきかせて振り下ろした。

「そうね、きっとアレだわね」

「そうよ、アレよ」

くくく、と肩をすくめて笑い合うのをぼくはソファのそばで立ったままながめていた。金さんと銀さんの会話に特別な意味は感じなかった。普段の生活で愉しみごとなどないおばあさんふたりが、社長のパーティに招かれ、はしゃいでいる、としか思わなかった。このときは。

「あのね、あたしたちはお花を持ってきたの」

「いろんなリボンでね、つくって」

ひとしきり笑ったあと、ふたりはぼくに話しかけた。手土産のことらしい。

幹部社員たちが金を出し合い、「いいワイン」を持っていく、と総務部長のお達しに書いてあった。学生バイトのぼくは負担を免除された。パートタイマーである金さんと銀さんも、ぼくと同じく免除されたようだった。でも、手づくりの品を持ってきた、とこういうわけらしい。

「リボンを巻いて薔薇《ばら》のかたちにしたのよ」

「それをカゴに入れてね」

「置物にいいわよね」

「トイレとかにね」

金さんと銀さんは、科白の掛け合いをするように交互に発言した。そのたび、金さんが脇に置いていたちいさな紙袋を持ち上げて、ぼくに見せた。

「ぼくはこれを」

ぼくも彼女たちの真似をして、手に提げていた長細い紙袋を持ち上げた。なかにはフランスの高級ミネラルウォーターが入っていた。一本で二千円近くした。デパートに行き、もっとも高い水を選んだ。ガス入りで、水のドンペリと言われているそうだ。

幹部社員たちが「いいワイン」を用意するというので、ぼくは「いい水」にしようと思いついた。でも、まさか、デパートに行くまで、こんなに高価な水があるとは思わなかったけれど。

「炭酸のミネラルウォーターなんです」

言うと、金さんも銀さんも、「……あら、お水」と残念そうに声を合わせ、「でも、まあ、使いでがあるわよね」「ハイボールとかね」「焼酎を割ったりとか」「レモンをしぼって、垂らすだけで風味が」「ビールを薄めたいときにも」と矢継ぎ早に気を遣った。

ぼくは笑みを絶やさず、「ええ、ええ」と聞いていた。うなずくたびに、ちょっとずつ元気がなくなった。「トイレの置物」に適しているという「リボンで巻いた手づくり薔薇」を持参するパートタイマーのおばあさんの言うこと、と思っても、気になった。

そのときまで、すごく素敵なアイデアだと自負していた。なんて贅沢《ぜいたく》なプレゼントなんだろう、と考えていた。いくらでも安く手に入るものに金を出し、上等な品を選ぶセンスに、われながら、ほれぼれしていた。

織細な泡の立つ、透明な液体に、彼女が口をつけるようすも想像した。ぼくのプレゼントした贅沢な水が、彼女の喉をやさしく刺激しながら落ちていくようすも思い描いた。飲み終わって、彼女は、ほうっと息をつき、「ああ、おいしい」ときっとつぶやく。それから、ピンク色の舌で濡れた唇を舐めるのだ、と。

ルイ14世に愛された水とも知らず、「ただの水じゃないか」と呆れてみせるマカベコーポレーションのひとびとの愚かさはある程度織り込み済みだった。ぼくは彼らの隙《すき》を見て、彼女だけに、この水がいかに上等なものかを教えてあげようと思っていた。世の中には、まだあなたの知らない「よいもの」がたくさんあるのですよ、と暗に伝えるつもりだった。

だが、おばあさんふたりに気を遣われただけで、ぼくの自信はあっけなくしぼみかけ、作戦を実行する意欲もそがれてしまいかけた。ぼくを、こんなきもちにさせたふたりの老女にたいする怒りも生じかけた。ちっぽけな会社の「礎を築いた」だけで、仕事もできないのに幹部面する醜いばばあのくせに、と火を噴くように思わずにはいられなかった。

こういうところが、ぼくの弱さだった。

他人のひとことや反応で、自信が揺らぎ、怒りが噴き上がる。こどものころはひどいかんしゃくを起こしたり、わあっと腕を振り回して相手に突進していったものだ。だんだんと自制できるようにはなったが、それでも、揺らぎと怒りはぼくのなかに残っていて、なにかの拍子に顔を覗かせる。

総務部長、営業開発部長、販売部長、品質保証部長が到着し、タクシーに分乗して社長宅に向かった。

ぼく、金さん、銀さんは、まとめ役の総務部長と同じタクシーだった。営業開発部長が振り分けた。「女こどもの世話はきみが適任」というようにうっすらと笑いながら、総務部長に「三人をよろしく頼む」と告げた。「はいはい」と即座にうなずいた総務部長は痩せて色の白い男性で、だいたいのことに「はい」と応じる全方位型のイエスマンだった。ノーの場合は謝るのがつねだった。断りの文句を口にするのがいやな性分なのだ。

「チャー坊、あとでな」

営業開発部長はぼくに軽く手を挙げてから、ふたりの部長をしたがえ先にタクシーに乗り込んだ。

「……では、われわれもつづくとしますか」

総務部長が、ぼく、金さん、銀さんを振り返り、目をしばたたいた。彼はちっとも愉しそうではなかった。残業をしているように見えた。でも、それがいつもの彼だった。機嫌よさそうにしているところは見たことがなかった。かと言って不機嫌そうでもなかった。

総務部長が助手席に座った。後部座席には、奥から金さん、銀さん、ぼくの順。総務部長がドライバーに道順を指示した。車が走り出すと、総務部長は手すりを持ち、横顔を見せて、話し始めた。

「チャー坊くんは初めてだよね」

「あ、そうです」

「チャー坊くんなら大丈夫だと思うけど、一応言っておくね。なんていうのかな、注意点を」

「注意点」

「そんな大げさなものじゃないんだけど」

釈迦《しゃか》に説法っていうか老婆心というか、と総務部長は顔を戻して、前方を見た。すぐにまた横顔を見せ、

「社長がなにか言って、それが冗談なのかどうか分からないときは、佐々木《ささき》さんの判断待ちってことになってるから」

と言った。佐々木さんというのは営業開発部長である。ぼくは首をかしげながら確認した。

「佐々木部長が笑ったら笑うって感じですか？」

「そうそう。佐々木さんが大笑いしたら大笑い、うなずいたら、うなずく。とにかく佐々木さんに合わせてくれる？」

ぼくは苦笑しつつもうなずいた。総務部長の口にした「注意点」じたい、冗談みたいだった。それとも真壁氏の冗談はそんなに分かりづらいのだろうか。

ぼくの心中を察したように、金さんが口を挟んだ。

「こないだ、ちょっとね」

「そうなの、こないだね、ちょっと」

いやな雰囲気になってしまったの、と銀さんがぼくにささやいた。

「眉子さんが間違っちゃって」

「社長が怒鳴りつけちゃって」

ね、と金さんと銀さんは顔を見合わせた。

ぼくは目立たないように胸に手をあてた。唐突に彼女の名前が出てきて、心臓がきゅっと音を立て、縮んだような気がした。

「眉子さん？」

それでも素知らぬ振りで訊いた。

「奥さんよ、社長の」

「去年、結婚したばかりの」

美人さんよ、と金さんがからだを前に倒して、ぼくに告げ、「美人さんなの」と銀さんもぼくに言った。

なんでも社長が自宅のリフォームをおこなわないのは「経済的な理由」だと言ったときに、彼女がいち早くちいさく噴き出してしまい、社長の逆鱗《げきりん》に触れたそうだ。

「いや、実はあのとき」

総務部長が、左側の窓に視線をあて、つづけた。

「佐々木さんは『またまたご冗談を』って大笑いしかけていたんだ。佐々木さんはね、社長から紳士会の話を聞いていて、『経済的な理由』が社長のお気に入りの冗談だって知ってたんだよ」

そのあとを金さんが引き継いだ。

「同じ話でも、パーティによって冗談になったり、ぼやきになったりするんだわね」

銀さんが説明した。

「お知り合いにはお金持ちって思われたいんだけど、あたしたちにはそう思われたくないってことだわね」

総務部長がまとめた。

「契り会のあと、部長連中で話し合ってさ、反応は佐々木さんに一任することになったんだよね」

じゃないと、と総務部長は手すりを持ち直した。

「奥さんがかわいそうだからさ」

とつぶやき、またしても金さんがあとを引き継いだ。

「あたしたち、みーんな眉子さんのファンなの」

銀さんがうなずき、声をひそめた。

「社長はね、わるいひとじゃないんだけど、若くて美人さんの奥さんをもらって、ちょっと調子に乗ってるのよ」

ぼくは総務部長のようすを窺った。彼は聞いていない振りをしていた。運転手に「次の角を曲がって」と指示していた。

金さんが銀さんに顔を向け、ひそひそ声を出した。

「ちょこちょこ、得意げに眉子さんをばかにするようなこと言ったりしてね」

「眉子さんってほら田舎から出てきた子でしょ？　お勤めするのもここが初めてで、おぼこいわけ。だから社長にくどかれて、あっさり……」

ぼくは唾を飲み込んだ。

「田舎？」

と訊ねる。知っていたけれど。

「北海道よ。札幌の近く」

「結婚する五年前にこっちに出てきたんですって」

「こっちの予備校に通うために」

「そうそう、早稲田志望だったの。合格してたらチャー坊くんの先輩になってたわね」

「そうですね」

ぼくは腰かけ直し、相槌を打った。手は依然、胸にあてていた。喉が渇いて仕方なかった。

「で、どこの大学に進んだんです？」と訊こうかどうか迷っていたら、金さんが答えた。

「結局予備校にも通わなくなっちゃったみたいだけど」

ね、と銀さんにうなずき、ふたりのお喋りが再開した。

「東京にあこがれてただけかもしれないわね」

「伯母さまへのあこがれ、かもだわね」

「早稲田も伯母さまの出身校だったっていうし」

「伯母さま、エッセイストだっていうし」

知ってる？　と金さんが急にぼくに訊いた。

「イジマトモエ」

カタカナで書くみたいよ、テレビにもたまに出るって、と補足した。

「……聞いたこと、あります」

うっすらと記憶にある程度だった。いや、もしかしたら、記憶になどなかったのかもしれない。名前を聞いて、知っているような気がしただけ、というのが正解だろう。

「読んだことはありませんが、お名前は」

けれども、ぼくは、そう繰り返していた。

「それ聞いたら、眉子さん喜ぶわよ」

「マカベにお勤めする前は、伯母さまのお仕事を手伝っていたらしいのよ」

「上京して一年くらいは伯母さまのお宅に住んでいたんですって」

「幡ケ谷《はたがや》ね」

「幡ケ谷」

「そして笹塚《ささづか》で独り暮らしを始めて」

「笹塚でね」

「笹塚？」

初めて耳にする地名だった。ぼくは上京して一年しか経っていなかった。

「渋谷区《しぶや》よ」

「京王線《けいおうせん》のとこ」

金さんと銀さんが代わる代わる答えたが、ぼくは京王線も乗ったことがなかった。

「五畳のワンルームだったんですって」

「壁に蔦《つた》を這《は》わせたアパートで」

「そうそう、グリーンハウスって名前の」

「そこの二階ね」

「……ああ、そうだったんですか」

ぼくは小声で、ひとりごちた。

彼女のブログのタイトルは「ぐりーんはうす」だった。よくある身辺雑記で、かならず写真が貼り付けられていて、文章は短かった。閲覧者も少なかった。コメントもほとんどない。幾分にぎわったのは、結婚披露宴の写真を上げたときだった。披露宴に出席した三人の同級生が「!」を多用してコメントを書き入れていた。

彼女の趣味がブログ運営だということは、披露宴のさいのプロフィール紹介で知っていた。三年間、ほぼ毎日更新しているらしいので、結婚披露宴のことも書くにちがいないとあたりをつけ、日付とか、「光の教会」とか、「ライラックのブーケ」とか、「ラベンダー色のドレス」(あるいは「薄紫色」もしくは「紫色」のドレス)で検索をかけ、一件ずつ確認していった。

あるURLにジャンプしたら、蔦の葉のイラストに、クレヨンで書いたようなかすれ文字で、「ぐりーんはうす」とタイトルが現れた。テンプレートを使っただけの、さして特徴のないブログだった。「光の教会で永遠の愛を誓いました」としか書いていず、写真もホテルのサイトから拾ってきた宣伝用だった。それでも、ぼくは、これが彼女のブログだと直感した。コメント欄を読み、確信に変わった。

「Mちゃん、おめでとう！　スピーチ、しどろもどろになってごめんね！」

そんな一文があったからだ。ブログ主のハンドルネームは「ブレンダ」である。友人の身元が割れないように、わざわざイニシアルにした無駄な気遣いに感謝。

さかのぼってすべての記事を読んでみた。その日食べたものの報告がほとんどだった。その日の空や、観た映画やテレビドラマを書いていることもあった。

彼女が撮った写真はリンゴならリンゴの大写しで、「赤くて小さくてすっぱいリンゴを食べると、息がきれいになるような気がします」という感覚的な文章が添えられているきりだった。

ほぼ毎日更新している、と披露宴では紹介されていたが、結婚してからの更新頻度は週に一度になっていた。

だから、月曜の夜、彼女のブログを読み、コメントを記入するのが、ぼくの新しい習慣になった。

ぼくは「白猫」と名乗り、コメントをするのがむつかしい彼女の文章に食らいついた。ざるうどんの写真に添えられた「つるり、つるり、と食べてしまうのです」という文章には「わあ、おいしそう。いつもハッとするほどきれいな写真、ありがとうございます！　私も麺類はあまり嚙まずに飲み込んでしまいます」という具合。

彼女に警戒されないよう、ぼくは若い女性を装っていた。彼女はぼくのコメントにかならずレスをつけてくれた。「白猫さん、いつも読んでくれてどうもありがとう。よく嚙んで食べたほうが健康にいいらしいのですが（笑）」という不毛なやりとりにしかならないのだが、嬉しかった。

インターネット上とはいえ、彼女と接触できるのは喜びだった。彼女がぼくを「白猫」と認知してくれ、少しずつ、親しくなっていくのも大きな喜びだった。

いくら親しくなっても、「白猫」であるかぎり、ぼくは彼女と実際に顔を合わせることはできない。たとえ、リアルで親しくなったとしても、ぼくが「白猫」だということは隠し通さなければならない。

だって、きもちわるいでしょ？　女の子の振りをして近づく男なんて。

でも、万が一、「白猫」が彼女の友人になれて、メールを交換できるようになったら、こんなにいいことはないのだった。さりげなく「茶谷友之《ともゆき》」という青年を彼女にすすめられる。なんてね。

タクシーのなかで金さんと銀さんの話を聞き、彼女が「調子に乗った」真壁氏に、しばしば恥をかかされていることを知り、ぼくの頭のどこかには、彼女から夫にたいする不満を打ち明けられた「白猫」が、「最低だよ、その男。ブレンダさんなら、もっといいひとがいるはず」

とメールを送る映像が浮かんだ。そのメールには「契り会で会ったたっていうチャー坊くんとかどう？」と最後に書いてあった。

やはり、「白猫」としても彼女と親しくなっておきたい。そんなきもちが強くなった。それは、ぼくと彼女にとって前進である。

「……だからね、社長がチャー坊くんを契り会に招んだのは」

金さんと銀さんが交互に語ったところによると、真壁氏はぼくをマカベコーポレーションに入社させたいようだ。思った通りだ。

「それとね、たぶん」

「そうよ、たぶん」

「チャー坊くんがいることで、きょうは、眉子さんが早稲田を落ちて、予備校も途中でやめちゃったことを、社長は、たぶん、絶対、言うわよ」

「『いったい、なんのために東京に出てきたんだ』って眉子さんをばかにしておいて、『結局、おれと出会うためだった』ってオチの話だわね」

「惚気《のろけ》てるつもりらしいわね」

「お知り合いは『いやー、ごちそうさまでした』って頭を下げるって、社長が自慢してたって佐々木部長が」

「そうそう、佐々木部長が」

ふたり（佐々木部長からの伝聞情報ではあるのだが）によると、真壁氏の「面白い話」の持ちネタはそう多くないようだった。それらが、かならず笑いをとれる、いわゆる鉄板ネタだと思い込んでるあたりが哀れだった。契り会に招くような「腹心の部下」に陰で舌を出されていることも、哀れである。絵に描いたような間抜けな社長だ。

ぼくはこころのすみで、真壁氏が、ほんとうは、うつわの大きな男であることを期待していたようだった。体型も貧弱だし、能力も低いが、ぼくなどとても敵《かな》わない、人間的魅力にあふれたひとかもしれない、それでこそ、彼女が選んだ男だと、そう思いたいきもちも、ひとしずくあった、と気づいた。

それでも、ぼくは真壁氏から彼女を奪ってしまうんだけど、と甘い想像にふとふけるのが心地よかったせいかもしれない。逆説的だが、もしも彼女を手に入れられなかったときの言い訳にもなる。

これもまた、ぼくの弱さだった。

真壁氏が腹心の部下にさえ軽く思われるような間抜けと知り、今後二度と、そのような甘い想像にふける心地よさは味わえなくなった。言い訳もできなくなった。

身ぶるいがした。しっかりと、注意深く、ことを進めなければならない。

ぼくは、もうすぐ、彼女と「出会って」しまう。

すると、ぼくたちは動き出してしまうのだ。

その前に覚悟ができてよかった。タクシーのなかで、ぼくはそう思おうとした。タクシーが止まり、ドアを開けたら、古いがわりあい大きな家が目に入った。「出会った」としても、ただ顔を合わせただけで、なんにも起こらないかもしれない、という考えがぼくのこころに滑り込んだ。タクシーを降りるときは足がふるえた。

「ねえねえ、チャー坊くん、さっきから思ってたんだけど、あなた、いいにおいさせてるじゃないの」

つづいて降りた銀さんが言い、

「ほんとだわね。チャー坊くん、いいにおい」

と金さんもにっこりと笑った。

「あ、ちょっと、身だしなみとして」

ぼくはうつむき、不明瞭に応じた。記念すべき彼女との出会いにそなえ、高級な水を買ったデパートで香水も購入したのだった。かすかに彼女と面差しが似ている店員の勧めるものを買った。ブルガリプールオムという香水だった。

「社長のお宅に伺うので、それで……」

いつのまにか先に立って真壁氏の家に向かう金さんと銀さんの後ろすがたに向かって、くどくどと弁解した。彼女たちは気づかなかったが、その日、ぼくが着ていたボタンがアクセントになっている空色のシャツも、細めの茶色いパンツも、焦げ茶色のデッキシューズも、デパートで新調したものだった。

無性に恥ずかしかった。どうせだめなのに、と思いそうになった。

ぼくの自信は、ぼくの頭のなかにあるときは巨大だが、外の刺激に触れると、あっけなく揺らぐことが多い。怒りも込み上げてきた。老女たちにも、デパートにも、高級な水にも、香水を勧めた店員にも、香水にも、新調した衣服や靴にも。それらすべての発端となったのは彼女のような気がした。けれども、彼女への怒りは噴き上がらなかった。その前に真壁氏の家に着いたということもあるし、自制が働いたということもある。

「水？」

玄関で出迎えた真壁氏に手土産を渡した。「サンキュー」と受け取って、一瞬怪訝《けげん》な顔を見せてから、真壁氏は、「学生なんだから、あんまり気を遣うなよな」と笑った。

「上がれ、上がれ」

と急かされて、靴を脱いだ。

「いらっしゃいませ、お久しぶり」

奥から彼女の声が聞こえてきた。披露宴で両親への手紙を読み上げていたときよりも、低い声だった。ちょっとカサカサしていて、彼女から発せられたものとは思えなかった。

真壁氏に案内され、廊下を歩いた。そう長くはないが、短くもなかった。少なくとも、ぼくの実家の廊下よりは距離があった。リビングは突き当たりの右手だった。ドアが開かれていた。ソファには先にタクシーに乗った三人の部長が腰を下ろしていた。佐々木部長はひとり掛けのソファ、残るふたりは三人掛けのソファ。到着したばかりの総務部長が彼らに挨拶しながら、三人掛けのソファに座ろうとしていた。

ぼくは彼らに頭を下げ、左に目をやった。そこはキッチンだった。大きめのテーブルの長い一辺に、金さんと銀さんが腰を落ち着けていた。彼女は短い一辺に立ち、ふたりからもらった手土産の包みを開けようとしていた。

「あ、チャー坊くん」

こっち、こっち、と金さんがぼくを手招きした。

「眉子さん、眉子さん」

銀さんが彼女に声をかけ、ぼくを指差した。

「あ」

包みを開ける手を止めて、彼女が振り向いた。

ぼくはテーブルに歩いていく最中だったから、目を見ひらいて笑う彼女の顔が、ぼくの視界でだんだん大きくなった。

彼女は最初首だけで振り向き、その後上半身をこちらに向けた。ぼくが彼女のすぐ近くに行ったときには、からだ全体をぼくに向けていたのだが、上半身を振り向かせたときのポーズがもっとも美しかった。彼女は、白い半袖のニットに、ベージュの膝丈スカートを合わせていた。どちらもほどよくからだにフィットしていた。上半身をこちらに向かせたとき、胸のふくらみと、ウエストの細さと、お尻の丸みと、足の長さが強調された。加えて、ぼくの視界でだんだん大きくなった、彼女の笑顔。白くなめらかな肌は、発光しているように輝いていた。見ひらかれた明るい茶色の虹彩。柔らかそうな唇を少し開けて。

どちらも、ぼくの目に記憶された。いまでも、目をつむると、あのときの彼女のすがたがまぶたの裏に映る。

「お出迎えできなくてすみません」

彼女はまずぼくに詫《わ》びた。無造作にひとつに括《くく》った長い髪にちょっと触れてから、

「本多《ほんだ》さんと塩野《しおの》さんにお会いしたら、嬉しくなってしまって」

と金さんと銀さんをちらと見た。金さんと銀さんは当然という顔つきでうなずいた。

「あたしたちは元同僚なんですから」

「そうなんですから」

交互に威張ったあと、

「眉子さん、このひとがチャー坊くんなの」

「配送のバイトくんなの」

「でもエリートなの」

「そうなの、エリートなの」

と、ふたごのように掛け合いをした。

「あ、お招きいただきまして。ありがとうございます。バイトの分際で図々しくも参加してしまいました」

茶谷です、と頭を下げた。「あ、茶谷友之」と繰り返し名乗った。

「え？」

頭を下げかけた彼女は首をかしげた。

「すみません、お名前、もう一度」

ぼくは忙《せわ》しくうなずいた。緊張すると滑舌《かつぜつ》が悪くなるタイプなのだった。「ちゃたにです」と明瞭に発音したのだが、

「いいわよう、チャー坊くんで」

「そうよう、チャー坊くんなんだもの」

と金さんと銀さんが割って入り、うやむやになってしまった。

「初めまして、チャー坊さん」

彼女はちょっぴりおどけたように目をくりくりと動かし、ぼくに挨拶した。

「初めまして、チャー坊です」

ぼくは、あえて、真面目くさってお辞儀した。彼女がやや口を開けて笑った。ぼくにたいするサービスだとは分かっていたが、こころが弾んだ。ぼくのなかのちいさなぼくが歓喜のおたけびを上げ、飛び跳ね、宙返りをした。ぼくは、初めて、現実の世界で彼女と触れ合ったのである。

少し気になったのは、唇から覗いた彼女の歯茎の血色がよくなかった点だった。ぼくは彼女の歯茎は少女のようなピンク色だとばかり思っていた。タコの頭みたいな熟した色をしているとは思いもしなかった。

「ご挨拶が遅れて失礼しました。妻の眉子です。いつも主人がお世話になっております」

口を柔らかに閉じ、彼女がしとやかに頭を下げた。ぼくは現実の世界で彼女と触れ合ったこ

とを嚙み締めざるをえなかった。そうだ、彼女は、真壁氏の妻なのだ。いまはまだ。

「おい、これ、チャー坊から」

水だって、と真壁氏が彼女に紙袋を渡した。

「やー、ソファが埋まっちゃったからさ、チャー坊は悪いけど、こっちのテーブルでってことで」

とぼくの肩を叩き、部長連中の待つソファに向かった。ひとり掛け用ソファに腰を下ろし、隣の佐々木部長、対面にいる三人の部長に「なに飲む？　ビール？　それともワイン開けちゃう？」と訊ねてから「とりあえずビールだよな」とうなずき、「眉子」と彼女を呼んだ。「はい」と彼女が即答する。

「ビールだって」

と彼女に告げ、「チャー坊は？　いける口だったっけ？」とぼくに訊いた。ぼくが答える前に察したらしく、

「おいおい、乾杯くらい付き合えよ」

本多さんと塩野さんだって最初の一杯は付き合ってくれるんだからさ、と大げさにかぶりを振った。

ぼくはキッチンに視線を向けた。冷蔵庫からグラスを取り出す彼女と目が合った。彼女はあわく笑った。奇妙な言い方かもしれないが、絶妙な「あわさ」だった。目も口元も顔の筋肉も、すべて、ほんの少しだけ力がゆるめられ、あわい笑みをつくっていた。

応接セットにも、テーブルにもごちそうが並んだ。肉や、野菜だ。それらを調理し、盛りつけた皿。味は、大別すると、しょっぱかったり、酸っぱかったりした。スパイスが効いたものもあった。それはちょっと埃《ほこり》っぽい味がした。

せっかく彼女がつくってくれたのに、この日の料理の詳細は、ぼくの記憶に残っていない。手がかかっていそうだな、というのは分かった。盛りつけも工夫しているのだろう。

どの料理もまずくはなかった。部長連中も、金さんも銀さんも、そしてぼくも、新しい皿が運ばれ、口に運ぶたびに「んっ、美味しい」と声を上げた。彩りも誉めたし、うつわとの相性も誉めた。焼き加減や切り方など、誉められるところはなんでも誉めた。

実際は、総じてふつうだった。驚くほど美味くもなかったし、耐えられないほどまずくもなかった。百点満点で言えば、五十点なのだが、彼女の笑顔と努力、それにぼくらの彼女への好意が加点され、七、八十点になるという感じ。

ぼくはなんとなくがっかりした。なぜか料理上手だと思い込んでいたのだ。

現実の世界で触れ合った彼女は、ところどころで、ぼくの思っていたようではなかった。だが、それこそが現実というもの。こうしてぼくは少しずつリアルな彼女を知っていくのである。

「うん、そう。ブログとかやってんだよ」

真壁氏の声が耳に入った。部長連中との会話をしばし聞き、会話の前後を把握した。テレビ台に飾った結婚披露宴時の写真から、思い出話になり、あのとき紹介された彼女の趣味に話題が転じたようだ。

「『ぐりーんはうす』っていうの。ひらがなで『ぐりーんはうす』」

真壁氏は空中に字を書いた。ビール一本やりの彼に合わせて、部長連中もビールを飲みつづけていた。真壁氏には手土産の「いいワイン」を出す気はないようだった。紳士会のメンバーにワイン好きがいるので、「そいつに飲ませてやりたい」と先ほど宣言した。

「付き合ってたころは、おれも必死だから毎日読んでたけどさ、これがけっこうキツかったのよ。女性の感性っていうの？　そういうので書いてるからさ、判じ物みたいなわけ。どうリアクションしていいか分かんなくて。『毎日更新しててすごいね』とか『継続は力なり』とか言ってたんだけど、おい、眉子」

「はい」

彼女はキッチンから即答した。シンクで洗い物をしていた。その手を止め、水も止めた。

「ほら、『ぐりーんはうす』。ブログ。あれ、まだやってるのか？」

「ああ、もう、ほとんどお休み状態」

彼女は肩をすくめた。物柔らかな微笑をたたえ、追加した。

「結婚したら、急に興味なくなっちゃって。このままフェードアウトすると思う」

「なあんだ」

やめちゃったのか、と真壁氏は受け、「だそうです」と部長連中に告げた。

「じゃあ、奥さん、いまのご趣味は？」

佐々木部長が訊ねた。彼女が首をかしげたら、

「おれだよ、おれ」

と真壁氏が代わりに答えた。佐々木部長が笑い、皆、つづけて大笑いした。

「ごちそうさまです」

佐々木部長が頭を下げ、皆、つづけて頭を下げた。打ち合わせ通りだった。ぼくもちゃんと笑ったし、頭も下げた。さも満足そうに部下たちをながめていた真壁氏が、彼らのグラスが空になっていることに気づき、彼女に声をかける。

「おい、眉子」

「はい」

彼女は即座に返事をした。飼い主に名前を呼ばれ、用事を言いつけられるのが嬉しくてならない犬が、ちぎれそうなほど振る尻尾《しっぽ》の代わりみたいな素晴らしく幸福そうな笑みを浮かべて。

「酒」

さーけ、と繰り返してから、「ビールはもう飽きただろう」と部長連中に言い、ひとりずつ指差し、「ハイボール、焼酎ロック、焼酎ロック、オンザロック」と各人の好む飲み物を彼女に指示した。

「チャー坊はウーロン茶か？」

ぼくに訊き、

「水が好きなんじゃないのか？」

と重ねて訊いた。「手土産で持ってくるほど」と部長連中に低い声で笑いかけた。ははは、と佐々木部長が笑い、皆がつづいた。

「チャー坊なりに気を遣ったんですよ」

ちいさな笑いがおさまったあと、佐々木部長がとりなそうとした。

「早稲田の政経も案外だなあ」

真壁氏は腕組みし、「手土産に水だぜ?」と部長連中の笑いを誘った。当然、彼らは笑った。

ぼくも笑った。いっそ愉快だった。真壁氏はあの高級な水の価値が分からないのだ。

「おまえ、なんでまた水を?」

おれ、意表つかれちゃったよ、と勢いづいた真壁氏が鼻で笑った。

「あー、実はですね」

ぼくはゆっくりと話し始めた。

「フランスのプレミアムミネラルウォーターなんです。かのルイ14世が愛したという」

「……へえ」

真壁氏はひとまずうなずいてみせた。頭のなかでルイ14世ってだれだったっけ、と記憶をたぐりよせるような顔つきをしていた。

「太陽王と呼ばれた国王ですよ」

ぼくは答え、『朕《ちん》は国家なり』と述べ、絶対王政を強化していった」と付け加えた。

「社長にふさわしい水かなあ、と思いまして」

ポリポリ、と頭を掻いた。真壁氏が声を上げる。

「おい、眉子」

「はい」

「水、出せ、水。チャー坊の持ってきたやつ」

「はい」

彼女は部長連中のためにハイボールなんかをつくっていた。その手を止めて、ぼくの持ってきた紙袋から高級な水を取り出し、グラスに注ぎ始めた。

「あ」

彼女の漏らした声をぼくは聞き逃さなかった。

「どうしました？」

「これ、炭酸水なのね」

彼女がぼくにたっぷりとした笑みを向ける。

「炭酸水です」

ぼくは彼女に見とれてしまい、ばかのように繰り返した。

「わたし、炭酸水、大好きなの」

「おいおい、初めて聞いたぞ」

真壁氏が割って入った。

「コーラやジンジャーエールと、ただの炭酸水はちがうんだぞ？　味がついてないんだぞ？」

あいつ、ざっくりしてるとこあってさ、と部長連中に眉根を寄せてみせた。

「チャー坊と張り合っちゃってさ。予備校すら中退したのに」

なんのために上京したんだ、って話ですよ、と「例の鉄板ネタ」を振った。

「まあ、おれと出会うためだったんだけどさ」

居合わせたひとたちの笑いを待たずに、つづけた。

「予備校すら中退したのに、アメリカだかどこだかの小説は読むって言い張るんですわ」

おれ、あいつが本を読んでるとこなんて見たことないんだよね、と部長連中の顔を見渡した。

佐々木部長は少し迷ったのち、「まあまあ」という表情でゆっくりとうなずいた。当然、皆がそれにつづいた。

「いや、マジで」

真壁氏は薄く笑ったあと、キッチンに向かって声を上げた。

「おい、眉子」

「はい」

「なんて小説だったっけ？　おまえがブログで名乗ってるブレンダさんが出てくるやつ」

彼女はたおやかな笑みをたたえ、答えた。

「『さようならコロンバス』」

フィリップ・ロスの、と、これは間違いなく、ぼくに向かって告げた。このとき、ぼくは、彼女と「出会った」と感じた。理由は分からない。でも、確信した。いま、ぼくたちは「出会って」しまった。動き出してしまった。

第三章　いっしょに寝てあげるわ、イエスでもノーでも

1　二〇一〇年六月

二階建ての家だが、わたしたちは一階しか使っていない。リビングも、キッチンも、寝室も、直人さんの書斎も一階にある。二階には四部屋あった。一室を除いて、ほとんど使われていない。その一室は「チャー坊くんの部屋」と呼ばれている。

チャー坊くんはマカベコーポレーションのバイトで、独り暮らし。素直でやる気いっぱいの早稲田の学生ということで、直人さんのお気に入りになった。このごろ、たまに、泊まっていく。金曜か、祝日前だ。均《なら》して月に二度程度。会社で直人さんが声をかけるらしい。

「おまえ、ちゃんとメシ喰ってんのか？」

「……いやあ、なかなか」

チャー坊くんがそう答えると、直人さんは「苦学生はたいへんだな。たまにはまともなものでも」と家に誘うらしい。誘ってから、わたしに連絡が入る。ついさっきも、直人さんから電話がかかってきた。

わたしの声に直人さんはいつものように噴き出し、「真壁でございます、ってか」とわたしの真似をしてから、「おれだって。おーれ」と言った。

「やだ、直人さん」

わたしの言葉に、

「チャー坊連れてくから、なんかうまいもの頼むよ。ぐっと家庭的なやつ」

とかぶせた。

「じゃあ、張り切らないと」

わたしはこころよく承知した。電話越しだが、にっこりと笑った。からだ全体で弾むような動きもした。その気配は、直人さんに伝わっているはずだ。伝えたくて、わたしは嬉しさを大きめにあらわした。直人さんの頭のなかにある「可愛い眉子」に沿うために。「ために」などという目的さえ意識にのぼらないほど自然に。

直人さんとの通話を終えて、息をついた。満面の笑みが消え、力の抜けたまなざしになる。リビングを見渡し、黒いテレビ画面に映った自分の顔にゆっくりと驚いた。

剝製みたい、と思った。

テレビに近づき、自分の目をようく見た。黒いテレビ画面に映ったわたしの目は、暗い穴に精巧な義眼を埋め込んだようだった。

「ふぅーん」

しばしテレビの前でうずくまったのち、腰を上げた。キッチンに向かい、冷蔵庫を開け、食材の在庫をたしかめる。お魚を焼いて、かぼちゃを煮付けて、と考えていくうちに、顔に微笑が戻ってきた。その微笑は、だれに伝えるものでもなかった。それでもわたしの顔はほほえみでいっぱいになっていった。どこまでも広がっていく。ひとりでいても、直人さんの頭のなかにある「可愛い眉子」に沿おうとすれば、ほら。

だれかの「ために」動いていないと、わたしのからだは「剝製みたい」になる。目がガラス玉になる。それはつまり、生きているように見せかけた死体で、わたしは、そんなものになりたくない。けれども、ふとした瞬間——隙間といってもいい——に、「剝製みたい」になってしまう。

嬉しいのはほんとうなのだ。たとえば、いま。チャー坊くんを迎えるのは嬉しい。このところのゲストはチャー坊くんしかいない。

直人さんのホームパーティ熱は冷めていた。クリスマス、お正月とたてつづけに大規模なパーティ——紳士会、ファミリー会、契り会——をひらき、飽きたようだ。

直人さんは、もう充分、彼の知り合いに「若くて美人の奥さんと築く裕福でしあわせな新家庭」を自慢し、亭主関白ぶりを見せびらかした。忠実な取り巻きがいることをわたしに教え、「おまえの夫はちょっとした大物」だと改めて思わせ、「人前では決しておれに逆らうな」とわたしを仕込んだ。

わたしは、最初から、直人さんに逆らう気がなかった。そんなことなど思いつきさえしないわたしに仕込もうとする直人さんて可愛い。

チャー坊くんがあそびに来るのが嬉しいのは、ゲストがいれば、直人さんが早く帰宅するからだった。ふたりっきりではないけれど、食卓をともにできる。

ホームパーティに飽いた直人さんは、現在、「不在」(あるいは『放置』)に凝っている。仕事だなんだと理由をつけて、家にいたがらない。休日は休日で朝早くからゴルフだ釣りだと出かける。どれもこれも「男の付き合い」だった。

このところの口癖は「仕事とセックスは家庭に持ち込まない」で、「いつまでも新婚気分で女房べったりの男なんてださくない?」と肩をそびやかしたりもした。

直人さんがいつからそうなったのかと考えて、思い当たるのは、「最近、太った」というぼやきだった。知り合いや部下のだれかれからしばしば言われる、と直人さんはつづけた。

「毎日、奥さんのつくる美味しいものを食べてるんですね。ご円満ですね、ってさ」

一応、いやーしあわせ太りってやつで、って頭掻いといたけど、と苦笑していた。明らかに不満そうなのは、次の言葉で知れた。

「結婚して太る男って最低じゃん」

女ならまだしも、とわたしの全身に目を走らせた。以前と変わらないわたしのからだつきを認め、視線を逸らした。

「ちょっとふっくらしてるほうが、貫禄があっていいじゃない?」

わたしが首をかしげたら、

「デブを貫禄があるとか言うのって、いまどきおまえくらいだよ」

と鼻で笑った。はっきりと、わたしを見下げる目をしていた。その目つきには、「これだから田舎者は」と嘲笑するようすが見えたのだが、わたしがたしかもう五年前になるあの夜を思い出さなかったのは、直人さんの目つきに「でもまあ、そういうところがおまえの可愛いところなんだけど」と喜ぶようすが入り交じっていたからだった。その次の彼の言葉には、わたしにたいして失礼な態度をとった反省が滲《にじ》み出ていた。

「そういう分かりやすい貫禄ってのもいいんだけどさ」

でも、とちょっと間をとってから、言った。

「おれの目指してるイメージじゃないんだよね」

「ああ、そう」

直人さんの目指すイメージがなんとなく見えた。

筋肉質のからだつきをしていて、精悍《せいかん》な印象をあたえる、男盛りの経営者、なのだろう。それが彼の考える恰好よさなのだ。そのイメージを拡大したら、家庭はうまくいっているが、家族のことは口にしない、も「恰好よさ」にふくまれそうだ。

(直人さんは、ただただ「恰好いいおれ」になりたいんだわ)

わたしはこころのなかでつぶやいた。

(家族がいない感じ。でも実は円満、みたいな感じを出すために、実際に家を留守がちにしてるのね)

ぶきっちょさん、こどもみたい、と言葉を並べ、直人さんてやっぱり可愛い、と首をすくめた。

(直人さんはわたしを可愛いと思っていて、わたしも直人さんを可愛いと思っている)

ひとりでくすくす笑った。直人さんのすがたを思い浮かべる。体重は増加したものの、肩は薄いままである。頬や顎、そしてお腹に重点的に肉がついていた。もとより小柄ゆえ、頭部が大きく見える。ふくぶくしい丸顔に、ぽってりとふくらんだお腹。痩せたままの肩、腕、足。

(うん、可愛い、可愛い)

わたしは声を上げて笑った。

チャー坊くんの来訪は、嬉しさだけではなかった。さみしさもあった。チャー坊くんは、あそびにくると、かならず泊まる。ひとりでやってくるようになって、二度目から、約束事になった。

「狭いアパートじゃゆっくり寝られないだろう。ゆったりと風呂にもつかれないだろうし。ちゃんとした朝メシだってご無沙汰なんだろ? え? チャー坊くんよ」

と直人さんが面倒見のいいところを見せたのだった。

いまや、真壁家にはチャー坊くんの箸も食器もパジャマも替えの下着もある。わたしが用意した。直人さんに言われる前に。直人さんはわたしを誉めた。「おまえにしてはなかなか気が利いている」と上機嫌だった。夫婦揃って、貧しいけれども優秀な若者の力になっている、という図が直人さんのまぶたの裏に浮かんでいるのが分かった。

わたしのまぶたの裏にも、夫婦の絵が浮かんだ。

いまのままの直人さんと、直人さんの教育により、可愛いだけの頼りない妻から、可愛さと頼りなさをほどよく残しつつ、どこから見ても良妻となったわたしが寄り添っていた。そんなわたしになることは、直人さんの希望であるばかりでなく、わたしの、こころからの望みだった。いずれは直人さんの良い妻に、と願っている。そうすれば、直人さんは、もっと、喜ぶ。直人さんが喜ぶのは、わたしの喜びである。わたしは直人さんを喜ばせたい。直人さんだけを喜ばせつづけたい。

(チャー坊くんも喜んでいるみたいだし)

家にやってくるチャー坊くんのようすを思い出し、わたしはほうっ、と息を吐いた。チャー坊くんは何度あそびに来ても、ときに、初めて来たようなとまどいを見せる。ごはんのお代わりを渡すさいにわたしと手がふれたときや、直人さんがお風呂に入ったり、トイレに立ったりして、わたしとふたりきりになったときだ。

手がふれたときは、「ハッ」と音が聞こえるような顔をする。ふたりきりになれば、太腿《ふともも》を忙しくこすり、そわそわし始める。その癖、わたしのすがたを始終目で追っているようなのが可笑しい。洗い物をしているとき、三人で黙ってテレビを観ているとき、リンゴの皮を剝いているとき、わたしはチャー坊くんの視線を感じる。ふと、というふうに彼と目を合わせ、ほほえむ。彼はすぐに目をふせて、太腿をこする。摩擦で火が熾《おこ》るのではないかと思うほど、早く、強く。

チャー坊くんから好意を持たれていると、わたしは、たぶん、知っている。契り会で最初に会ったときから、たぶん、気づいていた。はっきりと意識にのぼらせたりはしない。ほんのちょっとした仕草や言葉や表情で、わたしはチャー坊くんを喜ばせることができるんだわ、と思うきりだ。わたしが「チャー坊くん」と名を呼ぶと、それだけで彼の表情はあっけなくゆるむ。喉仏を動かして、ごくりと唾を飲み込み、太腿こすりをする。

チャー坊くんの反応は嬉しい。嬉しさだけを取り出せば、直人さんを喜ばせたときのそれとそんなに変わらない。目の前のだれかが喜ぶと、わたしは、嬉しい。つい二の腕をさすりたくなる。鳥肌が立ってくるのだ。自分が喜ばせたと思えば、こころの内側にもちいさなイボのようなものが無数に出る。

チャー坊くんの来訪にさみしさを覚えるのは、彼が泊まっていくせいだった。彼が眠るのは二階で、わたしたちが眠るのは一階なのだが、ゲストがいるから、と直人さんはわたしに手を伸ばさない。せっかく直人さんが家にいる休日前夜なのに、ふれあえない。

今年に入ってから、一度しかまじわっていなかった。去年までは、週に一度は重なり合っていた。金曜の夜か、祝日の前の晩だ。パーティがあっても、直人さんは「週に一度」の習慣を守った。ゲストが帰ったあとは、むしろ、興奮していた。そのとき以外は静かなまじわりだった。

わたしは時折、頭にグラフを思い浮かべる。縦軸は直人さんの欲求、横軸に年月。恋人同士だったころから新婚当初にかけてが、直人さんの欲求のピークだった。「週に一度」の習慣ができて以来、低い位置で落ち着いた。つまり、結婚して半年も経たないころから。

「さすがにつづくと、きっついんだよな」

二日つづけて重なり合ったあと、直人さんが漏らした。

「眉子とちがって、おれ、トシだからさ」

と深いため息をついた。

「……わたしはそんな」

わたしはいつも通りのほほえみを浮かべ、汗で濡れた直人さんの前髪を掻き上げてあげた。

「ほんとにそんな」と小声でもう一度言った。

嘘ではない。欲求、ということで言えば、わたしのそれは、日々の生活で直人さんを喜ばせることで満たされている。夫婦の行為は、直人さんを喜ばせることのひとつにすぎない。直人さんの頭のなかの「可愛い眉子」に沿うためのひとつ。

「わたしはそんなに」

ほんとうに、そんなに、と直人さんの前髪を掻き上げながら、ぶつぶつとつぶやきつづけた。ようやく声になっている、というほどの音量だった。ほとんど自動的にわたしの口から漏れ出てきた。えんえんとつぶやきそうだった。

バスタブに張った水を抜くときの、排水口付近で起こる渦巻きがわたしの頭のどこかに浮かんだ。ちっぽけな生き物になったわたしが水流に巻き込まれ、ぐるぐると回りながら、真っ暗ななかに落ちていく。ひどく不安だ。鼻をいじりたくてたまらなくなる。鼻の先がムズムズする。そこを思い切り掻きたくて、掻きたくて。

「分かった、分かった」

直人さんはそう邪険でもなくわたしの手をふりほどいた。

「眉子も実はそんなに好きじゃないんだな」

おれもそんなに……なんだよ、ほんとは、と寝返りを打ち、わたしに背中を向け、「いままでは実力以上にがんばっちゃってた、っていうかさ」とエヘヘというふうに肩を揺すった。

それで「週に一度」の習慣ができたのだが、直人さんが「不在」に凝り出してからは、うやむやになった。

わたしはちっとも不満ではない。直人さんの「不在」にも不満を持っていない。彼を喜ばせる機会は減ってしまったが、だからこそ、丁寧に、こころを込めて直人さんを喜ばせることができる。

わたしたちが顔を合わせ、会話をするのは、おもに、直人さんの出勤前だった。わたしは、パンとごはん、交互に朝食を用意する。トーストに塗るバターの量、ハチミツの量も直人さんの好みを覚えたし、ごはんのときの納豆の混ぜ具合、醤油やねぎの分量も、直人さんの好みに合わせられる。卵料理の柔らかさ、味付け、ぬか漬けの漬かり具合も同じ。いずれも直人さんはひと口食べて、満足そうに深くうなずく。「グッ」とわたしに向かって親指を向ける。

マカベコーポレーションの商品のいくつかはつねに食卓に置いてあった。サプリメントのたぐいだ。わたしたちは食後にかならず飲むのだが、わたしは折にふれて、「最近からだの調子がよくなったみたい」と直人さんに教える。「肌がモチモチしてきた」、「いきいきとした気分になる」、「貧血がよくなった」と、ほぼ毎回ちがう報告をする。テレビのニュースを観て口にする直人さんの感想に同意し、考えの深さに感嘆する。ワイシャツとネクタイの色合わせに迷う直人さんに、ちょっとえらそうに意見を述べる。いよいよ出勤となったら、玄関まで見送り、ほんの少しかなしそうにする。しばし離れるかなしさを振り切って、とびきりやさしいほほえみを浮かべる。

どれもこれも、直人さんへのきもちを、大きめ、且《か》つ具体的にあらわしたものだ。直人さんが運転するファミリーカーが見えなくなるまで手を振っていると、二の腕をさすりたくてならなくなった。鼻もいじりたくなる。なにかの裂け目に入ったように、ふっと「剝製みたい」になりそうで、ほんの少し怖くなる。

走り去るファミリーカーがまぶたの裏に残るのだった。こどもができたら大活躍するはずのシトロエンC４ピカソ。こどもができることを見越して、セダンから買い替えた。結婚した年に。

三人ぶんの夕食の準備を済ませた。「チャー坊くんの部屋」にふとんも敷いた。枕元にはパジャマと替えの下着を置いた。パジャマは青と白の縞模様。替えの下着は白いTシャツとボクサーパンツ。ボクサーパンツの色はグレー。チャコールグレー。畳んだパジャマに重ねたとき、チャー坊くんの太腿こすりを思い出した。ボクサーパンツの上にTシャツを載せたときには、すっかり忘れてしまったけれど。

ふたりが帰ってくるまであと二時間ほど余裕があった。食卓でパソコンに向かう。

「ぐりーんはうす」の更新を終えた。去年までは毎週月曜に更新していたのだが、直人さんが留守がちになってからは、不定期になった。頻繁にもなった。きょうのタイトルは「髪」。床に落ちた髪の毛の写真を載せ、「切るとゴミになるってふしぎ」と本文を書いた。

午前中に、美容室に行ったのだった。肩よりも長かった髪をカットした。かなり短くした。ようやっと耳にかけられるくらいだ。前髪は厚めに下ろした。いわゆるショートボブ。

直人さんのお気に入りのタレントがしている髪型だった。このごろ直人さんはテレビにそのタレントが出ると、「おっ」と声を出す。チャー坊くんに「この子可愛いよな」と言う。

「そうですか?」

チャー坊くんは気のない返事をする。それが直人さんは可笑しいらしく、「なんだよ、若いのに女の子に興味ないのかよ、草食だなあ」とわたしに目配せする。わたしが「チャー坊くんは真面目なのよ」と言う前に、チャー坊くんが口をひらく。

「この子、そんなにバランスよくないですよ。目は大きすぎるし、顎はちいさすぎる。不自然です」

チャー坊くんの物言いはいつも静かで、抑揚もなく、どことなし冷たさを感じさせる。

「意外ときびしいな、おい」

だから彼女ができないんだよ、と直人さんがまたわたしに目配せする。チャー坊くんもわたしを見る。わたしは目元周りをゆるめて笑う。

「ぐりーんはうす」の昨日の記事についたコメントを読んだ。昨日は、飲みかけのサイダーのペットボトルの写真をアップし、「そろそろ、しゅわしゅわが恋しい季節」と本文を書いた。

「もうすぐ梅雨があけますものね。そういえば、ブレンダさんは炭酸がお好きでしたね（笑）」

白猫さんからのコメントだった。白猫さんは「ぐりーんはうす」唯一のファンである。ブログを開設して五年。初めてできた固定読者だった。わたしのブログの訪問者はとても少ない。コメントもほとんどない。

二年前はふるさとの友だちが三人、ときどきコメントを書き込んでくれたので、ちょっとはにぎやかだった。結婚を報《しら》せたときの電話での近況報告のなかでブログの存在を話したら、来てくれるようになったのだ。結婚式が終わると、徐々に足が遠のいた。

「そうなんです。炭酸大好き。ほんとは味のついていないもののほうが好みなのですが……、覚えていてくださったんですね！」

ほほえみながら、返事を打った。白猫さんは去年、わたしが上げた記事を記憶してくれていた。契り会に初めて参加したチャー坊くんが手土産に持ってきた高級な炭酸水の瓶の写真に「いいにおいのする男の子から、おいしい炭酸水をいただきました」と本文を添えたものだ。

そのときの白猫さんのコメントも、わたしはよく覚えていた。

「あれ、なんかアヤしい。ブレンダさん、人妻なのに。もしやその男の子と……」

わたしはふふふ、と笑ってから、こう返事を打った。

「ご想像におまかせします、なぁんて。ないない（笑）。わたしはこれでも貞淑な人妻ですので。でも、ほんと、いいにおいだったのですよ、その男の子」

チャー坊くんのつけている香水がブルガリプールオムと知ったのは、最近だ。なにかの拍子にチャー坊くんの誕生日をまず知って、プレゼントをしようと思い、ついでのように訊ねたのだった。チャー坊くんは、わたしの意図を察したらしく、頬を染め、小声で答えた。そうして例の太腿こすり。これをしているとき、チャー坊くんのにおいが少し複雑になる。単純な「いいにおい」ではなくなる。どんなにおいかは上手に言えない。強いて言えば、秘密のにおいだ。

「ぐりーんはうす」を閉じ、あるSNSをひらいた。白猫さんからの誘いで入会したサイトだった。

白猫さんはブログを持っていなかった。そのSNSがブログ代わりらしい。「よかったら、見にきて」と言われたら、断れない。唯一のファンの頼みだもの。

白猫さんはそこで日記を書いていた。どうという内容ではなかった。一日のスケジュールしか書いていない。といっても、彼女の行動先は大学かバイト先にかぎられていたので、変化に乏しかった。

(きっと、白猫さんも、現実の生活をどこかに残しておきたいんだわ)

そう思った。現実の自分が毎日をどう過ごしているのかを残しておきたくて、わたしはブログをつづけている。

だれかを喜ばせたくておこなったことは書かない。だれかを喜ばせたくて口にした言葉も書かない。これが、たぶん、ルール。いずれもわたしの意識にくっきりと浮かび上がっていなかった。わたしが思うのは「現実の自分の毎日」を残しておきたい、ということだけ。SNSでの日記を読んで、白猫さんが女子大生だと知った。そのわりには、プロフィール欄が素っ気なかった。写真も上げていないし、自己紹介は「基本的に暇人です」としか書いていない。白猫さんもわたしと同じく自己紹介が苦手らしい。アピールというものじたい、得手《えて》ではないのだろう。

(それもわたしと同じ。直人さんとは正反対のタイプ)

ほのぼのとしたきもちになった。

(だから、わたしは直人さんとうまくいっているし、白猫さんとも馬が合うんだわ)

白猫さんに誘われたSNSにはメッセージ機能があった。フレンドになったら、SNS内でのメールのやりとりができる。白猫さんからメッセージがきたことは、まだ、なかった。わたしも送ったことがない。メッセージ画面をひらき、書きかけたことは何度もあった。いまもそうだ。文章を頭のなかで考えている。

突然、メッセージを送ってごめんなさい。

ちょっと聞いてもらいたいことがあって。リアルの知り合いには言いにくいことなの。白猫さんは学生さんだから、ぴんとこない話かもしれないけれど、でも、だからこそ、白猫さんに打ち明けたい気がするの。現実感のない話だと、聞いたあとで、「へえ、そんなこともあるんだ」くらいの重さしか持たないでしょう？　その程度の重さで聞いてもらいたいの。だって、わたしは、だれかに聞いてもらいたいだけなんだから。一度口にしたら、きっとすっきりすると思うの。元気よく現実の世界に戻っていけると思うのです。

夫がね、夫が、結婚したときから、「こどもができたら」ってよく言うの。うちの二階にお部屋がよっつあるんだけど、それもゆくゆくはこども部屋にするつもりらしいの。「だから、こどもは四人までオッケー」だって、「こどもができたら、満を持してリフォームするぞ」って、言うの。結婚と同時に買い替えた車も、こどもができることが前提なの。でも。


「でも」

声に出して、かぶりを振った。いくらなにを打ち明けてもいいようなネットだけの付き合いの女の子にだって、「でも、ぜんぜんセックスしないの」とは書きかねる。「チャー坊くんをまるでわたしたちのこどもに見立てて可愛がっているふしがある」とも書けない。「ううん、妄想じゃないの」。「チャー坊くんに『もしもおれたちにこどもができなかったら、おまえに跡をついでもらおうかな』って、冗談なんだけど、あくまでも冗談なんだけど、そんなことを、わりにしょっちゅう言うの」

「でも」

また声が出た。胸のうちでつづきの文章が出てくる。

どうして「こどもができなかったら」なんて言うのかしら。

どうして、もう諦めました、みたいなことを言うのかしら。諦める前にすることがあるような気がするんだけど。なのに、相変わらず「こどもができたら」って言うの。「仕事とセックスは家庭に持ち込まない」って言いながら、「こどもができたら」って言うの。夫はこどもが欲しいんだと思うの。こどもの親になってみたいんだと思うの。それが一人前の大人だと思っているんだと思うの。

「……でも」

三たび、声が出た。「セックスしないの」とちいさくつぶやく。わたしは、彼を喜ばせたいのに、と言葉ではなく、「感じ」で思った。

気づくと、パソコンは待機画面になっていた。黒い画面に「剝製みたい」な顔が映る。鼻から息を吸い、わたしはパソコンの画面を元に戻した。メッセージ画面を閉じ、SNSも閉じる。少し迷ってから、もうひとつのブログをひらいた。結婚と同時に始めたブログだ。

「ぐりーんはうす」が「現実の自分の毎日」を残しておくものなら、もうひとつのブログはわたしのなかの「だれかを喜ばせたい欲求」を解き放つものだった。

「だれかを喜ばせること」は、わたしにとって、現実とは少しちがう。喜ばせるだれかの夢のなかに潜り込もうとしているような感覚がある。そのだれかの夢は、そのだれかを喜ばせようとするとき、わたしの夢とぴったりと重なる。

もうひとつのブログを始めたのは、たぶん、わたしに予感があったからだ。もしも、直人さんを喜ばせつづけることができなくなったら、わたしの欲求は溜まっていくばかりである。たまった欲求は吐き出さなければ、直人さんと仲よく暮らしていけない。直人さんの頭のなかの「可愛い眉子」ひいては「良妻」に沿えなくなる。そんなことはないと思うけれど。直人さん以外にも、結婚して知り合ったひとたちによって、柔らかに欲求は満たされるだろうけれど、でも、きっと、それじゃあ足りない。万が一、「そのとき」がきたら、と思うと、怖い。五年前の出来事がよみがえる。突風のようにわたしの胸を過ぎていく。場所は新宿。西新宿。あんな真似は二度としない。あのときは、どうかしていた。欲求が暴走した。

もうひとつのブログを閉じて、「ぐりーんはうす」をひらいた。二年前の記事を読む。

「光の教会で永遠の愛を誓いました」

そう、あの日、わたしは直人さんひとりを愛すると誓った。死ぬまで愛すると誓った。直人さんひとりを。愛すると誓った。そのことは、わたしの胸にいつわりでもなんでもなく残っている。だが、直人さんひとりを愛するために、つまり、喜ばせるためには、欲求を解放する必要があるかもしれない、と、誓ったそのときにわたしは思っていた。言葉ではなく、「感じ」で。

「現実の自分の毎日」を残しておくものと、「だれかを喜ばせたい欲求」を解き放つもの、を、きちんと分けたかった。ただし、絶対、だれにも知られずに。

それは直人さんの夢のなかのわたしと、ちがうだれかの夢のなかのわたしを分けたいきもちと、ひとしい。

言葉にはしなかったし、意識にものぼってこなかったが、わたしは、とっくに知っていた。「ぐりーんはうす」に記した「現実の自分」は「剝製みたい」なものだということ。だれかの夢のなかに潜り込むときに、生きている、と感じること。鳥肌が立つほど感じること。

いつも少しだけ嘘をついている感覚が、ビールをこぼしたあとのように、わたしの皮膚のあちこちにべたべたとくっついている。洗っても取れない。もうひとつのブログのタイトルは「いっしょに寝てあげるわ、イエスでもノーでも」という。管理人の名はB。ブレンダのB。

2　二〇一〇年　大久保善

ブログ検索サイトで見つけたブログだった。サイトに載っていたカテゴリは「オトナの生活」。露骨な性表現が躍るタイトルのなかで、そのブログは目立たなかった。いや、逆に目立っていた。スカしている、という意味で。

人気もなかった。ランキングはかなり低く、どこまでスクロールすりゃいいんだよ、と笑いたくなるほどカーソルを下げなければ行き当たらない。

仕事を終え、深夜に帰宅し、缶チューハイを飲みながら、インターネットであそぶのが善《ぜん》の日常だった。二十九歳、独身。三軒茶屋《さんげんぢゃや》の1Kで独り暮らし。そう大きくない広告代理店に勤めている。中小企業のホームページをつくったり、管理をしたりしている。

いたずらごころで、たまに、ブログ検索サイトのカテゴリ別に、もっとも人気のないブログを見て回ることがあった。「いっしょに寝てあげるわ、イエスでもノーでも」もそうして見つけた。

管理人とおぼしき自撮写真が並んでいた。唇、耳、喉、指。どれもこれでもかというほどのアップだった。本文はどれもだいたい同じだった。三つの文章とブログタイトルが繰り返されている。

「わたしを愛してる?」

「いっしょに寝てあげるわ、イエスでもノーでも」

「ね、愛してる?」

「愛してほしいわ」

なぜか印象に残り、何度か訪問した。深夜、酒を飲みながら、ひとりで、変わり映えのしない写真と記事をながめていると、胸が痛くなった。女の声が聞こえるようだった。女は、あたしはここにいるのよ、あなたが欲しいの、と手を伸ばしている。

ブックマークして、ほぼ毎日、チェックするようになった。そのブログの更新頻度は不定期だった。四、五日、連続で更新する場合もあれば、一カ月近く放置する場合もある。放置されていると、ほっとした。彼女はおそらく安定している。それは、おそらく、よいことだ。連続で更新しているときは落ち着かないきもちになった。

今夜も深夜の帰宅になった。終電で帰るのが日常になっている。金曜だが、真っすぐ帰った。同僚に誘われたが、断った。これから飲んだら、タクシーを使うことになる。あるいは、始発が動くまで安い店でねばるかの二択だ。前者は金が惜しかったし、後者は想像するだに億劫《おっくう》だった。

昔はちがった、と終電に揺られながら思った。仲間とわいわいやるのが愉しかった。すごく愉しいと思っていた。大枚はたいてタクシーに乗るときも、始発電車に乗り込むときも、ちょっとした達成感を覚えたものだ。

少し無理をしていた、といまにして思う。金も時間ももったいない、と考えるようになって、一年近く経つ。

ただでさえ少ない睡眠時間を削ってどうなる。たとえ休日前だとしても、夜通しあそんでは疲れがとれない、と終電に乗りながら胸のうちでつぶやいた。「もう三十だし」ととてもちいさな声を発し、自嘲の笑みを削げた頬《そ》に浮かべた。

一年前――だから彼が二十八のとき――から、善はことあるごとに胸のうちで「もう三十だし」とつぶやくようになった。若いころと同じような生活はもうできない、とつづけ、ひっそりとかぶりを振っては、「いつも怠《だる》い」とか「常に風邪気味」とか「始終、病的に眠い」といったからだの不調を、飴玉《あめだま》を転がすように思い浮かべた。「ああ、それと食欲もないし」「なーんかやる気出ないし」「いっそなにもしたくないっていうか」

会社では快活に振る舞っていた。そのぶん、仕事を終えたら大木のような疲れがのしかかった。体調もすぐれず、「始終、病的に眠い」のだが、夜になるとなかなか眠れなかった。酒を飲みながらネットであそび、眠気の訪れを待つのが日課となっていた。しんとした部屋のなかで、聞こえるのは、彼が酒を飲む音だけだ。時折、外から物音が聞こえてくるが、ひとの声も、車が走る音も、実際よりも遠くに感じる。

不意に、「さみしい」と口走りたくなる。実家は千葉だから、遠方ではない。だが、深夜、ひとりで酒を飲み、パソコンに向かっていると、帰れない、という気分に落ちる。そう、落ちる。ああ、あ、と唸《うな》り声が出そうになる。泣きたくなる。男なのに。善がそのブログを見つけたのは、そんな状態のときだった。

スーツを脱ぎ、Tシャツとボクサーパンツになった。缶チューハイのプルトップを起こし、パソコンに向かう。パソコンはちいさなテーブルに置いてあった。足を投げ出し、ベッドにもたれかかり、幾分腕を伸ばしてマウスを操作するのが善のやり方である。

早速、そのブログをひらいた。四日前から連続で更新している。気がかりである。彼女の「状態」はよくないのではないか。名前も、顔も、年齢も、どこでどうして暮らしているのかも知らない女性をこんなに心配するなんて、どうかしてる、とうそぶきながらも、善は不安だった。反面、少しばかり胸が躍った。彼女が壊れていくようすをライブで見ている、と思えるからだ。ほんのぽっちりだけれど、自分が壊れる前に壊れてほしい、と願うようなきもちもある。鮮明ではなかったけれど、善は、自分の「状態」があまりよくないことに気づいていた。もうすぐ会社に行けなくなるような、ベッドから抜け出す行為すら億劫でたまらなくなるような、そんな予感があった。

テキストと写真だけで構成されたブログである。昨日までは、口紅の色を変えただけの唇のアップがつづき、三つの文章とブログタイトルが並んでいた。

赤い唇で「わたしを愛してる？」。

ブドウ色の唇で「いっしょに寝てあげるわ、イエスでもノーでも」。

レンガ色の唇で「ね、愛してる？」。

なにも塗っていない唇で「愛してほしいわ」。

そして、きょう。手のひらで唇を覆った写真がアップされていた。添えられた文章は、最初に戻って「わたしを愛してる？」。

缶チューハイを飲み干し、善はキーボードに指を置いた。「愛してる」と打ち込む。彼女と、と胸のうちで言った。いつか会えますように。

3　一九九八年　イジマトモエ

少し緊張していた。背中が幾分強張《こわば》っている。なのに、なんだかフワフワしていた。椅子に深く腰かけているのだが、お尻が心持ち浮いているようである。

トモエはうつむき、口元に両手をあてた。肩をすくめて苦笑いをする。と、文庫本が目に入った。昨晩、ひとりでススキノをぶらついた帰りに寄った古本屋。そこで買った翻訳小説だった。

右手のひと差し指と中指を歩かせるようにして文庫本ににじりより、表紙を指先で二、三度叩いた。手に取って読もうかと思ったがやめ、黒いバッグをまさぐった。スケジュール帳を出す。縦長で、そんなに大きくない。ショッキングピンクの地に、金字で１９９８年と書いてある。

（三十代最後の年か）

表紙に書かれた西暦を見ると、たまに思う。いまも思い、八月のページをひらいた。六日の升目を確認する。

「12時30分　眉子」と書いた自分の字を見つめる。ふう、とまた息をつき、手首を返して時計を見た。約束の時間までまだ十五分以上もある。中華料理店で待っている。シックなレストランだ。札幌で定宿にしているホテルのなかにある。姪《めい》とふたりきりで会うのは初めてだった。

顔を合わせたことじたい、数えるくらいだ。眉子は妹の娘である。そもそもトモエは妹の良枝と疎遠なのだった。

こどものころから気が合わなかった。正面からぶつかった記憶はほとんどない。陰気な睨《にら》み合いが長くつづいた。トモエは良枝のすることなすことが趣味に合わなかった。良枝も同じだったようだ。はなやかな雰囲気を放ち、山っ気のあるトモエと、おとなしやかで、地に足の着いた人生を上々とする良枝とでは、水と油だったのだ。

トモエが大学進学を機に上京し、離れて暮らすようになって、少しはましになった。わざわざ連絡を取り合ったりはしなかったが、帰省の折には、友好的に会話をするようになった。

平穏がくずれたのは、トモエが大学三年で結婚を決めたときだった。相手も学生だった。家族は揃って反対したが、「一応、報告しただけだから」とトモエは意に介さず、さっさと入籍してしまった。

以降、数年間、トモエは実家と絶縁状態になった。そのあいだに、トモエは社長ふくめて従業員四人の編集プロダクションに就職し、夫と別居した。塾講師をしていた夫がからだをこわし、家業を手伝うことになったのである。家業はちいさな食品スーパーの経営だった。場所は山梨県甲府《こうふ》市。

トモエに夫の地元で暮らす気はなかった。編プロで修業をつづけ、いずれライターとして独立するつもりだった。夫の家族とともにスーパーを経営するのは考えられなかった。第一、夫の両親とは面識がなかった。夫もトモエ同様、親の反対を無視して入籍に踏み切ったのだった。ひとり息子が単身で実家に戻ったのを受け、夫の親はトモエをますます憎んだようだ。たまにかかってくる夫からの電話で、そうと知れた。夫の口はだんだんと重くなり、歯切れも悪くなった。あたりをはばかるような声にもなった。

夫婦で話し合い、離れて暮らすことを決めたときとはちがっていた。夫はトモエの夢を認めていたし、応援していた。トモエだって、人間関係のストレスから心身ともに弱った夫のくだした決断を認めていたし、応援していた。

だが、夫の親からしてみれば、トモエは大事なひとり息子をたぶらかし、病気になるまで働かせた挙句、ぽいと捨てた性悪女になるのだろう。実家で暮らすうち、夫もそう考えるようになったに相違ない。夫は「あちら側」のひとになったのだ。

それはそれで結構、とうそぶくところがトモエにはあった。

白状すると、夫のことを考える余裕はトモエにはなかった。月に二百五十時間も働いていた。夫が「あちら側」のひとになり、連絡がこなくなるのは、夫のために割く時間が減ることを意味し、むしろ、ほっとしていた。離婚という言葉が頭をちらついた。いつか、その話し合いをしなければならないと思うと、ため息が出た。時間も体力も気力もうばわれそうで、想像するだけでうんざりした。向こうが申し入れてきたら、考えることにしよう。それまでは、このままでいよう。そう思っていた。

トモエが実家と絶縁状態になった理由が彼女の結婚で、交流を再開したきっかけが良枝の結婚だった、というのは、なんとも皮肉だ。いまでも思い出すと、トモエは独り笑いをする。

大学を卒業し、教員の採用試験に落ちた良枝は臨時採用教員として札幌市内の中学校に勤めていた。同僚の教員と深い仲になり、妊娠したというのだった。相手は既婚者だったから、いわゆる不倫というやつである。

あの地味で真面目な良枝が、と、母から連絡を受けたトモエは驚いた。驚きながらも、なぜか可笑しくてたまらなかった。「まさか良枝が」と母が何度も涙に声を詰まらせたから、なおさらだった。親がなにを言っても、良枝は「産む」と言ってきかないのだそうだ。じいっとうずくまり、てこでも動かないようすなのだという。

良枝の相手の同僚教員が妻と別れたのは、その半年後だった。半年でケリがついたのは、相手の同僚教員にこどもがいなかったからだろう。ふくらんできたお腹を突き出し、相手の同僚教員宅に乗り込んで、別れてくれ、と直訴した良枝の功績もあるかもしれない。

それを母から聞いたとき、トモエのまぶたの裏に、必死の形相で相手の同僚教員の妻と対峙《たいじ》する良枝の目が浮かんだ。

自分のしあわせを守るためなら、なんでもする女の目だ。一途に思い込み、思い詰め、なりふりかまわぬ行動に出る女。口では聞こえのいいことを言うが、結局、自分の都合しか考えない女。

（いいじゃん、それで）

トモエは良枝を少しだけ見直した。いや、妊娠したと聞いたときから、見直していた。というより、ちょっと羨ましかった。

そのころ、トモエも妊娠していた。相手は取材先で知り合った会社員だった。彼も既婚者だった。こどもがいなかったのも良枝と同じ。だから、トモエもがんばれば結婚し、出産できたかもしれない。だが、トモエはがんばれなかった。

夫との話し合い。相手方との話し合い。晴れて結婚したとして、実家への報告、相手の親との付き合い、そして、働きながらこどもを育てる不便さ、などなど、想像し、きもちが萎《な》えた。まだ薄いままのお腹に手をあて、目の前の問題をひとつひとつクリアしていけばいいだけだ、と考えても、気力が奮い立たなかった。

相手のことは、もちろん嫌いではないのだが、こころの底から好きかどうかは分からなかった。行為をする程度には好きだったが、ふたりで新しい命をつくるほどではなかった。夫にも似たような思いを抱いている、と気づいた。ふたりの男にたいする後ろめたさ、新しい命への後ろめたさ、がんばれない自分への後ろめたさがトモエのなかで、カラカラと鳴った。

妊娠の事実を相手に伝えることなく、始末した。いきつけのバーのマスターに「ここだけの話」と切り出し、「迷惑はかけないから」と約束し、「一生、通うから」と冗談を言い、同意書に署名してもらった。手術から帰った夜は泣いた。号泣ではなかった。声も出さなかった。自然と目から水が滴り落ちてきた。そんなこともあった。

「あ」

気配に勘づき、顔を上げた。

目の先に、眉子が立っていた。十四年前、がんばった良枝が産んだ子だ。

飲茶《ヤムチャ》ランチを注文する。たくさんの点心のなかから三つ選べて、デザートもつく。メニューを真剣に見つめる眉子をトモエはながめていた。

胸まで届く長い髪が真っすぐで、とても綺麗だ。ちいさな頭をかたむけるたびに、さらさらと揺れる。眉子は前髪も伸ばしていた。真んなかで分けている。片手でメニューをテーブルに立て、あいた手で時折掻き上げる。

(よしよし)

トモエはこころのなかでうなずいた。去年、会ったときに自分の言ったことを眉子はちゃんと覚えていた。そしてその通りにしていた。

去年の夏——ちょうどいまじぶんだった——、トモエは札幌北区の和食ファミレスで良枝と食事をした。事前にトモエが良枝に連絡を入れたのだった。帰省の日程を伝え、「都合がつけばでいいんだけど」と食事に誘った。

「その日なら大丈夫」と、良枝は答えた。電話のすぐ近くにかけてあるカレンダーを指差して いるような声だった。

眉子が生まれて間もなく、良枝夫婦は石狩市に一戸建てを買った。なかも外もすこぶるモダンな雰囲気の家だったらしい。そう母が言っていた。そのとき、母はまだ元気だった。ガンが見つかり、亡くなったのは、それから二年後だった。やもめになった父が再婚したのは、母の三回忌が済んでからだ。父はいまも元気なようだ。雪かきが面倒だと家を売り、マンションを買った。奥さんと仲よく暮らしているらしい。

「こどもたちも連れておいでよ」

良枝と食事の約束をしてから、トモエが提案した。やはり、良枝とふたりきりで会うのは少々気詰まりだった。こどもたちがいれば、間がもつ。

「んー、聞いてみる」

あの子たちにもいろいろ用事があるみたいだし、と良枝は答えた。こどもたちはこどもたちで、塾だ部活だと夏休みでも忙しくしているそうだ。

なるほど、そういうものかもしれない。眉子は中学一年生だったし、下の毅郎《たけろう》は小学校六年生だった。

だが、思い返すと、良枝はトモエが食事に誘うたび、そしてトモエが「こどもたちを連れておいでよ」と言うたびに、はっきりしない返事をしていた。当日は、連れてきたり、こなかったりした。

（まるで、こどもたちとわたしとを会わせたくないみたい）

トモエはそう感じ取っていた。良枝はこどもたちを自分のような、地味で真面目な大人にしたいと思っているのだろう、トモエおばちゃんの悪影響を受けさせたくないんだ、と考え、軽く噴き出した。そんな心配などいらないのに。良枝に育てられているこどもたちが、わたしに感化されるわけがない。

「だーいじょうぶだって。こう見えても、こどもたちに言っていいことと悪いことくらい分かってるから」

当日、良枝はこどもたちを和食ファミレスに連れてきた。

「お。久しぶりじゃん」

大きくなったね、学校、どう？　など、トモエはこどもたちに愛想よく話しかけた。どの問いかけにもこどもたちは短く答えた。答えたあと、眉子は恥ずかしそうにほほえみながら、隣の席にいた毅郎に肩をおっつけた。大げさによろけた毅郎と声を立てて笑い合い、「ちゃんとしなさい」と良枝に注意された。眉子は「叱られちゃった」というように首をすくめ、それからトモエのほうに視線を移し、とても嬉しそうな顔をした。眉子は、トモエに会えて、こころから喜んでいるようすだった。

「……話、変わるけど」

トモエも眉子の目を見た。この子、こんなに綺麗な顔立ちをしていたっけ、と思いながら。

わたしと良枝のいいところだけが現れたような、と思いながら。まるで、わたしと良枝のあいだに生まれた女の子みたい、と、思いながら、

「眉子はさ、前髪も伸ばしたほうがいいと思うよ」

そのほうが似合うよ、と言った。

去年の眉子は前髪をおろしていた。目にかぶさるくらいの長さにし、端整な目鼻立ちを暗く見せていた。

トモエと眉子は、ふたり合わせて六種類の点心をオーダーした。遠慮したのだろう、トモエと同じものを注文しようとした眉子に、トモエがこう言ったのだ。

「別々のものを頼もうよ。シェアすれば、種類、食べられるじゃん」

眉子は、わあ、というふうに目を見ひらいた。

「『シェア』って言うひと、初めて見た」

初めて、なまで「シェア」って聞いた、とくすぐったそうに身をよじった。無邪気な仕草なのだが、妙になまめかしい。不潔な印象はなかった。みずみずしい野菜のかたちがふとセクシーに見えるようなものだ。中学二年生にしては、というより、成人女性の平均より眉子は背が高い。胸も、ウエストも、腰も、輪郭を持ち始めている。

「『シェア』くらいでそんなに喜んでもらえるとは」

トモエも眉子に同調し、身をよじって笑った。

このとき、確信した。眉子は良枝一家のなかでは異端児だと。

眉子と、家族のなかで、ひとりだけ浮き上がっていた、むかしの自分とを重ね合わせた。眉子も、きっと、はなやかで、都会的なものにあこがれているのだ。彼女にとって、わたしはその象徴なのだろう。

トモエは無言で眉子にほほえみかけた。眉子も無言でほほえみ返す。顔をくしゃっとさせてから、ふっくらとした桃色の唇をやさしくほころばせた。整った顔立ちが、一瞬、幼くなる。けれども、最前同様、みずみずしいなまめかしさが香り、トモエは眉子からそっと視線を外した。

眉子から手紙がきたのは、去年の十一月だった。

「トモエおばさん、お元気ですか？　眉子です。眉子は元気です。ところで、お正月は、遊びに来ないんですか？　もし遊びに来るなら、教えてください。眉子より」と一文ずつ行をかえて書いてあった。

眉子はトモエの住所を、良枝に届いた年賀状のたばから探して知ったらしい。良枝は十二月中旬に年賀状を投函することを旨としていて、毎晩、少しずつ宛名書きをするのが恒例のようだった。真新しい年賀状と、宛名書きの済んだ年賀状と、今年届いた年賀状や年賀欠礼のはがきや自作の住所録と、筆ペンを四角い箱に入れて、リビングボードの上に載せておくのも毎年のことだという。

眉子は夜中にトイレに行くふりをして、年賀状を「漁って」、「トモエおばちゃんからきた年賀状を発見」し、「ドキドキしながらメモった」のだそうだ。

電話で話したときに知った。手紙のやりとりをするようになり、友だち同士じみた感覚になったころ、眉子から、電話がかかってきたのだった。

「いま、おとうさんもおかあさんも夕ケもいないから」

早口でそれきり言うと、電話を切った。トモエは折り返し電話を入れた。東京と北海道との通話だったから、料金がかさむと眉子は思ったのだろう。請求書を見た良枝に料金の異変に気づかれて、追及され、トモエおばちゃんと仲よくしている、とばれたらたいへん、と考えたにちがいない。

それはふたりだけの秘密なのだ。

眉子も、トモエも口にはしなかったが、ふたりのあいだには、そのような空気が最初からあった。トモエが眉子に送った手紙。一通目から、差出人の名前を架空のものにしていた。

「トモエおばちゃんは、夏は、毎年、北海道にきてるんでしょう？」

眉子に訊かれ、トモエは苦笑した。良枝に教えられたことを、眉子はそっくり信じているらしい。

「まあね」

トモエはあっさりと答えた。ほんとうは毎年ではない。二、三年に一度だ。避暑をかねて、数日、のんびりしている、と良枝には言っていたが、一泊か、せいぜい二泊で東京に戻っている。

つまり、トモエは、帰省するたび、良枝に連絡していた。良枝とだけ会って、東京に戻った。

良枝と日程が合わなければ、だれにも会わなかった。

「じゃあ、来年、北海道に行ったとき、会う？」

会ってくれる？　とトモエは眉子に訊いた。

「うん！」

眉子が即答した。その言葉を待っていたようだった。トモエは、自分の口から出てきたその言葉が、眉子に言わされたもののように感じた。手紙のやりとりを始めてから、ずっと言いたかった言葉を、眉子が言わせてくれたような。

「トモエおばちゃんって、独身？」

フカヒレ入り蒸し餃子を食べ終え、眉子が訊いた。

「そうだよ」

トモエもフカヒレ入り蒸し餃子を咀嚼《そしゃく》し終えたところだった。

「もう結婚しないの？」

眉子が重ねて訊ねる。眉間に浅く皺を入れている。おそらく良枝が口にしているのだろう。

「ほんとに、ひとりなのかしら」とか、「このまま、ひとりでいるつもりなのかしら」とか「仕事だって水商売みたいなもんだから不安定だろうし」とか、「不景気だし」とか、辛気くさいムードで、いやにしみじみと、独り言っぽくつぶやいているに決まっている。

「たぶんね」

トモエはナプキンで口元をぬぐった。

「結婚はもうこりごり」

と笑い、眉子に見せつけるようにしてビールを飲み干した。眉子は、トモエが「シェア」と言ったときと同じ表情をした。こんな昼間から、しかもなんでもない日にお酒を飲む女のひと、初めて見た、というふうに、目を輝かせている。

「あたしが結婚したのは一九八一年。で、正式に離婚したのが一九九六年。これって、ダイアナとおんなじ年なんだよ。知ってるよね、ダイアナ。元プリンセスオブウエールズ」

ふふん、と胸を張ると、眉子もなぜか背筋を伸ばし、胸を張った。眉子の胸の位置は驚くほど高かった。わりとからだにぴったりとしたハッカ色のTシャツを着ていたから、くっきりとかたちが分かった。ぶかぶかのカーゴパンツをはいていたので、ウエストの細さが際立っていた。ぶかぶかのカーゴパンツのなかで泳ぐ腰や長い足が見えるようだ。

「別居の理由も、離婚の理由も、ダイアナとほぼ同じ。あたしと結婚する前から、夫には長い付き合いの歳上の恋人がいたの」

あながち嘘ではない。夫の母親を「長い付き合いの歳上の恋人」にたとえたら。

「彼女とちゃんと結婚したくて、あたしと別れたってわけなのです」

これは事実だ。夫に若い「彼女」ができ、はっきりさせようということになったのだから。

「まー、あざむかれたっていうか、裏切られたっていうか」

これも決して嘘ではなかった。トモエは夫とは友だち夫婦みたいな感覚で、一生、東京で、軽やかに暮らしていくつもりだった。

ここで眉子はウーロン茶を飲み干した。ついさっきトモエがビールを飲み干したときのようすとそっくりだった。白くて、すべすべとした喉をトモエに見せつけているようだ。

「仕事はね」

訊かれていないのに、トモエは答えた。

「おかげさまで順調だし」

とつづけ、

「出版社に勤めていた頃のコネも、いまだにあるし」

と浅く何度もうなずいた。これもまた、ほとんど嘘ではない。「編集プロダクション」を説明するのは面倒だった。やっていることは編集者とさして変わらないのだから、出版社に勤めていた、と言ってしまっていい。そのほうが分かりやすい。

「本を出すだけじゃなくて、テレビにも出てるんでしょ？」

BSだから、うちでは観られないけど……、でも友だちがトモエおばちゃんのこと観たことあるって言ってた。けっこう美人で、頭よさそうで、さばさばしたひとだって、と眉子は勢い込んだ。身を乗り出し、握りしめた両手をテーブルにどん、とおく。

「一応、トークもできるエッセイストってことで」

わりと重宝がられてるみたいなのよね、とトモエはひと差し指でこめかみを掻いた。後ろで無造作に括った髪型に、大振りのピアス。黒いアイラインは太めに引いている。歳のわりには、文化人のわりには、とさりげなく但し書きはつくものの、テレビでの役割は、気さくな美人エッセイスト兼コメンテーターだ。

「……おかあさんも、トモエおばちゃんみたいにオシャレすればいいのに」

眉子が小声で言った。良枝だって、顔立ちはそうまずくない。素材だけでいうと、トモエといい勝負だった。

「あのひとはねえ、むかしから地味好みだから」

トモエは、ふう、とため息をついた。

「オシャレしたがるのは不良の始まりだって言ってる」

眉子も、ふう、とため息をついた。一瞬、間があいたのち、ふたりで顔を見合わせ、大笑い。

「ね」

笑いがおさまるのを待って、トモエが眉子に話しかけた。

「今度は眉子ちゃんが東京にあそびにこない？」

飛行機代くらい、まかしとき、とトモエは胸を叩いた。

「わあ、行きたい！」

行きたい、行きたい、行きたい、と眉子はからだを上下に弾ませた。

「トモエおばちゃん家《ち》に泊まっていいの？」

と首をかしげる。長くて真っすぐな髪が揺れる。真んなかの分け目に覗く地肌は青白くて、清潔だった。

「もちろん」

請け合うと、眉子は、またしても、

「わあ、行きたい！」

ほんとに行きたい、行きたい、行きたい、といやいやをするようにからだを揺すった。

「……でも」

うん、でも、とうつむいて、口ごもる。

「……早くて、高校の修学旅行かなあ。行き先が東京だったとして」

とつぶやいた。

「なら、大学は東京のにすればいいじゃん」

トモエおばちゃんと同じコース、とトモエはテーブルに肘《ひじ》をついた。頬に手をあて、眉子に目配せのようなことをし、にんまりと笑ってみる。

「大学かあ」

不意に眉子は遠い目をした。はるかかなたの一点を見つめているようである。なのに、瞳はきらきらしていた。口はかすかに開いていた。実現不可能と諦めていたことが、現実になりそうだ、と思えてきたようすだ。

「一生懸命勉強してさ、こっちおいでよ。そのときは、トモエおばちゃんがおかあさんを説得してあげる。あたしのマンションに下宿すれば、部屋代浮くし。合格さえすれば、おかあさんだって反対しないんじゃない？」

トモエも遠い目をしていた。

眉子とふたりで暮らすのは、きっと、すごく、愉しいだろう。そう思えてならない。十八までの眉子を育てるのが良枝の仕事だとしたら、十九歳からの眉子を育てるのは自分の仕事だと、ひらめくように思った。

それまで眉子が隠していた——良枝に閉じ込められていた——眉子のなかの眉子たるものを解放してやれるのは、自分だけ、という気がする。

改めて眉子を見た。

この子なら、あたしのできなかったことができる、と思う。

仕事なんかできなくても、女として、目もくらむような成功をおさめてくれたら、それでいい、とも考えた。

だって、顔もからだもこんなに綺麗なのだし、とトモエは眉子を見つめつづけた。なんだか妙な魅力があるし、と追加する。なにかこう、搦《から》めとられるような、と言葉を探した。この子と話していると、ふしぎにきもちがよくなって、この子のためになにかしてあげたくなる。この子の喜ぶなにかをさせられてしまう、こころのなかで言葉を連ねた。

要は母性本能ってやつかな。きっと、それがくすぐられるんだ、ととりあえずの結論に達したところで、眉子が、声を発した。

「それ」

空いた椅子に置いていた文庫本を細い指でさしていた。トモエと眉子は四人掛けのテーブルについていた。椅子が二脚、あまっていて、その一脚に、トモエはバッグと文庫本を置いたのだった。

「なんの本?」

もじもじしながら、眉子が訊ねる。トモエにじっと見つめられ、どうしていいのか分からなくなったようだ。とくに興味はないけれど、所在なさと間を埋めるために口にした、というふうだ。

「ああ、これ」

トモエは文庫本を手に取った。

「『さようならコロンバス』」

アメリカの小説だよ、と表紙を見せて、タイトルを告げた。以前、読んだことがあった。古本屋で見つけ、なつかしくなり、買ったのだった。

「どんな話?」

さして熱意なく眉子が訊ねる。

「まあ、恋愛小説ですね。青春小説っていうか」

真夏のプールサイドで出会った二人は、次の日プールの底でぶくぶく泡立つ接吻をかわしていた、とトモエは文庫本の裏表紙に書かれた説明文を読み上げた。

「男の子はニールっていうの。で、女の子はブレンダ」

ぱらぱらとページをめくりながら、トモエはつづけた。「えっと、どこだったっけなあ」とひとりごちる。

「あ、あった、あった」

探していたページが見つかった、という顔を眉子に向け、

「最初に読んだときも、読み返したときも、しびれちゃったブレンダの名科白」

と言い、喉の調子を整えた。本文を読み始める。

「ニール、わたしを愛してる？　ぼくは答えなかった」

眉子はちいさく笑った。照れくさくてならないようだ。「愛してる」という言葉をなまで聞いたのも初めてだったのだろう。けれども、トモエが次の一文を読んだら、表情がさっと変わった。

「いっしょに寝てあげるわ、イエスでもノーでも。だから、正直に言って」

そのあとにトモエが読み上げた箇所は耳に入っていないようすだった。顎や、頬や、鼻の頭をさわりながら、ぼんやりしていた。こころがどこかに出かけていったみたいだった。

「ね、愛してる？」

というところで、こころが戻ってきたらしい。はっとしたようにトモエを見た。

「ノー」

トモエはたんたんと読み進め、

「愛してほしいわ」

と文庫本を眉子に差し出した。

「眉子にあげる」

優しく笑いかけたつもりだったのに、眉子はびくっとからだをふるわせた。

「……どうもありがとう」

か細い声で礼を言い、トモエから文庫本を受け取った。グラスに入った水と、オレンジの絵が描かれた表紙をじっと見る。

遠い目をしているな、とトモエは思った。手に持っているものを見ているのに、眉子の目は、はるかかなたの一点を見つめているようだった。

4　二〇〇三年　佐藤利博

SNSで連絡を取り合い、同じ中学だった四人が集まり、地元の居酒屋で飲むことになった。四月に大学生となる春休みである。

全員集合し、注文したのは、人数分のチューハイと、海鮮丼やカルビ丼などのごはん類。唐揚げやチーズフライといった揚げ物も頼んだ。

口を動かしながら、進学先の情報を含めた近況を報告し合った。彼らは、中学時代、とくに親しかったわけではない。たまたまSNSの出身中学校コミュニティで発見し合っただけだった。

「そういえば、あいつ、どうしてたっけ」

話題が中学時代の有名人の消息へと移った。生徒会長だったとか、サッカー部で活躍したとか、すごく勉強ができたとか、できなかったとか、不登校だったとか、ヤンキーだった「有名人」の伝聞情報をそれぞれ、披露した。

「なるほどねえ」

彼らがもっとも深くうなずきつつも、驚き、且つ、笑いそうになったのは、中学生のときから髪を黄色に染めていたヤンキーが塗装職人になり、結婚し、こどもまでいるという噂だった。

「んな、ベタな」

だれかの一言をきっかけに、一斉に噴き出した。

「同い歳のやつが結婚って」

「ていうか、父親って」

「ってことは、やったんだよな」

「一回、二回じゃないな」

「息をするようにやってんだろうな」

「童貞には想像もつきません」

まったく、とうなずき合い、

「その前に付き合ったことすらないし」

ないねー、ないない、とまたうなずき合った。少し遅れて、利博《としひろ》もうなずく。三人の視線が自分にそそがれているのに気づいた。

「……あ、そういえば」

ひとりが、いま気づいたというふうに、手のひらにポンとこぶしを打ち付けた。「ん？」という顔をする利博に、三人が言った。

「おまえ、中学んとき、派手に付き合ってたよな」

「休み時間に廊下でシッポリしちゃったりなんかして」

「毎日一緒に帰ってたし」

えっと、なんていったっけ、あの子、とひとりが腕を組み、思い出せない振りをする。

利博は下を向き、やり過ごそうとしたのだが、割合早く諦めて、場の空気に合わせることにした。

「木之内さん、でしょ？」

当時の彼女の名を口にした。ピッチャーを持ち上げ、ウーロン茶をグラスに注ぐ。一杯飲んだあとはウーロン茶に切り替えていた。彼らは酒に強くない。

「木之内眉子さん」

利博は、もう一度言った。彼女の名を口にするのは久しぶりだった。


中学三年の夏休みのことだった。

利博は、弟と、いとこ姉妹との四人で市民プールに行った。

弟といとこ姉は中一で、いとこ妹は小六だった。当然、リーダーは年長者の利博で、皆の面倒をみなければならなかった。利博自身はほとんどプールを愉しめなかった。ちょっと目を離したすきに、弟たちになにかあったらたいへんだ。

親と叔母《おば》にもくどいほど頼まれた。利博はプールの縁に腰かけ、足だけ水につけて、弟たちを見守っていた。「あーつまんねー」としみじみ思ったそのとき、頭上から声がした。

「眼鏡を持っててくれる？」

見上げると、木之内さんがゴーグルをこちらに差し出していた。「なんで？」と訊く前に、利博は反射的にゴーグルを受け取った。木之内さんは礼も言わずに、胸で手をクロスさせ、ほんのちょっとジャンプして、ざぶん、と足からプールに入った。

頭までもぐった木之内さんは、プールの底で膝を抱えた。十数えるか数えないかで浮き上がり、プールの縁に両腕をくの字にしてのせた。利博が腰かけているすぐそばだった。

木之内さんは縁に両腕をのせたまま、浮力を利用してからだを揺らめかせた。シンプルなワンピースの水着だった。紺色だったが、水に濡れると黒っぽく、ぬるりと光った。食い込んだ水着のせいで尻がだいぶ見えていた。その尻を突き出し気味にして、木之内さんは水中でからだを揺らめかせていたのだった。

しばし見つめ合ったのち、木之内さんは視線を外した。くすっと笑った、と思ったら、腕を伸ばして、利博の手首を掴み、力を込めて引っ張った。プールに落ちた利博を見て、木之内さんは声を立てて笑った。

「なにするんだよ、いきなり」

利博が抗議すると、木之内さんは利博の肩に両手を置いて、

「もぐりっこしよう」

とまた力を込めて、利博を水中に沈めようとした。今度は利博も抵抗した。肩に置かれた木之内さんの手を掴み、抗議した。

「なんだよ、もう。わけ分かんないし」

「もぐりっこしようよ。もぐって、そして、にらめっこしよう」

木之内さんはそう言うきりだった。両手は利博に掴まれたままで、いやがる素振りはひとつもなかった。利博は依然として状況を把握しきれていなかったが、水にもぐってにらめっこくらいならしてもいいかな、と思った。木之内さんの行動や発言に面喰らいながらも、「けっこう話しやすい」と感じていたのだ。

木之内さんと話すのは、このときが初めてだった。顔と名前は知っていた。小学生だったときに教室でおもらしをしたひと、という情報しかなかった。彼女と同じ小学校だったやつが、懐かし話としてなんだかしんみりと語っていたのである。だが、ヤンキーが「いいカラダしてんな」と誉め、そのヤンキーに告白されて断ったのを皮切りに、その手の噂が多くなり、木之内さんといえば「いいカラダをしていて、モテる女子」だという認知に変わった。

その木之内さんに「おれは、いま、積極的にこられている」と利博は思わずにいられなかった。謎はあった。なぜおれなのか。そっくりという理由であだ名がハニワのこのおれに。佐藤の背の高さって宝の持ち腐れだよね、と女子に陰口をきかれているおれに、なぜ。だが、木之内さんが一直線に自分に向かっているのは疑いようのない事実だった。

間近で見る木之内さんはとても綺麗だった。スイミングキャップをかぶっているせいで、整った顔立ちが一目瞭然だった。非常に現代的な雛人形、という印象である。木之内さんの白い肌には水滴がいくつか残っていて、表情を変えるたびに涙みたいに滑り落ちた。

「いち、にー、の、さん」

木之内さんのかけ声で、水にもぐった。プールの底で、向かい合って膝をつく。目は開けていた。

（にらめっこしましょ、あっぷっぷ）

声は出せなかったけれど、頭の動きで唱和した。ぷうっと頬をふくらませ、にらめっこの態勢に入った利博に、木之内さんの顔が近づく。身を引くひまをあたえず、木之内さんは利博にキスをした。唇を合わせたまま、息を吹き込む。だから、ふたりの唇が合わさったところから、ちいさなあぶくがぶくぶくと立った。

木之内さんと付き合うことになった。

木之内さんの「積極的にくる」感じは、継続した。

「佐藤くんと、少しでもたくさんお話ししたい」と、十五分休みや昼休みの後半に利博の教室へとやってきて、廊下で語らった。下校は毎日一緒で、ときに、公園や道ばたで長々と話し込んだ。休みの日にももちろん会って、ショッピングモールの広場やフードコートなどで長い時間を過ごした。

「べつにわざわざ十五分休みとかに会うっていう、目立つことはしなくていいんじゃないのかな？　でなくても、帰りはいつも一緒で、ただでさえ目立ってるんだし」

利博は何度か木之内さんに提案した。利博としては、「(受験生のぶんざいで) 女にうつつを抜かしている感じ」を周囲にあたえるのも癪《しゃく》にさわったし、冷やかされるのにも閉口していた。

木之内さんの答えはいつも同じだった。ゆっくりとほほえみ、こう答えるのだった。

「ちょっとの時間でも会って話がしたい、ってすてきじゃない? わたしは、佐藤くんと、少しでもたくさんお話ししたいの」

こう言われたら利博だって悪い気がしない。ただ、木之内さんの発言にまとわりつく「他人《ひと》事《ごと》みたいな雰囲気」は少々引っかかった。前半部分を語るときのうっとりとしたまなざしと、後半部分を口にするときの、いやにキラキラとした瞳の輝きを、家に帰ってひとりになって思い出すと、

(木之内さんはだれかと付き合うってことをやってみたいだけなんじゃないかな。こういうふうに付き合いたいっていう夢やあこがれをおれとのあいだで実践しているだけ、なんじゃないか)

と、そんなうっすらとした、疑惑とも言えない、不信感とも言えない、わだかまりの赤ん坊のようなものがこころのなかに生まれた。

だが、その赤ん坊はそんなに順調に育たなかった。利博は意識的な無意識で、その赤ん坊を育てないようにした。成長をなるべく遅くしようとしていたのだ。

あんなに「少しでもたくさんお話ししたい」と言いながら、木之内さんの口数は多くなかっ

た。

たがいの短い半生に起こった印象的なできごとをおおよそ語り合ってしまったら、あとはクラス内でのちょっとした事件や、昨夜のテレビの感想を報告し合うくらいしかなかった。木之内さんは、この手の話題が不得手だったようだ。クラスのなかでのできごとは「なにかあったかなあ」と考え込むきりで答えなかったし、テレビの内容も「ぼんやり観てただけだから」と答えなかった。

「そっか」

自分だけが調子に乗って喋っているようで、利博はやるせないきもちになった。利博だって口がうまいほうではない。相手が木之内さんだから、なるべく間があかないよう、できるかぎりコンスタントに話題を振っていたのだ。

そんな利博の心中を察したらしく、木之内さんは利博と会う理由をさりげなく変更した。

「佐藤くんのお話を少しでもたくさん聞きたいの」

そこで利博は木之内さんのために、毎日、話題を用意した。受験が近づいているというのに、雑学や世界の七不思議のような本を漁りながら、「おれ、なにしてんだろう」とたびたび思った。それでも利博は、自分の話を聞き、ほほえんだり、驚いたりする木之内さんを見たくて、がんばった。自分のすぐ近くで、自分の肩に髪の毛がふれるほど近くで、首をかしげて話を聞く木之内さんがたまらなく愛おしかった。

付き合ってはいたものの、利博が木之内さんとキスしたのは、市民プールでの一回きりだった。付き合って二カ月も過ぎたころには、「あれはやっぱり夢のなかのできごとだったのではないか」と首をひねることが多くなった。そうしてすぐに、「いや、こうやってがんばっていれば、またきっとチャンスが」と思い、木之内さんとの会話のネタ仕込みに精を出したのだった。

さすがにネタ切れの日があった。ネタはあっても、自分ひとりだけが無理をさせられている感覚が強くなり、話したくない日もあった。そんなとき、利博は、木之内さんにいろいろ質問をした。脈絡なくつづけざまに。

利博だって、木之内さんの話を聞きたかった。いや、木之内さんの声を聞きたかったのかもしれない。木之内さんの声はやや低かった。口調は平坦で、棒読みとまではいかないが、感情の起伏がほとんど感じられなかった。

そこが利博の胸をぞくぞくとふるわせた。こころのなかに生まれたわだかまりの赤ん坊が急激に成長するような感覚を覚えた。痛さとかなしさが吹き込み、なのに、木之内さんへの思いがなぜか募る、という複雑な図式が胸のなかでできあがっていたのである。

矢継ぎ早に口にした質問も、木之内さんの答えも、利博の記憶からほぼ抜け落ちていた。覚えているのは、ふたつだけだ。

ひとつめ。

「なんで、プールでおれに声かけたの？」

「佐藤くんが来たから」

「なにそれ」

「佐藤くんが来るまで、わたし、三日間、プールで待ってたの」

ふたつめ。

「本とか読む?」

「たまに」

「なに、読んだ?」

「『さようならコロンバス』」

「面白かった?」

「たぶん」

「たぶん?」

「最初のところと、あと、伯母さんに教えてもらったところしか読まなかったから。でも、その二カ所は、すごく、すごく、すごく、面白かったの」

どちらの会話でも、木之内さんは話し終えたら、うっとりとしたまなざしを利博に向けた。

「そうそう」

「そうだった」

「木之内さんだった」

居酒屋に集まった利博以外の三人が口々に言った。

「知ってた癖に」

利博が三人を順番に指差すと、彼らは揃って照れ笑いを浮かべた。

「で、佐藤くん」

「彼女とはどうだったの?」

「最後までいったの?」

「いいじゃん、言っちゃえよ」

「とっくに昔話じゃないですか」

「そう、夜も更けてきたし」

利博は首をかしげた。木之内さんとのことを思い出すと、ほろ苦さというものが胸を通り過ぎる。あのころ、利博のなかに生まれた、わだかまりの赤ん坊は、肥えたままだった。放っておいたから、少しは萎《しぼ》んだが、でも、いまでも、やっぱり、太っている。

「そうだな」

首をかしげたままだった。

「木之内さん、東京に行くみたいだし。なんとなくだけど、もうこっちには戻ってこない気がするし」

とっくに昔話だし、夜も更けてきたし、と心中でつぶやき、言った。

「最後までいったよ。木之内さんの部屋で。受験が終わったあとの休みの日。木之内さん家にはだれもいなかったから、そこで」

そこで、木之内さんは、と言いかけ、利博は笑った。ずいぶん簡単な笑いようだった。あのとき、彼女は大好きな小説のヒロインと同じ科白を口にした。どんな表情だったかまでは覚えていない。すぐさま、夢中になった。「木之内さんは、だれかとこういうことがしたいだけなんだ」という落胆が、利博を駆り立てたのだった。

5　二〇一四年六月十四日

Ｎｏ．２の手帳を定位置に戻した。立ち上がり、カーテンをよけて、窓を開ける。依然として晴天。雨がふればいいのに、と思った。そのほうがぼくの気分に合うし、なにかと都合がよろしい。小雨でもいいんだけどな。

ある漫画を思い出した。ギャグ漫画だ。古本屋で買った。題名は覚えていないが、外出先から帰った女性が「コサメだったわ」と言って、からだのあちこちに食いついたちいさなサメを払いのけるオチのもの。

以来、小雨にあたると、たとえば、手の甲などがちいさなサメに食いつかれたような気がすることがある。それとなく振り払う身振りをする。繰り返すうちに、止まらなくなる。そして、ふっ、と我に返る。どのくらいのあいだ、手首を振りつづけていたのかは不明だが、そう長い時間ではないはずだ。

ぼくは本物の異常者ではない。自分のなかのささやかな異常性をときおり解放したくなるだけだ。ところが毎度首尾よくいかない。かならず、しかもけっこう早く、我に返ってしまうあたりが、なんとも凡人。凡人の極み。

頬をゆるめ、デスクの左前方に置いてあるパソコンの上から携帯を持ち上げ、着席した。時刻をたしかめる。午前十時少し前。うん、とうなずき、やや腕を伸ばし、携帯を戻した。No.3の手帳を手元に引き寄せ、椅子を引き、座り直す。

ひと差し指で手帳のページを繰る。一月、二月、三月……。六月に入ったら、ページをめくる速度が落ちた。めくったり、戻したりして、指を止める。よし、次はこの日を中心にして、ひととき思い出に浸るとしよう。


二〇一〇年六月十八日、金曜日。

真壁氏のホームパーティ熱は前年の秋に落ち着いていた。

その状態を「契り会」のメンバーは歓迎していた。それはそうだろう。ホームパーティに参加するのは、メンバーにとって手当の出ない残業のようなものだ。社長と親しくなれる——親しい雰囲気になれる——特典はあるが、勤務中よりも社長に気を遣わなければならないのは、どうにも疲れる。

「気楽っちゃ気楽だけど」

「ちょっとはさみしいわよね」

これは金さんと銀さんの意見。既婚なのか、独身なのか、というより家族はいるのかなどプライベートは知らないが、彼女たちにとって真壁氏宅でのパーティに参加することは、ほとんど唯一のハレの機会だったようだ。

「眉子さん、どうしているかしら」

「うまくやってるといいけど」

ふたり揃って、長いため息をつく。彼女たちは、かつての同僚である「眉子さん」を心配していた。

「社長は暴君だから」

「気がちいさくて、上っ調子な、坊ちゃん暴君」

「ご機嫌をそこねたらサアたいへん」

「ずうっとあやしてなきゃいけないんだから、眉子さんもたいへん」

彼女たちは歌うように言ったあと、こうつづけた。顔をくっつけ、声をひそめ、ほんの少し愉快そうに金歯と銀歯を覗かせて。

「玉の輿に乗っちゃったんだから、仕方ないかも、だわね」

「なに不自由のない生活を送らせてもらってるんだから、ちょっとくらいの苦労は付き物かも、だわよ」

深刻そうにかぶりを振ったあと、ふたりは、はた、と気づいたような顔をした。目と目を見合わせ、前々から思っていたことをいま初めて口にします、というふうに、ひとりが切り出した。たしか金さんだった。

「眉子さんて、社長のこと好きなのかしら？」

「社長のほうはおネツだわよね」

「眉子さん、好きで社長と一緒になったのかしら?」

「嫌いじゃないでしょうよ。だって社長だもの」

「そうね、嫌いじゃないってだけで充分よね」

「そうよ、だって社長だもの」

そうよね? チャー坊くん、と急に訊かれて、ぼくは少し慌てた。仕事が退《ひ》けて、会社を出ようとするところをふたりに呼び止められ、雑談に加わったのだった。ふたりの会話をそばで聞いていただけだったのだが。

「やー、そういうことは、ぼくはあまり……」

言葉を濁したら、ふたりはさも可笑しそうに、たがいの肩を叩き合って笑った。

「そう言うと思った」

「さすが社長の側近だわね」

いえいえ、そんな、とぼくは頭の上で手を振り、恐縮してみせた。こころのなかでは苦笑していた。

「側近」か。そういうことになっているのか、社内では。

バイトの身分はそのままだったが、仕事の内容が少し変わった。真壁氏が外出するさいの運転を頼まれることが多くなった。ぼくが出勤する時間帯に真壁氏が取引先を訪問したり、会食に出向くなどの用事があるときに限られるが、社長付きの運転手ってやつだ。

もちろん、帽子もかぶらなかったし、白い手袋もはめなかった。紺のジャケットは着ていた。普段着の上にジャケットを羽織り、ぼくは真壁氏のシトロエンC4ピカソを運転していた。

紺のジャケットは真壁氏のお下がりだった。配送をするときの作業着姿では見栄えが悪いと、真壁氏がユニフォームとして貸与した。

新品ではあるのだが、真壁氏の体型に合わせたものだった。ぼくが着ると、肩幅はやや大きく、ゆえにボタンを留めようとすると前身頃《まえみごろ》が重なりすぎた。逆に袖丈は短く、手首の横の出っ張った骨はおろか、その上の部分まで覗いてしまった。むろん着丈も短かった。尻の割れ目の割れ始めまでしか届かなかった。

真壁氏の体重は増加の一途を辿っていた。結婚披露宴で見かけたときは痩せていた。上背もなく、貧相なネズミのようだった。配送のバイトの面接で二度目に見たときは、ちょっと太ったかな、という程度だった。それがここ一年でむくむくと太った。風船をふくらませるような具合で、小柄なサンタクロースという風体になっていた。

貧相なネズミだったころより、感じはよい。少なくとも、いいひとには見える。だが、真壁氏当人は肥満を気にしていた。

「精悍そうじゃないだろ？」

結婚して太る男って恰好悪いと思うんだよね。心身ともにゆるみきってるって公言しているようなもんだよ、と後部座席でしょっちゅう言った。太っても痩せても「精悍そう」には見えないのに。

「おれがこんなだと、うちの商品に説得力出ないしさあ」

そう腹を撫で回したり、顎の肉をつまんだりしたことがあった。マカベコーポレーションではダイエットサプリも扱っているのだった。

「親父も太ってたんだよね。しかもハゲ。このままいくとおれも三拍子揃っちゃうよ」

豪快に笑いながら、ルームミラー越しにぼくと目を合わせた。ぼくも目で笑い返した。

「でもモテてるじゃないですか」

と言うと、

「よせよ、チャー坊」

と真壁氏はからだを揺すり、大いに喜んだ。「いえ、事実ですし」とさらに言うと、「よせって」と短い足をばたつかせる気配を感じた。ぼくはなんにも言っていないのに「よせ、よせ」と連呼したあと、口をつぐんだ。横を向いたと思ったら、すぐにルームミラー越しにまた目を合わせてきた。今度は身も乗り出した。

「おまえさあ、そんなこと、眉子の前では言わないでくれよ」

たとえ冗談でもさ、と低い声でささやいた。

「そのくらい分かってますよ」

ぼくも低い声で答えた。

「ならいいけど」

ふ、ふ、ふ、と息を吐くように笑いながら、真壁氏が背もたれにからだをあずけ、ひとりごちた。聞こえよがしの独り言だ。

「な—んか、おれ、絶好調なんだよね」

ぼくはかすかにうなずいてみせた。

真壁氏には女性がいた。つまり、愛人である。名前はユリアちゃん。二十歳のフリーターで、出身は沖縄。高校卒業後、声優を目指して上京し、一年。週に一度程度、声優養成所に通っているらしい。

三月、テレオペのバイトの面接にやってきたユリアちゃんを、真壁氏が見初《みそ》めたようだった。ちなみにバイトは不採用だったらしい。真壁氏曰く、

「テレオペにしちゃ、こどもみたいなキンキン声だし、そのくせ妙に甘ったるいしさ。ていうか、ほんのり色っぽいっていうの？　ロリっていうの？　なんかそんな感じ。とにかく、あれじゃあ、お客の信頼は得られないよ。うちの会社のテレオペにあの声は要らない」

とのことである。ただし、これは会社社長としての意見。個人的にはユリアちゃんの声をたいそう気に入ったようだ。「ひと声惚れ」（言わずもがなだが、ひと目惚れのもじり）だと、本人が惚気ていた。

ユリアちゃんを面接しているあいだに、履歴書に書かれた電話番号を手帳に写し、総務から不採用の連絡がいったあとを見計らって、電話をかけたようである。

（真壁コーポレーション代表の真壁です。あ、驚かせちゃった？　いや—このたびは残念でした。なにしろ応募してくださったかたが多くて。ぼくはいいと思ったんですけどね。うん、よ

かったなあ、あの声)

とかなんとか言ったのだと想像する。食事の約束をとりつけ、次回の約束をかわし、また次回の約束を、と繰り返しているうち、ひと月も経たずに「そういう関係」になったようだ。

「下心なんてなかったんだけどさー。いや、若い女の子とデートしたいっていう下心ならあったよ。ガールフレンドになってくれないかなーみたいな野望もチラッとあったんだけど……。やーまさかこんなことになるとはねえ」

事実は小説より奇なり、ですよ、チャー坊くん、と真壁氏はまさに我が世の春の面持ちでぼくに語った。シトロエンC4ピカソのなかでね。後部座席にふんぞり返って、からだに合わない紺のジャケットを着せられているぼくに向かって。

真壁氏は、ぼくに自慢したくて、ぼくを社長付きの運転手にしたのだと思う。「すべてを手に入れた男」っぷりをぼくに見せつけたかったのではないかな。

彼がぼくに運転を依頼するようになったのは、三月の半ばだった。彼がユリアちゃんとの関係にリーチをかけた——ユリアちゃんと「そういう関係」になるのは時間の問題と踏んだ——ころだと推測する。

地位と金。彼にあって、ぼくにないもの。彼の持っている地位や金など、数年後のぼくからしたら話にならないほどスケールがちいさいが、現状では厳然たる事実である。そこに「女」が加わった。どうだ、と彼はぼくに胸を張りたいのである。「女」ならとっくに持っているのにね。それもぼくが欲しくてたまらない「女」を。

真壁氏が車中で話すのは、ほとんどユリアちゃん絡みだった。ホームパーティ熱が去って半年後に訪れたユリアちゃん熱である。ホームパーティ熱の前はきっと眉子熱だったのだろう。マイブームが短い周期で変わるタイプのひとっているから。たぶん、彼もそういうタイプなのだ。しかも夢中になる対象が見つかるたび、周囲のひとたちに大声で触れ回るというか巻き込むというか、そんな特徴付きの。

ユリアちゃんのことは、そうそう他人には吹聴できない。彼が話し相手兼自慢相手兼巻き込む相手として選んだのが、ぼくだった、というわけだ。

真壁氏にカノジョがいると社内で知っているのはぼくだけだったはずだ。真壁氏が世界中のひとびとに喋りたくても、バイトの面接にきていた女の子に手を出した話は部長たちには言えない。

用事を済ませた真壁氏を、ユリアちゃんのコーポまで送るケースもしばしばあった。ひと仕事終え、さあ、これからカノジョと密会、というときの真壁氏のはしゃぎようといったらなかった。カノジョとメールで連絡を取り合いながら、ハイテンションな声でぼくに話しかけた。

「ナオくんのためにオムライスつくって待ってる、だってよ！」

とか、

「言ったっけ？　おれ、カノジョから『ナオくん』って呼ばれてんの」

とか、

「あ、おれは『ユーちゃん』って呼んでんの。携帯のアドレスには英語で『あなた』の

『you』で入れてる。だから、広瀬《ひろせ》ってやつは『he』にして、柴田《しばた》は『she』に直したんだ。これでも一応気を遣ってるわけよ。うちのやつにばれたらやばいじゃん。ほら、女って男の携帯、平気で勝手に見るっていうじゃん？」

とか、

「実はおれ、こう見えてもあっちのほうは基本けっこう淡白でさ。知り合い始めのときはガツガツいくんだけど、なんかすぐに落ち着いちゃって、精神的な結びつきを重視したくなるんだよね。ま、ユーちゃんとは只今絶賛ガツガツ中だけど！」

とか、

「だからさー、うちのやつとはもうすっかりご無沙汰。たまにはご機嫌とらなきゃって思うんだけど、億劫でさ」

とか。

ぼくはどう相槌を打てばいいのか分からず、「はあ」と「そうですか」と「そうなんですね」を順番に使い回した。真壁氏の下品さに吐き気がした。彼の言葉に触発され、彼と彼女が重なるシーンがまぶたの裏に浮かび、苦くて酸っぱい液体が喉元まで込み上げた。 はは、と愛想笑いをする、ぼくの息が臭い。

「なに、おまえ、興奮してんの？」

真壁氏が薄笑いを浮かべたような声でこう訊ねたことがあった。

「こんな話だけで興奮するんだ？」

いいなあ、若いって。素晴らしいなあ、と大きな声を出した。「いや」とか「その」とぼくが口ごもっていたら、「分かるんだよ」と応じた。

「分かっちゃうんだよ、おれ」

と念を押され、ぼくの鼓動が速くなった。彼はなにを「分かって」いるというのか。まさかとは思うが、ぼくが彼女をずっと思いつづけていることだったとしたら。それを「分かって」いたとしたら。

「……なにがですか？」

それでも平静さを装い――しかも笑いまで混ぜ込んで――ぼくは訊ねた。

「おまえ、ちょっとニオイがするんだよ。たぶん、緊張したときや興奮したときな。ワキガまではいかないけど、それの薄まったようなニオイがしてきちゃうんだよな」

分かるんだよ、と真壁氏は笑った。

「おれもそうなんだ」

とハンドルを握るぼくの肩を強く摑んだ。おれたちは同じ種類の人間なんだ、と言いたげな力の入れようだった。

「気がつきませんでした」

ちいさな声で答えた。そんな指摘を受けたことは、それまでなかった。

「自分じゃ気づかないかもな。おれも女の子に言われてびっくりしたもん」

初体験のときな。大人のお風呂屋さんで、と彼は話をつづけた。

「それはそれで悪くないわ、みたいなこと言われちゃったよ」

こっちも興奮するってね、とにやけた声で言ったあと、

「てことは、チャー坊、まさかの童貞?」

いや、案の定の童貞? と言い直し、げらげら笑った。ぼくが黙っていたら、

「筆下ろしにうちのやつ、進呈しようか?」

さみしい夜を過ごしている同士、気が合うんじゃないのぉ、なーんてね、と最低の冗談を口にした。ルームミラー越しに見てみると、彼の口元はゆがんでいた。彼の暗い意地の悪さが強烈に伝わってくる表情だった。彼は、ぼくをいたぶり、彼女を侮辱することを面白がっていた。それが持てる者ゆえの愉しみのひとつだと信じているのだ。

「ありがとうございます」

ぼくは冷静に応じた。

「冗談だよ」

彼はすかさず返答した。

「調子に乗ってんじゃねーよ」

とぼくを睨み付けた。ルームミラー越しに。

真壁氏がぼくを自宅に招くようになったのは、彼女とのまじわりを回避するためだった。

彼らの夫婦生活は週末におこなわれるのが習慣化しているそうだ。週末間近になると、「うちのやつから無言のプレッシャーを感じるんだよね」と真壁氏はこぼした。「プレッシャーな

んかけられたら勃つものも勃《た》たねえよ」と独白したあと、ぼくを自宅に誘ったのだった。

ぼくの心境は複雑だった。すごく複雑だった。

真壁氏のホームパーティ熱が去ってから、ぼくは彼女と会っていなかった。ぼくの彼女との接触は、披露宴で見たのが最初で、その後、真壁氏主催のホームパーティで四度、会い、そのたび平均五、六度短い会話をかわしたきりだった。

だから、彼女に会えるチャンスがくるのは嬉しかった。ぼくが彼女に会うことで、彼女が真壁氏と重なり合わなくて済むというのも嬉しい。というより、ほっとする。

そう、ほっとする。シトロエンＣ４ピカソのなかで聞いた真壁氏の下品きわまりない一連のお喋りは許しがたいものだったが、ぼくがひとつ、救われたのが、彼女がいまやほとんど真壁氏とまじわっていない、ということだった。

彼女と真壁氏が重なり合う回数は、少なければ少ないほどよかった。そのシーンを想像するだけで、ぼくは、いてもたってもいられなくなった。大声を上げて走り出したくなった。憎しみや怒りが音を立てて渦巻き、ぼくを追いかけ、かさにかかって攻撃してきた。それらにぼくは飲み込まれ、一体となり、いよいよ巨大な憎しみや怒りとなり、どこかに向かっていきそうだった。どこかに向かっていきたがっているようだった。

その向かう先は、ぼくのような気がした。増幅されたぼくの憎しみや怒りが、ぼく自身に向かってもおかしくない。ぼくがあんまり愚図だから彼女は真壁氏のもののままなのだ。

ちがうな。真壁氏だ。ぼくの憎しみや怒りが向かうのは真壁氏よりほかありえない。ぼくと彼女に立ちはだかる最大の障壁は彼だから、と思ったら、「ほんとうに？」という声がこころのなかで鳴った。「彼女ではなくて？」と声がつづけて鳴る。「くだらない夫に抱かれることをこころ待ちにしているばかりで、きみの存在にいつまでたっても気づかない、あの女ではなくて？」

いや、それはない。絶対にない。ぼくが彼女に憎しみや怒りを覚えるなど、あるはずがない。ぼくの彼女にたいする感情は、恋と憐憫《れんびん》である。彼女は、ちょっと愚かなだけなのだ。そして、ちょっと鈍感なだけ。ぼくと出会ったことにいまだ気づいていないのだから。

とまれ、ぼくは月に一度、真壁氏の自宅に泊まりがけであそびにいくようになった。緊張したり興奮したりすると、うっすらとしたワキガ臭が漂うらしいので、真壁氏宅を訪問するときはブルガリプールオムを多めにつけた。

三人での会話はさほど弾まなかったが、テレビをつけていたから、なんとか保った。彼女が用意した料理は、ホームパーティのとき同様、美味しくもまずくもなかった。彼女の声は相変わらず案外老けていて、彼女の歯茎は熟した赤紫色だった。彼女の真壁氏にたいする態度も以前と変わらなかった。気を遣うあまり、おどおどとし、ことあるごとに媚《こ》びていた。だが、彼女は、美しかった。光の珠のなかにいるように、あたたかく輝くのだった。

彼女はぼくのために替えの下着やパジャマを用意してくれたり、ぼく用の箸や茶碗を買っておいてくれたりした。ぼくのためというより、真壁氏のお気に入りの客へのもてなしの一環だと分かっていても、それらの品々を選ぶとき、きっと彼女の頭にぼくが浮かんだと思うと、嬉しかった。

ぼくがもっとも喜んだのは、彼女とふたりきりで話ができる機会を得たことだった。

真壁氏がトイレに立ったり、入浴したりすると、リビングにいるのはぼくと彼女だけになる。トイレタイムは短いけれど、入浴タイムは長い。三、四十分ものあいだ、ぼくは彼女を独占できるのだった。

「じゃっ、風呂入ろっかな」

入浴前、真壁氏はかならず大声で宣言し、ちらりとぼくを見た。

（手を出せるなら出してみろ）

彼の目は、そう言っていた。情けない話だが、その目で見られると、ぼくは怯《ひる》んだ。真壁氏はぼくの彼女への思いに勘づいているのではないか。その上でぼくをいたぶっているのではないか。彼がぼくを自宅に招くのは、彼女とのまじわりを回避するためだけではなく、ぼくをいたぶるためでもあるのかもしれない、などなど弱気の考えが次々よぎった。

だが、しかし！　そんなあれやこれやは彼女とふたりきりになれた瞬間に、いつもきれいさっぱり吹っ飛んだ。以下、六月十一日の会話。

「……ぼく、あの本、読みましたよ」

「どの本？」

「『さようならコロンバス』。お好きだと言ってた」

「ああ、『さようならコロンバス』」

「そう、『さようならコロンバス』」

「……面白かった？」

「ええ、とても」

「どういうところ？」

「ヒリヒリした若い自意識。センチメンタルでありながら一種の虚無感みたいなものも漂っていて」

「すてきだな、って思わなかった？」

「すてき？」

「都会的っていうか、おしゃれっていうか」

「翻訳小説独特のスタイリッシュさってありますよね」

「そう、それ。スタイリッシュ」

「ブレンダが主人公に眼鏡を持っていて、と頼んで、飛び板からプールに飛び込む出会いのシーンとか」

「うん、うん」

「あと、プールの底でぶくぶくと泡を立てながらキスしたシーン」

「うん、うん」

「『いっしょに寝てあげるわ、イエスでもノーでも。だから、正直に言って』っていうブレンダの科白もパンチがありました」

「その前に『わたしを愛してる？』って訊くのよね」

「ですね」

「『ね、愛してる？』、『愛してほしいわ』ってつづくのよね」

「ああ、そうですね。そうでした」

「わたし、とてもあこがれたのよ。プールで初めて会った男の子に『眼鏡を持っていて』と頼んだり、プールの底でぶくぶくと泡を立ててキスしたりすること。試してみたくなっちゃった」

「『いっしょに寝てあげるわ、イエスでもノーでも』のほうは？」

彼女は首をかしげた。小鳥のような仕草だった。ぼくたちはソファのはしとはしに腰を下ろしていた。三人掛けだったから、ひとひとりぶんの距離があった。首をかしげたまま、彼女は言った。

「憧れていたかもしれない。寝てあげたら、愛してるか、愛してないか、男のひとは正直に答えてくれるんだなあ、って思った。愛してなくても寝ることもあるんだなあ、とか、いろいろ思って、一度でいいから言ってみたくなったわ」

田舎の中学生が考えそうなことよ、と影がさしたように、浅く笑った。すうっと手を挙げ、指を鼻先に持っていこうとして、やめた。鼻の付け根に皺を入れ、くしゃみをする寸前のような表情になった。その表情をいたずらっぽい笑顔に変え、ぼくを見た。

ぼくは太腿を忙しくこすっていた。ひどく興奮した。ブルガリプールオムの香りが濃く立った。ぼくの熱であたためられ、ぼく本来の体臭と混じり合い、おそらく、ぼくだけのにおいになっていただろう。

「いいにおいね」

と彼女は言った。

「チャー坊くんて、いいにおい」

それ、なんていう香水？　と訊ねた。

これが、ぼくと彼女の二度目の出会いだった。

ぼくたちは、男と女として出会い直したのである。

ひとり合点ではない。『さようならコロンバス』の話題を振ったのはぼくだけど、セクシーな方向の打ち明け話に展開したのは彼女のほうだもの。加えて、興奮したぼくが発したぼくだけのにおいを、彼女は「いいにおい」だと二度も言った。ちょっと恥ずかしそうに。くすん、と涙ぐむように鼻で息をしてから。これが貞淑な人妻である彼女の精一杯のアンサーでなくてなんだろう。

真壁氏が風呂から上がり、三人でテレビを観てから、彼女ののべたふとんに入り、眠りにつくまで、ぼくは夢心地だった。予想していたよりもスピードは遅いけれど、そのぶん、ぼくたちは着実に接近している。

そしてぼくはこう思わずにいられなかった。

それもこれも、ぼくが変わったからだと。というより、本来のぼくがおもてに出てきたというべきなんだろうけど。

口べたで滑舌の悪い以前のぼくは、もうどこにもいなかった。裏とおもてで色のちがう折紙みたいに、自信なさげなぼくと自信たっぷりのぼくが交互に顔を覗かせてしまい、周囲のひとから困惑したまなざしを向けられることもなくなった。

ただし、マカベコーポレーション内限定、と注釈がつくのだが。

マカベコーポレーションでバイトをするようになってから――正確を期するなら、初出勤のときからすでに――、ぼくは本来のぼくとして振る舞うことができるようになっていた。

真壁氏始め、会社のひとたちのぼくにたいする反応が、ぼくの思った通りだったからだろう。ぼくの理想とする世界やひとびと――ぼくがこうあるべきと思う世界やひとびと――にくらべ、マカベコーポレーションのそれらは質、サイズともにずいぶん落ちるのだけれど、気分は悪くない。

ぼくより劣るひとたちだけで構成されたやさしい世界で、ぼくは本来のぼくを取り戻すことができたのだった。

相変わらず口べたではあった。だが、以前とはちがい、堂々とした口べただった。王者の威厳がさりげなく醸《かも》し出されるというかね。みずから恃《たの》むところのある者、真に力のある者は、だれかさんみたいに隙間を埋めるような軽薄なお喋りはしない。

われながらずる賢いのは、ぼくの口べたには、お上手を言えない真面目さと朴訥《ぼくとつ》さを演出し、皆の信頼と安心を勝ち取る狙いがあったことだった。

ぼくは、実に、思いのままに、マカベコーポレーションのひとびとを転がしていた。愉快だった。地元にいたころに戻ったみたいだった。あのころと同様、不快なことも多々あったけれど——運動が苦手だったので、からだを動かす授業やイベントは苦痛だったし、親しい友だちもいなかったのだが、優秀な生徒として一目置かれていた——基本的には面白かった。

授業に出るよりも会社に顔を出すことが多くなった。真壁氏の動向をさぐるため、と理由をつけていたが、こころのすみでは気づいていた。ぼくにやさしい世界に、ぼくは少しでも長くいたかった。その世界は彼女につながっていたし、ぼくを慰撫《いぶ》できるのは、マカベコーポレーションのひとびとしかいなかったんだもの、なんてね。感傷的に言うとね。

とまれ、けれども、彼女にたいしては、なかなか「堂々とした口べた」になれなかった。オドオドはしなかったけれど、ギクシャクはしていた。ぼくが本来のすがたで彼女と会話できたのは、『さようならコロンバス』の感想を話し合ったときが初めてである。

彼女ののべたふとんのなかで、ぼくは胸の高鳴りを思うさま放出した。ぼくの胸の高鳴りは金色の人魂となって、部屋じゅうに拡散した。腕を伸ばしたら、指先が金色に染まった。

ふと、ユリアちゃんを思い浮かべた。

小柄で、四角いからだつきをした女の子だ。真壁氏を送ったとき、迎えに出てきたところを見かけたことがある。

ユリアちゃんは、長い黒髪を耳の上でツインテールにして、ちいさなリボンをつけていた。胸の大きく開いた白いワンピースは、ネグリジェみたいなデザインで、フリルとリボンがついていた。丈はかなり短く、黒いニーハイをはいた太い足がごろりと出ていた。どんぐりまなこをこれでもかと見ひらき、握りこぶしを動かして猫の真似をしながら、真壁氏に駆け寄ったのだった。

あの子とのほうがよほどお似合いじゃないか。

ぼくは鼻息を漏らした。「好一対」を辞書でひけば、「真壁氏とユリアちゃんのこと」と出ているにちがいない、と声を立てて笑った。

「……さて」ぼくはここでひと息入れた。デスクに肘をつき、手のひらで顎をささえている。No．3の手帳をじっと見る。ひらいたページには「六月十八日　金曜日　寝てあげるわ、イエスでもノーでも」と書いてあるきりだ。

ぼくは自分でもいやになるくらい冷静な人間で、どんなできごとでも淡々と思い出せる。しょせん過ぎたことだ。ショックを受けたり傷つけられたりしたできごとだって、過ぎてしまえば思い出のひとつ。ぼくは、平静なこころもちで振り返るばかりか、そのときの心境に入り込みつつも検するようにながめられる。

なぜなら、「そのとき」のぼくより「いま」のぼくのほうが、ずっと成長しているからである。ゆたかで、自由なこころを持っているからである。繰り返すが、どんなに強いショックを受けたり、どんなに深く傷つけられたりしたできごとだって、ぼくは詳細に思い出せる。ぼくに思い出したくないものは、ひとつもない。

しかしながら、二〇一〇年六月十八日のできごとは思い返す前に、ちょっとだけ間を置きたかった。平らかな心持ちでいられる自信がないといった、そのような退屈な理由からではない。自分自身を焦らしたいだけだ。

椅子から立ち上がり、バスルームに行った。洗面台の棚に置いていたブルガリプールオムを手に取る。キャップを外して、香りをかぐ。くんくん、くんくん。

ひとしきり鼻をうごめかしてから、ぼくは首をかしげた。後ろ歩きで洗面台から可能なかぎり離れる。ブルガリプールオムのボトルを力いっぱい、鏡に投げつけた。ものとものがぶつかり、破壊し合う音が高くひびく。鏡に亀裂が入り、ボトルが砕けた。シャボンみたいな清潔な香りが広がる。鏡のなかのぼくと目を合わせながら、深く吸い込んだ。鏡のなかのぼくの顔にはひびが入っていた。バッテンを書かれたようだ。ぼくは眠たげな目をぱちくりさせ、ふうん、とつぶやいた。

その日、ぼくは真壁氏を自宅まで送り、電車で帰った。

もしかしたら、「やっぱメシでも喰ってく?」と誘われるかもしれない、と思ったが、それはなかった。真壁氏といえども、二週連続でぼくを招くわけにはいかないのだろう。

車を降りるとき、真壁氏はゴホゴホと咳をして、ウインクしてみせた。夏風邪をひき、どうにも体調がすぐれない、という理由を思いつき、今夜の「お勤め」を回避しようとしていたのだ。

「食欲もなくならなきゃ、説得力ないじゃん」

とドライブスルーで買ったハンバーガーを、さっき、車内で食べた。

「もう一個買えばよかったなー。こんなんじゃ腹いっぱいにならねえよ」

とルームミラーを覗き込み、口元についたパンくずやケチャップを指先でぬぐっていた。

「やばいよ、チャー坊。逆に食欲に火がついちゃったよ。おれ晩メシ、がっつりいっちゃうかもだぜ」

と言うので、

「じゃあ『食欲はないけど、あんまり美味しそうだから食べちゃった』って言えばいいじゃないですか。で、『おかげで少し具合はよくなったけど、まだちょっとふらつくから大事をとって早く寝る』とでも」

とアドバイスをしたら、

「ナイスですねー」

とだれかの声色とおぼしきようすで応じ、「知ってる？　村西《むらにし》監督。ハメ撮りで名を馳せた」と上機嫌で付言したのだった。

ぼくは真壁氏のお相伴にあずかったハンバーガー一個で満腹になっていた。帰宅する途中、コンビニに寄り、炭酸水を買った。着替えて、それを飲みながら、インターネットに興じた。SNSを開くと、彼女からメッセージが届いていた。件名は「ご相談」。

ななんと！　「ご相談」ですと？

心中でふざけつつも、メッセージボックスをクリックするぼくの指は滑稽なほど震えていた。

「白猫さま　こんにちは。ちょっと相談に乗ってもらいたいことがあって、メッセしました。去年、ブログで、私が書いた、いいにおいのする男の子に炭酸水をもらった記事、覚えてます？　覚えてるといいんだけど。

あの男の子が今年に入って我が家にちょくちょく泊まりにくるようになったんです。あ、誤解しないでね。私が引っ張り込んでるんじゃなくて（オイオイ笑）、主人の可愛がっている部下として、夕ご飯を食べにきて、そのまま朝までいるだけなんだから。私は相撲部屋のおかみさんみたいに、若い子のお世話をしてる、って感じなの。

で。先週、知ったんだけど。

彼のいいにおいの元はブルガリプールオムっていう香水なんですって。さりげなくお誕生日を聞いたら、九月だっていうの。えっと、九月二十六日。

お誕生日プレゼントとして贈ろうかなあ、と思うんだけど、どうかしら。

なぜかはわからないけど、主人に黙って、こっそり渡したいような気がするの。うーん、相撲部屋のおかみさんが、親方に内緒で若い子にプレゼントをあげる感じ、かな。「がんばってるよね」とか「フツツカな主人をよろしく」とかそんな思いを込める感じ。単純に喜ばせたい、って気持ちもある。

……でも、……万が一、彼に誤解されたら、という不安がありまして。誘惑ととられてもいやだし、勘違いさせるのもかわいそう。すごくいい子なんだもの。生真面目な田舎の秀才くん風の。

彼と話していると、高校生のときに少しのあいだお付き合いしたひとのことを思い出すんです。そのひとも超秀才くんでした……、ということはどうでもよくて（笑）。

ねえ、白猫さん、どう思います？

白猫さんと、その男の子は同じくらいの歳だと思うの。いまどきの大学生って、人妻からバースデイプレゼントをもらったくらいでうろたえないよね？　喜んでくれるよね？

ブレンダ」

何度も読み返した。何度読んでも目が滑り、読み誤りや読み残しがあるような気がした。渇いた喉を炭酸水でうるおし、ぼくは「よっしゃー」と声を上げた。しかもガッツポーズ付き。咳払いをし、椅子に腰かけ直し、空中で両の指先を軽く動かしてから、返事を書き始めた。

「ブレンダさま

メッセありがとうございます。

バースデイプレゼント、いいじゃないですか！

彼、きっと喜びますよ。間違いなく嬉しがるはず。

誘惑されたと勘違いしちゃうとかまでは正直分からない。

だって、私は本人じゃないし。その男の子とブレンダさんのムードっていうか、ふたりのあいだに漂う空気感も知らないし……。

でも、あくまでもなんとなくなんだけど、ブレンダさんは、ほんとうは、その男の子に勘違いされたい、って思ってるんじゃないかな、って気がする。ほんとうは、その男の子をユーワクしたいというか、もっと仲よくなりたいって思ってるんじゃないかなぁ。

実は、ブレンダさんは心のどこかでその男の子に迫られるのを待っていて、きっかけをつくってあげたいんじゃない？　って言ったら、言いすぎ??

ネットだけの付き合いだけど、友だちとして、私はそう思います。私の知るかぎり、ブレンダさんのブログで、ブレンダさん以外の人が登場したのは、その男の子だけ。結婚報告の記事があったから、旦那さんがいることは分かるけど、旦那さん本人は現段階で一度も出てきていない。

どう？　ブレンダさんは、自分で思っているよりずーっと、その男の子のことが気になっている、というのが不肖・白猫の意見であります。

大体ですね、その男の子が、ブレンダさんが高校時代に少しのあいだ交際していた秀才くんと似ている、って、これはもう、自白と同じですよ（笑）。

いまの旦那さんがどうなのかは知らないけど、ブレンダさん本来の好みは『田舎の秀才くん』タイプなんですよ。そのひとがブレンダさんの本格的な初恋の相手なのでしょう？　生活の安定とかそういうことを一切考えず、ただただ好きになったひとと似ているひとに出会えたっていうのは、もはや運命なのかも、ですよ。

運命の恋に従うのは、浮気ではない。出会ってしまったら、動き出すだけ。というか、ブレンダさんは既に恋に落ちてるんじゃないかな、その男の子に。いいにおいのする、田舎の秀才くん風の、その男の子に。

長文失礼しました。

白猫」

一気に書いてから、ところどころ、書き直した。

「田舎の秀才くん風」と評されたのは不愉快だったが、いままで彼女が知り合った「頭のいいひと」は田舎にしかいなかったのだから、仕方ないと考えるように自分自身を仕向けた。彼女は、少し、表現が下手なのだ。

それよりも感動したのは、彼女が初めて交際した相手とぼくが似ていることだった。おそらく彼は、彼女史上もっとも優秀な交際相手だったのだろう。そして、ぼくがあらわれ、彼女史のなかの優秀な男の最高記録が塗り替えられた、と。ああ、でも、時すでに遅し。ぼくと出会ったときには、彼女はちっぽけなステイタスになびき、軽薄な二代目の人妻となっていた、と、こういうわけだ。

決して手遅れじゃないんだよ。やり直そうと思えば、いますぐにでもやり直せる。ほんのちょっと勇気を出すだけでいいんだ。貞淑な妻でいたいきみの心情は分かるけど、自分のきもちに嘘をついちゃいけない。

ぼくは彼女にそう言いたかった。優しく、そう諭したかった。彼女も内心では、そういう言葉を待っているはずだ。

彼女に伝える術《すべ》があってよかった。

白猫と名乗り、女子大生になりすまして彼女を騙《だま》していたことに少しだけ後ろめたさがあったのだが、いまとなっては結果オーライと言わざるをえない。結果がすべてなのだ。嘘をつかなければ、ぼくは彼女の背中を押してあげることができなかったのだから。

そうだ、ぼくは、いつか、「実は」と彼女に打ち明けることにしよう。「実は、白猫さんはぼくなんだよ」ってね。「いやだわ、もう」。彼女はちょっぴり頬をふくらませ、ぼくを責めるだろう。ぼくの胸をこぶしで叩き、「嘘つきなんだから」と怒ってみせたりする。そしたらぼくはアハハと笑い、「ごめん、ごめん」と彼女の手首を摑み、首筋に口づけし、「だって、どうやってきみに近づけばいいのか分からなかったんだもの」とささやくのだ——。

メッセージを送信し、少し、放心した。

デスクに置いていた腕時計を見た。彼女からのメッセージを読んでから四時間近く経っていた。恋をすると時間が早く過ぎるっていうけれど、あれは、真実なのだな。読んで、書いて、物思いにふけっただけで、四時間近くも経過してるなんて。

「あーあ」と伸びをひとつして、トイレに立った。用を足してデスクに戻った。昂揚はまだつづいていた。彼女からのメッセージと、ぼくの送った返信を交互に読み返した。

彼女のブログ「ぐりーんはうす」も最初から読み直した。

読むたびに彼女に近づく感じがした。しなやかで美しいけものの柔らかな毛にふれているような感じである。ほんの少し前までは、遠くからながめるだけだった。互いのきもちを確認し合ったあとでも、ぼくは彼女にもっと接近したかった。しなやかで美しいけものをこの手に抱き、柔らかな毛に顔をうずめるまで、ぼくは彼女への接近をやめないだろう。

ブログを閉じ、検索窓に「ブレンダ」と打ち込んだ。愛しいひとの名をそっと呼ぶように、ブレンダ、と、キーを押した。エンターキーを叩くと、画面が切り替わり、さまざまな「ブレンダ」が並んだ。バー、ショップ、雑誌など。もちろん彼女のブログもあった。最後から二番目のページだったけれど。

ほうっと息をつき、検索窓に打ち込んだ「ブレンダ」を一文字ずつ消した。空白になった四角のなかに「いっしょに寝てあげるわ、イエスでもノーでも」と打ち込んだ。ぼくが、というより、ぼくの指が勝手に動いたのだった。つづけて「だから、正直に言って」。さらに「わたしを愛してる？」、「ね、愛してる？」、「愛してほしいわ」と文字を打った。ぼくの指はとても速く動いた。

耳のなかで彼女の声が聞こえていた。その声を追いかけながら、検索結果のページをながめた。

ぼくの打ち込んだ検索ワードの一部の入った文章が並んだ。それぞれの文章中の「愛してる」とか「寝て」とか「わたし」などの文字が太くなっていた。

スクロールした。ページを切り替え、またスクロール。たくさんの文字のなかの「愛してる」や「寝て」や「わたし」の青い太文字が下方に流れ、目がチカチカした。まぶたの裏の残像もたき火のように爆《は》ぜた。

しばしそうやって愉しんでいたのだが、ある瞬間、ぼくはそれに気づき、スクロールを止め、ページを戻した。

「いっしょに寝てあげるわ、イエスでもノーでも」

ぼくが打ち込んだ検索ワードの一文目をそっくりそのままタイトルにしているブログがあった。「わたしを愛してる?」と書かれた記事もあるようだった。「ね、愛してる?」も「愛してほしいわ」もあるらしい。

なんという偶然。まさに奇跡。ぼくは目を丸くし、ヒューと口笛を吹く真似をし、そのブログをひらいた。

べったりと口紅を塗った唇のアップの写真に短文がついているきりのブログだった。口紅の色にはバリエーションがあった。赤、ブドウ色、レンガ色。そしてリップクリームさえ塗っていない、かさついた、皺の入った唇。それらの写真につけられた四つの短文は、ぼくが検索ワードとして打ち込んだものと同じだった。この四セットがえんえんと繰り返されていた。

胸騒ぎ——予感というか——を覚えて、ブログ主の名前に目を移した。「B」と書いてあった。このブログを運営しているのは「B」という人物のようである。

首を突き出し、パソコン画面に近づいた。

唇の写真に目を凝らした。似ているような気がした。ブログの体裁じたい、「ぐりーんはうす」によく似ていた。写真+短文のスタイルである。「B」はおそらく「ブレンダ」の「B」だろう。「ぐりーんはうす」で彼女は「ブレンダ」と名乗っていた。加えて、このブログに書かれた短文は『さようならコロンバス』からの引用。中学生だった彼女があこがれた、ヒロインの科白ばかりだ。間違いない。これは彼女のブログだ。

ぼくは椅子の背にからだをあずけ、またしてもヒューと下手な口笛を吹いた。かすかに笑って、かぶりを振った。まいったね、どうも、とうつむいてから、パソコンに目を戻し、ゆっくりとうなずいた。自然と眉根が寄っていた。唇が少し、尖った。ぼくは困った表情をしていた。いや、ちがう。せつない表情だった。このとき、ぼくはせつなさというものに揺すぶられていた。泣きたくて、痛くて、こころがびしょ濡れになった。

彼女の剝き出しのきもちを目の当たりにしたからだった。

彼女のせっぱつまったぼくへの思いを突きつけられたからである。

ぼくは両腕をたがいちがいの手で忙しくこすった。なんだか寒くなっていた。ぼくが白猫を騙《かた》り、彼女にのんきなアドバイスをするずっと前から、彼女は自分のきもちに気づいていたのだ。自分のきもちを持て余し、どうしていいのか分からなくなり、こんなにも追いつめられていたのだ。

「ごめん」

パソコン画面に向かって、つぶやいた。かわいそうなことをした、と思うと同時に、彼女への愛情が立ち上がった。こころが勇ましく、強くなった。

ぼくはきみをさらう。

胸のうちで彼女に宣言した。

ぼくはきみをあいつからさらうことにした。言葉を換えて再度言った。

覚悟はいい？

そう彼女に訊ねた。ぼくたちが進むのは当分いばらの道だろうけど、しっかりぼくについてきて、とかなんとかベタな科白をうっとりと気分よく心中で唱えていたぼくの目に、ある言葉が入ってきた。

「愛してる」

コメント欄に残された文言である。書いているのは、「Z」なる人物。スクロールしてみると、彼女の上げた記事にことごとく「愛してる」とコメントしていた。

だれだ、こいつは。

ぼくはマカベコーポレーションのだれかれを頭に浮かべ、即座に打ち消した。こいつが彼らのなかに潜んでいるわけがない。だって、彼女と面識のある彼らはひとり残らず年寄りで、インターネットにはてんで疎い。

だれなんだ、こいつは。

繰り返しつつも、おおよその見当はついていた。なにかの拍子でこのブログを見つけた粘着質の男だ。ストーカーみたいな奴。なにもかもうまくいかない自分の現状に半ば諦めつつも苛立ち、怒り、満たされない欲望のはけ口として、彼女に的を絞ったのだ。

やれやれ、とぼくは腕を組んだ。

ぼくたちの敵は真壁氏ひとりではないらしい。どこのだれとも知れぬストーカー氏からも、ぼくは彼女を守らなければならないようである。

深い息をつき、パソコンをスリープさせた。彼女のブログをながめているのが、少しだけ苦痛になっていた。

彼女の写真と短文、それに付けられたコメントが、調和しているように見えてきたのだった。餅つきをしているシーンが頭をよぎった。こんなときによぎるにしてはあまりにものどかなのだが、杵《きね》を持つ者と餅を返す者、息を合わせて作業する映像が通り過ぎた。過ぎたあとでも、ぺったん、ぺったん、という音が残った。ふかした米でできた白いかたまりが、粘り気を持ち、つややかでふくよかな餅になっていく。

そうじゃなくて。

うん、そうじゃなくて。それはありえなくて。

うっすらと覚えた「いやな感じ」を払いのけるべく、ぼくはパソコンを復帰させた。ブラウザを開く。「いっしょに寝てあげるわ、イエスでもノーでも」を見てみたら、新しいコメントがついていた。「B」から「Z」への返信である。

「初めて男と寝たのは十五歳のとき。

相手は夏にプールでナンパした同じ中学の男の子。

ハニワみたいな顔してたけど、いい子だった。アタリだった。

そのころのあたしはブレンダみたいなことをやってみたくてしかたなくて、ただそれだけの動機で、中三の夏休みは毎日プールに通って男漁りをしようと決めた。相手はだれでもいいと頭では思っていたけど、実際、プールに行って見回したら、だれでもよくないって気づいた。生理的にいやじゃなくて、あたしのやりたいことにノってくれて、性格のいい子がよかった。

ハニワの男の子はドンピシャだった。あたしはカンがすごくよかった。声をかけたその日のうちに、プールの底でキスをした。ぶくぶくと泡を立てて。

冬の終わりなのか春の始まりなのかよくわからない季節に、あたしはハニワを家に呼んだ。日曜の昼間だった。家族は親戚のとこにあそびに行ってた。あたしは具合が悪いと言って行かなかった。

ハニワをあたしの部屋に入れて、最初はふつーに話をしていたが、あたしはハニワにだんだん近づき、首に手をまわした。ほっぺたをくっつけて、『あたしを愛してる？』とささやいた。『いっしょに寝てあげるわ、イエスでもノーでも』と言った。『だから正直に答えてね』と言った。タメイキが出た。それがハニワの耳に入り、するとハニワは、ちょっと怖いような、真剣そうな、パンパンにむくんだ顔になって、うんうん、うんうん、と言いながら、むちゃくちゃないきおいであたしにキスしてきた。あたしはハニワに倒されて、スカートをまくり上げられた。ハニワはすごく急いでいたので、あたしも急いだ。ハニワがズボンとパンツをいっしょくたに下ろすあいだに、あたしもパンツを脱いだ。そしてあたしたちはその場でやろうとしたのだけれど、ふたりとも初めてだったので、もたもたしてしまい、先っぽが当たっただけだった。そのあと、ベッドでちゃんとやった。

だからといって、ハニワはあたしの初恋相手ではない。その後付き合った男にも恋なんてしなかった。ただただ好きだったことなんて一度もない。なんもわかってないのに、知ったかするなって言いたい。おまえにあたしのなにがわかるっていうのさとか言ってやりたいバカがいて、そいつ、うざい。てか、あんたもうざい。毎回、毎回『愛してる』ってなに？　それであたしが喜ぶとでも？　もしやあたしとやりたいとか？　言ってやろうか？　いっしょに寝てあげる、って（笑）」

ぼくのこころにスースーと風が入った。口を半びらきにしたまま、ブログを閉じた。確認するようなきもちでSNSを開いた。ぼくが彼女に送ったメッセージを読み返そうと思ったのだった。

彼女からメッセージが届いていた。罵倒《ばとう》されているのではないかと一瞬怯えたが、思い切って読んでみた。そこにはこう書かれていた。

「白猫さま

メッセありがとうございます。

白猫さんのおっしゃる通りかもしれません。わたし、あの男の子を意識しているかも、です。だって、高校時代の彼に似てるんだもの。叶わなかった初恋をやり直してみたい、ってきもちが、わたしのなかのどこかにあってもおかしくないよね……。

少し考えてみます。九月までまだ時間はたっぷりありますから。自分のきもちを素直な目で観察してみることにします。白猫さんのおっしゃるように、もしかしたら、運命の恋なのかもしれないし。

ブレンダより」

第四章　こだまでしょうか

1　二〇一一年六月

イヤリングをつけた。繊細な金色のチェーンに合わせて選んだチャームは、花のかたちの白蝶貝。ゴールドの縁取りがしてあって、品がいい。その上、可愛い。

椅子に座り、ドレッサーに向かっていた。鏡に顔を近づけ、横に振ってみる。耳元で揺れるイヤリングをたしかめて、微笑した。立ち上がり、鏡から少し離れて、全身を映してみる。

前髪を斜めに流したショートカットの女が薄紫色のシャツワンピースを着ている。しあわせそうな女に見えた。まだ若くて、まだ綺麗で、まだ夫に愛されているようだ。

首をかしげた。同じ動作をした鏡のなかの女を目に残したまま、ドレッサーに背を向ける。「それはそれとして」というような言葉を胸に浮かべて、籐製《とうせい》のクラッチバッグを手に取った。

部屋の灯りを消し、玄関に足を向ける。クラッチバッグを脇にはさみ、ヌメ革のサンダルを履き、ドアを開ける。外に出る。鍵をかけようとしたときに、閉じきっていないドアの隙間から家のなかが覗いた。空き家のようだった。薄暗くて、静まり返っていて、だれも住んでいない家に見えた。

六月最後の金曜、夜六時半。わたしは、高田馬場《たかだのばば》の病院に行こうとしている。三年も住んだ我が家が空き家に見えた感覚を引きずりながら、船堀駅まで歩いた。よく知っているものが、見知らぬものに見える瞬間なら、これまでに何度かあった。

たとえば、と振り向く。目に入るのは、そう広くない車道。白線で区切られた歩道沿いに並ぶ一戸建て、や、アパート。そのうちのひとつの家。真壁直人、眉子と表札の出ている家。シャッターの下りた車庫。見慣れた風景をさっとながめてから、顔を戻した。進行方向に目をやる。

やはり、見知らぬ風景に思えた。懐かしさも慕わしさもない。そんなに長く歩いていないはずなのに、遠くに見えるのも不思議である。よく知っている風景なのに、からだでも、こころでも、遠さを感じる。そしてなんだか怖くなる。名付けられないちいさな恐怖が足元から這い上り、ふくらはぎがぞくぞくする。

クラッチバッグを脇にはさみ、スカートの裾を直す振りをして、ふくらはぎを軽くさすった。その手についた微《かす》かな香りをかぎ、クラッチバッグを持ち替えた。シャワーを浴びたあと、丁寧にすり込んだボディクリームの香りはアイリス。

そうだ、アイリス。

少し笑った。

そうだった、そうだった。

実家付近の風景がまぶたの裏いっぱいに広がった。ふるさとのご近所さんは、それぞれの庭で花や野菜を育てていた。夏の初めに見事なジャーマンアイリスの咲く庭があった。紫、黄、ピンク、オレンジ。さまざまな色があった。わたしが好きだったのは、波打った白い花びらに覆輪《ふくりん》の入るタイプだった。まさに「虹の花」だった。やさしくて甘い香りは、虹の香りだと思った。けれども、振り返ってながめると、怖くなった。あんなにうつくしい花たちなのに。

幼いころから、「いま来た道」を振り返ってみることがあった。朝、学校に向かう途中、振り返りたくてたまらなくなった。たしかめたかったのだ。見知らぬ風景に見えることや、なんだか怖くなって、ふくらはぎがぞくぞくすることを。

家を出るときもそうだった。閉めかけたドアの隙間から覗く、家のなか。空き家のようだった。ひとつも温かみが感じられなかった。その感触が不安でたまらず、たしかめずにいられなかった。

自分の家が息をしていないように見えた。死んだように思えた。それは、ふと振り返ってながめた風景にも言えた。すべてが息絶えたように感じた。

わたしはこう考えるようになった。

もしかしたら、家や、風景が死んだのではなくて、わたしが死んだのではないかな。死んだあと、わたしはきっと、家やご近所のようすをこういうふうに見て、こういうふうに感じるんだろう。

生きていても、死んだひとの見え方になる瞬間があるんだ。だから、怖いんだ、と結論を出したのは、中学生のときだった。

友だちには言わなかった。小学生のときには何度か打ち明けた。まだ「結論」に達していなかったので、「家が死んでるように見えることない？」と問いかけただけだったが、同意した友だちはいなかった。

だからわたしは、自分にしか訪れない感覚だと思った。やがて、自分にしか「死んだあとの見え方ができる瞬間」がやってこないのは、自分がひとより早く死ぬからではないか、と思えてきた。覚悟をしておきなさいね、と神さまに言われているんだ、と、これも中学時代のことである。

すっかり忘れていたけれど。

少し笑ったまま、弾むように歩く。

早く死ぬことが特別な者だけにゆるされた、甘やかな悲劇だと信じていたころを思い出していた。同時に、死を感じたときの、ふくらはぎがぞくぞくする怖さに、一種性的な快感を覚えていたことも。

きまりがわるかった。だが懐かしさもあった。ふたつ合わせた、青いくすぐったさが、スキップみたいな足取りにつながったのだった。怖くて、きもちのいい瞬間をあじわいたくて、毎日登校途中に「ふと」振り返った一時期があった。

船堀駅に着いた。駅舎に入る前に「いま来た道」を振り返った。そんなに怖くなかったし、ゆえにそんなにきもちよくもならなかった。大人になったってこと。二十七にもなれば、少女のころの感覚に何度も戻るのはむつかしい。そう思ういっぽう、少しだけつまらなかった。

九段下《くだんした》で電車をいったん降りて、ホテルに寄った。淡い色でまとめたこぶりのフラワーアレンジメントと、焼き菓子を買う。クラッチバッグのなかには、見舞い用封筒に入れた現金も入っている。駅に戻り、東西線《とうざいせん》に乗り換えた。高田馬場までは十分ほどだ。車内では、病院までの道順を携帯でたしかめた。そんなに遠くないみたい。

廊下には配膳車があった。夕食が終わったらしく、空の食器がおさめられていた。六人の名が書かれたネームプレートに「本多稔子《としこ》」があることを確認し、病室に入る。入ったとたん、声がかかった。

「あらあら、まあまあ」

椅子に座っていた銀さんが立ち上がり、

「ちょっと、あなた、眉子さんよ」

ベッドに座っている金さんの肩を叩いた。金さんのベッドは病室の奥だった。窓の近くだ。

「ご無沙汰してます」

挨拶すると、金さんは恐縮した。

「たかだか盲腸くらいでお見舞いにきていただいて」

何度も頭を下げた。

「歳をとると、たかだか盲腸でも侮れないらしいのよ」

銀さんが言い添えた。自分の座っていた椅子をわたしにすすめ、会釈しながら、ソロソロと後ずさり、病室を出る。

「どうしたのかしら」とわたしは唇を動かし、金さんと顔を見合わせ、肩をすくめた。

「おかげん、どうですか」

訊ねながら、フラワーアレンジメントを枕頭台《ちんとうだい》に飾った。

「まあ、きれい。どうもありがとうございます」

金さんは丁寧にお礼を言い、

「元気は元気なんだけど、まだちょっとお腹が突っ張って痛いのよ」

と腹部に手をあて、

「切っちゃったもんだから。開腹手術。いまは穴みたいなのをあけて、チョチョチョッと済ませられるようなんだけどあたし、わりかしひどく炎症しちゃってて」

おトイレがたいへんなの、いきんじゃいけないらしくって、としかめっ面をしてみせた。

「それはたいへんですねえ」

でも、すぐによくなりますよ、とわたしは、焼き菓子を差し出した。「あら、お見舞い、ふたつも？　ありがとうさまです」と機嫌のいい声で受け取る金さんの手と触れ、思わず、そっと撫でた。

話をしているうちに、安心したのだ。よかった、いつもの金さんだ。

お尻をベッドにつけ、足をM字にして座っている猫背の金さんは、いつもよりちいさく、老けて見えた。作務衣《さむえ》みたいな入院着を着ていたせいもあるし、髪型が整っていないせいもあるが、もっとも大きいのは、化粧をしていないせいだろう。目、鼻、口の輪郭がぼやけていた。くすんだ肌には濃いシミや、薄い茶色のホクロなんだかソバカスなんだかよく分からないものがいくつも散らばっていた。

「……まあ、いわば鬼の霍乱《かくらん》だわね」

金さんがふうっと息をついたら、

「そうだわね」

銀さんがどこからか調達してきた椅子を抱えて戻ってきた。勝手知ったる、というふうに冷蔵庫から麦茶のペットボトルを取り出し、眉子に渡す。椅子に座れ、という身振りをし、自分が先に座った。

「丈夫なだけが取り柄のあたしたちなんだけど」

と言う。さばさばとした口調だった。

「寄る年波ってやつだわね」

と金さん。やはりさっぱりとした調子で。

「でも、盲腸でしょう？　そういうの『寄る年波』って言うかしら」

わたしが異を唱えたら、銀さんがかぶりを振った。

「思うところがあるってことよ」

じっくりとしたトーンでつぶやく。金さんも同じトーンでつづいた。実はね。

「あたしたち、会社を辞めようかって話してるの」

「ちょうど六十五だし」

「いつまでも社長のご好意に甘えるわけには……」

「後期高齢者になるまでＯＬをやるわけにもいかないし……」

と、ふたりは目と目を合わせ、しんみりとうなずき合った。

「そうなんですか」

さみしくなりますね、とわたしはうつむいた。

「またまたそんな」と混ぜっ返せるような雰囲気ではなかった。「あのふたり、いつまで居座るつもりなんだろう」という直人の独り言も胸をよぎっていた。「まーいつまでもいいけどな。気の済むまでおいてやるさ。あのふたりが我が社のムードメーカーには違いないんだから。どんなムードをメークしてるのかは分からないけど」と眉子を見て、満足気に笑った顔も頭のなかを横切った。

ふたりが話し合って辞めると決めたのなら、尊重すべきだ。たとえ片方の入院、手術でほんの少し気が弱くなっているだけだとしても。

「退職パーティは、うんと盛大にしましょうね」

金さんと銀さんは揃って「えっ」と驚き、ぽかんとした表情を浮かべたのち、両手を口にあて、乙女のような笑い声を立てた。

「あら、やだ、パーティですって」

「ちがうわよ、ただのパーティじゃなくて、盛大なパーティよ」

と顔をくっつけ合うようにして長く笑った。眉子も笑った。笑いながら麦茶を飲んだので、むせそうになった。膝に置いていたクラッチバッグが滑り落ちそうになった。

「笑うとまだ痛いの」

金さんがお腹をさすった。

「ばか笑いするからだわね」と銀さんにたしなめられ、「ここでばか笑いしなくていつするのよ」とまたお腹をさする。

「……あーあ」

やはりふたり同時に、ため息めいたものをつき、

「眉子さんの、そのきもちだけで充分」

と金さんは口元をひきしめ、胸に手を置いた。

「そう、充分」

銀さんも深くうなずく。

「やだ、そんなんじゃなくって」

わたしはほんとうに、とわたしは少し腰を浮かせて、ベッドの上の金さんと、隣に腰かけている銀さんに向かって、やや大きな声を出した。すかさず、「しーっ」とふたりがひと差し指を唇にあてる。「ここは病院」と金さんが言い、「じゃなくて、病室」と銀さんが訂正した。

「あのね、あたしたちもそうだわよ」

金さんが言った。銀さんがつづく。

「ほんとうに眉子さんのそのきもちだけで充分なんだわよ」

「本音を申しますとね」

「申しますと」

「パーティは『契り会』だけで、もう……」

「愉しかったけど」

「お招ばれして、とっても愉しかったけど」

「でも、もう、なんて言うのかしら」

「なんて言うのかしらね」

「ひとことで言うと、もうたくさんなのよね」

「そうなのよね」

愉しかったんだけど、そうなの、愉しかったんだけど、と、ふたりは語尾をすぼめた。

「あ、眉子さんだけに言うのよ」

幾分慌てて、金さんが付け足した。銀さんも同じような顔つきをして素早くうなずく。わたしもうなずいた。ふたりのきもちは、分かるような気がした。いや、分かっていた。直人さん以外のひとたちは、皆、あのホームパーティを「もうたくさん」と思っていたにちがいない。

「本音を言うと」

「言ってしまうと」

金さんと銀さんの頬には、打ち解けた忍び笑いとでもいうべきものが浮かんでいた。

「あたしたち、眉子さんをちょっぴり妬《ねた》んでいたのよ」

「いい歳してね」

「いい歳して」

「応援もしてたんだけど」

「してはいたんだけど」

「見初められて玉の輿に乗ったんだから、苦労するのは当然じゃないのってね」

「だいたい、社長のどこがよくて結婚したのかしらって」

ね、と顔を傾け合い、うふふ、と息を吐くような笑い声を漏らした。

「だけれども、眉子さんはよく辛抱しているようだし」

「文句ひとつ言わず、よろず社長に合わせているようだし」

「笑顔でね」

「笑顔で」

「なかなかできることじゃないんじゃないか、って」

「『契り会』がなくなってから思うようになって」

だとしたら、と金さんはいったん目を伏せてから、覗き見るような視線で眉子を見た。

「だとしたら」

と銀さんも小粒の黒目をわたしに滑らせる。

「だとしたら？」

なあに？　というふうにほほえみながら訊ねた。

「ううん、なんでも」

ほんの少し間を置いて、金さんが首を横に振った。

「なんでもないわね」

銀さんは首を縦に振った。

「なんでもないの？」

なあんだ、とわたしは口を開け、声を立てずに笑った。一、二、三、となぜかこころのなかで数を数え、ゆっくりと口を閉じる。わたしは、あのとき、直人さんひとりを愛すると誓った、と胸のうちでつぶやいた。光の教会で。式を挙げたとき。神父さんに言われて。病めるときもすこやかなるときも、とにかくどんなときでも、わたしは、直人さんひとりを愛すると誓った。死ぬまで愛すると誓った。直人さんひとりを、愛すると誓った。

なにか言いたそうな顔つきでこちらを見るふたりの視線に気づき、わたしは弾くようにさわっていたイヤリングから指を離した。

「ううん、なんでも」

と、先ほどの金さんの口真似をすると、

「なんでもないわね」

と金さんが言い、「なんでもない、なんでもない」と銀さんがつづいた。

「これ、結婚記念日に買ってもらったの」

ふたたびイヤリングに指を添えた。顔を横に振って、揺らしてみせる。

「あら、すてきだこと」

金さんが素早く反応した。

「ほんと。すてき。よく似合ってる」

銀さんも愛想よく誉めた。金さんを指差し、その指で「このひとが金で、あたしが銀」と自分の銀歯を指し示した。「で、眉子さんのがパールでしょ」とわたしのイヤリングに指を向け、「金銀パール、プレゼント」とにんまりしてみせた。わたしが「パールじゃなくて、白蝶貝なの」と言うと、「あらそうなの」ととぼけてから、下世話な顔つきに変え、「ところでそれはおいくら万円?」と茶化したので、ぴんと張っていた場の空気がほどよくかきまぜられた。

「まあ、いろいろあるでしょうけど」

空気が落ち着くのを待って、金さんが含みのありそうな、探りたそうな、それでいて年長者の威厳を醸し出しながら、低い声を出した。

「あたしたちだって、こう見えていろいろあるから」

銀さんがパーマをかけた短い髪を短い指で梳《す》くと、金さんが、「そうそう、こう見えてね。けっこう、いろいろあるんだわね」と呼応し、「なかなか、すみにおけないんだわね」と銀さんがかぶせた。ふたり同時にプププと笑う。手は届いていなかったが、叩きっこをする身振りをした。「やだ、もう」「やだ、やだ」と女子高生のように言い合っている。

「聞きたいわ」

表情がゆるむのを感じた。金さんと銀さんは顎をちょっと突き出し、すましてみせてから、

「長くなるから」「そう、とても長くなるから」「どうしてもって言うんなら、今度ゆっくり」

「ゆっくりというかじっくり」「というかたっぷり」と、よい間合いで交互に言った。

「じゃあ、今度」

かならず、と言い終えないうちに、金さんが声を発した。明るい声だった。

「会社辞めたらね、小料理屋やるのよ、あたしたち」

「小料理屋とスナックを足して二で割った感じのお店」

「大久保《おおくぼ》でね」

「大久保で」

「ちいさいお店なんだけど」

「ほんと、ちいさいんだけど」

「名前も決めてるの」

「『おもちゃばこ・たまてばこ』なの」

「正確に言うと、『おふくろの味　おもちゃばこ・たまてばこ』なんだけどね」

「おふくろでもないのに」

「なったこともないのに」

「なんかそういう雰囲気じゃない？　あたしたち」

「そういう雰囲気よね」

「じゃあ、もう、本決まりなんですね」

確認すると、金さんと銀さんは大きくうなずいた。

「開店したら、ご招待状をお送りしますので」

にわかにかしこまり、ふたり揃って頭を下げる。

「十一月くらいの開店を目指してるのよ」

「いちおうね、九月か十月までは御社にお世話になりつつ、開店準備を進めようと」

「それが、あなた、そろそろ退職のお伺いを立てようと思っていた矢先の盲腸」

「でも、かえってよかったわよね」

「そうよね、お店始めてからの盲腸だったら、困っちゃうもの」

わたしは黙ってうなずいた。ちいさな店なら、年齢をかさねても、ふたりで助け合って切り盛りしていけるかもしれない。飲食店経営はふたりとも初めてだろうから、長くつづけられるかどうかは心配だが——そもそもあのふたりがどうやって開店資金を捻出したのかも不明で、借金をしたのなら返済できるかどうかも心配なのだが——、ふたりのようすを見ていると、きっと、なんとかなるのだろう、と思われた。

「しばらくお店の準備で大忙しね。退職パーティより盛大に開店のお祝いをしたほうがいいかも」

わたしの言葉に、金さんと銀さんは、待ってましたとばかりに「いえいえ、そのおきもちだけで充分」と、なにかをおさえるような身振りをした。

「とはいえお花は欲しいわね」

「開店祝いのね」

「のれんでもいいけど」

「でも、やっぱりいちばん嬉しいのは、常連さんになってくれることだわね」

「眉子さんが来てくれれば、男性客が増えるかもしれないし」

きゃっきゃっと騒ぐふたりをわたしは見ていた。頭のなかには、スナックみたいなちいさなお店のカウンターのすみに座る自分のすがたが浮かんでいた。その「自分」はときにカウンターのなかに入り、酔っぱらって頬を火照《ほて》らせている男性たちに酒を注いだり、「冗談はやめて」としなをつくったりしていた。そんな「自分」に男性たちは喜んで、酒をすすめた。すすめられるまま、がぶがぶ飲み、つい過ごしてしまった「自分」は、悲鳴のような嬌声《きようせい》を上げた。もっと、もっと、と男性たちに煽《あお》られ、さらに飲んだ。テキーラだ。レモンを齧る、すかさずテキーラを一気に飲む、塩を舐める。教えられた通りに飲んだ。口の両端からだらだらとこぼしながら、喉を反らせて、飲みつづけた。なん杯目かで吐いてしまった。噴水みたいな吐きようで、マーライオンと笑われた。「自分」はとても恥ずかしかった。やり直し、やり直し、やり直し、と男性たちが連呼した。もっと、もっと、もっと、と囃し立てる。飲まなければこの場がおさまらないと思った「自分」が、もう一杯だけ飲もうと決める。ほとんど反射的な決断だった。レモンを齧る、すかさずテキーラを一気に飲む、塩を舐める。喉、食道、胃、からだのなかの管のようなものが焼けそうに熱かった。痛みもあった。なのに一杯だけではおさまらなくなった。「自分」は胸のうちで叫んでいた。もっと、もっと、もっと。もっと、もっと、もっと。

声に出していたかもしれない。あのとき。六年前。場所は新宿、西新宿、と心中でつぶやいていたそのとき、「あらあら、まあまあ」と銀さんが病室の入り口に向かって、首を伸ばした。視線を辿ると、チャー坊くんのすがたがあった。チャー坊くんはすぐにわたしを認めた。顎を引き、目を丸くしたあと、どうも、というふうに軽くお辞儀をし、金さんのベッドに向かって歩いた。


「チャー坊くんはね、毎晩、お見舞いに来てくれるの」

「ご近所ですしって」

「夜はひまなんですよって」

「照れ隠しよね」

「そう、照れ隠し」

「あの子、だれかとお話ししたいのよ」

「相手があたしたちみたいなおばあちゃんでもね」

「さみしいのよ」

「うん、さみしい子なの」

「お店を始めたら、きっと常連になってくれるわね」

そうだわね、と金さんと銀さんは早口でわたしに教えた。聞きながら、視線はこちらに近づいてくるチャー坊くんに向けていた。チャー坊くんは緊張していた。歩く動作が、少し、ぎくしゃくしている。腕、背中、胸、足が、彼の思い通りに動いていないようだ。見えない添え木をあてられていて、動きを制限しているようだった。

「いらっしゃい」

「ご精勤ね」

金さんと銀さんは、スナックのママのような物言いで、チャー坊くんを迎えた。

チャー坊くんは、眉子と銀さんが座っている反対側に立った。「きょうのお見舞い」とコンビニの袋を金さんに渡す。袋のなかには、四コママンガ雑誌が入っていた。

「チャー坊くんはね、いつも雑誌を持ってきてくれるの」

「マンガとか週刊誌とかね」

金さんと銀さんが代わる代わる眉子に教えた。

「なんとかのひとつ覚えですよ」

チャー坊くんの声は掠《かす》れていた。腕を組み、二、三度、咳払いをした。

「とてもいいお見舞いだと思うわ」

わたしはチャー坊くんを見た。チャー坊くんは、下を向いて、「ええ、まあ」とつぶやいたのち、「そうですかね？」とひどく不明瞭な発音で独白した。

「そうよ。入院中って退屈だもの」

わたしは目を見ひらき、チャー坊くんを見つめた。感じ取っていた。わたしが見つめると、チャー坊くんは胸をときめかせる。しばらく顔を合わさないあいだに、わたしへのきもちがたかまっていたようだ。

チャー坊くんは直人さんのお気に入りの部下で、昨年の夏か、秋までは家にしょっちゅう泊まりに来ていた。その間隔がだんだんとあき、やがて、顔を見せなくなっていた。

たしか、今年の春先だった。

ちょうど、直人さんの仕事が忙しくなった時期だった。名古屋支社で横領事件があったのだった。そう直人さんから聞いた。警察沙汰には至らなかったようだ。本社社長である直人さんに匿名で告発した社員がいたらしい。告発によると、支社の幹部がぐるになっておこなった犯行で、どうやら、告発者も幹部のひとりだったようなのだが、良心にたえかね、勇気を出して、直人さんに告白したとのこと。

直人さんは、その幹部以外の犯行にかかわった者を皆、解雇した。名古屋支社には上層部がほぼいなくなった。建て直しのため、直人さんの名古屋への出張が増えた。直人さんは家に帰るたび、昂《たかぶ》った顔つきで「埒《らち》が明かない」とか「おれが陣頭指揮をとらないとな」とか「死ぬ気でやる」とか「強いリーダーシップで」とか「トップダウン」と息巻いた。「こりゃあ長期戦になるぞ」と幾度かつぶやくようになり、「本腰を入れてかからないと」と考え込むようになり、名古屋にマンションを借りたのは、一カ月前の五月。六月最終の金曜であるきょうまで一度も家に帰っていない。

メールはたまに来た。愚痴（「おれ以外は使えないやつばかり」「心が休まるひまがない」）

と、名古屋支社建て直しへの意気込み（「でもやるんだよ」「明けない夜はないから」）が二大柱で、そこにわたしへの言葉（「さみしい思いをさせてすまない」「寝食を忘れて仕事に没頭できる時間をくれてありがとう」）が加わった。

結婚記念日には現金書留で十万円が送られてきた。生活費は口座に振り込まれているから、これでなにか好きなものでも買え、ということなのだろう。当日のメールに、詫びの言葉とともに、そんなことが書いてあった。

「本多さんの入院を教えてくれたのは、チャー坊くんなのよ」

わたしはチャー坊くんに視線を残したまま、金さんに言った。

「さしでがましいとは思いましたが、一応というか、念のためというか、まあ、そんな感じでご報告しておこうと思いまして」と、そんなおずおずとした切り出し方で、チャー坊くんは金さんの入院をわたしに教えたのだった。電話で。今週の火曜日に。火曜の夜に。九時五十四分から始まるニュース番組のオープニング曲が流れるころに。

そのとき、わたしはソファで寝転び、ゼンちゃんにメールを送っていた。

ゼンちゃんとは「いっしょに寝てあげるわ、イエスでもノーでも」で知り合った。Zという名でコメントをつけてくれる男性である。「愛してる」としか書き込まない彼を、最初は気味わるく思っていた。恐怖心と警戒心とズキズキとした苛立ちから、酷《ひど》いレスをつけたこともあった。すぐに削除したので、彼の目にはふれていないはずだ。だって、それ以降も、わたしがブログを更新するたびに、彼は「愛してる」とコメントしつづけたから。

えんえんと繰り返される彼のコメントを読んでいるうちに、奇妙な感覚にとらわれていった。彼は、愛したいひとではなく、愛されたいひとなのではないかしら。だれかにやさしく、あたたかく、包んでもらいたいひとなのではないかしら。

そう思ったら、そのようにしか思えなくなった。彼はわたしを必要としている、と思うまでそう時間はかからなかった。ひとりで過ごす夜の時間はたっぷりあったので、パソコンに張り付き、彼のコメントがつくやいなや、メールアドレスを書き込んだ。三十秒後に削除します、と付け加えて。

「このあいだはどうもありがとう。

おかげで、よい買い物ができました。

ゼンちゃんが選んでくれた、イヤリングのチャーム、やっぱりすごく可愛い。うん、クロスのやつと迷ったけど、ゼンちゃんの言う通りにしてよかった」

ここまで打ち込んでいたときに、電話が鳴った。携帯をセンターテーブルに置き、ソファを立った。頭皮を掻きながら、受話器を取った。頭皮を掻いたら背中が痒くなったので、そこも掻きながら電話に出た。

「真壁でございます」

「あ、茶谷です。チャー坊です」

チャー坊くんの声は掠れていた。緊張しているのがはっきり分かった。

「まあ、お久しぶり。お元気でした？」

反射的に嬉しそうな声が出た。去年、彼に誕生日プレゼントを贈ろうと思いついたことを思い出した。その思いつきをだれかに聞いてもらいたくて、「ぐりーんはうす」で知り合った白猫さんに打ち明けた。白猫さんの返信は、いやに大げさで、わたしの期待していたものとはかけ離れていた。ひとまず、失礼のないようお礼のメールを送ったものの、以降、交流が途絶えた。白猫さんから連絡が来なくなったのである。わたしはとてもさみしかった。けれどもわたしのほうから連絡をとる気は起こらなかった。

金さんの入院を知らせるチャー坊くんの上擦《うわず》った声が、わたしの耳にここちよく入ってきて、わたしの声がますます嬉しそうになった。この子もわたしにやさしくしてもらいたがっている。そう感じた。強く感じた。やさしくしてあげたいと思った。わたしにできることなら、なんでもしてあげたい。あなたがそれを望むのなら。ゼンちゃんにしたように。キリンくんにしたように。ケンゾー@涙目くんにしたように。えっと、それから、とわたしは、いわゆる出会い系で知り合った男の子たちの顔を思い浮かべた。わたしを必要とする男の子たちの顔を。

2　二〇一一年　グリグリ　その一

勝呂夕菜《すぐろゆうな》はカフェでバイトをしている。もうすぐ半年になる。

その前は事務員だった。退職したのは、チャレンジングな人生を送ろうと決めたからだった。一生に一度くらい、本気で夢を追いかけてみたかった。どうせ無理と立ちすくんでいた、それまでの自分に別れを告げたくなったのだった。

二十五歳だった。退職を機に結婚していた。相手は三十一歳の銀行員。会社員だったころに知り合った。夕菜の夢を知っているのは、いまのところ夫だけだった。プロポーズされたときに打ち明けた。

夫は夕菜の夢への挑戦をさのみ熱心ではなく応援している。妻の夢が叶えば、わがことのように喜ぶだろうが、もし叶わなかったとしても、ことさらがっかりはしないはずだ。このような夫の態度が夕菜には心地よかった。もっとも身近なひとには適度に放っておかれたほうが気が楽だ。

夕菜の夢はコミックエッセイストになることである。

本格的に学んだ経験はないのだが、幼い時分からイラストを描くのは得意だった。ものの見方や捉え方にオリジナリティがあるとよく言われる。身近のもの・ひと・ことへの感想・考え・気づきを可愛い絵柄の漫画であらわすコミックエッセイストは自分にすごく向いていると思う。

ペンネームはグリグリに決めていた。アルファベットで書くとGris-Gris。フランス映画『猫が行方不明』に出てくる黒猫の名前である。

『猫が行方不明』は、若い女の子が休暇中に迷子になった黒猫を探しまわる話だ。探しているあいだにさまざまなひとたちと出会い、かかわりを持ち、主人公のきもちによい変化が起こる。目に映る景色が以前と少しちがって見えてくる。

夕菜の目標は、そんなコミックエッセイを描くことだった。読者は夕菜の描くコミックエッセイで、さまざまな登場人物と出会う。登場人物たちの生活や意見に共感したり反発したりしながら読み進め、そうして本を閉じたとき、彼女たちのきもちになにかしらの変化が起きるはずだ。そうだったらいいな、と思う。

人間観察をしつつ、「さまざまなひとたち」のストックができると期待し、選んだバイト先が新宿三丁目のカフェだった。週に五日、働いている。

どこにでもいるカフェの店員です、という顔をして、臙脂《えんじ》のベレー帽をかぶり、同色のギャルソンエプロンを身につけ、白いシャツの胸元に「勝呂」と記したネームプレートを刺しているが、夕菜の心持ちは売れっ子コミックエッセイストのグリグリだった。家に帰り、眠りにつく前、グリグリのこころに残った人物たちとその会話をスケッチブックに描いている。

六月最後の金曜だった。

午後八時。バイトが退けるまであと一時間だった。

カップルが入店した。綺麗な若奥さま風とさえない男子大学生風のふたり連れだ。

先に立った若奥さまが大学生を振り返り、「ここよ」というふうに微笑する。白い花が夜空に浮かび上がったようだった。若奥さまは店内に目を戻してから、「よかった、空いてた」という表情をして、また大学生にほほえみかけた。つややかな白い花びらが揺れたようである。

眠たげな目を精一杯見ひらき、しきりにうなずく大学生の肘を引っ張るような手つきをしながら、入ってすぐ右の席に向かう。

二面の壁とカウンターの短い一辺がコの字を作る、ちいさなスペースである。大きな観葉植物がブラインドになるので、そこに座れば、ほとんど、ほかの客の目にふれない。「彼女」のお気に入りの席だ。

(久しぶりのお出ましですこと)

グリグリは声に出さずにつぶやいた。こころのなかでスケッチブックをめくり、数を数える。十日ぶり、と見当をつける。「彼女」の来店は十日ぶりだった。間隔的にはめずらしくない。「彼女」の来店頻度は波があった。連日やってくることもあれば、二週間以上、顔を見せないこともある。

「いらっしゃいませ」

水を出し、注文を訊いた。

「これでいい?」と「彼女」がメニューを指差し、連れの男性に確認して、二千円のディナーセットに決定する。「ワイン、赤でいい?」と「彼女」が連れの男性にまたたしかめ、グラスワインが追加される。いつもと同じ流れだった。

厨房にオーダーを通し、グリグリはカウンター付近に立った。「彼女」の席の近くだ。ふたりの会話が聞こえる。まず大学生の声。

「ここ、よく来られるんですか?」

「たまにね。お買い物のあと、ひと休みしたり、なにか食べたり」

答えてから、「彼女」は「やだ、わたしったら」といささか素っ頓狂な声を上げた。

「どうしたんです?」

「お見舞い。お渡しするの忘れちゃった」

カウンタースタッフがふたつのグラスに赤ワインを注ぎ終えた。グリグリはそれを円いトレイにのせ、「彼女」たちに運んだ。「彼女」はバッグから白い封筒をのぞかせ、大学生に見せていた。テーブルにグラスを置いたら、「どうもありがとう」と封筒をしまった。ちょっと舌を出し、大学生に向かって肩をすくめて。

「では、金さんが早くよくなりますように」

グリグリがカウンター付近の定位置に戻ったら、幾分かしこまった「彼女」の声がした。

「そして、ふたりの小料理屋が成功しますように」

大学生の声は「ぼく、いま、気の利いたこと言っちゃった」と言わんばかりに得意気だった。ぷうっとふくらんだ小鼻が見えるようだ。

「あ、そうね。それも」

「彼女」が応じる。眠れない夜に飲む、あたたかなミルクみたいな感触がグリグリの耳にも入り込む。

（キター！）

グリグリのきもちがにわかにそわつく。ゾクゾクとワクワクが入り交じり、忙しくなる。

かねてより、グリグリは「彼女」のその声に興味を抱いていた。いわゆる「いい声」ではない。老けているし、ちょっと陰気だ。口調だって平坦。なのに、自分の考えはさておき、相手のきもちを汲んであげようとするきもちがひしひしと伝わってくる。口にしたはいいけれど、受けるかどうかほんの少し不安な相手に、「大丈夫、面白いわ」と自信をつけさせる声であり、また、相手が構えず、次々と、思いつくままに話ができるように誘導する声で、つまり、目の前の相手をとりこにする彼女の第一射なのだ。

グラスを合わせる音がした。ふたりは乾杯したのだろう。

「美味しい」

「ええ、とても」

「チャー坊くん、お酒、苦手なんじゃなかったっけ？」

「一杯くらいなら平気です」

「ふうん、一杯かあ」

「お強いんですか？」

「だれが？」

「だから、あの」

「だから、だあれ？」

「えーっと、その」

「眉子さん、でしょ？」

「です、です」

「言ってみて」

言わなきゃだめ。じゃないともう一杯飲ませちゃうから、と「彼女」は可愛らしく大学生を脅した。

「眉子さん」

大学生がまさに蚊の鳴くような声でつぶやく。弱々しい声音なのに、どことなく言い慣れている感じがあった。胸のうちで繰り返していたその名前を、初めて空気に触れさせたようだった。

うふふ、と笑ったあと、

「実はそんなに強くないの」

でも一杯だけ、ってなんだか少しつまらないじゃない？　と「彼女」はさっきの彼の質問に答え、

「ねえ」

と声に吐息を混ぜ入れた。毛布をはぐり、「入らない？」というような声だ。

（キタキタキター！）

グリグリのなかでゾクゾクとワクワクが渾然一体《こんぜんいったい》となって上昇する。両の太腿の内側に手を挟み、そっと圧迫したくなった。

セクシーな気分にはちがいなかったが、ほのかなものだった。具体的な相手や、即物的なにかが強烈に欲しくなったわけではない。たとえるならば、まだ柔らかな毛の仔猫を裸の胸に抱きしめるような感覚だった。

ふだんはぶっきらぼうにさえ聞こえる「彼女」の陰気な老け声が、広い意味での性的魅力を

放つ瞬間にもまたグリグリは強い興味を寄せている。

「きょう渡せなかったお見舞い。これをね、わたしとチャー坊くんのデート貯金にするっていうの、どうかしら？」

「あ、いや、でも」

「でも、なに？」

「それだと限りがあるじゃないですか」

大学生の声からはまたしても「ぼく、いま、かなり気の利いたこと言っちゃったぜ」という自負がうかがえた。先ほどとちがうのは、「ぼくたち、いま、恋の駆け引きっぽい会話をしてるよね」という胸の昂りも覗いていた点だった。油でコーティングしたような、ぬるりとした声音である。火にかけられ、プツプツと微細な泡を立てているようなたぎりも感じられた。

「やだ、ほんとね」

例によって「彼女」はやさしく応じた。一拍置いて付け加える。

「デートのたびに使ったぶんを戻しておくの。そしたら永久に減らないじゃない？」

「なるほど、妙案です」

大学生の声は落ち着き払っていた。ついさっきまでがくんと前に倒れたり、だらーんと後ろに倒れたりしていた首が急にしっかりと据わったような印象だった。

グリグリの耳にざらついた違和感が残った。

大学生は、「彼女」の声や態度を狭い意味での性的な誘惑と受け取っているようである。つまり、「彼女」はひどく遠回しではあるものの、ぼくにたいして「あなたと寝たい」と表明している、と解釈していると。

グリグリの知るかぎり、「彼女」のやさしさをそんなふうに解釈する相手はこれまで何人もいた。今夜の大学生がちがっていたのは、彼が「彼女」のやさしい提案を、当然と思っている点だった。彼は、自分と「彼女」が片ときも離れられない恋人同士になるのは、ふたりにとって当たり前の結果であり、自然なことだと思い込んでいる——。

いずれも声と話し方のみから働いた直感にすぎないが、グリグリは自信を持っていた。

「なるほど、妙案です」

短い言葉だったが、彼の口調は、スーッと夢のなかに入ったように、うっとりしていた。

(初めて見た顔だけど、今夜の相手はいままでとはちがうかも)

なんか、前からの顔見知りみたいだし、とグリグリは心中で腕を組んだ。

(こりゃ一波乱あるかも)

にんまりとうなずく。胸のうちで広げたスケッチブックをパラパラとめくった。そのなかで、グリグリは「彼女」をセブリーヌと名づけていた。映画『昼顔』の主人公の名前である。

——『昼顔』は、なに不自由のない生活をしている貞淑な妻が、昼間、高級娼家で売春するっていうお話なの。からだを売ることで、彼女は、ずうっと彼女を悩ませていたトラウマとか妄想をつかのま忘れられるのね。でも、ひとりの客が彼女に本気で恋をして、ストーカー化してしまい、ついに……ってことになるんだけど、それはひとまず置いといて。

臙脂のベレー帽をかぶった主人公・グリグリが読者に向かって説明するページがグリグリの頭のなかを過ぎた。等身大のキュートな主人公・グリグリの生活と意見、あるいは気がかりなどにたいし、反論したり、熟れた茶々を入れたりする美人若奥さま・セブリーヌを読者に紹介するシーンである。

――美人で、品がよくて、ちょっと陰があって、間違いなくモテる大人の女性ということで、彼女をセブリーヌと呼ぶことにします。

――よろしく。

長い前髪を掻き上げ、美人若奥さま・セブリーヌがにっこり笑う。主人公・グリグリは四頭身で描かれるが、美人若奥さま・セブリーヌは八頭身だ。

――なお、このマンガに出てくるセブリーヌは売春などしていませんので！

仲のいいお友だちはたくさんいるみたいですけど、と主人公・グリグリが読者に向かって声をひそめるような身振りで言うと、美人若奥さま・セブリーヌが腰に手をあて、すかさずこう反論する。

――いやだわ、グリグリったら。わたしは昼も夜も、そして、こころもからだも、貞淑な妻なんですからね。

ここまでが昨日までのグリグリによるコミックエッセイの美人若奥さま・セブリーヌの紹介ページだった。だが、きょう、いまさっき、新たなコマが加えられた。

主人公・グリグリが「やれやれ」のポーズで美人若奥さま・セブリーヌに言い返すのだ。

──本人が貞淑な妻のつもりでも、お相手がそう受け取るかどうか……。

結局、『昼顔』みたいなことになったりなんかしたりして、と主人公・グリグリがひと差し指を立てて振り、注意喚起を促すと、美人若奥さま・セブリーヌは唇を閉じたまま笑い、片目をつぶってみせる。

──それはそれで悪くないわ。うん、ぜんぜん悪くないじゃない？

3　二〇〇一年　真野昌文

「頼むよ、真野《まの》くん。この通り」

真野昌文《まさふみ》は入谷《いりや》に拝まれ、入谷の彼女が通う高校の学校祭に行くことになった。

待ち合わせ場所は札幌の北24条バスターミナル。二階の蕎麦屋でカツ丼セットを奢《おご》ってもらい、午後一時台のバスに乗り、ふたり掛けの席に並んで座った。昌文も入谷も痩せ型だったが、そこは十七歳の男同士、バスが揺れても揺れなくても互いの肩が触れ合った。

「『喫茶いっぷくどうでしょう』っていうんだって」

入谷が言った。彼女のクラスが催す飲食店の名前のようだ。かいがいしく働く入谷の彼女を応援がてら見物し、飲み食いすることで微力ながらその店を繁盛させるのがきょうのふたりの目的である。

「たいした食いもんは出ないみたいだけどね。手づくりクッキーとかその程度らしいんだけど」

入谷が予防線を張った。あまり期待するなと言いたいらしい。

「あいつ、クッキーつくって持ってく係になってさ、おれ、いやっていうほど試作品を喰わせられたんだ」

「早速おのろけかよ」

油断も隙もないな、と昌文は笑った。

入谷に彼女ができたのは二カ月ほど前だった。あの手この手の猛アタック（入谷談）の末、真剣交際（これもまた入谷談）に至った。入谷にとって初めての彼女だった。名前は花音《かのん》ちゃん。昌文はまだ見たことがないけれど、ひいき目でなくても、けっこう可愛い女の子らしい。あくまでも入谷談によるのだが。

彼女ができた入谷は中学からの親友である昌文との付き合いを、すがすがしいほどおろそかにした。おかげで昌文の勉強時間が増えた。無趣味なので、ひまになると勉強以外にやることがないのだ。

昌文も入谷もとくに受験勉強らしきものなどせず、市内で一、二を争う進学校に合格できた。同じペースで高校生活を送っていたら、成績がゆっくりと下降し、二年に進級した時点で、ふたりとも中の下あたりにおさまっていた。昌文も入谷もほんの少しだけ焦り始めた。ふたりとも首都圏の大学に進みたかったのだ。どちらの親も平均的な会社員だったが、昌文はひとりっ子だったし、入谷の家は姉さんがすでに就職していたから、そこそこの経済的余裕があったのである。

　ところが彼女のできた入谷は考えを変えた。

「地元の国立大学に行って、地元の会社に就職するのがいちばんいいと思うんだよね。親、安心するし。ほら、おれ長男だし。あいつん家もこどもは女ふたりだし」

　花音ちゃんとの結婚を視野に入れたようなことを言い出したのだ。まだ交際して間もないのに。というか、高校二年なのに。ヤンキーでもないのに。

　入谷は腑《ふぬ》抜けになった、と諦め、入谷のぶんまでがんばらねば、と昌文はこころに誓ったのだった。

　段ボールに模造紙を貼り付け、お茶目なイラストをふんだんに描き込んで完成させたアーチをくぐって、「喫茶いっぷくどうでしょう」に入った。

　ふたりは、窓に向かって机を並べた席に座った。机を二台、もしくは四台くっつけてつくった席はあったが、あいにく埋まっていた。客は家族連れがほとんどだった。よそ者は昌文と入谷だけのようだった。

　同じような背丈で、同じような体型のふたりは、顔立ちもまたよく似ていた。ふたりとも寝て起きたばかりというような目をしていた。チェックのシャツにデニムという服装もお揃いだったし、長くもなく短くもない髪型だっておんなじだった。なぜなら通っている床屋が一緒だったからである。安くて近所、という理由で選んだ床屋が。

　なのに、並んで腰かけていると、昌文は、自分より入谷のほうが恰好いいような気がしてきた。店のすみには赤やピンクのリボンをつけた、浴衣《ゆかた》すがたのウエイトレスがいて、クスクス笑いながらふたりを見ていた。

ウエイターもいた。だが、昌文はウエイトレスの視線のみを意識した。数人のウエイトレスを、可憐な花のひとかたまりと認識していた。他校の女子って、どうしてこんなに魅力的なのだろう。個々人の顔をじっくり見つめる勇気はまだ出なかったが、みんな相当可愛いと思えてならない。

可憐な花のひとかたまりから、ひとりの女の子が押し出された。「もーやめてよ」というように、ちょっとふくれてみせてから、頬を真っ赤にしてふたりのほうにやってくる。残されたひとかたまりがヒューヒューと囃し立てたので、彼女が花音ちゃんだと知れた。

「いらっしゃいませ!」

花音ちゃんが入谷に向かって、バネ式人形みたいにお辞儀する。頭にのせたばかでかいリボンがぴょこんと揺れる。

「あ、どうも」

花音ちゃん同様、爆発しそうなほど顔を赤くした入谷が真面目くさった表情で応じ、ギャラリーの冷やかしのボルテージが上がった。それとは反対に、昌文は冷静になっていった。

入谷談ほど、花音ちゃんは可愛くなかった。目は二重で大きいものの突出気味だった。おまけに段のついた鷲鼻《わしばな》で、唇が厚い。

「ご注文は?」

花音ちゃんが澄まし声で訊ね、入谷がデニムのポケットから券を出した。「お願いします」

と花音ちゃんに渡すとき、手と手がふれた。沸き立つ可憐な花のひとかたまり、そして昌文。

「よっ、ナイスカポー」

と声をかけ、可憐な花のひとかたまりに共犯者めいた視線を送った。そのときだった。昌文の目がたったひとりの女の子に吸い寄せられた。彼女は藍色の地に、琉金《りゅうきん》の柄が白い線で入った浴衣を着ていた。すんなりとしたからだに沿って、琉金がふわりと伸長した尾びれを優雅に揺らしていた。だれかに呼ばれたらしく後ろを向いたら、彼女のからだの真んなかを浴衣の縫い目が走っていた。お尻のあたりで少しカーブし、ストンと真っすぐ落ちる、そのライン。手に持ったうちわを動かしながら、隣のひとに話しかける、その横顔。おとぎ話に出てくる姫君の影絵のような、彼女の、その、横顔。ああ、綺麗だ、と昌文は思った。すごく綺麗だ。

「……真野？」

肩を叩かれ、ゆっくりと入谷に顔を向けた。入谷は一瞬でぼくのきもちを理解したようだった。

「よし、分かった」と力強くうなずき、全面的な応援態勢に入った。花音ちゃん経由で彼女の情報——名前はもちろん住所、電話番号、誕生日、血液型、恋人の有無や好みのタイプ——を調べ、翌週の土曜にはダブルデートの運びとなった。

早い展開になったのは、夏休みが近づいていたせいだった。花音ちゃんは彼女と同じクラスではあったのだが、親しくはなかった。夏休みにわざわざ呼び出すのはハードルが高かったようだ。入谷と花音ちゃんが張り切ったということもある。自分たちの知り合いには、自分たちのようにしあわせになってほしい、と思ったらしい。

だが、もっとも大きな理由は、彼女の感触がよかったからだった。花音ちゃんが入谷経由で仕入れた昌文の情報を伝えるたびに、頬を赤らめ、もじもじしつつも、もっと知りたいというふうに熱心に耳をかたむけたらしい。入谷曰く「いい風、吹いてきたぜ」の状況で、「鉄は熱いうちに打て」との方針がすみやかに立ったのだった。

ダブルデートの行き先は動物園だった。待ち合わせ場所は地下鉄円山公園駅《まるやまこうえん》。ぼくは入谷と自宅最寄り駅である北24条駅で落ち合い、連れ立って向かった。入谷が昌文を励ます。

「普段通りにしてればいいさ。向こうはおまえのこと気に入ってるんだから」

「それなんだけど……」

昌文は思い切って口をひらいた。

「それ、本気にしていいのかな？　花音ちゃんのリップサービスっていうか、早とちりなんじゃないの？」

「なにを今更」

噴き出す入谷に昌文がつづける。

「ぼくは女の子の印象に残るようなタイプではないし、興味を持たれるようなタイプでもないと思う」

「おれもそうだよ」

入谷は平然と即答した。

「でも、花音はおれを見たとき、『このひとはあたしにとって特別なひとになる』っていう直感がおりてきたんだとさ」

そんなもんだって、とにっこり笑い、昌文の不安を一蹴しようとした。昌文は、うなずきながらも、「だが、花音ちゃんと彼女とではレベルがちがう」と思わずにいられなかった。

地下鉄が円山公園駅に着いた。階段を上がったら、改札機の向こうに彼女と花音ちゃんのすがたがあった。昌文は目をふせたが、入谷は「よっ」と手を挙げ、改札機に向かった。昌文は右を見たり左を見たりしながら、改札機を通った。彼女たちのすぐ前まできて初めて「あ、いたんだ？」という体《てい》で顔を上げる。

そんなに不恰好だと思わずに済んだのは、彼女のようすが昌文以上に不自然だったからだった。彼女は昌文が目の前にきてもなお、うつむいて髪をいじったり、スカートの裾を直したりし、「いまちょっと忙しい」という雰囲気を出していた。

「こちら、木之内眉子ちゃんでーす」

花音ちゃんに紹介され、ようやく顔を上げた。口を開けたり閉じたりしながら、昌文を見た。見てはいるのだが、視線がちらちらと動く。彼女の目は明るい茶色だった。はたして見ようとするものが見えるのだろうか、と不安になるほど、透明な、明るい、茶色だった。

動物園までの道のりで起こったことや、入園してからのあれこれを、昌文はほとんど覚えていない。入谷と花音ちゃんがはしゃぎ気味に会話していた。昌文と彼女は相槌を打ったり、おとなしく笑ったりしていただけだった。

最初の「事件」は昼食の時間に起こった。女子二名がおにぎりやサンドイッチをつくり、男子二名はおかずや飲み物代を負担する決まりになっていた。

休憩所で、入谷、花音ちゃん、彼女、昌文と横一列に並んだ。昌文と入谷はコンビニで唐揚げとコロッケとサラダを買ってきていた。レジ袋から出し、テーブルに載せていたら、花音ちゃんがトートバッグから四角い紙の箱を出した。

「じゃーん、卵サンドとハムサンド」

赤いチェックの紙の箱を開いてみせた。「ひとり二個ずつね」とラップに包んだひと揃いを配り始めた。

「なんだよ、ツナサンドはないのかよ」

文句を言う入谷に、

「だっておにぎりもあるし」

ね？　と彼女にうなずきかけた。「うん」と彼女はそわついた微笑で応じた。腰を浮かしたいような、もっと深く椅子に腰かけたいような、そのどちらでもないような動きをし、膝に置いたトートバッグの持ち手をぎゅうっと握りしめていた。そして、意を決したように「ごめんなさい、ちょっとおトイレ」と早口で告げ、席を立った。

残された三人は啞然《あぜん》とした。「うーむ、よっぽど我慢してたんだな」と入谷が言い、空気がほぐれた。

「おトイレに行くタイミングってむずかしいよね」

なんか恥ずかしくて……と花音ちゃんが肩をすくめ、

「木之内さんって意外と純情なんだね」

と言った。

「意外と？」

と入谷。

「モテるという意味で」

花音ちゃんは簡潔に答え、

「中学のときに付き合ったことはあるみたいだけど、高校に入ってからはだれに告られてもゴメンナサイだったんだよね」とつづけた。

「中学のときの男が忘れられないってこと？」

入谷が昌文に視線を寄越してから花音ちゃんに訊ねた。

「そういうんじゃないみたい」

花音ちゃんも昌文を見てから入谷に答えた。

「『疲れた』とか『持て余しちゃって』とかなんとか言ってた」

ふーん、と入谷がうなずき、昌文もうなずいた。彼女はぼくと似ているのかもしれない、と昌文は思った。基本的に不器用なのだ。彼女もまた、出口の見えない考えが頭から離れなくなる夜があり——たとえそれが取り越し苦労と他人の目から見えたとしても——倦《う》んで、あぐねるタイプなのだろう。

「ごめんなさい」

トイレから戻ってきた彼女の顔つきは、さわやかだった。椅子に腰をおろすやいなや、トートバッグから大振りのタッパーウェアを取り出した。なかにはちいさめのおにぎりが十五、六個も入っていた。

「梅、鮭、チーズおかか、シーチキン」

おにぎりを指差し、恥ずかしそうに説明した。

「おお、うまそー」

シーチキンがあるぞ、と入谷が花音ちゃんを小突いた。昌文と彼女は顔を見合わせ、ふふふ、と笑った。どちらの笑顔も自然とこぼれたものだった。花音ちゃんが入谷に、彼女が昌文にウエットティッシュを渡し、昼食がスタートした。昌文と彼女はますますリラックスし、ごく自然な笑みを交わす回数が増えた。そのたび、昌文は彼女のこころに触れたような気がした。ふがしとかパイ生地みたいに空気をたくさん含み、ふくらんだもののような触り心地だった。すごく軽いのだ。こころに重い軽いもないだろうが、昌文はそう感じた。

昌文は女の子のつくったおにぎりを食べたことがなかった。彼女もそうだと思う。自分のつくったおにぎりを男に食べさせたことなどなかったはずだ。その証拠に、花音ちゃんは入谷にさかんに「美味しい?」と訊いていたが、彼女はそのようなことは口にしなかった。ぼくが「美味しい」と言うと、こころの底からほっとしたような顔をした。

昌文は何度でも彼女に「美味しい」と言ってあげたかった。

それは「大丈夫だよ」となだめることでもあった。「なんにも心配いらないよ」と落ち着かせ、軽い彼女のこころが浮き上がって飛ばされないようにしてあげたかった。

昌文は気づいていた。彼女がトイレから戻ってきたときに、トートバッグのふくらみがちいさくなっていたこと。彼女は、きっと、皆に差し出した倍の量のおにぎりをつくってきたのだ。花音ちゃんのサンドイッチを見て、自分の持ってきたおにぎりが「すごく多い」と知り、慌てて捨ててきたのだと思う。

確認はしなかったけれど、間違いない。彼女には過剰な部分があるように思えた。適当な分量や程度というものを測りかねるなにかが、彼女のこころに鬆《す》を入れ、軽くしているのではないかと。

ふたつめの「事件」が起こったのは帰り道だった。

入谷、花音ちゃん組が先を歩き、昌文と彼女が後ろを歩いていたときだった。「天気がよくてよかったね」「ほんとに」、とか、「ホッキョクグマ大きかったね」「うん、ローランドゴリラも大きかった」というような当たり障りのない会話のあと、昌文は改まった調子で、ダブルデートに来てくれたお礼と、おにぎりのお礼を言い、ひと息ついてから、

「もしよかったら、付き合ってほしいんだけど」

友だちからで、と喉を絞った。昨晩、飽きるほど練習した科白だったが、緊張のあまり、ところどころで声が裏返ってしまった。

「わたしでいいの？」

彼女の答えを聞いて驚いた。オーケーでもノーでも驚いたと思うが——昌文は、彼女がどう答えるのかまで考えていなかった——謙遜の言葉が返ってくるのは、意の外だった。

「わたしなんかで」

彼女の声はか細く、頼りなかった。うつむいた額がふるえていた。垂れた髪に隠れていたが、唇もふるえていたはずである。

「木之内さんがいいんだ。ぼくは木之内さんと付き合いたい」

すっ、と言いかけ、いったん止めてから、昌文は「好きだから」とこぶしを握った。

「わたしを？」

わたしなのに？　と彼女は浅く頭をかたむけた。独り言のようなつぶやきだった。

「そのままの木之内さんが、ぼくは、たぶん、すごく好きだ」

「そのまま？」

「ふふって感じのなにげない笑顔とか……。ぼくは木之内さんにはいつもそんなふうに笑っていてほしい。木之内さんの隣で、その笑顔をいつまでも見ていたい、というか、守りたい」

昌文の口から、素敵なフレーズが次々と出てきた。一抹《いちまつ》のこっぱずかしさは消えなかったが、本心を吐露しているという昂揚が勝った。

「ありがとう」

彼女は顔を上げた。昌文を見て、口角をゆっくりと持ち上げた。ぎこちない笑顔が浮かび上がった。さっき見たホッキョクグマに重なった。プールに飛び込むとき笑っているような顔に見えた。あんなふうな、つまり、笑って見えるだけの顔だった。昌文は少しうろたえた。やっぱり不器用な子なんだ、と自分自身を納得させようとした。素直なんだな、と思おうとした。でも、(気味の悪さまでもう一歩の)かすかな居心地の悪さが、虫のように襟足を這った。彼女は「こんな感じ?」と言っているようだった。「これでいいの? 合ってる?」と。

昌文と彼女は、入谷と花音ちゃんみたいな陽気なカップルにはならなかった。薄暗さがついて回った。入谷と花音ちゃんの頭上に広がるのがピーカンの青空なら、昌文と彼女の上にあるのは雨もよいの曇天だった。いつまでたっても親しくなれない予感がうっすらとあった。たとえ何年付き合っても、ぼくと彼女のあいだには、互いの領域に踏み込めないよそよそしさが横たわったままだろう、と昌文はうっすらと思った。

月に二度は会っていた。植物園とか図書館とか、金のかからない場所で過ごした。彼女はいつもおにぎりをつくってきた。それが昼食で、夕食は昌文がハンバーガーなどを奢った。

割合長い時間、ふたりでいたのだが、動きのある会話はほとんどなかった。昌文はもともと話題の豊富なほうではないし、彼女もそのようだった。そして昌文は自分自身を語るのが得手ではなく、彼女もそうだった。ふたりが好んだ話題は、相手に惹《ひ》かれたときの心持ちを打ち明け合うことだった。

昌文は学校祭で彼女を見たときに受けた印象を幾度となく語った。そのたび彼女はまるで初めて聞くように、新鮮に喜んだ。

彼女が昌文を意識したのは、花音ちゃんから昌文のきもちを伝えられたときのようだった。

「なんか、すごく正式に告られてるって思ったの」

「正式?」

「ある日呼び出して告るパターンよりも、時間をかけてるっていうか手間ひまかけてるっていうか」

そういうのが嬉しかったの、と彼女は両手で顔をおおった。

「あと、そのままのわたしがいい、って言ってくれたこと」

彼女は顔をおおっていた両手を口元まで下げた。明るい茶色の瞳を輝かせつつチラチラとさまよわせて、言った。

「真野くんには『そのままのわたし』が見えてるんだ、分かってるんだ、って思った。わたしにも摑めないのに」

「え?」

何度聞いても、このくだりが昌文には謎だった。

「わたしってね、わたしのままでいるとき、どうしていいのか分からなくなるの。いきいきしないの。こういうひとになりたい、って決めて、夢中のときはいきいきするんだけど、でも、終わるとガランとしちゃうの」

「……へえ」

相槌は打ったものの、理解不能だった。彼女らしい、とは思った。彼女のこころに触れた感覚があった。適当な分量や程度というものを測りかねるなにかが、鬆を入れ、軽くしている、彼女のこころだ。

動物園でのダブルデートのときに起きた最初の「事件」に遭ったさいの感想がよみがえった。ふたつめの「事件」のさいに受けた感覚もまた繰り返しよみがえった。

彼女はだんだんと自然な笑顔を浮かべることが上手になった。時期がきて、白い花がほころぶように、スムーズにやさしい微笑を浮かべられるようになった。「こうでしょ？」「これでしょ？」と言っているようで、見るたび、昌文の襟足に虫が這った。

付き合いをやめたのは、冬の初めだった。

「わたしたち、別れない？」

電話で彼女に言われ、安堵したことを覚えている。秋くらいから彼女のようすに変化があった。昌文の記憶がたしかなら、修学旅行から帰ってきたあたりだった。

昌文と彼女は別れぎわにキスをするのが決まりごとになっていた。そろそろ帰ろうか、という段になると、ちょうどよい物陰を探し、唇を重ねた。そんなときでも彼女は例の「自然な微笑」を絶やさず、「こうでしょ？」「これでしょ？」と無言でささやいていたのだが、修学旅行以降、指の動きが加わった。ひどく遠慮がちではあるのだが、昌文の下半身に指を這わせるそぶりをするようになったのだった。

昌文は動揺しつつも興奮し、彼女の胸を撫で、スカートのなかに手を入れた。湿って温かなところをまさぐったら、彼女が昌文を揉むようにし始めた。「こうでしょ？」「これでしょ？」という声が聞こえてきそうだった。昂りながらも昌文は少し悲しくなった。「いや、そういうんじゃなくて」と彼女の行為を止めたいきもちと、「お願いします」と続行を希望するきもちが鬩《せめ》ぎ合った。葛藤しつつも、昌文の襟足には虫が這いつづけた。なぜなら、彼女は「自然な微笑」を浮かべたままだったからだ。昌文にいじられていても、昌文をいじっていても、彼女の表情は変わらなかった。

「だって、真野くんはわたしのこと、もうそんなに好きじゃないんでしょう？」

別れを切り出したあと、彼女はこうつづけた。

「わたしはちゃんと『そのままのわたし』でいるのに」

「ごめん」

昌文は彼女に謝った。すごく傷つけたような気がしたからだ。電話の向こうで彼女が「自然な微笑」を浮かべ、「こうでしょ？」「これでしょ？」と言っているような気がして仕方なかった。

4　二〇一四年七月　小椋明日香《あすか》

通話終了を押して、明日香はふうっと息を吐いた。携帯を脇に置き、テレビ画面をながめる。同じ高校だった友だちから電話がかかってきたときに、ボリュウムをうんと下げた。ニュース番組ではプロ野球の試合結果を伝えているようだった。頑丈なからだつきの選手が打ったり、投げたりしたあと、がっくりと肩を落としたり、小躍りしたりした。

ラグに置いた携帯をちらと見てから、立ち上がった。キッチンに行き、給湯パネルの「追いだき」を押す。お風呂に入ろうと思っていたのだ。

信用金庫での勤めが退けて、コーポに戻り、浴槽に湯を張った。衣服を脱いではだかになり、三十歳・独身・恋人なし・小太りの女のからだを鏡に映し、ぼんやりと考えごとをしていたのだった。携帯の着信音が鳴り、われに返った。あわててバスタオルをからだに巻き、三十分ばかり同じ高校だった友だちと感嘆符の多い会話をした。明日香はなぜか急き込んでいたし、友だちもわけもなく焦って苛立っているようだった。

通話を終えたら、「いまにして思えば」のきもちになった。

このところ、ひとりになると、そういうきもちになる。そういうふうにして、眉子のことを考える。

眉子とは結婚披露宴以来、会っていなかった。

だから、もう六年になる。

盛大な結婚披露宴だった。東京の一流ホテルでおこなわれた。ご主人は大会社ではないけれど、でも社長で、札幌から出席する明日香ほか眉子の友人ふたりの旅費と宿泊代を持ってくれた。それはとてもありがたかったが、披露宴が招待制と聞き、明日香たちは少し困った。

北海道の結婚披露宴は会費制がほとんどだった。ただでさえお祝い金をいくら包めばいいのか不案内だったところに持ってきて、旅費と宿泊代まで出してもらうのだから、そのぶん上乗せしなければならないだろう。

相談した結果、ここはざっくばらんに眉子に訊いてみようということになった。勝手な判断で眉子に恥をかかせてはいけない。

「遠くまで来てもらうんだし、スピーチもしてもらうんだから、気にしないで」

きもちだけで充分、と答えた眉子の声は落ち着いていた。

「まゆちゃん、変わったねー」

そんな言葉が明日香の口をついて出た。

「なんかもうすっかり東京の若奥さまって感じ」

眉子とは高校を卒業してから音信が途絶えていた。五年ぶりに連絡があったと思ったら、結婚の報せだった。

「えー、そうかなあ？」

眉子は明るい笑い声を立てた。

「やっぱり変わったー」

明日香も笑った。顔もからだつきも丸みを帯びた明日香らしい笑い方だった。明日香の口にする「変わった」という言葉には嫌味や妬みなどの不純物はひとつもふくまれていなかった。

「あーちゃんは変わらないね」

相変わらずいいひと、と眉子に言われ、「変わりようがないからねー」と応じたあと、明日香は少し急いで付け加えた。

「あ、まゆちゃんはいいふうに変わったんだからね。あたし、まゆちゃんの声、聞いて、ああ、よかったって、すごーく安心したんだから」

「分かってるって、それくらい」

ふたりはまた笑い合った。今度のは海のなかで海藻が揺れるような静かなものだった。

「あー、まゆちゃんが東京の若奥さまになるなんてねー」

なんだか、まだ信じられないよ、と明日香は言った。幼なじみとしてのあけっぴろげな感想だった。

「わたしもなの」

なんだか、信じられないの、と応じる眉子の声はひそやかで、重大な秘密を告白するような気配があった。独り言のようにこうつづけた。

「実は、わたし、そんなに信じていないみたいなの」

「やだもう、まゆちゃん、なに言ってんの」

明日香はおおらかな声をつくり、混ぜっ返した。変わったな、と一瞬思ったけど、あんまり変わってないのかもしれないな、と思った。

「ほんとだ。なに言ってんだろうね、わたし」

眉子の口調は他人事のようだった。落ち着いた声に戻っていた。

眉子とは小、中、高と同窓だった。何度か同じクラスになったこともある。気がついたら、明日香は眉子の親友になっていた。正確な表現をすれば、十二年の歳月をかけて、とくに親しい友人ができなかった眉子にとって、明日香はもっともこころの許せる友だちになったのだった。

明日香だけではなかった。ほかにふたりいた。明日香には及ばないが、それぞれ長い付き合いだった。三人は見かけも性質もよく似ていた。小柄で丸みをおびた体型をしていて、いつも機嫌がよく、のんびりとした性格だった。狷介《けんかい》なところや狡猾《こうかつ》なところはなく、シニカルでもアイロニカルでもなかった。

眉子は三人の前ではのびのびと振る舞えたようだった。そう明日香は感じていた。ことに、自分とふたりきりでいるときの眉子は、着ているものを二、三枚脱いだようだった。

だからといって、はだかではなかった。普段の眉子は洋服を二、三枚余分に着ているようだったから、それを脱いだだけのことである。とはいえ、明日香は、自分といるときの眉子はほかのだれといるときよりも本心を吐き出しているはずだと考えていた。

なにを考えているのか分からないひと。（おもに男子からは）なんとなく近寄りがたい――（そしておもに女子からは）近づきたくない――ひと、というのが、固定化した眉子の評判だった。

中学時代から「そういうひと」として認知され始めた。整った容姿に周囲が気づき、それと同時に口数の少なさや、若い美女といったたたずまいがクローズアップされた。明日香の覚えているかぎり、小学校のときの眉子はごく平凡な女児だった。当時はまだ親しくなかったので自信はないが、目立ったのはおもらしをしたときくらいだ。だから、小学校時代の同級生は、眉子のことを「おもらしした子」と記憶している。皆、それくらいしか眉子の思い出を持っていないのだ。

仲のいい友だちのように言葉を交わし出したのは、中学三年のときだった。たまたま学校からの帰り道で一緒になったのだった。眉子はある男子とおおっぴらに交際していて、いつも彼氏と下校していたが、その日はひとりだった。

明日香と眉子は、テレビや先生や授業の話をぽつぽつとしながら並んで歩いた。話題を提供するのは明日香だけで、眉子は単純な受け答えしかしなかった。なにも話すことがなくなった明日香は、沈黙にたえかねて、訊ねた。

「彼氏、どうしたの？　休み？　風邪？」

ただ口にしただけで、答えを期待していたわけではなかった。眉子はふっと表情をゆるめ、

「二十歳のわたしなんて想像できない」

と言った。口ぶりから察するに、明日香の問いへの答えのようだった。

「えーっと、意味分かんないんだけど？」

「あと五年も生きるとか考えられないってこと」

「ああ、そういうのね」

と言いながら、明日香は首をひねった。

「で、それが彼氏とどうつながるのかな？」

「一応、やるだけやってみようと思って」

後悔しないように、と眉子は思いのほか深刻そうな口調で言った。急にドラマチックな感じ出してきたな、と明日香は少しあきれた。だが、長生きする自分を想像できないきもちや、観

念的に死を思うきもちや、その死と目前の恋愛を結びつける感覚はほんのりと理解できた。

「彼氏のことが好きなんだね」

大雑把にまとめたら、

「そうじゃなくて！」

と早く、強く、否定された。

「二十歳のわたしなんて想像できないって言ってんの。急がないと間に合わないの」

「間に合わないって、なにに？」

「分かんない」

分かんないから、急ぐの、と眉子は目を細め、視線を遠くにのばした。

「そっか。分かんないんだ」

なんかたいへんだね、と明日香はうなずいた。茶化しているつもりはなかった。遠くを見つめる眉子の横顔。頬が削げて見えた。眉子が本気で自分は長生きできないと思い込んでいること、怯えていることが伝わった。たぶん、大きめにあらわしているのだろうが、本気でそう思っていることには変わりない。気の毒に、感じた。痛ましさも混じり、眉子を見る目にあたたかさがこもった。

それを眉子は感じ取ったようだった。それからだった。眉子が明日香とふたりきりになると着ているものを二、三枚脱ぐようになったのは。

高校生になっても、眉子の思い込みは変わらなかった。

「わたしには昔から『死んだあとの見え方ができる瞬間』があるの。これはきっとわたしがひとより早く死ぬからだと思う」

と、思い込むに至った理由をしばしば語られたが、明日香にしてみれば説得力に乏しかった。要するに、それは、まゆちゃんの極端な性格が呼び寄せたまぼろしで、やっぱり、まゆちゃんは気の毒なひとだ、との意を強くするばかりだった。

思い込みのほかにも眉子はさまざまなことを断片的に明日香に語った。おそらく、「急がないと間に合わない」ことなのだろう、と明日香はアタリをつけた。ならば眉子にとっては重要な案件である。そう思い、その都度、真剣に耳をかたむけたが、内容はさほど長く頭に残らなかった。気の毒さだけが募った。

「あこがれのだれかになろうとするのは、もうやめたの。だって、それはわたしじゃないんだもの。むなしいだけ」

「『そのままのわたし』を見つけてくれたひとがいたの。わたしは『そのままのわたし』になりたい」

「わたし、分かったの。『そのままのわたし』でいればだれかを喜ばせることができるって。そうして、『そのままのわたし』はひとつじゃなくて、目の前のだれかの数だけいるの」

「目の前のだれかの思う『そのままのわたし』だからこそ、別れたいって言うしかなかったの。だって、目の前のだれかはわたしと別れたがっていたんだもの」

「わたしは、だれかの『そのままのわたし』として、いい思い出になりたいの。いつまでも、ずうっと、覚えていてほしいの」

眉子の発言は、明日香が「と、言われましても」と困惑するようなものだらけだった。だが、眉子のようすは真摯《しんし》そのもので、疑問や突っ込みを入れるのははばかられた。そもそも眉子は言いたいことを言っているだけで、明日香のリアクションを期待しているわけではなさそうだった。

だが、明日香は一度だけ我慢できずにこう訊いたことがあった。

「ところで『そのままのわたし』ってなに？」

眉子の答えはこうだった。

「だれかがこうだったらいいな、って思う眉子」

「それはまゆちゃんからすると『そのままのわたし』じゃないよね？」

「どうして？」

「ちがうじゃん」

「おんなじよ」

おんなじなの、と眉子は繰り返した。

「修学旅行で東京に行ったでしょ。ホテルに伯母さんが来てくれて、少しだけ話をしたの。そのとき、分かってしまったの。伯母さんの思う眉子と、彼氏の思う眉子はちがうって。でも、ふたりとも、自分の思う眉子が『ほんとうの眉子』だって信じてる。『そのままの眉子』だって」

「いや、だから……」

言いかけて明日香は口をつぐんだ。どうにも面倒になったのだ。なにを言っても無駄だろうし、「そのままのわたし」の話をするときの眉子は奇妙に安定しているように見えたからだ。

それはそれで気の毒だったが、まあ、よしとするかと結論した。「そのままのわたし」問題に熱心に取り組んでいるあいだは、例の思い込みが影をひそめているようである。観念的とはいえ、死に取り憑かれるのはいいことではない。

実際、眉子のなかで例の思い込みは遠ざかったようだった。

やがて「そのままのわたし」という抽象的な問題もちいさくなっていったように見えた。受験や進路という具体的な問題がおおいかぶさり、なにかと忙しくなったせいだろう。

明日香が眉子とゆっくり話をしたのは、高校を卒業する直前だった。つまり眉子が上京し、伯母さんの家で暮らすことになる直前。大学受験に失敗した眉子は東京の予備校に通う予定になっていた。明日香は地元の短大への進学が決まっていた。

「大学に合格してもしなくても、一年間はこっちに帰ってこないつもりなの」

眉子が言った。ふたりは大型スーパーのフードコートでクレープを食べていた。

「えー、じゃあ、今度まゆちゃんに会うのは成人式とかなのかな」

明日香は答え、少し笑って、こうつづけた。

「そういえば、まゆちゃん、『二十歳のわたしなんて想像できない』って言ってたよね」

すると眉子が即座にこう答えた。

「三十歳のわたしなんて想像できない」

「あ、十年延びたね」

眉子の強張った顔を見て、明日香は猫の尻尾を踏んづけたような心持ちになったが、冗談で返した。たぶん、眉子には通じないだろうな、とは思ったものの、一応、言ってみたのだった。

案の定、眉子は透明なフィルムを貼り付けたような顔のまま、つぶやいた。

「三十までに死にたい。ていうか、死ぬ」

明日香の目には、眉子が意地を張っているように映った。

「べつに無理して死ななくても」

コチョコチョと脇の下をくすぐるように、明日香はまた冗談で返した。

「歳をとってまで生きていたくなんかない」

眉子はにこりともしなかった。

「でもさ、まゆちゃん、生きていくって歳をとることだよ」

明日香が取りなすように言うと、

「あ、ほんとだ」

と、眉子は笑った。思わず笑ったようだった。ふくれあがるように笑い声が大きくなった。

食べかけのクレープを手に持ったまま、喉を反らせ、眉子は笑いつづけた。

「まゆちゃん？」

大丈夫？　と明日香が小声で訊ねても、眉子は「ほんとだ、ほんとだ」と甲高い声で笑うきりだった。

「なんだか気が遠くなる」

ようやく笑いがおさまったら、そう独白し、

「ねえ、あーちゃん。わたし、やっぱり三十までに死にたい」

とふんわりとした微笑をつくり、

「それまで、試しつづけるの」

と小首をかしげ、

「わたしがどこまでだれかの『そのままのわたし』になれるか」

と、眠りに入るように目を閉じ、

「三十くらいまでならできると思うの」

と目を開けた。

「それ以上は身が持たないでしょ？」

と片目をつぶり、

「ぼろきれみたいに擦り切れちゃう」

とすごく面白いことを言ったみたいに、独り笑いをした。

明日香は湯船につかっている。お湯をすくって、顔を洗った。

(そうして、まゆちゃんは東京に行ったのでした)

胸のうちでつぶやいた。「いまにして思えば」のきもちが込み上げる。吐きそうになった。

（でも、あたしはまゆちゃんのこと、結局、なんにも分かってないし）

仕方ないんだというように、自分をなだめた。

（話はちゃんと聞いてあげたし、スピーチもしたし、まゆちゃん、喜んでたし）

うん、とうなずいたら、顔がゆがんだ。

5　二〇一一年　グリグリ　その二

前菜三種、牛ハラミステーキ、パン、スープ、サラダ。食事が始まったら、美人若奥さま・セブリーヌと大学生の会話は料理の感想に終始した。「美味しいわね」「うん、美味しい」「お肉、すごく柔らかくない？」「うん、すごく柔らかい」。

（いつも通り）

グリグリはちいさく肩をすくめた。美人若奥さま・セブリーヌの場合、どの相手とのデートでも、食事中の会話は単調だった。

だからこそ、ぐんとリラックスした雰囲気になるのかもしれない、というのがグリグリの見解である。憎からず思う相手と同じものを食べ、素朴な感想をこだまのように言い合うのはただただ愉しい。ふたりの距離が縮まるような気がする。

その証拠に、美人若奥さま・セブリーヌの相手はみんな、食事中、タメ口になる。

今夜初めて連れてきた大学生もそうだった。彼も、ほかの男の子たちと同じく、美人若奥さま・セブリーヌに緊張をほぐされ、よい気分になったところで食事時間となった。そうして、やはりほかの男の子たちと同じように、気分にかかわらず口べたのままだった。

彼もまた相手に話を合わせるだけが精一杯の、みずから話題を提供できないタイプだった。思いついた話のネタを思いつくはしからボツにして、結局なんにも話せなくなるのだと思われる。なぜなら恥をかきたくないから。話したはいいが、目の前の相手に「で？」という顔でもされたら、いたたまれなくて死にたくなるから。つまり、プライドが高く、傷つきやすく、軽薄になりきれないタイプのひとりなのだった。

半透明のバリアを張って、自分を守るのに一生懸命な彼らは、言い換えると、他人にこころをひらくのが苦手な種族だ。でも、こころをひらきたいという願望は持っている。こころをひらかせてくれるだれかが現れることを待っている。そう、待っている。そんなだれかなどきっといないと諦めつつ。

（揃いも揃って）

グリグリは苦笑した。彼らが美人若奥さま・セブリーヌ以外の女性と過ごすときのようすや、大学や勤務先での振る舞いは知らない。もしかしたら、すごくうまくやっているのかもしれないが、グリグリの考えによると、その可能性は低かった。

彼らは揃いも揃って「そういうタイプ」なのだ。美人若奥さま・セブリーヌは「そういうタイプ」を上手に選んでいるのだと思う。きっと、鼻がきくのだろう。

美人若奥さま・セブリーヌのデートの相手は、グリグリが把握しているだけで今夜の大学生をふくめ十人はいた。そのうち二名はグリグリが休みの日に美人若奥さま・セブリーヌが連れてきた男の子だった。

美人若奥さま・セブリーヌは、このカフェでのちょっとした有名人で、「また違う男と来た」「えーじゃあトータルなん股になるの?」というのが、休憩時間におけるバイトたちの定番の話題だった。ゆえに、デートの相手の人数に漏れはないはずである。

ほとんどが(いまのところ)一度きりの逢瀬《おうせ》だった。複数回デートし、(現段階で)美人若奥さま・セブリーヌともっとも親しいのは、「ゼンちゃん」なる人物ひとりきりである。

「ゼンちゃん」は美人若奥さま・セブリーヌがおそらく初めてこのカフェに連れてきた男性だった。初めて、と言い切れないのは、単にグリグリがこのカフェでバイトを始めて半年しか経っていないからである。

(でも間違いないと思う)

美人若奥さま・セブリーヌと「ゼンちゃん」が、グリグリがバイトを始める前からこのカフェに来ていた可能性はたしかにある。でも、美人若奥さま・セブリーヌ十股への道のスタートは「ゼンちゃん」で確定、とグリグリはしていた。

なぜなら「ゼンちゃん」とだけは、知り合うきっかけがちがうようだからだ。

「いつもこんなことしてるんですか?」

「あそこ、よく利用するんですか?」

「ゼンちゃん」以外の男たちは、食事前にそのようなことをかならず口にした。「あそこ」というのはどこかの出会い系サイトで、「いつもこんなことしてる」とは、その出会い系サイトで知り合った男と日常的にデートしているという意味だとグリグリは理解している。

美人若奥さま・セブリーヌの答えは決まっていた。

「『いつも』じゃないわ。わたしを呼ぶ声が聞こえてきたときだけよ。主人公がぴゅうっと口笛を吹くと、どこからともなく味方が現れて、主人公の助けになるっていうアニメとかお話とか聞いたことない？　あんな感じ。うん、あんな感じなの」

訊かれるたびに、彼女は同じ返答をした。相手のこころを一瞬で摑む決め科白。何度繰り返しても、彼女は、いつも、初めて口にするように言った。

口先だけの印象はなかった。だからといって名女優の堂々たる科白回しのようでもなかった。美人若奥さま・セブリーヌは、つねに、本心からその科白を言っていた。その都度、言葉を探しながら言っているようだった。

その科白を言われた相手は、「ああ」とか「へえ」とつぶやくきりで、はっきりとした言葉で応じなかった。けれども、美人若奥さま・セブリーヌのきもちが正確に伝わったのは、彼らの席のそばに立ち、聞き耳を立てるグリグリにも分かった。

その後、たがが外れたように会話が弾むわけではなかった。彼らが（グリグリが思わず身を乗り出すような）悩みを打ち明けることもなかったし、美人若奥さま・セブリーヌが彼らにたいし、（グリグリが思わずメモを取りたくなるような）聞き出すテクニックを使うわけでもなかった。

なのに、食事を終え、このカフェを出るときに、ほとんどの男の子が「ありがとう」と照れくさそうに美人若奥さま・セブリーヌにつぶやくのだった。

「ううん、そんな」というふうに、ゆっくりとかぶりを振りながら会計をするときの美人若奥さま・セブリーヌのひっそりとした笑顔の美しさといったらなかった。もしも、しあわせというものが目に見えるとするならば、彼女のあの笑顔だろうとレジに立つグリグリは思った。

縮こまっただれかのこころを揉みほぐし、あたためるのが美人若奥さま・セブリーヌの「しあわせ」にちがいない。彼女は「しあわせ」が大好きだ。欲しくてならない。だが、その「しあわせ」の持続時間はとても短い。「しあわせ」になったと思ったら、流れていく。彼女は「しあわせ」から置いていかれた気分になる。新たな「しあわせ」を得るには新たな出会いが必要なのだった。

「しあわせ」になるためなら——もしも相手がそれを願ったら——彼女はセックスもいとわない、はずである。なぜなら、セックスのほうがより強烈で分かりやすい「しあわせ」を得られる。それに容易《たやす》い。こころを揉みほぐし、あたためることよりずっと。

(実際、それはしていないみたいだけど)

あーでも分かんないよね、とグリグリはため息をついた。このカフェに来る前にラブホテルに寄ってきたのかもしれないし、腹ごしらえを済ませてから情熱的なひとときを過ごすのかもしれない。その線は捨てきれない。

けれどもグリグリは人間観察能力に長《た》けたコミックエッセイスト志望者の名にかけて、美人若奥さま・セブリーヌは男の子たちとの肉体関係を結んでいないと結論する。「あなたと性的関係を持ちたい」ときちんと要求できる男の子を、彼女はたぶん選ばない。からだでつながってはいないのだから、何人もの見知らぬ男の子と秘密のデートをしても、ダンナさまにたいする裏切り行為にはならない、と思っているのではないか。自分のしていることを浮気とすら思っていないのかもしれない。

（いや、それもまー実は分からないんだけど）

グリグリは首をかしげた。美人若奥さま・セブリーヌがほんとうに人妻なのかどうかは不明だった。少なくとも、グリグリが見るかぎり、彼女は左手の薬指に指輪をはめていない。思えば、半年前、「ゼンちゃん」とふたりで来店したときから、彼女は指輪をしていなかった。

でも、グリグリは彼女が人妻だと確信していた。一目見たときに、なに不自由のない生活をしていながら、満たされないものを抱え、「しあわせ」を探している美しい人妻だと直感したのだ。

彼女に「しあわせ」を教えたのは「ゼンちゃん」だというのが、グリグリのなかでの定説だった。

「ゼンちゃん」は、彼女のデートの相手としては飛び抜けて歳がいっていた。彼女と同じか、少し上くらいだと思う。見た目もちがう。さえない大学生（あるいは予備校生）風ではなく、そこそこイケてる会社員風だ。細身のスーツを着た背中からお尻にかけてのラインがけっこう色っぽい。さえない大学生（あるいは予備校生）風ボーイズとくらべるまでもなく、女性経験もある程度積んでいそうだ。

とはいえ、グリグリの見たところ、「ゼンちゃん」は、いっちょこのおれさまが彼女に「しあわせ」を教えてやろう、と舌なめずりする種類の男性ではない。そもそも、そのような元気など半年前の「ゼンちゃん」にはなかった。

グリグリが初めて見た「ゼンちゃん」は、顔色が悪く、目に力がなかった。三十七度四分か五分の熱がずっとつづいているひとみたいに、消耗していた。会社にはいけるのだが、よい仕事はできそうにないようすだった。

グリグリは十日前を思い出した。

美人若奥さま・セブリーヌと「ゼンちゃん」がこのカフェにやって来た。グリグリが水を運んだとき、彼女はテーブルの上に、買ってきたばかりというようなちいさな箱を載せていた。箱から出てきたのはイヤリングのチャームだった。花のかたちの白蝶貝。ゴールドの縁取りがしてあった。

「ゼンちゃんが選んでくれたコレ、やっぱりすごく可愛い。ゼンちゃん、センスいいよね」

クロスと迷ったけど、ゼンちゃんの言うとおりにしてよかった、という彼女の声が、彼女たちの席を離れたグリグリの耳に届いた。

「それほどでも」

答える「ゼンちゃん」の声は嬉しげだった。急いで水を飲む気配があった。

このようにして、「ゼンちゃん」は徐々に回復していったのだった。なんでもないことをひとつひとつ彼女が誉めていくうち、「ゼンちゃん」の顔色がよくなり、まなざしに力が込もってきた。

彼女と「ゼンちゃん」がどのようにして知り合ったのかは分からない。出会い系サイトではないだろうが——なぜなら、彼女と知り合ったころの「ゼンちゃん」に出会い系サイトに登録する気力があるとはとても思えない——ネットには違いないはずだ。

「ゼンちゃん」はときどき彼女を「ビーさん」と呼ぶ。源氏名じゃなかったら、ハンドルネームと考えるのが妥当だ。

（あ、そうか、源氏名ってケースもあるんだ）

グリグリは、少しだけハッとした。美人若奥さま・セブリーヌは実はキャバ嬢かなにかで、気まぐれな仏心を起こし、さえないボーイズをなぐさめているだけなのかもしれない。まずありえないけど、ないとは言い切れない。実際のところ、美人若奥さま・セブリーヌにかんしては、「ないとは言い切れない」ことばかりなのだ。

（ぜーんぶ、あたしの妄想っちゃ妄想）

そのとき、美人若奥さま・セブリーヌと大学生が席を立った。グリグリは急いでレジに向かった。

「美味しかったわ。ごちそうさま」

財布からお金を出す彼女の手元。左手の薬指に指輪があった。シンプルなプラチナの指輪だった。

（とりあえず人妻ということはこれで確定）

そう思いながらグリグリは美人若奥さま・セブリーヌの後ろでぼんやり立っている大学生を見た。なぜこの男の子とのデートのときだけ、結婚指輪をしているのだろう、といぶかり、妄想を広げた。ああ。やっぱり、この男の子とはなにか一波乱ありそう、とワクワクしながら。あたしの勘はあたるんだから、と胸を叩いて。

6　二〇一四年六月十四日

もうすぐ正午になる。一時間後、ぼくは、この部屋を出て行く。おそらく二度と戻らない。ミニ冷蔵庫から炭酸水を取り出した。飲みながらデスクに戻り、まだ思い出していない手帳が四冊も残っていることに少し驚く。

Ｎｏ．４からＮｏ．７。表紙を指先で叩いていって、今年——二〇一四年——のぶんは、部屋を出たあとの移動中におこなおうと決めた。となると、出発前に思い出すべき手帳は三冊。単純に時間を配分すると、一冊あたり二十分である。

だが、部屋を出る前には、着替えをしなければならない。念のためトイレも済ましておきたい。荷造りは完了しているのだが、出かける間際になって、忘れ物に気づくのはよくある話。その対策にかかる時間も見積もっておきたいとなると、残り三冊の手帳は、一冊あたり十分から十五分しか時間を割けない。

うーむ、とぼくは腕を組んだ。

一応眉頭を寄せ、しかつめらしい表情をしていたが、ぼくのこころは、おいおい、なんだか急に忙しくなってきたじゃないかと、活気づいていた。いわゆる「盛り上がってまいりました」という感じである。

テンションが上がるのはいいことだ。そうだ、ぼくはもっと気分を昂揚させたほうがいいかもしれないんだ。たとえば、そうだな。奇声を発しながら盛り場を闊歩し、その場のノリ原理主義で行動する不良少年たちくらい。

（いくらなんでもそれは無理）

浅く笑って、かぶりを振った。自分がとてもリラックスしていると気づく。

（どうだ、ぼくは、いま、こんなにリラックスしている）

胸を張った。

できればこの状態をキープしたいものである。よし、ぼくは、彼女とぼくの物語を、なるべくテンポよく思い出すことにしよう。

二〇一一年六月二十四日、金曜日。

この日、初めて彼女とふたりで食事をした。誘ってきたのは彼女だった。でも、それは大した問題ではない。もしも彼女が言い出さなかったら、ぼくから誘った。だから、結果は変わらない。

遅かれ早かれ、ぼくたちはふたりで食事することになっていた。それをきっかけに、デイトを重ねるようになる、と決まっていた。それがたまたまこの日だっただけだ。そうなるべく、ぼくは地道に活動していた。

金さんの入院を彼女に報せたのは、火曜の夜だった。

電話をかける前に、ぼくはちいさな賭けをふたつしていた。ひとつは、彼女が電話に出るか出ないか。もうひとつは、もしも彼女が受話器を取ったとして、すぐに相手がぼくだと気づくかどうか。

ひとつめの賭けは五コール目までに彼女が電話に出れば、勝ちとした。ふたつめは、ぼくの口にする「もしもし」を聞いたときの彼女の反応でジャッジする。どちらの賭けにも勝てば、彼女は金さんのお見舞いにやってくる。彼女がいつ来てもいいように——病室でばったり会えるように——、ぼくはあくる日から毎日金さんのお見舞いに行くつもりだった。

「真壁でございます」

あっさりひとつめの賭けに勝ったぼくは、少し慌てた。気づいたら、こう口走っていた。

「あ、茶谷です。チャー坊です」

「まあ、お久しぶり。お元気でした？」

彼女の声には、嬉しさがあふれていた。夫の気まぐれで顔見知りとなり、やはり夫の気まぐれで疎遠となった夫の部下に気を遣っているのではなさそうだった。家に彼女しかいないからだろう。真壁氏の目がないから、彼女は自分のきもちを素直にあらわすことができたのだ。

自分に甘いぼくは、すかさず、ふたつめの賭けに勝ったことにした。

「元気です。ぼくは元気なんですけど、金さんが」

本題に入った。ぼくたちの関係は、まだ社長夫人とバイト部下だった。調子に乗ってべらべらと近況報告をし、彼女に退屈な思いをさせるなどの愚はおかしたくなかった。また、基本的な会話のキャッチボールだとしても、「お変わりありませんか？」とか「お元気でしたか？」と彼女に訊きたくなかった。ぼくは、彼女の生活に変化があり、おそらくそんなに元気ではないと知っていた。

「金さんが？　どうかしたの？」

「入院したんですよ。盲腸なんですけど、お歳がお歳ですからちょっと心配で。ご存知かと思いましたが、念のためお報せしたほうがいいかなと」

「全然知らなかった」

ありがとう、教えてくれて、と言った彼女の声は、「いつお見舞いに行こうかしら」と考えている声だった。「それで……」と彼女が金さんの入院先を訊ねようとしたのを察し、ぼくは病院名を告げた。

「ぼくのアパートからけっこう近いんですよ。ほとんど散歩コースで」

それに金さんにはよくしてもらいましたから、とお見舞いに行くつもりであることをさりげなく表明し、

「銀さんも、夜、毎日お見舞いに行ってるみたいですし」

と付け足した。

「ああ、そう。銀さんが」と応じる彼女の声は、「せっかくお見舞いに行くのだから、銀さん

がいるときに」と考えている声だった。「どうせ夜はひとりなんだし」というこころのつぶやきも聞こえた。

その一カ月くらい前から真壁氏は名古屋に単身赴任していた。横領事件のあった名古屋支社の建て直しのためである。それが一応の理由だった。

一応もなにも、名古屋支社で横領事件があったのはほんとうだ。幹部が共謀してしでかした不始末で、告発者の一名を除き、彼らは全員馘首となり、名古屋支社には上層部がほぼいなくなった。非常事態だ。社長が陣頭指揮をとっても不思議ではないし、不自然でもない。

げんに真壁氏は横領事件が発覚した春から一心不乱にことに当たっていた。「マカベコーポレーション最大の危機」「会社にとっても、おれにとっても、まさに正念場」「おれがやらなくてだれがやる」とたいへんな意気込みだった。ぼくが運転するシトロエンC4ピカソの後部座席で、短い腕を振り回しながら自分自身を鼓舞していた。

彼の目は劇画の主人公のようにぎらついていた。頰はだんだんとこけていった。からだつきはふっくらとしたままだったが、目をギラギラと光らせる頰の削げた彼は、つねより精悍に見えた。

「そんなおれってセクシーなんだって」

そーゆーこと言ってる場合じゃないっつーの、こっちは、と渋面をしてみせるようになったのは、名古屋支社横領事件にかかわった社員の処分を決めたころだった。真壁氏はまだ単身赴任をしていなかった。だが、週のほとんどは名古屋に出張していた。社長の仕事というのは、名古屋にいてもある程度できるらしい。毎日、営業開発部長に報告をさせていたようだった。

土日には東京にいることが多かったが、ほとんどの場合、自宅ではなくユリアちゃんのコーポで過ごした。妻といるより、若い愛人といるほうが、気が紛れるし、疲れも取れるらしい。

「ちゃんと食べてる？　夜、眠れてる？」

辛気くさい顔つきで訊ねる妻と、

「ちょっと疲れてるナオくんって逆にセクシー」

と、潤んだ目で見つめる愛人をくらべたら、

「断然、ユーちゃんと一緒にいるほうが楽なんだよねー」

なのだそうである。加えて、ユリアちゃんは、「おけつ丸出しくらいの超ミニ」をはき、「大きなお胸をゆさゆさ揺らし」、「フレーフレー、ナオくん」とチアガールの真似をしたり、「うん、ナオくんはがんばってる」と真壁氏の頭をナデナデしたあと、「窒息するんじゃないか」というほどぎゅっと「マシュマロみたいに柔らかい、大きなお胸」に抱き寄せて、「ユーはナオくんの味方だよ」とつぶやくそうなのである。

「おれ、なんかもうユーちゃんなしではこの難局を乗り切れないかもしれないみたいな、そんな心境に至ってるわけよ」

ふー、と窓の外を見て、息を深く吐いた真壁氏。彼がユリアちゃんをともない名古屋に「単身赴任」したのはそれからすぐだった。

以来、下降をつづけていたぼくの収入は、ますます減った。

配送バイトとしてマカベコーポレーションに採用されたぼくだったが、真壁氏に気に入られ、いつしか専属運転手になっていた。

実働時間は配送バイトより少なかったが、日給制に変更されたし、個人的に真壁氏がときどき小遣いをくれたので、実入りは増えていた。腹心の部下候補として真壁氏宅でのホームパーティにも招ばれた時期を経て、近い将来、社長の右腕になる優秀な人材として、真壁氏宅に招待され、歓待されていた。

それもこれも名古屋の一件が発覚するまでだった。名古屋にかかりきりになった真壁氏は、ぼくを自宅に招く余裕などなくしたようだった。専属運転手としても、週に一、二度、空港まで送り迎えする程度しか仕事がなかった。真壁氏は毎回、小遣いをくれたが、ぼくの収入の下降を止めるほどではなかった。

五月の「単身赴任」以来、真壁氏は一カ月以上も帰京していなかった。専属運転手のぼくは失業状態になった。配送バイト即ち時間給のバイトに戻るか、という話も営業開発部長から出たが、ぼくは答えを保留した。

真壁氏の「単身赴任」は永遠につづくものではない。いつか、かならず、帰ってくる。

彼が帰ってきたときに、ぼくは、どうしても、彼が「ふと漏らす本音」を聞きたかった。彼がいままでよりずっと頻繁に、尚且つ安心して「ふと」「本音を漏らす」ことができるように、彼が留守のあいだも、彼の専属運転手でいたかった。

「なんだ、チャー坊、おまえ、配送に戻らなかったのか」

「ぼくは真壁さんの運転手ですから。真壁さんが東京にいてもいなくても、ぼくは……」

「苦学生のくせに無理しやがって」

真壁氏は拳骨をつくり、ぼくの肩を軽くぶち、それから、「サンキューな」と下唇を嚙んでしきりにうなずくというシーンを想定していたのだった。

真壁氏、彼女、ユリアちゃんの関係が大きく動くとすれば、真壁氏が名古屋での「単身赴任」を終えたころにちがいない。ぼくは真壁氏の口から、三人の状況を聞きたかった。それをよく吟味した上で、控えめに意見を言い、真壁氏が彼女と別れ、ユリアちゃんと再婚するよう持っていきたい。

そしてぼくは傷ついた彼女を慰めるのだ。彼女はぼくの優しさと懐の深さにようやく気づき、倒れ込むようにぼくを愛するようになる。やがてぼくたちは結婚するのだが、世間には内緒にする。なぜなら、そのころ、ぼくはマカベコーポレーションの副社長として、真壁氏のもとで働いているから。実際、会社を取り仕切っているのはぼくで、真壁氏はお飾り社長なんだけど、でも社長は社長だから、気を遣ってあげないと。というのも、真壁氏はユリアちゃんとの結婚生活が破綻し、がっぽり慰謝料をふんだくられて、独身に戻っていて、やっぱり彼女と別れなければよかった、なーんて、ぼくに「ふと」漏らしていたりなんかするから……と、ぼくの想像はいくらでもふくらむのだが、それはさておき。

ぼくは配送バイトに戻らないことを決めたのだった。

さいわい、真壁氏からもらった小遣いには手をつけていなかった。親からの仕送りで家賃と光熱費くらいはまかなえる。ほんとうに生活がにっちもさっちもいかなくなったら、皿洗いのバイトでもすればいい。

というわけで、ぼくは時間を手に入れたのだった。

一日、丸ごと、自分のために使える時間を。

大学には行かなくなっていた。マカベコーポレーションでの居心地がよくなるにつれ足が遠のいた。「明日は行こう、明日こそは」と決心する夜が少なくなり、やがて消え、「試験くらいは受けないと」と思う夜も消えた。というか、試験の日程も知らなかった。

卒業などしなくても、有名私立大学に合格した事実だけで、マカベコーポレーションでは充分なのだ。マカベコーポレーションは、ぼくが東京で見つけた、ただひとつの居場所だった。上を見なくて済む場所である。

手に入れた「時間」を、ぼくは彼女のために使った。

朝一番の電車に乗って、彼女の家まで出かけた。どこからか聞こえてくる小鳥のさえずりを小声で真似してみたり、澄んだ空気を思い切り吸い込んでみたりしながら、彼女の家まで歩いた。途中でコンビニに寄り、パンかおにぎり、それと飲み物を買った。

ぼくは彼女の家の車庫の鍵を持っていた。

「うちのやつ、車、乗らないし」と真壁氏がくれたのだった。

それを使えば、なかに入ることができる。注意すべきは、なるべく音を立てぬよう、そうっとシャッターを上げること。そのようすをだれにも見られないようにすること。もしも見られてしまったら、堂々と挨拶すること。真壁家にあそびにきている親戚のひとのふうで。

車庫の奥にはドアがあった。ドアは納戸《なんど》に通じていた。納戸にはタイヤのほかに、釣り道具やゴルフ用品が入っていた。車関係のもの、車で運ぶものがしまってあった。車庫にいながら納戸を利用できる、と真壁氏が自慢していた。

納戸には、ドアがふたつあった。ひとつは車庫に通じ、ひとつは家のなかの廊下に通じていた。その廊下は玄関からリビングに向かう廊下だった。どちらのドアにも鍵はかかっていなかった。納戸にしまってあるのは、真壁氏のものばかりなので、彼女が入ってくる心配はまずなかった。

ぼくは納戸で長い時間を過ごした。

廊下側のドアのすぐ近くで体育座りをし、物音を立てぬよう注意しながら、長い時間を過ごした。

空腹になったら、コンビニで買ったパンかおにぎりを食べた。飲み物も用意していたので、喉の渇きにも耐えられた。耐えられなかったのは尿意と便意。最初のうちは、催したら、その日はそれで終了としていた。車庫に戻り、シャッターを上げ、外に出て、アパートに戻った。

このときのこつは車庫に入るときと同じ。

でも、これはあくまでも「最初のうち」。

耳をすますだけで、彼女の動きを把握できるようになったぼくは、彼女が二階に上がったり、お昼寝なんぞをしていたりするときを見計らい、真壁家のトイレを借りるようになった。トイレは納戸の斜め向かいにあった。ささっと行って、戻ってこられる位置であり、距離だった。でも、水を流すのはさすがに危険。そこで、ぼくは、飲み物とは別に水道水を入れたペットボトルを持参した。小はそれで流せるが、大は無理。だから、便意を催したら、いさぎよく退散した。

その日、ぼくは尿意を覚え、真壁家のトイレを借りた。

彼女はシャワーを浴びていた。浴室はトイレの隣にある。

彼女の裸身をびしょびしょに濡らす水の音を聞きながら、用を足したというわけだ。スリルを感じた。排尿による快感と、石鹼をなすりつけた首筋や背中やヒップを温水で洗い流そうとする彼女のポーズや肌や指の動きを想像したことによる興奮が合わさり、体温が上がった。

真壁家のトイレにぼくのにおいが広がった。このにおいに彼女が気づいてくれたらいい、と思った。一瞬だけだけど、そう思ったら、ぼくのにおいが濃くなった。

用を足し、持参したペットボトルの水道水で流した。少し迷ったふりをしたのち、棚に置いてあった消臭剤を使った。ぼくのにおいが残るより、消臭剤の香りが残るほうが怪しまれないはずだ。

納戸に戻ったぼくは廊下側の壁に耳をつけ、彼女の気配を追った。浴室から出た彼女は、玄関とは反対側に歩いていった。ふたたび足音が聞こえたのは、それからおよそ三十分後。彼女は玄関のドアを開け、家を出た。

彼女が外出することは、何度かあった。

ぼくの知るかぎり、午後五時前後だった。

その間、ぼくは納戸を出て、室内を探検した。ぼくが好んだのは、夫婦の寝室を観察することだった。夫婦の寝室といっても彼女はほとんど独り暮らしだったから、真壁氏の痕跡はない。寝乱れたベッドには、ワンピースやスカートやブラウスがふわりと掛けられていた。外出するための洋服選びに迷ったことがしのばれる。脱いだばかりというような足のかたちをした黒いストッキングを見つけたこともあった。きっと色が気に入らなかったのだろう。はいてみたはいいが、着ていこうと決めた洋服に合わなかったのだ。

ドレッサーの上に並べられた化粧品にも、外出にあたっての彼女のこころの浮き立ちが感じられた。乳液のふたがきちんと閉められておらず、白くて粘っこい液体が瓶を垂れていることがあった。持ち上げてみたら、台に白い輪が付いていた。大小さまざまの瓶をぼくはひとつずつ持ち上げてみたのだが、どの瓶の下にも円い輪のあとがあった。ドレッサーの台の上はべたべたしていて、そこにケースに収められていないちいさな刷毛《はけ》や、ふたを閉め切っていないマスカラが転がっていた。

(ああ、彼女は、やりっぱなしのひとなんだな)

ぼくはそう思い、こころのなかで彼女にパナシちゃんとあだ名をつけた。彼女のだらしない一面を知るのは、ぼくにとって、よいことだった。知れば知るほど彼女は完璧ではなくなり、ひとりの女としてぼくに近づく。

その日もぼくは真っすぐ寝室に行こうとした。

足を止めたのは、食卓に載っていたパソコンに気づいたからだ。MacBook Airである。彼女専用のマシンにちがいない。真壁氏は自宅用のパソコンは持っていないと言っていた。両手の指を動かして、ピアノを弾くような身振りをし、

「家に帰ってまでパソコンなんかしたくねえよ」

と言っていた。

「ていうか、家でまでパソコンにかじりつくってオタクだろ？　おれクラスのリア充になると要らないんだよ、パソコン。携帯で充分。うちのやつは好きみたいだけどな。うん、パソコンも携帯もよく使ってるみたいだぜ。そういうのが、あいつのお友だちなんだろうなあ。東京に出てきて何年にもなるのに、キカイしか友だちがいないんだよな。あいつの世間との接点はキカイかおれでさ、そう考えると、いじらしいっていうか、かわいそうっていうか……。だから、おれ、あいつがキカイをいじるのを見て見ぬふりっていうか、そっとしておいてやってるってわけ。ま、興味もないしな。どうせ料理とかインテリアとか『夫を振り向かせる下着』とかそういうのしか調べてないんだよ、あいつ」

と満足そうにうなずいていた。だから、食卓に載っているMacBook Airは彼女のものだ。彼女しか使わないものだ。

どうしていままで気づかなかったのだろう。「ぼくとしたことが」というふうに、少し笑って、パソコンを起動させた。パスワードは設定されていなかった。インターネットにつないでみたが、おいしいレシピや、すてきなインテリアや、おしゃれな雑貨を紹介するサイトしかブ

ックマークされていなかった。

そりゃそうだろう。万が一真壁氏の気が向いて、パソコンにさわる事態を想定したならば、ぼくだってパスワードなど設定しないし、あたりさわりのないサイトしかブックマークしておかない。さしものパナシちゃんも、そのあたりはこころえていたと思われる。

そこでぼくはインターネットの履歴を見ることにしたのだった。真壁氏が履歴の存在を知っているわけがないし、パナシちゃんはパナシちゃんで念には念を入れ履歴を消去しておくようなひととはとても思えない。

ぼくはひとりでいるときの彼女が検索するワードを知りたかった。それは彼女の秘密である。いや、そんな大仰《おおぎょう》な言葉であらわすようなものではないかもしれない。ひそやかな愉しみ、と言ったほうがいいだろう。だが、その「ひそやかな愉しみ」は、ぼくにとって、彼女の重大な秘密だった。彼女のこころの奥にふれるよい手がかりになる。

「いっしょに寝てあげるわ、イエスでもノーでも」

「ぐりーんはうす」

画面には彼女のブログ名が並んでいた。ぼくが白猫と騙って彼女とフレンドになったSNSもあったし、マカベコーポレーションのサイトもあった。ぼくが納得したのはこの四つだけだった。この四つを巡回するのは、想像の範囲内。範囲内とはいえ、SNSは少しだけ意外だった。地味な女子大生・白猫として彼女に近づこうとした一時期を、このときまでぼくは忘れていたのだった。くだんのSNSをひらかなくなってしばらく経つ。

ひどく遠回りな方法だったと反省している。効果も薄い。白猫としていくらどんなに彼女と親しくなったとしても、それがぼくだと彼女は気がつかないのだから。だが、当時のぼくは、それしか彼女に近づく方法を見つけられなかった。収穫があったとすれば、彼女が白猫をフレンドとして記憶しつづけていることだろう。ひとまずぼくは、白猫としては彼女の胸に残ったようだ、と浅くうなずきながら、履歴欄に並ぶ「想像の範囲内では決してない」文字を読んでいった。

「出会い系　マナー」
「出会い系　安心　マナー」
「出会い系　トラブル」
「出会い系　トラブル　多い」
「出会い系　トラブル　多い　人妻」
「新宿　カフェ　ディナーセット」

ゆっくりと首をひねった。前述した四つのサイトの合間にこのような検索ワードがあり、それぞれのサイトがいくつか列記されていたのだった。胸がざわつき、ざらついた。彼女は「出会い系」に関心を寄せているようである。そこで出会った男とどのようにデイトするのが「その界隈での常識」なのかを具体的に知りたがっていた。また、その男とのあいだで起こるかもしれないトラブルまで気にしていた。

まさに「ひそやかな愉しみ」である。ひとり寝のさみしさを「出会い系」のあれこれを検索することで紛らわそうとしたのだろう。つまり、彼女は、見ず知らずの男と「新宿」の「カフェ」で会い、「ディナーセット」を食すシーンを夢想し、でもトラブルが怖いからやっぱりやめよう、と首をすくめたりしているのだ。きっとそうだ。大方、そのようなものだろう。けれども、ぼくの内側に出現した「もしかしたら」のちいさなかたまりはなかなか消えなかった。ぼくは彼女の不道徳な行為をこころのどこかで疑っていたのだった。そんな自分を責め、いっそ彼女の携帯も見ることができたら！　と強く願った。そしたら、すべてはっきりするのに、と焦れていたときに、「いっしょに寝てあげるわ、イエスでもノーでも」で彼女と頻繁にコメントを交換しているZなる人物が頭に浮かんだ。彼女がしばしば夕方五時前後に外出する事実――しかも出かける前にはかならずシャワーを浴び、洋服を選びに選び、乳液のふたを閉め忘れるほど心浮き立たせて――が頭のなかで迫り上がった。そのふたつがくっつき、ブログで知り合った男と会うのは「出会い系」のようなものだ、と腹が立つほどスムーズに結論が出た。

数日後、ぼくは外出する彼女のあとをつけた。

以降、彼女が外出するたび、つけた。

いずれも彼女は新宿のデパートで二時間ほどウインドウショッピングをして時間をつぶしてから、カフェに向かい、ディナーセットを食べた。ぼくはカフェの前に設けられた喫煙スペースに立ち、ただ突っ立っているだけでは怪しいので、吸えない煙草を買い込んで、せかせかとふかしながら、そのようすを窓から窺った。

食事の相手は、毎回ちがう男だった。どいつもぼくと同じくらいの年齢の若くてぱっとしない男だった。

せめてもの救いは、彼女がやつらとセックスしなかったことだ。食事を終えた彼女は、カフェの前でやつらに手を振った。なかにはきびすを返す彼女についていきたがった者もいたが、そんなとき、彼女はにこやかに笑いながら、一緒に最寄りの交番まで歩き、そこからタクシーに乗った。

ぼくはちいさな喫煙スペースから、カフェの斜め向かいにあるファストフード店の窓際の席に河岸《かし》を変え、彼女たちが食事を終えるのを待っていた。彼女たちがカフェを出て少ししたら、ぼくもファストフード店を出て、一部始終を見たのである。彼女がタクシーに乗るのを確認してから、彼女の家にも向かった。灯りがついているのをたしかめ、ひと息ついた。

彼女は、ただ、ちょっと、自分を慰めたいだけなのだ。そう考えた。では、なぜ、その相手にぼくを選ばないのだろう。ぼくなら、ほかのどの男より深い愛情で彼女を包んであげることができるのに。

彼女が見ず知らずの若い男と食事を愉しんでいると知っても、ぼくは冷静でいられた。落胆も嫉妬も怒りもあったが、それらは色にたとえると青だった。燃えるような赤ではなかった。青が揺らぎ、深紅になりそうなときもあったが、わりとすぐに青に戻せた。

ぼくとデイトをするようになれば、彼女は若い男との出会いごっこをやめるにちがいない。彼女が出会いごっこを繰り返すのは、ぼくが彼女とデイトする間柄になれる目が出てきたことにひとしく、彼女が出会いごっこを繰り返せば繰り返すほど、その可能性が高くなる。だって、彼女はデイトする相手はだれでもいいのだ。ある程度は選んでいるのだろうが、地味で真面目そうな若い男であればよしとしていると見て間違いない。「だれでもいい」なかでは、彼女にとって、ぼくは、たぶん、上物だ。夫の部下ではあるけれど、口は堅そうだし、おとなしく彼女の言うことを聞きそうである。

一度でいい。そう、一度でいいから、彼女はぼくとデイトしてみればいいんだ。そしたらきっと分かる。出会いごっこのむなしさや、ぼくのあたたかさ。ぼくは焦らず、時間をかけて彼女のこころをときほぐす。やがてぼくたちは正真正銘の恋人同士になる。

彼女の恋人になれるのはぼくだけ、と思った。だって、彼女のすべてを知っているのはぼくしかいない。彼女を許せるのはこの世でぼくしかいないのだから。

この思いが真っ赤にふくれあがったのは、彼女がZとデイトしているのを知ったときだった。出会いごっこの男たちとは一度きりの食事だったのに、Zとは定期的に会っていた。食事だけでなく、連れ立って買い物をしたこともあった。しかもアクセサリー売場だった。支払いは彼女がしたが、商品を決めるまで、ふたりは愉しくてたまらないようすで相談し合い、ときどき肩をくっつけ合ったりした。恋人気取りのZは彼女が耳につけたイヤリングを大げさに誉めたり、おどけ顔で首をひねったりして評価した。そのたび彼女は「そう？」とか「ほんと？」というふうにクスクス笑った。

見た瞬間に、彼がZだと分かった。彼は彼女が繰り返していた出会いごっこのだれとも似ていなかった。三十は過ぎていて、流行のスーツを着こなしていて、スマートな雰囲気を発散させていた。出会いごっこの相手には決して出せない雰囲気だった。動きのひとつひとつに鋭すぎないキレがあり、そのキレがTPOにマッチしているというような。

それでも、Zは彼女のいわゆる本命ではないようだった。彼女はZともセックスをしなかった。出会いごっこの相手と食事をしたときと同じく、カフェをあとにしたら、手を振って、タクシーに乗った。

ぼくは、轟々《ごうごう》と音を立てて安堵した。一方で、彼女に向かって「だれとなら寝るんだ」と怒鳴りたくなった。ズボンのポケットに手を入れ、彼女の乗ったタクシーを、目を細めて見送るZの横顔に「ざまあみろ」と唾を吐きかけ、「それでいいのか」と噛み付きたくなった。「無理してんじゃねえよ」とか「余裕ぶっこいてんじゃねえよ」とか「いいかげんにしろよ」と頬を殴りつけ、顔面を血だらけにしてやりたくなった。

彼女の乗ったタクシーが見えなくなるまで、その方向に目をやっていたZの表情は、思いがとげられなかった者のそれではなかった。少しは残念そうだったが、さっぱりとした後口が感じられた。ふう、と吐いた息には、練り歯磨きの香りがついていそうだった。ぼくはZのその表情に、彼女とZとのこころのつながりを見た。

おかしい、と低くつぶやいた。彼女とこころをつなげられるのは、ぼくしかいないはずである。Zでは決してないはずである。彼女が出会いごっこを繰り返していることも、ブログで知り合った男と定期的に会っていることも知っているのはぼくだけだ。そればかりではなく、ぼくは彼女の過去も知っている。彼女のパソコンの履歴に残っていた検索ワード。アパートに戻り、検索窓に打ち込んだらヒットした。どんなに彼女が忘れてほしいと願っても、インターネットのなかでは、いつまでも消えない過去だ。それすら、ぼくは許すと言ってるんだ。きみのあやまちならば、どんなことでも、ぼくは許す。間違いをおかさない人間などいないからね。それにぼくは聖人君子じゃない。ぼくにだってきたならしいところはある。端から見れば、不可解な部分もあるだろう。ぼくはね、きみ。きみのきたならしさや不可解さと、ぼくのきたならしさや不可解さを重ね合わせてみたいんだ。そうしたら、ぼくたちは、とても綺麗な絵を描けると思うんだけどな。だれも見たことのない、そう、永遠というものに手が届きそうなくらい、綺麗な絵だよ。その永遠が、星のまたたきより短くても、ぼくはかまわない。むしろそれが本物の永遠だと思う。永遠なんてはかないものさ。そう思わない？　とにかく、きみは、一度でいいから、ぼくとデイトしてみればいいんだ。話はそれからだ。

（そして、ぼくはついに彼女とデイトしたのでした）

二〇一一年六月二十四日、金曜日、とひとりごち、ぼくはＮｏ．４の手帳を閉じた。

第五章　最初から今まで

1　二〇一二年六月

直人さんが帰ってきた。午後七時前だった。わたしは顎のラインで揃えた髪をさわりながら、玄関まで迎えに行く。

「おかえりなさい」

きょうは早いのね。鞄を受け取ろうと手を伸ばした。ふだんの帰宅は八時前後だった。付き合いで遅くなるのは週に一度あるかないかで、出張もほとんどない。直人さんが名古屋から戻って来たのは二月。夫婦の暮らしが再開してから、直人さんの生活パターンは安定している。

「ただいま帰りましたでござる」

直人さんは、鞄ではなく、背中に隠し持っていた花束をわたしに押し付けた。

「おおっと、忘れてたとは言わせないぜ」

片目をつむり、忙しない動きで靴を脱ぐ。上がり口に立ち、鞄を肩に担ぎ、空いた手でわたしの肩に手を置いた。

「結婚四周年おめでとう、おれら」

これからもよろしくな、とわたしを見る。

「ああ、うん」

わたしは目をふせた。薔薇、トルコキキョウ、ガーベラ、カーネーション。ピンク色の濃淡でまとめられた小振りの花束を見つめる。そうだ、きょうは結婚記念日だった。カレンダーにしるしをつけていた。朝、起きてからずっと覚えていたはずなのに、直人さんに言われて、初めて気づいた感じがした。胸のうちで確認する。四年前の六月十四日、わたしたちは結婚した。光の教会で、わたしは直人さんひとりを愛すると誓った。

まだ四年しか経っていないのだった。来年は五年で再来年は六年で、と数えていったら、あてどなさが込み上げた。さみしいとかかなしいとかいうのではなく、ぽかんとしたきもち。それでもわたしは直人さんひとりを愛する。愛すると誓ったのだから、愛する、と太い字で書くように思った。

「覚えてないと思った。わたしが言って思い出させるのはなんだかちょっといやだったから、黙っていようって決めたの。なるべくふつうにしていようって。だからお夕飯もふつうにしちゃった。覚えていたんならそう言ってくれたらよかったのに」

覚えてないと思った、わたしが言って思い出させるのはなんだかちょっと……と、リビングに向かう直人さんの背中に話しかける。

「ＯＫ、ＯＫ」

直人さんは親指とひと差し指でまるをつくり、それを振った。

「で、『ふつうのお夕飯』ってなに?」

背中を反らすようにして振り向き、機嫌のよい顔を見せる。

「カレー。カツカレー」

サラダとスープと、あと、食後に枇杷《びわ》、と答えたら、「グッ」と親指を立てた。「むしろグッ」と立てた親指を押し出した。「先にシャワー浴びるわ。きょう、なんか蒸したし」と自室に入り、着替えを手に部屋を出て、浴室に行った。

シャワーの音が聞こえる。直人さんのスーツを片付けようと脱衣所に入ると、脱いだ服がたたんであった。そんなに上手ではなかったが、きちんとたたもうとの意思は感じられた。ふぅーん、とつぶやきながら、脱いだスーツを手に取る。シャワーの音が止まり、磨《す》りガラス越しに、直人さんが言う。

「土曜にメシ喰いに行こうぜ。予約してんだ、結婚したホテルのフレンチ。その前に買い物な。プレゼント的なやつ。で、そのあとは軽く一杯やるとかさ」

「……うわぁ」

返事が遅れた。

「びっくりしちゃって、なんか」

なんか嬉しすぎてちょっと、と腕にかけた直人さんの上衣やズボンをもう一方の手でさわる。

「ありがとう」

浴室に向かって頭を下げた。「なんのこれしき」と直人さんが軽く応じる。大雨みたいなシャワーの音がざあっと聞こえてきた。

カツを揚げているときにも大雨のような音がした。湯上がりの直人さんはほかほかとしつつもサッパリとした顔をして、ビールを飲んでいる。上はTシャツ、下はスウェット。まだ濡れている髪を掻き上げ、

「ていうか、こういう、あくまでも『ふつう』の結婚記念日ってのもオツなもんだよな」

独り言なのか、わたしに話しかけているのか、よく分からない言い方だった。ついさっきも同じことを言った。同じ言い方で、冷蔵庫からビールと、わたしが冷やしておいたグラスを取り出したときに。

「そうかも」

わたしの答えもついさっきと同じだった。

「なんつーかさ、しあわせすら『ふつう』になったようで、コレよくない？　よくない？　コレ」

よくなくなくなくなくない？　と直人さんはビールのグラスを空け、立ち上がった。キッチンにやってきて、カトラリーの入っている引き出しを開ける。スプーンを二本、手に取って食卓に戻りかけ、「お・は・し、お・は・し」と箸を二膳、引き出しから取り出した。調理台に置いてあったサラダに目を留めて、わたしに訊く。

「これ、もう運んでもいいの？」

「あ、うん」

揚がったカツを食べやすい大きさに切りながら答えたら、彼はスプーンと箸を握ったまま、冷蔵庫のドアを開け、探し物をしていた。

「えっと、福神漬け及びラッキョウなどは……」

「チルド。蓋付きの小鉢に入ってる。青いおさかなの模様の」

言うと、「おっ、あった、あった」と取り出し、食卓に運んだ。いそいそと運んだ。「いっけね、忘れるとこだったぜ」とキッチンに戻り、サラダを運んだ。鼻歌混じりだった。わたしは強く歯を食いしばった。ギッ、と鳴った。

名古屋から戻ってからというもの、直人さんは進んで「お手伝い」をする。脱いだ服もたたむし、洗濯機に放り込む靴下も裏返したままにしなくなったし、着替えも自分で用意する。

わたしは、直人さんのわたしへの愛情が薄くなったと感じた。直人さんのわたしへの愛情は、もう水のように透明なのかもしれない。わたしなど、いてもいなくてもいい存在なのかもしれない。直人さんは、もうわたしを必要としていないのかもしれない。もうわたしにやさしくしてもらいたくないのかもしれない。

だとしても、わたしは直人さんの要望に応えたかった。直人さんがもしもわたしになにもしてもらいたくないのなら、なにもしないであげたい。

それが、ひたすらつらかった。目の前の——あるいは自分の身近の——だれかの言葉にしない要望の、かたちにならないそのかたちに自分を変えて、そのだれかを居心地よくさせることが、わたしにとっては、仕事のようなものだった。

頼まれてもいないし、報酬もいらないのだから、仕事というのとは、たぶん、ちがう。わたしは、「そうせずにはいられないから、している」だけだ。「そうしたくて、している」と言えそうだし、わたし自身もそう思うときがある。けれども、正確に言うと、これもちがう。「そうしたくて、している」と「そうせずにはいられないから、している」のあいだに、わたしは、浮かんでいるのだった。目の前の――あるいは自分の身近の――だれかの要請に応えているようであり、命令に従っているようでもあるのだった。

直人さんと結婚したとき、わたしは安心した。やっと安定できると思った。これからは、たったひとりの要望に応えていればよい。たったひとりの命令に従っていればよい。過剰にならない点だけ注意して、直人さんの望むかたちに自分を変えていけばよい。そうすれば、わたしたちはふたりとも満たされる。

だれかの望むかたちに自分を変えつづけるのは、少しの嘘をつきつづけることである。だから、わたしは、ときどき、やりきれなくなる。それでも、わたしは、そうせずにいられない。そうしたくてならない。そのふたつの真んなかに浮かぶのが、習い性となっている。

なにもしないでいると、だれかのためになにかをしたい欲求が余ってしまう。に似ている。次から次へとあふれてくる。わたしは、青白い血管の浮き出た、張りつめた乳房のようなもので、からだのあちこちから白くて甘い乳が滲み出て、ぽたぽたと滴るので、定期的に搾《しぼ》らなければならない。やさしくされたいだれかに、やさしくしてあげれば、青筋の立った乳房は、ひとときおとなしくなる。おとなしくなった乳房は、余計につらくなる。わたしは直人さんひとりを愛すると誓った、と唱えるのだが、すぐにまただれかに会いたくなる。会わずにいられなくなって、泣きたくなる。両手で顔をおおうと、泣きまねしながらこっそりあかんべえをしているような気がしてくる。自分というものがどこにいるのか分からなくなる。そんなものはどこにもいないと思えてくる。とにかく、こころが行こうとする場所に行かなくちゃ、とからだが急ぐ。早く、早く、行かなくちゃ。ただし過剰にはならないように。やりすぎて痛い目に遭わないように。それだけ注意して。

夕食が始まった。

食べる前にビールを一缶空けた直人さんは、食事をしながらもう一缶空け、三缶目を飲みたそうにしていた。

「眉子もどう？　ふたりで飲もうぜ」

彼はおかわりしたカレーライスを半分がた食べ終えていた。

「そうしようかな」

わたしはほほえんだ。いつも通りのほほえみだ。一皿目のカレーは三分の一も片付いていなかった。カツも一切れ食べただけだ。サラダに入っているレタスやきゅうりを口に運び、いつまでも咀嚼していた。そのようすに直人さんは気づいていないようだった。カツの衣や、カレールウや、サラダにたっぷりかけたマヨネーズをちょっとずつ貼り付けた口を開けて笑い、

「そうこなくっちゃ」

と軽々と腰を上げた。ふたりで家で食事をしているときに、直人さんがわたしにアルコールをすすめたことは、これまでなかった。直人さんが「眉子もどう？」と訊くようになったのも、名古屋から戻ってからだ。

直人さんは冷蔵庫からビールを取り出し、扉をバタンと閉めた。食器棚からわたしのぶんのグラスを出したときは、カチャカチャと食器のふれる音が立った。わたしの顔がかすかにゆがんだ。ギッと歯も食いしばったが、直人さんが機嫌よく食卓に戻ってきたら、いつものほほえみが浮かんでいた。

「『ふつう』の結婚記念日に乾杯！」

直人さんがグラスを掲げた。わたしもそうした。わたしの持っているグラスはべたついていた。直人さんが勢いよくビールを注いだので、泡があふれたのだ。ティッシュで拭いたようだが、べたつきは取りきれていなかった。「旨いビールってことなんだよ」と直人さんは言った。「拭いても、あとがべたべたするビールな」と豆知識を披露した。

「乾杯」

ごく、ごく、ごく、ごく、と喉を鳴らして、わたしはビールを飲んだ。グラスがほとんど空になった。

「おっ。うちの奥さまは、いつのまにイケる口に？」

直人さんがはしゃいだ声を出した。彼は「イケる口」の妻をよしとしないはずである。名古屋に行く前の彼なら「そんな眉子」を望んでいなかった。

「すごく喉が渇いていたの」

恥ずかしそうに肩をすくめた。

「うん、きょうは蒸したからな」

直人さんは応じ、「奥さまのためにお代わりの準備をば」とまた立ち上がった。

「今夜はとことん飲んじゃう？」

平日だけど、と冷蔵庫からビールを取り出し、わざわざ強く扉を閉めた。さっきより大きなバタン！　わたしはうつむき、かたく目をつむった。やっぱり、と思っていた。あの子の言った通りだ。

「そこがきみのいいところだよね」

あの子の言葉がわたしの胸に浮かび上がる。あの子の話し方は甘食《あましょく》みたいにモソモソしている。思い出すだけで唾液が乾涸びそうになる。

「美点ですよ、美点。きみの愚かしいほどの鈍感さときたらまったく」

あの子はわたしを背中から抱きしめ、頬をこすり付けるのが好きなようだった。わたしのふくらみをそっと握りしめたり、乳首を撫でたりするのも気に入っているらしく、放っておくと、いつまでもそうする。

「ほんの少し考えれば分かるじゃないですか。いくら会社の危機だからって愛しい妻をひとり置いて、半年以上も名古屋に行きっぱなしなんておかしいと思いません？　きみの誕生日にも、クリスマスにも、お正月にも帰ってこないなんてありえませんよ、そうでしょう？」

言いながら、あの子は昂ってきたようだった。わたしの背中にぴったりとくっつけた胸が汗ばんできた。体臭もきつくなった。あの子は興奮すると動物園のようなにおいを放つ。そのにおいには覚えがあった。

以前、あの子が家にしょっちゅうあそびにきて、泊まっていったとき、あの子の使ったシーツに、かすかなにおいが残っていた。たまにふたりきりで話す機会があったときにも、いま思うと、そんなにおいがしていた。あの子は、たしか、いいにおいの香水を使っていて、その香りと混ざり合っていた。そうだ、香水。ブルガリプールオムと知り、あの子の誕生日にプレゼントしようと思ったことがあった。思っただけで満足した。

「きみ、社長の言い分をそのまま信じてたの？　ほんとうに？　社長が名古屋でひとりだと信じていたの？」

あの子は薄く笑いながら、わたしの耳のあなに舌を入れたり抜いたりした。くちゅくちゅと音を立て、耳のあなやその周りを舐めもした。

濃くなっていくあの子の体臭が、わたしは少し懐かしかった。直人さんも同じようなにおいを発するときがあった。やはり興奮したときだった。獰猛《どうもう》だったりおとなしかったり肉食だったり草食だったりする動物たちの生活臭とでもいうものが、荒い息遣いとともに、ツンと立ちのぼった。そのにおいは、重なり合うごとに穏やかになった。わたしがそのにおいに慣れたせいかもしれないけれど。

「自分の所行を振り返ってみれば分かりそうなものじゃないですか。きみだってボーイフレンドをとっかえひっかえしてお愉しみの日々だったじゃない？　窮屈にたたんでいた羽を思う存分、伸ばしていたじゃない？」

あの子は自分の口にする言葉でますます昂り、急いでわたしをよつんばいにさせた。ちょっといじってから、こじ開けるようにして挿入し、深く、ゆっくりと、規則的に出し入れする。たまに外れてペースが乱れることがあり、そんなとき、あの子は「ったく、濡れすぎなんですよ。しょうがないなあ」とひとりごち、幾分慌ててまた入れた。

あの子との関係が始まったのは、直人さんが名古屋から戻ってきたころだった。

それ以前は週に一度か十日に一度の割合でデートをしていた。最初のうちは苦痛ではなかった。わたしにやさしくしてほしいと願うあの子の要請に応えるのは、よい仕事だし、夫に放っておかれている妻としては自尊心も回復できる。わたしを必要としているひとがいる、と感じられるのは嬉しいひとときだった。

一方で、「あなたのお望みの女はいかが？　あなたにだけやさしい女はいかがでしょう？」と竿竹屋の宣伝文句のようなものを言いつづけている感覚もあった。カステラの底に敷かれたハトロン紙のように胸に貼り付くこの感覚が、わたしをいやなきもちにさせた。

チャー坊くんだけでなく、どの男の子とデートしているときもそうだった。ゼンちゃんだけがちょっとちがった。夫以外の男性とデートをするようになったのは、ゼンちゃんが初めてだったが、わたしのなかでゼンちゃんが特別である理由はそれだけではない。

ゼンちゃんはかわいそうな男の子だった。ひとりぼっちでめそめそ泣いているようすが、ブログに書き込まれた文から浮かび上がった。なのに、ゼンちゃんはわたしをかわいそうと思っているようだった。ゼンちゃんも、きっと、わたしの書いたブログの記事からわたしの「かわいそうなところ」を嗅ぎ取っていたのだ。

あの子だって、かわいそうにはちがいない。あの子は、もう長いこと、わたしに好意を寄せていた。でも、わたしは彼の好意に応えられなかった。ふたりきりになる機会があれば、すごく愉しく話をしたけど、わたしが彼にしてあげられるのはそこまでだった。あの子にしてみたら蛇の生殺しみたいなもの、とわたしはこころのどこかで知っていた。

彼の誕生日に香水を贈ろうというアイデアも、いわば、生殺しのひとつだった。だが――だからこそ――わたしは思いついた途端、浮き浮きしたきもちになった。実行に移すかどうかはいったん脇に置いて、そのアイデアをだれかに話してみたくなり、白猫さんに相談を装って打ち明けた。

白猫さんの返事は、あなたは自分では気づいていないかもしれないけど、ほんとうは彼が好きなんだというようなものだった。もうあまりよく覚えていないのだが、運命とか、なにかそういう大げさな言葉を使った、妙に昂揚した文章だった。

わたしのきもちが急速に冷えた。冷えきった、と思ったら、怒りにまみれた。「なにも知らない癖に」という言葉が胸のうちで繰り返された。白猫さんの薄っぺらな少女趣味な考え方や、調子に乗っている感じが癇《かん》に障って仕方なかった。彼女が夢中で語る夢物語を壊してやりたくなった。醜く卑猥《ひわい》な言葉で汚してやりたくなった。

衝動はわたし自身にも向かった。自分を醜く卑猥な言葉で汚したくなった。自分でもどうするつもりか分からないままブログをひらいたら、「Z」と名乗るゼンちゃんのコメントが目に入った。彼は「愛してる」と書いていた。「Z」はそれしかコメントしていなかった。そんな「Z」をわたしは薄気味悪く思っていたのだが、このときはちがった。このひとはわたしを分かってくれている、と反射的に理解した。

パソコンのモニタに現れていたのは、「愛している」という文字のつらなり。それを打ち込んだのは、顔も名前も素性も知らない「Z」。たったそれだけの材料で、わたしは、そのとき、「このひとは、わたしのかわいそうなところを知っているかわいそうな男の子」だと分かった。ぬくもりが胸に広がり、わたしをいっそう苛立たせた。そのぬくもりは薄っぺらな少女趣味によく似ていた。だから「反射的に理解したこと」を退《しりぞ》けた。そんなばかなことがあるわけがない、とせせら笑おうとしたら憎しみがそそり立った。「あんたの仕掛けるあそびにこっちは乗る気がないんだよ」と言いたくなった。この「あんた」が「Z」なのか白猫さんなのか、わたし自身にもはっきりしなかった。どちらにしても、わたしは焦燥感に駆られた。洗いざらいぶちまけたくなった。

洗いざらいぶちまけようとしたのだが、全部はとても書けなかった。閲覧するひとにとっては、どこのだれが書いているのか分からないブログのはずなのに、キーボードを打つ指にブレーキがかかった。全部はとても書けないけれど、書けるところは書いてやる、うんと汚い言葉で書いてやる、と思いつめた。ヒステリーを起こしているような気分になった。もってこいの気分だった。ヒステリーを起こしたなら、荒ぶってもおかしくない。気分に乗じて、一気に書いた。書きなぐった。書き終えたら少し落ち着き、ゆっくりと水を飲んでから削除した。

（ずっとこうしてやさしくしてあげたかったの）

これが、あの子とデートするためにわたしが見つけた理由だった。あの子から金さんの入院の報せを受けたときには、もう見つけていた。

そうだ、一緒に何度か食事をしてあげよう。頻度をだんだん下げていって、ふたりきりで会う機会を自然と減らしていこう。チャー坊くんは気が弱くてプライドの高い男の子だから一度か二度こちらのほうからデートを断れば、誘ってこなくなるはず。こんなふうにわたしは考えていた。充分過去の生殺しの罪滅ぼしになると思った。チャー坊くんにとってもよい思い出になるだろうし。

「理由」も「思ったこと」もわたしはきもちの下のほうに敷いていた。半透明のハトロン紙みたいに。カステラの部分は「チャー坊くんのお願いに応えてあげる」だった。

現実は、わたしの思った通りにいかなかった。

デートの誘いを二度断ったら、「いいんですか？」と這うような笑い声を立てられた。わたしによく聞かせるように、彼はその笑い声をたっぷり響かせ、「ぼくは知っているんですよ」と声をひそめた。

「なにを？」

携帯を握り直して訊くと、

「全部」

と答えた。

「全部？」

繰り返して、わたしはほほえんだ。

「そう、全部」

あの子も口元をゆるめたようだ。薄ぼんやりとした笑顔が浮かんだ。

「それでも、ぼくはきみを許しますけどね」

きみを許せるのはぼくだけだと思いますが、と一本調子の物言いでつづけられ、わたしの脳裏にあのシーンがよぎった。場所は新宿。西新宿。わたしと同年代の男女たちが集まっていた。高層マンションの一室だった。大きな窓から、カラオケビデオに出てくるような東京の夜景が広がっていた。たしかたぶん七年前で、わたしがもっとも過剰になった夜だった。

場所は新宿、西新宿、と口のなかでつぶやきながら、あの夜のことが知られるわけがないと思った。あの子は「全部知っている」と言ったけれど、それはおそらくあの夜以外のこと。それなら知られてもかまわない。いっそあの夜のことだって知ってもらいたいくらいだった。洗いざらいぶちまける手間がはぶける。そう、はぶける。わたしは自分のなかにすべてを告白したい欲求があることに気づいた。その欲求もきもちの下のほうに敷いていたのかもしれない。わたしのきもちの下のほうに敷かれたハトロン紙はいったい何枚あるのだろう、と首をかしげたら、独り言がこぼれた。

「許す？」

あの子はすぐに答えた。

「許しますよ。きみがどんな女でも。ぼくは。ぼくだけは」

「ありがとう」

なぜ礼を言ったのか、わたし自身にも分からなかった。どうやらだれかに許してもらいたいというハトロン紙も、きもちの下のほうに敷かれていたようだ。なのに、鼻がむず痒くてたまらない。だから言った。

「絶対、だれにも知られたくないの」

あの子はリラックスした声で応じた。

「そうでしょうとも」

とくに社長には、とささやくように告げ、

「ぼくの言わんとしていることが分かりますか？」

と訊ね、

「分かりますよね」

と念を押した。それでわたしはあの子とデートをつづけるようになった。

「きみの『全部』を知ったら、社長はきみを許さないと思いますよ。社長だけじゃない。社長の親族も、きみの身内も、マカベコーポレーションの社員も、いや、それだけではなくて……」

あの子はほんの少し間を置いて、

「もしもぼくがきみの『全部』をネットなぞで発表したら」

と含み笑いをし、

「よくあるじゃないですか、『あのひとはいま』みたいなやつ」

と背が高いわりには狭い肩を揺すり、

「あのひとはいま、社長夫人で、出会い系で若い男を漁ってる、みたいなね」

と自分の顎をつまむような仕草をした。二度断ったあとの最初のデートのときだった。その日も新宿のカフェで二千円のディナーセットと赤ワインを頼んでいた。

「……それはいや」

無表情で、わたしは答えた。

「すごく、いや」

つぶやいたら、目元周りがゆっくりゆるんだ。

「全部」を知られてもいいとか、洗いざらいぶちまけたいというハトロン紙がきれいに剝がれた。すみやかに、どこか遠いところに行って、消えた。わたしは、自分の過去をだれにも絶対に知られたくなかったし、告白したくなかった。

追い込まれちゃったなあ、という、いささかのんきな科白が胸をよぎった。あの子に知られ、脅されて、心持ちが軽くなった。「だれにも絶対に知られたくない」の思いと、「だれかに知られて助かった」の思いがわたしのなかで口づけをかわしていた。離れがたい恋人同士のように、互いの舌を絡ませ合っていた。

「でしょうね」

あの子は満足げにうなずいた。

「でも、ぼくはきみを許しますよ」

わたしの手に彼の手を重ねた。

「ほんとうに許してくれるの？」

ちいさな声で訊いた。眉はハの字になっていたが、口元はほころんだままだった。

「もちろん」

あの子は男らしく胸を張った。

「どうして？」

わたしは語尾にクスクス笑いを忍ばせた。

「好きだから」

あの子は力なく首を前に垂れた。

「きみがぼくの思う通りのきみじゃなくても、ぼくはきみだけが好きだから」

わたしの手に重ねていた手を外した。

「でも、これはあくまでもぼくのきもち。きみがぼくを好きになるのは、ゆっくりでいいんだ。きみが振り向いてくれるまで、ぼくはいつまでも待つつもりなんだ。だってもう四年も待ってるんだからね。とっくに慣れっこだよ。なんてことないさ」

うなだれたまま、短く何度もうなずいた。

「ああ、そうなの」

わたしは答えた。口元には微笑が残っていた。全速力で走ったあと、徐々に減速するようなほほえみだった。

「もしわたしがあなたを好きにならなかったら？」

そしたら、どうするの？　とあの子から目を逸らして訊いた。

「いやいや、それはありえないから」

観葉植物をながめるわたしの耳にあの子の声が届いた。冗談を言うような、くだけた口調だった。

「それ、断じてありえない」

冗談めかしてはいたが、真剣な声だった。わたしは首をちょっとかたむけた。あの子の言う「許す」ってなんだろう。わたしはだれかに許してもらいたいのだろうか？　きもちの下のほうに敷かれていた「許してもらいたい」ハトロン紙の端が持ち上がり、剝がれそうになった。でも、すっかり剝がれるところまではいかなかった。

このデートをさかいにして、わたしはほかの男の子とデートをしなくなった。ゼンちゃんとも会わなくなった。あの子に命令されたからだ。あの子の言う「許す」はなにかとの交換条件だった。わたしはあの子に許してもらうために、あの子と寝るようになった。あの子はわたしに直人さんの浮気を教えた。

「まーこうして夫婦水入らずってのもいいけどさ」

直人さんがビールを飲んだ。喉を鳴らす音、グラスを置く音が耳に障る。

「来年か再来年あたりには、我が家にもうひとりくらい人員が増えててもいいんじゃないのかと」

カレーライスを頬張り、くちゃくちゃと咀嚼しながら、「カーッ、照れるぜ」と直人さんは言った。

「えーっと、いまのは子づくり宣言だったりなんかして」

スプーンをねぶり、カレーの黄色をぬぐった。ぴかぴかになったスプーンを振り回し、つづける。

「眉子には一応基礎体温的なものをつけて、『イケる』って日をあらかじめ教えてほしいわけよ。その日に向けておれは良質なタンパク質などを摂っておき、なんつーのこう、究極の精子を注入するみたいな流れ？」

やっぱ照れるな、こういう話、と豪快に笑ってから、「いや、でも、大事な相談だよな」としきりにうなずいた。うなずきながら、スプーンを皿に置いた。カチャン、と置いた。その音がわたしの耳のなかに落ちた。金属音が反響し、叫び出しそうになった。

「こども？」

低くて太い声が出た。

「わたしたちの？」

顔を上げ、直人さんを見た。大きくうなずく直人さんにさらに訊いた。

「わたしでいいの？」

「あたぼう。眉子のほかにだれがいるっつーの」

「いるじゃない」

「えー？」

「いるっていうじゃない」

「あー……」

直人さんは口ごもり、咳払いをした。

「だれに吹き込まれたのか知らないけどさ。どういう内容かも分かんないけど、おれが浮気してるみたいな話だとしたら、そんなゲスな噂を信じてくれるな、って言いたいね。そりゃさみしい思いをさせてしまったおれも悪いよ。眉子が心細さのあまりつい根も葉もない噂を信じちゃったのも無理はないさ。でも、おれは名古屋では仕事漬けの日々で、女あそびするようなひまも体力もなかったんだよ、マジで」

「名古屋に行く前からの付き合いだったっていうじゃない。名古屋に連れていって、いいマンションにふたりで住んでたっていうじゃない。テレオペのバイトの面接にきた沖縄出身の若い子なんでしょ。採用しなかったのはアニメ声だったからで、テレオペとしては要らないけど、個人的には気に入って、『ひと声惚れ』だったらしいじゃない。その子から『ナオくん』って呼ばれてるって。あなたはその子を『ユーちゃん』って呼んでるって。携帯のアドレスには『you』って入れてるって。ワイオーユー、『you』って入れてるって。偶然わたしに見られてもばれないように広瀬さんは『he』、エッチイーの『he』、柴田さんはエスエッチイーの」

「いいよ、もう」

直人さんが大きな声を出した。

「なんかすんげえ詳しいし」

とため息をついた。わたしは直人さんがお皿に置いたスプーンを見ていた。首が前に出ているような感じがした。直人さんの浮気の情報を告げていたときもそうだった。口だけが動いた。硬く尖ったものをぎゅっと握りしめているような声で話しつづけた。会話の出だしは興奮していたが、だんだんと緊張が勝っていった。背中が強張っている。

「眉子にそれを教えたのは、いったいどこのどいつなんだ、なんてことを、おれは訊かない」

訊いてもしょうがないことだからな、と直人さんが言った。

「問題は、いま、眉子の言った、おれにかんする伝聞情報が正しいかどうかで、結論から言うと、まあ、大筋で合ってる」

大筋というかその通りというかなんというか、と直人さんはひとりごち、

「面目ない！」

と怒鳴った。

「でも、もう別れた」

すでに終わった話なんだよ、眉子、と声に力を込めた。

「嘘」

「嘘じゃない」

「別れたふりをしてるだけなんでしょ。百点満点の旦那さまを演じて、わたしと上手に離婚するつもりなんでしょう?」

「まさか!」

直人は大声を出した。この日一番の大きさだった。

「おれはきれいなからだになって、こっちに戻ってきた。おれにとってはもはや過去のあやまちになってるんだ」

だからなんなの、って眉子は思うかもしれないし、勝手なことばっかり言って、って思うかもしれないけど、と直人さんはテーブルの上に両のこぶしを置いたようで、音が立った。わたしは顔を上げた。

「つまり、あれだ、男の甲斐性だから我慢しろとか、長い夫婦生活においてダンナの浮気などよくあることだからいちいちガタガタ文句を言うなとか、そういうことを暗に言ってるのではなくてだな」

直人さんは焦れったそうに言いよどみ、

「きれいさっぱり別れて、おまえのもとに戻ってきた点を評価してもらいたいんだよ。ここ、いちばん、大事なとこじゃないか?」

と身を乗り出した。直人さんの顔は嘘をついているように見えなかった。真剣な目をしている。ふっくらとした頬が引きつっている。

「ほんとうなのね？」

たしかめたら、「ほんとだって！」と即答した。

「おれにとっては人生で二度目のモテ期だったんだよ」

一度目は眉子、二度目は沖縄出身の女の子、とつぶやき、直人さんは下唇を噛んだ。

「だからつい調子に乗って、客観的に見れば若干のめり込むみたいな状態になってしまったのは不徳の致すところというか」

申し訳ない、と頭を下げた。両手を膝の上に置いていたので、しぼんだ風船のように見えた。

「許してくれよ、眉子。おれ、分かったんだ。おれは絶対眉子がいい、って。眉子しかいない、って」

直人さんはそろそろと目を上げた。

「わたしでよければ許すわ」

わたしはほほえんだ。だから、あなたもわたしのことを許してね、と唇をちいさく動かしてから、

「だって、わたしは結婚するとき、直人さんひとりを死ぬまで愛すると誓ったんだもの」

と直人さんをじっと見た。

2　二〇一二年　真壁直人

シトロエンC4ピカソの後部座席に座っている。売り上げのよい販売店に挨拶回りし、帰社するところだった。六月十五日、金曜、午後五時過ぎ。

直人はさっきからルームミラーに幾度も目をやっていた。そのたびチャー坊と目が合った。「なんですか？」と言いたそうにした。眠たそうな一重まぶたで、直人の視線を捉え、「なんですか？」と言いたそうにした。その無言の問いかけに直人は無視を決め込んでいた。行き先を告げる以外、口をきかなかった。

「……きょうは静かなんですね」

チャー坊が言った。ようすを探る気配があった。直人は答えなかった。ルームミラー越しにチャー坊の目を見つめるきりだ。

「お疲れですか？」

舌で唇を舐めてからチャー坊が少し笑った。

「疲れてねーよ」

直人もうっすらと笑った。

「おたがい、疲れるのはこれからだぞ、チャー坊」

いつも通りの口調だったが、チャー坊は察したようだった。眠たげな一重まぶたの目にぱちっと光が灯った。

「あれ、帰社の予定じゃないんですか？　挨拶回り、残ってましたっけ」

と、とぼけ声を作る。

「残ってるんだよ」

直人は答えた。

「チャー坊くんにご挨拶しようと思いましてね」

身を乗り出して、ドライバーズシートの背もたれに近づく。ゆるく組んだ腕をヘッドレストに押しつけた。至近距離となったチャー坊の耳にささやく。

「おまえ、眉子に喋ったな」

「えっ、ぼくが？　なにを？」

「いや、そういうのいいから」

喋ったんだろ、と直人はチャー坊の頭を小突いた。

「あー、まー、喋ったというか、一応お伝えしておいたというか」

「なんで勝手にお伝えしておいちゃうんだよ」

「ですから一応」

「なんのための一応なんだよ」

「……単に言葉のアヤですよ」

チャー坊は右の中指でハンドルをトントンと叩いた。

「奥さまが知りたいようだったので」

知らない振りをするのは気が引けまして、と前方を見つめながら言った。

「『取り越し苦労ですよ』とかなんとか、いくらでも言いようがあるだろうよ」

「でも実際取り越し苦労じゃないですし」

「チャー坊。ユリアちゃんの一件はおれとおまえ、ふたりっきりの、男同士の秘密じゃないか。なんでよりによって『奥さま』に言っちゃうの？　いっちばん言っちゃいけないひとだって、こどもだって分かるよね。空気読むよね。なんで分からなかったのかなあ」

「奥さまがとても不安なようだったので」

「だからこそ、口が裂けても言っちゃいけないんだって。全力でごまかすのがやさしさなんだって」

それにさ、と直人はドスン、と後部座席の背もたれにからだをあずけた。

「おまえ、なんだって、おれがユリアちゃんと別れたくだりを省略したの？　だけじゃなく、おれが名古屋から戻って来て、お利口にしてるのは離婚話をスムーズに進めるための作戦だなんて吹き込んじゃうの？」

「最初の質問にかんしては、明言を避けただけとしか答えられません。二つ目の質問の答えは、急に品行方正になった社長にやはり不安を覚えた奥さまに、こういう理由も考えられるかもしれませんね、と可能性のひとつとして提示しただけで」

「どう考えても、そこ明言するとこだし、それだけはしちゃいけない提示だよね。心配する奥さまを安心させたいんならさ。なんでそんなこと言っちゃうの？」

ばかなの？　と直人はドライバーズシートの背もたれを蹴った。

「今後よりを戻す確率はそれほど低くないかと。社長はあの女性ととても相性がよかったようですから。そうなったら、あちらは結婚を望むでしょう。奥さまには、心づもりというか覚悟というか、そういうのがあったほうがよろしいかと。でないとあんまりお気の毒ですよ」

「なるほどね。転ばぬ先の杖ってやつだと、チャー坊くんはそう言いたいわけだね」

「まあ、そうですね」

チャー坊はルームミラー越しに直人と視線を合わせようとした。直人もそうしようとしていたので、目が合った。カチッと音を立てて、視線がぶつかった。直人が口をひらいた。

「おれはおまえに期待してんだよ、チャー坊。信頼もしてる。おれたちは最強のコンビになると思うんだ。おれとおまえが組めば、会社を大きくできるんじゃないかってね。だってそうだろ。おれに足りないものはおまえが持ってるし、おまえに足りないものはおれが持ってる。タイプもちがう。おれが陽なら、おまえは陰だ。ゆっくりあせらず、時間をかけて、おまえに仕事を覚えてもらいつつおれとの絆を深めてだな、ゆくゆくはおれの最高の相棒になってほしいと、そう思ってんだよ、おれはな」

チャー坊は答えなかった。頬と口元をわずかにゆるめただけだ。

「おれは、ほんとに、そう思ってんだよ、チャー坊。おまえはおれのいい影になる器だって」

繰り返したあと、直人はふうっと息を吐いた。

「影？」

チャー坊が訊き返した。

「影だろうよ。いや、懐刀でも腹心の部下でもいいけどさ。おまえ、表に出るの無理っつうか苦手だろうし」

「でもさっきコンビとか相棒とか、『同等』のニュアンスで語っていませんでした？」

「きもちはね。おれのきもちはそのへんにあるけど、現実的に考えると『同等』は厳しいだろ？　たとえばほら持ち株ひとつ取ってもさ」

ていうか、そういうところがもうね、おまえを表に出さない所以《ゆえん》であったりするわけなんだけど、と直人はつぶやいた。

「もうちょっとこう臨機応変っていうかさ、柔軟に対応できたらいいな、って思うわけ。今回のユリアちゃんの一件にしたってそうじゃん。たとえ『奥さま』に問いつめられたって、はぐらかす術くらいは持っててもらいたいし、『奥さま』が不安になってるなら、ひたすら慰めりゃいいんだよ。転ばぬ先の杖なんて要らないんだよ。おれがユリアちゃんと別れたって言ったら、それは別れたってことでさ。おまえはおれの言葉を鵜呑みくらいの勢いで信じないと」

直人は両手で勢いよく太腿をひとつ叩いた。

「よし、これにてお灸は終了」

ルームミラー越しにチャー坊に向かって片目をつむった。

「許してやるよ、チャー坊。おまえの致命的欠点が明らかになったのはけっこうな収穫だ。改善するのは難しいかもしれないが、努力をつづけたら、ちょっとはマシになるだろうさ。それに、おれら夫婦も結婚以来初の揉め事に遭遇してさ、結果的に雨降って地固まって、行こうぜピリオドの向こうへみたいな感じになって、本格的な子づくり作戦を始動することで合意したっつうか、さっそく合体したっつうか」

なに言わせんだよチャー坊、と直人は大笑いした。

「ひとりっこじゃかわいそうだから、ふたりは欲しいんだよね。まーできれば小学校から私立にやりたいけど、となると早めにお受験勉強させなきゃならんわけじゃん。それもどうかなーとかね」

直人が機嫌よく話しているうちに、シトロエンC4ピカソはマカベコーポレーションの駐車スペースに到着した。後ろ向きに駐車させ、エンジンを止め、チャー坊が言った。

「着きました」

「おっ、お疲れさん」

チャー坊は無言で車を降り、後部座席のドアを開けた。

「きょうはもう上がっていいぞ。明日もよろしくな」

いつものように直人はチャー坊の肩を叩いた。いつもとちがっていたのは、その手をチャー坊がうるさげに払ったことだった。あっけにとられる直人にチャー坊が言った。顎を上げ、吐き捨てるように言った。

「嘘ですよ」

「ってなにが？」

「なにもかも」

「って、だから、なにがだよ？」

チャー坊は紺のジャケットを脱いだ。直人が譲ったものである。それを直人の胸に押しつけ、受け取らせた。

「彼女はなにも気づいてなかった。あなたを疑ってもいなかった。なので、ぼくが教えてあげたんです」

直人は突き返されたジャケットを胸に抱え、眉根を寄せた。

「……ユリアちゃんの一件のことか？」

やや顔をかたむけて、訊いた。

「そうです」

目の前にいる風采の上がらぬ青年は堂々と腕を組んだ。直人は彼から視線を外し、マカベコーポレーションの社屋をながめてから、また訊いた。

「『彼女』ってのは、うちのやつか？」

「そうですね」

青年はただでさえ眠たげな一重まぶたの目を細めて答え、

「現状でいうと、そうです」

と言い直した。

「現状？」と直人が訊き返す前に、青年が口をひらいた。

「彼女は罪悪感を抱えていたんです。わたしはいけないことをしていると、ちいさくふるえ、そして怯えていたんです。なぜなら、あなたが名古屋で愛人といちゃついているあいだに――」

「ちょっと待て」

直人は青年の言をさえぎった。

「『あなた』って、もしかしておれか？」

「そうです。あなたです」

青年は袖口で鼻をこすった。黄色と紫色と緑色の線が交差する、いかにも安物という生地のチェックのシャツを着ている。

「あなたが名古屋で愛人といちゃついているあいだに、彼女は彼女で出会い系で若い男を漁り、彼らと食事を愉しんでいたんです」

断っておきますが、と青年はまた腕を組んだ。両足を肩幅にひらく。黒いスニーカーを履いていた。ひと目でノーブランドと知れた。

「彼女は彼らと食事をしただけです。それでも彼女は不貞をはたらいているように思った。人妻として、してはいけないことをしていると自分を責めながらも、男漁りを止められなかった」

青年は直人の顔を見た。目を見るでもなく、口を見るでもない、いわば満遍なく、直人の顔を見た。

「……さみしかったんだろうな」

直人が独り言のように応じたら、青年は、クスッとわざとらしく笑った。

「そういうことにしておきましょうか」

と言ったあと、つづけた。

「彼女のこころの負担を軽くしてあげるために、ぼくはあなたの不倫を教えてあげたのですよ。いけませんか？」

「考えようによっちゃ、理屈は通ってるようだな」

直人はひと差し指で頭皮を掻いた。爪に入ったふけかごみか脂かをフッと吹き飛ばす。

「ええ、理屈は通っているんです」

青年は最前よりも大きく足をひらいた。軽く屈伸してみせ、しなやかな逞《たくま》しさとでもいうべきものを誇示しようとした。彼のからだつきは枝のようにほっそりしていたので、いくら足を大きくひらいて屈伸しても、彼の望むイメージを相手に与えられなかった。むしろ滑稽に見えた。

直人は笑ったりしなかった。目の前の青年がした「失敗」は直人にも覚えがあった。しばしば周囲の失笑を買い、きまりのわるい思いをした。屈辱でもあった。直人にそんな思いをさせないのは眉子だけだ。若い愛人は指をさしてケラケラと笑った。

「彼女の複雑な罪悪感をなくしてあげられるのはぼくだけですから。だって、彼女はぼくの恋人なんです」

「ちょっと待ってくれよ」

直人の顔がゆがんだ。圧倒的な不快感と困惑が混じり合っていた。

「眉子はおれの女房でありながら、おまえの恋人でありつつ、出会い系で漁った若い男たちとメシ喰ってたっていうのか？　で、おれにたいしてだけ不貞をはたらいていたと自分を責めてたってか？　恋人であるおまえにたいしては罪悪感を持たなかったのか？」

「ぼく、言いましたよね。『彼女の複雑な罪悪感』って」

青年はいかにも呆れたという表情をつくった。

「言ったさ。でも――」

「『彼女の複雑な罪悪感』は、実は、ずっと以前から、彼女が抱えているものなんです。だれにたいしてという種類のものではないんです。現状、もっとも分かりやすいのが『不貞』であり、彼女はそこに自分の抱えている罪悪感をひとまずすべて押し込んだのですよ。だから、ぼくはまずそれを払拭してあげた。次に彼女が罪悪感を押し込むのは、恋人であるぼくにたいして、自分は人妻であるという後ろめたさでしてね。でも大丈夫。ぼくはあらかじめ彼女に言ってあるんです。許す、と。ぼくはきみの全部を知っている。その上で、ぼくはきみを許す、と」

直人の顔がいよいよゆがんだ。表情筋が収縮する感覚を覚える。圧倒的な不快感と困惑に、目の前の青年にたいする気味悪さが加わっていた。

青年を初めて見たときのことを思い出す。バイトの面接を受けに来た彼に、どうしてもここで働きたいという切迫した意思を感じた。直人はそれを「やる気」と捉え、見所がある、としたのだった。

名門と言われる大学に通う応募者は、そのときも、それまでもいたが、青年ほどひたむきに採用を望む者はいなかった。面接官の質問に訥々と答える青年のようすから、直人はそれを感じ取った。青年は、ほかのどこでもない、マカベコーポレーションの一員になりたがっていたのである。

なぜ、マカベコーポレーションなのか、という疑問は、直人の頭になかった。業績を調べたり、ホームページを見たりして、魅力的な会社だと思ったのだろう、とアタリをつけ、「可愛いやつ」と満足げにうなずいたきりだった。

かぶりを振って、空を見上げた。空はまだ明るかった。真っ昼間の陽気な青ではなく、落ち着いた青だった。

青年の言い分をそっくりそのまま信じる気などない。罪悪感を払拭するためだけに夫の浮気を聞いたのなら、昨晩、眉子は直人をなじらなかったはずである。吹きこぼれたように、無我夢中で、直人に言い募らなかったはずである。

口をすぼめて息を吐き出したら、少し楽になった。手のひらで頬を揉むようにしてこすり、強張りをといた。青年の声が聞こえてくる。

「……ぼくは彼女の全部を知っているんです。あなたも知らない全部をね」

改めて青年を見た。彼は足をいっぱいにひらき、踏ん張りながらも、夢見るような顔つきをしていた。あられもなく陶然《とうぜん》としていた。彼は、彼しかいない国にいるらしい。

「おまえの言う通りかもしれないな」

直人は青年に声をかけた。

「おれは眉子のことをなにも知らないのかもしれない。だったら知ればいいだけだ。だがな、チャー坊。一生かけて知ろうとしても、とてもじゃないが『全部』は無理だ。それでも眉子は許してくれる。あれはそういう女なんだよ」

悪いな、チャー坊、と肩を叩き、Vサインをした。

3　二〇一二年　本多稔子

自転車屋と古本屋の店主が「ごちそうさん」と相次いで席を立ち、客足が途切れた。

六月十四日、木曜、午後十時。「おふくろの味　おもちゃばこ・たまてばこ」の店内にいるのは、本多稔子と塩野みつ江《え》だけだった。共同経営者であるふたりは丸椅子に腰を下ろし、「きょうは蒸すわね」「まだ六月なのにね」「じっとりとした暑さだわね」「そうだわね」と汗ばんだ顎の下や首筋をぬぐっていた。

「蒸してるんじゃなくて、ひょっとしたら、あたしたち、更年期がぶり返してるんじゃないの」

みつ江が言い、「あらやだ、あなた、なに言ってんのよ、そんなばかなことが」と言い返す途中で稔子は口をつぐみ、店の入り口に目をやった。一呼吸も置かずに引き戸がガラリと開き、客が入ってくる。

「はい、いらっしゃい」

ほらね、というふうに金歯を覗かせ、稔子は椅子から立ち上がった。

「チン、がきたのよ」

素早くみつ江に耳打ちする。客がやってくる気配を稔子は「チン」と名づけていた。昔の黒電話はベルが鳴る前にチン、とかすかな音を立てた。それになぞらえたのだった。

客はカウンターに腰かけた。三十代の会社員ふうである。なかなかの美男子だった。カウンターの内側にいる稔子とみつ江に親しげなまなざしを向けている。笑みを浮かべ、口元を動かしていた。なにか気の利いた、茶目っ気たっぷりの第一声を発したそうである。

「初めまして、じゃないですよね？」

稔子がおしぼりを出した。客に問いかけてから、みつ江に向かって首をかしげた。

「じゃないわよねえ」

みつ江も銀歯を見せて客に笑いかけてから、稔子に向かってうなずいた。

「絶対、知ってるひとだわね」

稔子は両手で白い割烹着の胸のあたりを払うような仕草をした。

「絶対、知ってるんだけど思い出せないんだわね」

みつ江も稔子と同じ仕草をした。

「トシのせいだわね」とつぶやき、「ごめんね、ばばあで」と客に頭を下げた。

「大久保に、大久保が来たー、って覚えてます？」

客はネクタイを締め直す振りをして、ふたりを順に見た。

「……ああ」

稔子とみつ江は同時に声を漏らし、客を指差した。

「ゼンちゃん、だったわね」

「そうね、大久保ゼンちゃんだわよ」

そう言い交わすふたりの視線が客にそそがれる。どちらの頬にも場つなぎのような笑みが浮かんでいる。

「……で。きょうは、おひとり？」

微笑したまま、稔子は客に訊いた。おずおずとした訊ね方になった。

「ええ、ひとりです」

客は堂々と答えた。ゆっくりと目をふせたが、それは後ろ暗いところがあるせいではなく、懐かしさに駆られただけのように見えた。

大久保ゼンちゃんのことなら、よく覚えていた。

顔立ちや声ではなく、印象のみの記憶である。

去年の十一月、彼は眉子さんの連れとしてやってきた。「おふくろの味　おもちゃばこ・たまてばこ」の開店前夜だった。その日、稔子とみつ江は知り合いを招き、店のお披露目をおこなったのだった。

招待客の大部分がふたりのかつての同級生だった。といっても、鉤形のカウンターとテーブル席がふたつの小料理屋だ。いっぱいでも十四人しか座れない。それでも一応、かつての同級生全員に招待状を送った。お嬢さま学校として名高い中高一貫の私立女子校の卒業生だから、良家の奥方におさまっている者がほとんどで、だから六十過ぎて独身で水商売に手を出す元同級生を祝う者などまずいなく、面白がってやってくるのはわずかだろうと踏んでいた。

かつての同級生のほかに招待状を送ったのは、眉子さんだけだった。開店の知らせは、ふたりが長年働いたマカベコーポレーションの知り合い全員に送ったが、前夜祭に招待するのは眉子さんひとりにした。

去年の六月、稔子が盲腸で入院したとき、お見舞いにきてくれた眉子さん。「盛大に開店祝いを」と言っていた。その後音沙汰はなかったけれど、それは単に連絡しそびれただけで、気にかけているに決まっている。

眉子さんは社交辞令を言えるひとじゃない。病室で「盛大に開店祝いを」と言ったとき、眉子さんは本心からそう思ったはずだ。そのときは、本気で、そうしようと決めたはずだ。

だれにだってそういうところはある。目の前にいるひとを喜ばせたくて、一瞬前には思ってもいなかった言葉が口をついて出てくることがある。口からでまかせのようなものだが、自分の言葉が耳から入ると、ずっと先から温めていた思いを発表したような気になる。期待に輝く相手の顔を見て、「間違っていない」と思う。相手を嬉しがらせる言葉を言ったこと、その言葉が、きっと、自分のこころの奥にあったこと。ただ、口にするまでは気づかなかっただけで。

眉子さんはつねに「間違っていない」言葉を言いたいひとだ、というのが稔子の見方だった。言葉だけではない。行動も決断も間違えたくないひとだと考えている。堅実とか慎重とは違う、眉子さんの、その、「間違えたくなさ」が、マカベコーポレーションの社長と結婚させたのだと思っている。

眉子さんが社長夫人になってしばらくは、ちゃっかり玉の輿に乗った若い女としか思わなかった。うっすらとした嫉妬も混ざり合っていた。歳はずいぶんちがったけれど、眉子さんは同じ部署で働くパート仲間だったし、稔子には先代の社長に強く惹かれていた時期があった。思い切れないせつなさに身をよじったものだった。稔子と先代社長とのあいだになにがあったというわけではない。稔子が知ったときには、先代の社長はすでに妻子持ちだった。口説かれたこともなかった。

社長夫人となった眉子さんと接しているうち、稔子の考えが変わったのだった。「ちゃっかりのひと」じゃなくて、「間違えたくないひと」なんだと。そうして、間違えたくなくて下した決断に、もたれかかるように身もこころも寄せていくひとなんだと。いつからそうなったのかは知らないし、もともとの性質なのかもしれないけれど、とにかく、眉子さんはそういうひとなんだ、と考えるようになった。

きっかけは、社長宅でひらかれたホームパーティだった。あのとき、眉子さんは間違えた。社長が口にしたぼやきのような自慢のような言葉を冗句と捉え、いの一番に噴き出し、パーティに出席したメンバーの前で社長に叱責されたのだった。

稔子は、玉の輿に乗ったのだから少しくらいの苦労は当たり前、と思った。実際に口に出したりもした。けれども、社長に叱責されたときの、色素を抜かれた木の葉みたいに白くて薄っぺらに見えた眉子さんの顔を思い返すたびに、「ちゃっかりのひと」とはとても思えなくなってきた。

あのパーティで久しぶりに再会したときの眉子さんの表情も、何度も、思い返された。稔子とみつ江を見て、眉子さんはとても困っていた。目を見ひらき、顔いっぱいに再会を喜びつつ、怯えながら困っていた。

それはたぶん、あたしたちの名前を忘れてしまったから。

たったそれだけのことなのに、痩せこけたチワワみたいにプルプルふるえちゃって、と、思い出すたび、稔子は眉子さんが気の毒になった。なぜか苛立ちも覚えたが、眉子さんは不器用なんだ、結果的に裏表のないひとなんだ、と思うようにもなった。その思いとはべつに、虐《いじ》めてやりたいというか痛めつけたいというか、そういう感情もほんの少し生まれた。

そんな理由で、眉子さんに「おふくろの味　おもちゃばこ・たまてばこ」のお披露目会の招待状を送った。病室で「盛大に開店祝いを」って言ったわよね。あれはおそらくあなたの本心で、だから、ずっと気にかけてくれていたんだわよね。暗にそう言い、プルプルふるえる眉子さんを見たいような気がしたのだ。

当日は、かつての同級生が六人もきてくれた。かたちばかりのお勤めをして結婚し、専業主婦になったひとばかりだった。彼女たちは口々に「この歳でお店をひらくなんてすごい」「パワーがある」「第二の人生のスタートね」と稔子とみつ江を持ち上げた。それぞれの家に帰ったら「……大丈夫なのかしら。素人《しろうと》なのに商売に手を出して」「ふつうはそろそろ人生のまとめに入るころよね」などとお茶を飲みながらブツブツ言うのだろうと知っていながら、稔子は悪い心持ちではなかった。みつ江もそうだっただろうと思う。ふたりとも、脚光――ささやかではあるが――を浴びるのは、学校を出てから初めてだった。

中学、高校時代に浴びた脚光だって、そんなに強力なものではなかった。でも、バレーボールの授業中に体操着のお尻のところが破けたり、文化祭でどじょうすくいをやったりして爆笑をとった。修学旅行や見学旅行の集合写真ではみつ江とふたり、いつもおどけ顔や妙ちきりんなポーズを決めて、思い出に花を添えた。「稔子とみつ江のおかげでとっても楽しい学校生活を送れました」と卒業文集に書くひともいた。中高一貫のお嬢さま学校で、ふたりは、お笑い担当の人気者だったのである。

ミニクラス会さながらに、わいわいやっていた六十代の集団に眉子さんがやってきたのは、夜の十時近くだった。静かに引き戸が開き、綺麗な顔を半分、覗かせた。

「こんばんは」

遅くなっちゃった、と肩をすくめ、綺麗な顔を全部、見せた。

「開店おめでとうございます」

するりと薄茶色のコートを脱ぎ、丁寧にお辞儀した。顔を上げ、髪をちょっと直してから、稔子とみつ江にほほえみかけた。

「まあ、まあ、眉子さん、ありがとうございます」

「ほんとうにありがとうございます」

「ばばあの園にようこそ、だわね」

「そうだわね」

稔子とみつ江は代わる代わるそう言った。「ばばあの園」のくだりで先客の元同級生たちはどっと笑った。眉子さんも笑った。口に手をあて、喉を反らせ、とても面白そうに笑ったあと、あー可笑しい、とひとりごち、顔と声を整えた。

「お祝いを持ってきたの」

開いたままの引き戸を振り返ると、若い男が大ぶりの箱を抱えて入ってきた。後ろ手で引き戸を閉め、一礼した。

稔子の胸は、みっつの驚きでざわついた。

眉子さんがちっともプルプルふるえていないという、なんとはなしの驚きと、若い男性をともなってやってきたという、はっきりとした驚きと、それがチャー坊くんではなかったという、妙な言い方ではあるのだが、もたついた驚きだった。

「おふくろの味 おもちゃばこ・たまてばこ」開店前夜のお披露目会の招待状は、チャー坊くんには送らなかった。

その代わり、眉子さんに送った招待状には、「狭い店だから、会社関係でお誘いするのは眉子さんだけなのヨ。ひとりだとつまらないかもしれないから、よかったら、社長かチャー坊くんを誘ってネ」と添えた。

社長が名古屋に行ったきり、というのは知っていた。仕事だと言っているけど、どうなんだか、との噂も耳に入っていた。そうして、稔子はチャー坊くんが眉子さんに岡惚れしているのにも勘づいていて、チャー坊くんがいちばん嬉しいのは、眉子さんに誘われて、まるでカップルのようにこの店のお披露目会に参加することだと知っていた。

だから、チャー坊くんには招待状を送らなかった。稔子が入院したせつには、毎晩、お見舞いにきてくれたチャー坊くん。いい大学に通っていることだけが自慢のぱっとしない青年。たぶん、高校までは成績優秀ということで、田舎では一目置かれていたのだろうけど、今後は地味で目立たぬ存在として生きていかざるをえないだろう。

稔子が考えた、そんなチャー坊くんへのプレゼントが、「眉子さんから誘われる」ことだった。チャー坊くんの恋が実るとは思っていなかった。眉子さんがチャー坊くんを相手にするはずがない。だって眉子さんは「間違えたくないひと」なんだもの。稔子の考えたチャー坊くんへのプレゼントは、いわば「最高の思い出」だったのだ。

なのに、眉子さんはチャー坊くんを誘わなかった。眉子さんの選んだ同行者は都会的なハンサム、つまりチャー坊くんとは正反対の男性だった。ちょっと眉子さん、それはないんじゃない？　稔子の心中にそんな言葉がよぎった。よぎってすぐに、まーあたしだってチャー坊くんよかこっちのほうがいいけど、との言葉が浮かんだ。

「……まあ、お祝い？　いいのにもう」

「顔を出してくれるだけでほんとにもう」

「すみません、眉子さん」

「と言いながら、嬉しいんだわね」

みつ江に肩をおっつけられ、「あんただって」とおっつけ返し、稔子は大げさに鼻の下をのばし、若い男をようく見てから、眉子さんに視線を戻した。

「と言いながら、気になるんだわね」

「気になる、気になる」

みつ江もつづいた。

「ゼンちゃんていうのよ」

眉子さんは、うふふ、という顔つきで、自分の少し後方にいる若い男の二の腕に、さっと、さわった。深い関係にあるような、そんな「感じ」を与えるさわり方ではなかった。だからといって、気心の知れた友だちの「感じ」もなかった。

「このひと、ゼンちゃんていうの」

眉子さんが繰り返した。二度目に言ったときは、頬がかすかにプルプルとふるえていた。ゼンちゃんの表情は変わらなかった。店に入ったときから、どういう表情をすればいいのか迷っているような顔をしていた。

「初めまして、ゼンちゃん」

ささ、こちらへ、と稔子は眉子さんとゼンちゃんに席を勧めた。

「その前にお祝いを」

眉子さんが言い、ゼンちゃんがカウンターに大ぶりの箱を載せた。

「まあ、なにかしら」

「開けてもいいの？」

稔子とみつ江は急いでカウンターから出た。

包みを開けながら、稔子は閉まった引き戸に何度も目をやった。引き戸の向こうにチャー坊くんがいるような気がした。そのような気がしてならなかった。チンがきたら、きっとチャー坊くんが入ってくる、と思った。だが、昔の黒電話のベルが鳴る直前のようなかすかな音は、その夜、聞こえてこなかった。

4　二〇一二年　大久保善

ひじきの煮物が本日のお通しのようだった。お通しにしては量があった。

「先々月からランチも始めたのよ。十一時から二時まで」

「で、ちょっと休んで六時から小料理屋タイムなんだけど、これがあなた、大当たりで」

と金さんがニッカリ笑った。

「むしろ夜よりお客さんが多いくらいで」

と銀さんがつづき、

「やっぱりおふくろの味よねえ」

「殿方はそういうのに飢えてるのねえ」

とふたりで顔を見合わせてから、

「でまあ、調子に乗ってちょっとつくりすぎちゃったの」

「きょう、蒸すじゃない？　明日になったら、ちょっと危ないかなーなんてね」

「きょうは大丈夫よ」

「そう、きょうは大丈夫」

お代わりもあるわよ、たんと召し上がれ、と交互に言った。

「お元気そうですね」

よかった、よかった、と善は割り箸を手に取った。一口食べて「旨いです」と告げてから、ビールを飲み、真鯵のフライと茄子の煮浸し、ぬか漬けの盛り合わせを注文した。

銀さんが伝票を見ながら注文を復唱し、金さんが「はいはーい」と返事し、揚げ鍋を火にかけた。

料理人は金さんで、銀さんはそのアシスタント。食材の買い出しにはふたりで行く。店の掃除、後片付けもふたりでおこなう。経理は銀さんが見て、とそんな役割分担は去年、この店に来たときに聞いた。

「仕事帰り？」

腰に手をあて、揚げ鍋を見つめながら金さんが訊く。

「ええ、残業で」

答えると、タッパーウェアから蕪《かぶ》、人参、きゅうりのぬか漬けを取り出し、包丁で切ろうとしていた銀さんが、

「いつも遅いの？」

と訊く。

「だいたいいつも」

早く上がれる日もありますけど、と返事した。

「ああ、そう」

「そうなの」

ふたりは相槌を打った。思い出しているようだった。去年の秋も、似たような内容の会話をした。あのときは、善の代わりにあのひとが答えた。

「おおよそ、相変わらずです」

善はうなずき、ビールを飲み干した。手酌で二杯目を注ぐ。善もまた、思い出していた。去年の十一月、あのひとに誘われてこの店に来たことを。

「お友だちの店なの」

あのひとはそう言った。

「お友だちがふたりでお料理屋さんを開店するの。女ふたりでお店を始めるってすごいでしょ。しかも客商売の経験なんてひとつもないのよ。勇気あるじゃない？　応援したいわ。約束した

し。友だちだし。前夜祭にも招待されたし」

駅で待ち合わせし、店に向かう道すがら、あのひとは饒舌《じょうぜつ》だった。足取りも軽かった。少女のようにひらひらと歩道を蛇行したり、タタタッと小走りで善の前に出て、振り返ったりした。振り返って後ろで手を組み微笑して、首をかしげてこう訊いた。何度も訊いた。

「重い？」

「それほどでも」

そのたび、善は両手で抱えていた箱を持ち直した。駅で落ち合い、すぐに持たされたお祝いの品だった。

「大きな招き猫が入っているの」とあのひとが言った。「ネットで注文したの」と深くうなずいた。「すごく迷ったけど、あのふたりがいちばん喜びそうなものにしたのよ」と浅く何度もうなずいた。

「わたしがふたりにゼンちゃんを紹介したら、ゼンちゃんは『大久保です』って挨拶すること。そして『大久保に、大久保が来たー』って言うの。そういうの、あのふたり、好きだから」

きっと面白がってくれるはずよ、とあのひとは笑った。

「それがあのふたりにとって面白いことなの」

と唾を飲み込んだ。白い喉がごくりと動いた。

「分かった？」

念を押され、善は「了解」と応じた。なぜかあくびをしたくなった。あのひととは何度も会っていたが、いつもふたりきりだった。第三者をまじえたことがなかった。そんなケースは考えられなかった。あのひとと会うならふたりきりだ。それがぼくたちの会い方なのだと思い込んでいた。

「眠くなっちゃった？」

あのひとが訊ねた。善があくびをしかけたところを見ていたようだ。

「いや、べつに」

答えたら、あのひとは善の頭をそっと撫でた。「無理しちゃだめよ、からだがいちばん大事なんだから」とささやいた。

「大丈夫、分かってる」

善は少し笑った。

あのひとのブログを知ったときのことを思い出した。

そのころ、善はよい状態ではなかった。落ち込んだ気分——黒洞々《こくとうとう》たる闇のようなもの——のなかに引きずり込まれていた。ブログでBと名乗っていたあのひとも同類だと思った。彼女にくらべたら、自分のほうがまだましと思えた。

だから、ブログが更新されるたびに「愛してる」と書き込んだ。善が考えるに、それが彼女のもっとも欲しい言葉だった。

おそらく彼女は自分が持っているもののなかで価値があるのは肉体だけだと考えているのだろう。わたしに近づく男たちはみんなわたしのからだが目的だと。だれも「ほんとうのわたし」を見てくれないと。「ほんとうのわたし」を愛してくれないと。でもそれはしょうがないの。「ほんとうのわたし」なんてなんの価値もないんだもの。それでも、だれかひとりでも、「ほんとうのわたし」を認めてくれないかしら。「ほんとうのわたし」を愛してくれないかしら。

そんな、よくあるタイプの女の子を思い描いた。いわゆるメンヘラ女子というやつだ。傷つきやすくて不安定な自分自身を肥大させた厄介な女の子のひとりだと思ったのだが、放っておけなかった。

「愛してる」を欲するのは、だれかに無条件で肯定してもらいたいからだろう。その欲求は善の内側にもあった。そこに気づいたのだった。だれかに無条件で肯定してもらえたら、幾分かは楽になれる。落ち込んだ気分のなかから抜け出せるかもしれない。

彼女のブログに「愛してる」と書き込んだとき、善はいつか彼女と会えますように、と胸のうちでつぶやいた。いっしょに寝てあげる、イエスでもノーでも、とつづけた。ゼンが思い浮かべた「寝る」には「眠る」以外の意味がなかった。ふたりでいっしょに眠ったら、真っ暗闇も怖くないよ。きっと、ぐっすり眠れるよ。彼女にそう伝えたかった。そのころ、善がもっとも望んでいたことでもあった。

「愛してる」と書き込んでいるうちに、善の落ち込みは軽減されていった。元来の快活さを取り戻すところまではいっていなかったが、毎日の生活に歯を食いしばらなくても耐えられるようになった。ブログのなかの彼女に変化は見られなかった。相変わらず唇の写真を貼り、「わたしを愛してる?」「ね、愛してる?」「愛してほしいわ」と書いていた。

善は自分の言葉が彼女に響いていないと感じた。がっかりはしたけれど、それほど残念ではなかった。おそらく善が回復しつつあったせいだろう。真っ暗闇を抜け出そうとしていた彼にとり、依然として闇の底にうずくまる彼女は、もはや同類ではなかった。

初めから分かっていたような気がした。彼女は、ときが来れば闇を脱出できる自分とはちがう、と頭の片隅でちいさく思っていた。でも見捨てられなかった。ブログが更新されたら「愛してる」と書き込むのは習慣になっていた。乗りかかった船、というような心持ちでもあった。とはいえ、どこかでケリをつけないと、とうっすらと思っていた。いつまでも同じ船には乗っていられないのだから。

ある夜、「愛してる」と書き込んだ直後に、彼女から返信があった。コメント欄にメールアドレスがあらわれたのだった。急いでマウスを動かし、コピーした。「三十秒後に削除します」という一文が添えてあったので。

メールソフトをひらき、コピーしたアドレスを貼り付けた。「こんばんは」と本文を打ち込み、指を止めた。インターネットを通じて出会った他人と連絡を取り合った経験はそれまでなかった。からかわれているのかもしれないとか、もしかしたら罠にはめられるかもしれない、という不安はあったが、それは、そういう危険性もないとは言えない、と一応頭に思い浮かべてみただけで、深刻なものではなかった。彼女とやっと繋がった。ぼくの言葉が届いた。その喜びのほうが大きかった。

「こんばんは。アドレスどうもありがとうございます。おやすみなさい」

「こんばんは。こちらこそ、いつもどうもありがとうございます。おやすみなさい」

ふたりが最初に交換したメールは簡潔で、礼儀正しかった。やりとりする回数が増えても、なかなかくだけた調子にならなかった。互いに書き送ったのは、挨拶と天気や食べものの話題がおもで、ブログの内容にはふれなかった。善は自分の本名や携帯の番号、住んでいる場所、職場、略歴などを少しずつ教えたが、あのひとは自身のプライバシーにかんして口をつぐんだままだった。

実際に会うきっかけになったのは、善が書いた次の一文である。

「だれかを無条件で肯定すると、心が落ち着くんですよ。まるで自分が無条件で肯定されたように、おだやかなきもちになっていくんですよね。おためしあれ」

メールを送信してすぐに電話がかかってきた。

「そうかしら？　ほんとうに、そうなのかしら？」

初めて聞くあのひとの声は、善が想像していたよりも歳をとっていた。少なくとも「女の子」ではなさそうだ。

「あ、でも、そうかもしれないわね」

善が応答するより先に、あのひとの声音が変わった。ポンと手を打つような色をしていた。

「わたし、ひとがわたしになにをしてもらいたがっているのか、分かるの。だから、なるべくそうしてあげるの。無条件によ。無条件にそうしちゃうの。そうしたくなるの。そうなってしまうの。そしたら、そのときはとってもいいきもちになるの。安心するっていうか、うん、おだやかなきもち」

　あのひとは声をひそめていた。重大な秘密を打ち明けているようだった。初めての経験らしく、少々息が上がっていた。

「やさしいんですね」

　善は携帯を持ち替えた。あのひとの言っていることは、自分が伝えたかったこととはちがうようだ。

「そんなんじゃないけど」

　あのひとはとても嬉しそうに謙遜したあと、

「ね、わたしたち、親類みたいな仲になれそうじゃない？」

と言った。スキップするような口調だった。

「親類？」

　善が訊き返すと、あのひとはうふふ、と笑ったきりだった。

「あのね、ふつうの友だちより根っこが近い感じ」

　答えをくれたのは、新宿のカフェで食事をしたときだった。あのひとは白くてちいさな顔いっぱいで笑み、髪を揺すった。そのようすがあんまり綺麗で、善は胸が苦しくなった。あのひとのようすは、善の目に明るさを感じさせた。ただ明るいだけの明るさだった。影のできない明るさ、と胸のうちで表現し、もしもそんな明るさがこの世の中にあるのなら、というようなことを思い、ふたりでいっしょに眠ったら、真っ暗闇も怖くないよ、きっと、ぐっすり眠れるよ、と言ってやりたくなった。

「なるほど、いいね。じゃあ、親類みたいになろうか」

善は口を大きめに開けて笑った。

「親類だからちょくちょく会わなくてもいいのよ。だって親類だもの。親類ってそんなにしょっちゅう会わないでしょ。でも、たとえずうっと会わなくても親類のままなの。会えなくなっても親類は親類なのよ」

あのひとは幼いこどもが言い訳するような一生懸命な表情で、くどくどと繰り返した。

「そうだね」

親類だからね、と善はゆっくりとうなずいた。人妻なのかな、と思った。善が知ったあのひとのプロフィールは、眉子という名前だけだった。どこに住んでいるのかも、なにをしているのかも、どんなこどもだったのかも、なにも知らなかった。

「びっくりしたわよ。席についたらいきなり『大久保です』とお辞儀して、『大久保に、大久保が来たー』って大声出して」

金さんに話しかけられ、善は頭を掻いた。

「実は、そう言えと眉子さんから指令が出てたんですけど、店に入った途端に忘れちゃいまして。思い出したときには妙なタイミングになってしまい……」

金さんは銀さんと顔を見合わせて笑った。

「眉子さんがそんな指令をねえ」

「意外とお茶目な一面があるんだわね」

「にしても、指令を忘れるなんてドジだわね」

「とんだドジよね」

「いや、それは」

　ふたりの掛け合いに善は割って入った。

「『お友だちの店』って聞いてたもので。てっきり眉子さんと同じくらいの歳かな、と」

　それを受けて、金さんと銀さんは、

「フタを開けたらばばあだったと」

「とんだばばあふたりだったたってわけね」

　と互いの肩を小突きながら大笑いしたあと、

「……『お友だち』って言ってたの？」

「眉子さん、あたしたちのこと、『お友だち』って？」

　とスローモーションで表情を戻していった。

「ええ、なんだかとても自慢げに。すごいでしょ、って感じで。はしゃいで」

「自慢？」

「あたしたちが？」

「眉子さんの？」

「自慢？」

ふたりは交互に言った。

「たぶん。あと、自分には友だちがいるっていう自慢もあったような気がします」

ひじきの煮物を口に入れ、咀嚼しながら善が答えた。

「そういや、ゼンちゃんのこともなにやら自慢げに紹介してたわね、眉子さん」

金さんが言い、

「そそそ。一瞬、愛人を連れてきたのかな、と思ったんだけど、眉子さんのようすはあたしたちが初めて見るくらい晴れ晴れとしていて、『あれは愛人じゃないわね』『友だちだわね』ってのがあの夜のあたしたちが出した結論だったんだけど」

と銀さんがここでいったん言葉を切り、

「言われてみれば、そうね、眉子さんはあたしたちに友だちがいるって自慢をしたかったのかもしれないわねえ」

と金さんに向かって長くまばたきをした。

「眉子さんって友だちがいなさそうだものねえ」

いいひとなんだけどねえ、と金さんが頰に手をあて、独り言のように言うと、

「なんとなく分かります」

善はさりげなく目をふせた。「なんとなくですけど」と小声で付け足す。

「あたしたちだって『なんとなく』よ」

「『なんとなく』しか分かんないわ」

でも、と銀さんはそろりと金さんを見た。同時に善が目を上げ、言った。

「あのひと、『なんとなく』で全部説明できそうな感じがしますよね。『なんとなく』っていうか、やむをえないっていうか。なにをやっても、なにがあっても、『あのひとらしいな』っていうか。まあ、これも『なんとなく』なんですけど」

善は二杯目のビールを飲み干した。

あのひととは去年一緒にこの店に来てから会っていない。単に都合が合わないだけだと思っていたのだが、「しばらく会えない」と二月に言われた。

理由は訊かなかった。訊いてもはっきりした答えは返ってこないと「なんとなく」ではなく分かっていた。あのひとが理由を言いたくないことも「なんとなく」ではなく分かった。ひょっとしたら理由などないのかもしれないと、これは「なんとなく」思った。あのひとは、やはり、闇のなかをあてどなく歩くひとなんだ、とこれもまた「なんとなく」思った。かわいそうに、と思った。いっしょに眠ってあげればよかった、と思った。一度くらいは。

「……ここにはよく来るんですか？」

ある程度の間を置いて、善が訊いた。金さんと銀さんがゆっくりと首を横に振る。

「あのひとらしいですね。なんとなくですけど」

善がかすかに笑うと、カウンターの内側にいるふたりも同じように笑った。絆創膏《ばんそうこう》を剝がしたあとみたいな、ふやけた笑いだった。さて、というふうに善は腕を組んだ。ふうっと息を吐いてから、言った。

「ぼく、結婚するんですよ。秋」

相手は同じ職場に勤めるアルバイトだった。忘年会の二次会で隣り合わせ、酔った彼女を介抱する役になった。男女共用のトイレで嘔吐する彼女の背中をさすっていたら、告白されたのだった。「こんなときにこんなことを言うのもどうかと思うんですけど、なんかなかなかチャンスがなくて。あと勇気もなくて」と便器を抱えてあえぎながら「好きです、すごく好きです」と彼女は言った。

「黙っているとふつうなんですが、話したり、動いたりするといきいきとした『感じ』が出てくるひとです」

「……ああ、いいわね」

「とてもいいわね」

おめでとさんでございます、と金さんと銀さんは声を揃え、お辞儀した。

「ありがとうございます」

善もかしこまったふうで頭を下げた。下げたまま「でも」とつぶやいた。「でも?」「でも、なんなの?」と金さんと銀さんが訊ねた。矢継ぎ早というのではなかった。

「でも」

善は唇をもぞもぞと動かした。彼は、「でも、親類だから、とあのひとに伝えてください。もしあのひとがこの店に来たら」と言おうとした。ところが、彼の口をついて出たのはちがう言葉だった。

「でも、あのひとはあのひとで大事なんです」

なんとなくなんですけど、と付け足したのは、あのひとと深くかかわる自信がなかったからだ。自分には荷が重い。去年の十一月、この店に入る直前、彼女は言った。

「わたしがいきすぎた振る舞いをしたら止めてね」

そのときの彼女の顔。すごいほど必死だった。明るい茶色の虹彩の真んなかにある黒い瞳が大きく見えた。いま、わたしはすべてを白状しましたというような、あなたにだから打ち明けましたというような、気味の悪い迫力があった。

「大丈夫」

善はあのひとの頭をそっと撫でた。そうするのが適切だと思った。反射的にそう思った。

5　二〇一四年六月十四日

ああ、もう十二時半を過ぎてしまった。

Ｎｏ．４の手帳を閉じたあと、少し迷ってから腰を上げた。

彼女との歴史を記した手帳を順に見ていき、しばし思い出にふけったのち出かけるのが最初の計画だった。思いの外時間を喰い、アパートで回想するのはＮｏ．６の手帳までにし、Ｎｏ．７については電車のなかでおこなうと計画を変更した。でも、もう十二時三十四分だ。出発の時間まで三十分を切った。

アパートを出る時間を変えることはできなかった。ぼくは絶対に午後一時四十五分までに目的の場所に着かなくてはならない。早く到着するぶんにはかまわない。だが、決して遅れてはならないのだった。

ミニ冷蔵庫を開けた。無印良品と名の入った白いレジ袋を取り出す。なかには、シャツとズボンが入っている。できるだけちいさくなるよう折りたたんでいた。袋から出し、広げ、両手で持ち、皺を伸ばそうとバフバフ振った。まず白いシャツ。それからカーキ色のズボン。

振りながら、二度目の計画変更をせざるをえなくなった件について考えた。Ｎｏ．５からＮｏ．７までの手帳の回想を移動中におこなわなければならなくなった件だ。

二度の変更といっても、計画全体から見れば、序盤におけるちょっとしたつまずきにすぎない。いや、実は、つまずきという言葉を使うほど重大なものではない。ただ、少し、ぼくの思った通りにいかなかっただけだ。

気にすることはない、と自分に言い聞かせたが、引っかかった。なにもかもうまくいかないだろうという予感や諦めに支配されそうだった。ぼくのやろうとすることは、かならず、すべて、ぼくの思う通りにいかないのではないか。いままで一度だってぼくの思う通りになったことがあったか。「いいところ」まではいくけれど、結局だめだったではないか。何度も何度も視点を変え、多角的に考察し、そのたび思いついたり探りあてたりした新たな手段や方法を、新たなきもちで実行しても空回りするだけだった。

ぼくのきもちは更新すればするほど広くなった。いつのまにか懐が深くなっていた。どんなことでも許してあげられるようになった。だから、どこまで許してあげなければならないのだろうと不安になった。どこまでも許してあげてしまいそうで、そんな日々がいつまでもつづきそうで、ぞっとした。許してあげるのは、ぼくにとって譲歩だった。譲歩は、ぼくにとって屈辱である。

Ｎｏ．１からＮｏ．７までの手帳を順に見ていって、徐々に精神を昂らせ、きもちを猛らせるつもりだった。Ｎｏ．７の手帳を閉じたときには昂りも猛りもマックスになっているはずだから、冷たいシャツとズボンでクールダウンしようという素敵な算段。

あまりにも昂り、猛ったままだと失敗の可能性が高い。うわああと絶叫しながら腕をブンブン振り回して突進するけんか慣れしていない者のパンチは正確にヒットしない。

だが、適度の昂りと猛りは必要だ。この計画を遂行するには、もっとも大切なものだった。ぼくは繰り返しイメージした。適度の昂りと猛りというやつを。適度の昂りと猛りに満たされたぼくを。

頭に浮かぶのは、満潮になった海だった。月と太陽に引き寄せられ盛り上がった海水である。知らぬ間に潮位を上げ、干潮時、浜辺に散らばっていたたならしいガラクタを飲み込む、豊かな水。おだやかな顔つきの裏にとてつもない破壊力を秘めている。

ぼくもひと知れず潮位を上げ、おだやかな顔つきのまま秘めた力を解放しよう。そうして、ひと仕事終えたら、元のおとなしいぼくに戻るのだ。ぼくが満潮になるのは生涯で一度きり。残りの人生は潮が引いたままだが、いっこうにかまわない。満潮になる前だってずっと引き潮だった。ちがうのは、きたならしいガラクタが沖に流され、なくなっていることだろう。それと、満潮になることの喜びをあじわえること。満潮になったとき、ぼくは、たぶん、生きている、と実感するにちがいない。

「うん」

声に出し、うなずいた。

「うん」

もう一度、うなずき、冷たいシャツに袖を通した。前ボタンを留め、袖のボタンも留めた。冷たいズボンをはき、ファスナーを上げた。バフバフ振ったせいか、そんなにひんやりしなかった。気分転換にはなった。清められた感じがした。

「潮位は確実に上がっている。月と太陽に引き寄せられているのだから、途中で下がるはずがない」

胸元や太腿あたりの生地をこすった。バフバフ振ったかいもなく、シャツにもズボンにも折じわが残っていた。そんなに気にならなかった。気にならなかったことをぼくは喜び、「いいぞ」と小声で言った。言いながら、靴下をはいた。靴下も新品だった。やはり無印良品で買った。オーガニックコットン混の足なり直角靴下で、さわやかなボーダー柄である。

さて、次は、と、デスクの脇に置いていたボストンバッグのそばであぐらをかいた。高校の修学旅行のときに親に買ってもらったボストンバッグ。合皮で、深いグリーンのチェック模様が入っている。念のため、なかみを確認する。財布、ティッシュ、着替え、お土産の東京ばな奈、タオル。そう、タオル。スポーツタオル。うたた寝用の枕のようにぐるぐると巻いてある、灰色にスカイブルーのラインの入ったスポーツタオル。それを指の背でふんわりと撫でてから、パソコンを入れた。

「準備完了」

ボストンバッグを持ち、立ち上がった。玄関に向かう。あっと言う間に玄関に着く。

「いってまいります」

靴を履き、部屋に向かってお辞儀をした。六年、住んだ部屋だった。六年前、ぼくは大学進学のため、仙台から上京した。成功したいという漠然とした夢を持っていた。叶えられそうな気がしていた。ぼくならきっと叶えられると、そう思っていた。

二〇一二年六月十八日、月曜日。

その日、そのとき、ぼくは暗い納戸で膝をかかえていた。いつものごとく上手に車庫のシャッターを上げ、奥のドアから納戸に入り、室内へと通じる引き戸に側頭部をコツンとつけて体育座りをし、息をひそめていた。

掃除機をかける音が聞こえていた。真壁氏が戻ってきてから、彼女は毎日、時間をかけて掃除をするようになっていた。作業中にはCDをかけた。日によってちがうが、Jポップ歌手のベスト盤には変わりなかった。その日はチャゲアスだった。

ぼくは彼らの曲をちゃんと聴いたことがなかった。

一世を風靡《ふうび》した大物アーティストだとは知っていた。声や歌い方に特徴があるし、なにしろ大ヒット曲ばかりを集めたアルバムなので、どこかで一度くらいは耳にした曲が多く、だから、その日、彼女のかけたCDがチャゲアスのベスト盤だと分かった。

一曲目の「泣きながら君がたおれ込んだ　抱き合った二人は恋にさまよう」というところで、ぼくは昔を思い出した。

その歌詞は、昔、ぼくが想像したいくつかのなかのひとつ、ぼくと「出会ってしまった」彼女が、夫を捨ててぼくの胸に飛び込みたいと泣くシーンをあざやかによみがえらせた。

そのころ、ぼくは彼女とまだ「出会って」いなかった。ぼくが彼女を知ったとき、彼女はまだぼくに気づいていなかった。ぼくは、彼女がぼくに気づきさえすれば恋が始まると信じた。ぼくほどの男に、彼女はそれまで出会ったことがないはずだった。ぼくは、彼女のちいさな人生で出会いうる最高の男だと自負していた。

その後、ぼくたちは幾度も「出会った」。直接的に、間接的に、ぼくたちは幾度も「出会った」。ぼくの努力により、ぼくたちは幾度も。

なのに、彼女はぼくに気づかなかった。夫のお気に入りのバイトの学生さんとしかぼくを認知しようとしなかった。けれどもぼくは諦めなかった。そんな言葉すら浮かばなかった。ぼくの恋人は彼女でなければならなかった。どうしても、そうでなければならなかった。

彼女から手を引くことは考えられなかった。後戻りする気はさらさらなかった。たまに疲れてなにもかもいやになったが、早ければ翌日、遅くとも数日後には彼女を思うタンクが満杯になった。どうすれば彼女と「出会える」のだろう、と考えをめぐらす新しい動力が入力された。動力が入力されたときのぼくは冷静で賢い。反対に、タンクが満杯になったときのぼくは愚かだった。彼女にひと目会いたいとそれだけを願う純情さに搦めとられるせいだ。

彼女の家の車庫から納戸に忍び込むことを思いついたのは、純情タンクの副産物のひとつだった。彼女と「出会える」方法を講じる動力も純情タンクと深いかかわりを持つが、彼女の家に忍び込むという恋の勇者にしかできない大胆不敵な行為をぼくにさせたのは、おもに純情タンクだった。

ところが、その日、ぼくを彼女の家に忍び込ませたのは、純情タンクではなかった。なにかべつのタンクがぼくのなかに出現していた。からっぽだったが、とても大きかった。このタンクのせいでぼく自身もからっぽになったようだった。

からっぽのタンクが彼女の家に忍び込むよう、ぼくを急かした。純情タンクの仕業ではないので、その日、ぼくは飲食物の購入を忘れた。でも、いつものように、周囲に気を配りつつなるべく音を立てないようシャッターを上げることはできた。すこぶるスムーズな動きだった。忍び込もうとする行為が、自然と洗練されていたと自覚したとき、からっぽのタンクになにかが溜まった。

「君を浮かべるときSOULの呼吸が始まる　胸に息づくのは君へのLove　song」

目覚めると同時にチャゲアスの曲が耳に入った。ぼくはうたた寝をしていたようだった。掃除機をかける音はもうしなかった。モップがけも風呂掃除も終わったのだろう。生活音がかすかに聞こえてくる方向から察するに、その日の彼女は、台所の念入り掃除をしているようだった。チャゲアスの曲に合わせて鼻歌を歌っているような気がした。いきいきとした表情で冷蔵庫のなかをきれいにしたり、排水口のぬめりを取っているのかな、と思ったら、からっぽのタンクにまたなにかが溜まった。

数日間、ぼくはほとんど眠れなかった。

真壁氏と対決した興奮がぼくを寝かせなかった。

彼とはいつか対決しなければならないと思っていた。だから対決じたいは想定内だった。ぼくが彼と対決するのは、ぼくが彼女を手に入れたときのはずだった。胸元で手を組み、どうか夫がおとなしく引き下がってくれますようにと祈る彼女に、心配いらない、とひと声かけて、ぼくは彼に引導を渡すことになっていた。

だが、対決の機会は、ぼくの想像よりもずっと早くやってきた。

「抱き合う度にほら　欲張りになって行く　君が想うよりも　僕は君が好き　抱き合う度にほら　また君増えて行く」

チャゲアスの曲がつづいた。

しばし耳をかたむけ、うなずいた。

ぼくは彼女と関係を持っていた。ぼくは彼女を抱いていた。ほとんど自由にできるようになっていた。ぼくが望めば彼女はいくらでもからだをひらいた。ぼくがいじれば彼女は濡れ、ぼくが挿《い》れればいやらしい音を立てた。

でも彼女から望んだことは一度もなかった。滴るくらい濡れながらあたたかくぼくを受け入れているにもかかわらず、どこかで放心していたようだった。ぼくに突かれて乳房を揺らし、せつない声を細く長く漏らしながらも、突かれた回数をただ数えるような、そんな退屈しているような感じがあった。

「恋人用の鼓動　いつも鳴らしてた」

そう、その鼓動を鳴らしていたのはぼくだけだった。彼女を抱いたときから――いや、彼女をラブホテルに誘ったときから――ぼくは気づいていた。

たしかに、ぼくが口にした誘い文句は、脅迫に近かった。きみの過去を知っていると告げたのだった。ぼくは許してあげられるけれど、ほかのひとはどうかな？　というようなことを言った。

よい誘い文句ではないが、純情タンクがぼくにそう言わせたのだから仕方ない。純情タンクは欲望タンクでもあるのだ。動力は動力で、おまえのペニスを彼女に挿れれば、今度こそ彼女はおまえと「出会った」ことを知るだろう、とぼくに知恵をさずけた。ぼくは早く彼女とひとつになりたかった。大事なのは、ぼくと彼女が「出会う」ことで、それがもっとも重要だった。

「追い駆けて　追いかけても　つかめないものばかりさ　愛して　愛しても　近づく程　見えない」

このきもちはおそらく真壁氏も同じだろう。ぼくと彼は彼女にたいして同じような不安や焦燥や戸惑いを感じているにちがいないのだから、実は、ぼくらは同類なのだった。

ぼくらは、同類にして同格だった。ぼくが彼女を抱いた時点で、ぼくらは同格になったのである。なのに、真壁氏は相変わらずぼくを下に見ていた。あろうことか、ぼくを「影」とまで言った。ぼくを顔のない者にしようとした。

(彼女の複雑な罪悪感をなくしてあげられるのはぼくだけですから。だって、彼女はぼくの恋人なんです)

自分の口にした言葉を思い浮かべた。ぼくと真壁氏は同格だが、彼女という人物への理解はぼくのほうが深く、ということは愛情も深い、と考えるのが妥当。そうして、デイトとセックスをなんべんもおこなったのだから、彼女はまぎれもなく、ぼくの恋人だ。

ぼくは自分の発言を悔いてなどいない。真壁氏の挑発に乗ってしまった感はあるが、ぼくは間違ったことはなにひとつ口にしなかった。問題があるとすれば、失職したことくらいである。ワンマン社長に楯突いたのだから、マカベコーポレーションにいられるわけがない。

収入は途絶えるが、生活には当分困らないはずだ。ちょっぴりだけれど蓄えが残っていたし、大学には行っていなかったが、留年したことにして、親から仕送りをつづけてもらっていた。マカベコーポレーションを辞めるのは、ぼくにしてみたらそんなに大きな痛手ではなかった。そう実感したら、もしかしたら副社長になれるかもなぁんて冗談半分ではあるものの一応期待に胸をふくらませたりなんかしちゃったある日のぼくが、世間知らずのお調子者に思えた。

「何度も言うよ　君は確かに　僕を愛してる」

ぼくも何度も言った。こころのなかで、きみは気づいていないだけなんだって、何度も。

あれ？

ぼくは首をかしげた。

惨めなきもちになっていたのだった。裂け目に吸い込まれるように、急に。と同時に、からっぽのタンクになにかが溜まった。

首をかしげたまま、ぼくは、つづけざまに思い出した。あのときも、あのときも、ほんとうは、あんなに惨めだった、と思い出していくたびに、からっぽのタンクが重たくなった。

タンクは喜んでいるようだった。もっと重たくさせろ、もっとだ、とぼくを揺すぶった。ぼくは応えた。

思い出すまでもないさ。車庫のシャッターを上手に上げて、奥のドアから納戸に入り、室内へと通じる引き戸に側頭部をコツンとつけて体育座りをし、息をひそめて、チャゲアスを聴いている、いまこのときが、そもそも、とてつもなく惨めじゃないか。

そうだ、その通り、とタンクがぼくを揺すぶった。タンクのなかみは黒い原油のようなものだ。それがぼくのからだのなかで揺れるのだった。

快感かどうかは判然としなかった。だが、ぼくは、もっとタンクを喜ばせたかったし、もっとタンクに揺すられたかった。惨めなきもちになった瞬間をもっと思い出そうとした。それまでは目をそむけ、自分のなかでも「ないこと」にしていた、肉のかたまりのようなものを取り出した。

彼女の留守中に納戸から出たことがあった。あちこちふらついたあと、ぼくは食卓に載っている彼女のパソコンを起動させ、インターネットの履歴を確認した。

そこでぼくは彼女が出会い系で男を漁り、彼らとデイトしている事実をつきとめたのだが、ぼくがつきとめた事実はもうひとつあった。

「個人撮影　素人ハメ撮り　無修正　2005年」

「個人撮影　素人ハメ撮り　無修正　通販　2005年」

「個人撮影　素人ハメ撮り　無修正　通販　マユちゃん　酔った勢いでエッチしまくり2005年」

検索ワードをクリックしていった。

いずれも、パソコン画面に動画共有サイトがずらりと並んだ。個人が投稿したエロ動画を観られるようだ。二〇〇五年に投稿されたものは見つけられなかった。当時、動画共有サイトがあったのかどうかも分からなかった。

アパートに戻って、自分のパソコンで、再度、検索した。二〇〇五年にもアダルト動画を紹介する個人サイトがあったらしいのだが、彼女が検索しようとしていたものは発見できなかった。「個人撮影」した「素人ハメ撮り」ビデオを扱う「通販」サイトも確認できなかった。

想像はした。

素人が撮影した画質の悪い動画をだ。

慣れない酒で深く酔った、二〇〇五年の、まだ少女の面影を残す全裸の彼女が、幾人もの男に辱《はずかし》められる映像。その映像のなかで彼女は仰向けになったり、よつんばいにさせられたりして何本ものペニスを代わる代わる挿れられていた。何本ものペニスをくわえさせられたり、喉の奥まで突っ込まれたりもしていた。それでも彼女はご機嫌で、男たちの欲求に応えた。まるでみずから望んだように、ときに甲高い、切り裂くような嬌声を上げた。

ぼくは、ぼくの頭のなかのその動画で、自分を慰めた。ぼく自身が彼女とまじわる想像よりも、ボルテージが上がった。彼女を抱いたあとも、ぼくは頭のなかのその動画で、自分を慰めた。現実に彼女とまじわるよりも、もっと、ずっと、熱にまみれることができた。

ため息が出た。

これが惨めじゃなくてなんだろう。

なぜ、彼女はぼくをこんなに惨めにするのだろう。

きみを知ったせいで、ぼくは大学にも行かなくなったし、職も失った。副社長になる目もなくなった。このままでは地元に帰れない。親に合わせる顔がない。ぼくは地元では皆に一目置かれる秀才であったのだよ、きみ。ぼくを知るひとは皆、ぼくの成功を期待し、信じていたのだよ、分かる？　この意味、分かる？

チャゲアスの歌がぼくの耳に真っすぐに届いた。

「読みとれない意味を確かめられそうで　ただハート破らせたい　ただハート破りたい」

きみはぼくのこころを破った。こころだけではない。きみは、ぼくの将来、ぼくが手に入れるはずだったぴかぴか輝く将来もこなごなに破壊したんだ。ねえ、きみ。それ分かってる？　ほんとに？　ほんとに分かってる？　分かってて、未だ「出会って」いないふりをしてるの？

ぼくはきみが手に入れば将来なんていらないんだよ。きみさえ、ぼくのものになってくれたら、それでいいんだ。ねえ、きみ。きみ、ほんとうはなにもかも分かってるんだよね。ぼくの努力も。ぼくのきもちも。全部。ほんとは。

ねえ、ねえ、と声に出さずに繰り返すぼくをタンクが揺すった。ぼくが揺れたら、タンクから黒い原油のようなものがあふれた。あふれつづけて、ぼくのからだが黒い原油のようなもので満たされた。月と太陽に引き寄せられるように、ぐんぐんと水位が上がった。

「今度はきみの番だと思わない？　もしかしたら、きみが望んでいるのはそういうことなんじゃない？」

そうささやいて、ぼくは室内へと通じる引き戸に口づけをした。

第六章　なにが出るかな、なにが出るかな

1　二〇一三年六月

折れ線グラフ。低温期と高温期がはっきりと分かれている。それぞれおよそ二週間つづいていて、基礎体温表に付いている見本通りのグラフだった。高温期に移る直前にがくんと体温が下がるのも見本と同じ。わたしはそれが嬉しかった。わたしのからだはとてもいい子。とても健康。人目にふれないところで、来る日も来る日も正しく働いている。

基礎体温を毎朝測り、記録するようになって一年経った。その前にクリニックで検診も受けた。一センチだったか一センチ五ミリだったかのちいさな筋腫《きんしゅ》が発見されたが、妊娠には障りないとオレンジ色のチークを入れた女医さんが言った。女医さんは長くて黒い前髪を掻き上げ、タイミング指導を勧めた。

排卵が近づいてきたら、細長い蛇のような管を挿れて超音波検査をし、たまごの成長を確認し、夫婦生活を持つ日をアドバイスしてくれるそうである。夫婦生活を持った翌日にもクリニックに行き、また細長い蛇のような管を挿れ超音波検査をし、排卵があったかどうか確認する

のだそうだ。そのとき、元気な精子がちゃんと侵入したかどうかも調べるらしい。

「ああ、そうですか」

わたしは、ほほえんだまま視線を下げ、「せっかくですが」と断った。妊娠を急ぐ気はなかった。なんなく妊娠できるからだだとお墨付きをもらった。それだけで充分。

直人さんもわたしと同じ心持ちのようだった。クリニックにはふたりで行った。直人さんもさまざまな検査を受けた。睾丸《こうがん》の大きさにも、陰嚢《いんのう》の内部にも、精子の数や運動率にも問題がなかった。彼はこれがよほど得意のようだった。「子づくり宣言をしたのはおれだから」と、いやがる男性が多いと言われる検査を進んで受けたことじたい、彼の自尊心をくすぐっていた。頭のなかに、妻に協力的な夫の図があるらしい。

わたしたちが重なり合うのは週に一度だった。曜日は決まっていず、わたしたちは、わたしの排卵時期も気にしなかった。週に一度まじわるのが夫婦の義務で、逆に言うと、週に一度まじわりさえすれば、わたしたちは務めを果たした気分になった。

なぜなら、健康なからだを持つ妻は毎朝基礎体温を測り、正常な働きを確認しているし、同じく問題のないからだを持つ夫は、毎日、彼が経営する会社のサプリメント——天然葉酸や牡蠣《かき》エキス配合の亜鉛など——を服《の》んでいる。週に一度、たとえそそくさとした行為でも関係を持っていれば、いずれはコウノトリがやってくるはずなのである。

わたしに、なんの不満もなかった。

かつてこどもが欲しかった時期があった。直人さんがわたしに手を出さないからだった。就寝前にわざとらしく「あー疲れた」とか「きょうはちょっと風邪気味で（ゴホンゴホン）」と聞こえよがしにつぶやいて、先手を打たれるのがいやだった。まるでわたしが求めているみたい。わたしが求めているのは、求められることだけなのに。

そのころから――いや、結婚してすぐのころから――直人さんは「こどもができたら」という話をよくしていた。彼が思い描くのは、車や住宅会社のテレビコマーシャルに出てくるような家族にちがいなく、勤勉な夫と、貞淑な妻と、おませな娘と、やんちゃな息子が、食卓でわいわいがやがや夕食をとったり、大騒ぎでお風呂に入ったり、ドライブに出かけたりする、笑顔のたえない暮らしをイメージしているとみていい。

わたしの持つイメージも同じだった。直人さんの持つイメージを感じ取ったら、当然、わたしも同じイメージを持つことになる。すごくいい、と思うようになる。そういうふうにしてあげたくなる。

「ではでは今週のイッパツをおっぱじめるといたしましょうか」

ふざけながらそう言って、最初こそにやけているけれど、ゆっくり長い口づけをしてくれるいまの求められ方を、わたしは気に入っている。唇だけでなく、まぶたにも、頬にも、鼻の頭にも、耳にも、首筋にも、直人さんは時間をかけて口づけをしてくれる。そのあとの行為はとても早い。かぶり式のナイティを着たわたしはショーツから片足を抜いただけだし、直人さんはパジャマ代わりのスウェットとパンツを一緒に脱いだだけだ。

それもまたわたしの好みに合った。行為は早ければ早いほどいいのだった。わたしが気になるのは相手がいくかどうかだけで、それがわたしにとっての「行為」だった。求められていると思うだけでとろりとするので、それでいいのである。愉しむという要素はなかった。愉しませたいという欲求や、愉しんでいるかしらという不安がちりちりと皮膚のあちこちを内側から間断なく刺したものだが、いまの直人さんとの行為にかんしては、一切なかった。

夫婦の愉しみは行為を終えてからやってくる。下着を身につけ、ふたりで仰向けになり、ふとんの上でそれぞれの手を胸で組み、語らうときで、それはいま、このとき。

「やっぱ最初は女の子がいいよな」

「女の子のほうが丈夫で育てやすいって言うし」

「あと、可愛いし」

あー、でもおれに似ちゃったら微妙なんだよな、と直人さんはふとんの下で足をばたつかせ、

「眉子の遺伝子にがんばってもらわないとな」

とわたしの手を握り、揺する。

「がんばる」

わたしが答えたら、

「男の子のときでもがんばってくれ」

うちは親戚一同みんなチビなんだよ、と直人さんが握った手に力を込め、つづける。

「そのかし、頭脳はおれの遺伝子にがんばらせるから」

「お願いします」

うむ、とうなずいたあと、直人さんは、

「でもまあ、どっちでもいいな。どっちでもいいんだよ、うん。おれらのこどもならさ。健康で素直なら、へちゃむくれでもチビでも頭ゆっくりさんでも、可愛い我が子だ」

な、と天井を見たままわたしに言う。

「あら、頭ゆっくりさんてわたしのこと？」

すかさず、わたしは笑いながら拗《す》ねる。わたしも天井を見ている。寝室の照明が放つオレンジ色の灯りを見て、幼かったころ、あれを「夕方」と呼んでいたことを思い出す。

「や、こいつは失敬」

直人さんも「夕方」に視線をあてたまま、弾んだ声を出す。

「おばかさんだって言ってるんじゃないんだよ。シャープじゃない、ってだけ。癒し系っていうかさ。それはそれでいいんだけど、打てば響く系っていうか、如才ない系っていうか、座持ちいい系っていうか、結局トーク力のあるほうがなにかと便利じゃん？」

「そうかも」

わたしは直人さんの肩に頭を載せた。「夕方」を見る。幼いころと同じようなきもちになる。外であそんでいて太陽が沈みかけ、空がオレンジ色に染まると、帰りたくなった。帰らなくちゃ、とも思った。その言葉の指し示す先は「どこか」だった。どこかに帰りたい。帰らなくちゃ。でも、その「どこか」が分からない。分からないけど、家がいちばん「どこか」に近いのは分かった。だって、「ただいま」と家に帰ると、帰ってきた、と思う。なのに、夜になって、ふとんに入って、天井を円く照らす「夕方」を見上げると、帰りたくなった。帰らなくちゃと思った。どこかに。

「たぶん、夢のなかなの」

わたしはつぶやく。隣で直人さんがいびきをかいている。

「目をつむって、眠っているあいだなの」

それが「どこか」なの、とつづけた。満ち足りた思いでまぶたを閉じる。眠気がさして、からだが重たくなる。手足を動かすことができなくなる。でくのぼうになったようだ。操るひとのいないでくのぼうは、動かない。動かなくていい。

眠りに落ちるこの瞬間がわたしは好きだ。

このごろ、とみに好きになった。

安らかなきもちで毎日を送れていた。朝起きて、食事の支度をして、直人さんと朝食をとり、直人さんを送り出し、部屋のすみずみまで掃除をする。玄関ドア、三和土《たたき》はもちろん、すべての部屋のドアノブと、蛇口、スプーンやフォークや鍋やケトルにいたるまで磨き上げる。昼食をとっているあいだに思いつき、小規模な模様替えをする場合もある。庭に花壇をつくったので、その手入れもある。ああ、それと洗濯にアイロンがけ。ひと息ついたら、もう夕食の準備をする時間だ。

夕食を済ませたら、直人さんとテレビを観る。借りてきた映画を観る夜もある。いずれにしても、直人さんの趣味で選ぶので、さほど興味をひかれない。でも、退屈とは思わない。直人さんは晩酌をやりながらテレビ画面に向かって意見を言ったり、茶々を入れたりする。そのようすを見るのが愉しい。センターテーブルにはわたしのつくったおつまみが並んでいる。クックパッドで見つけた簡単なものばかりだが、手づくりは手づくり。夫婦の夜のだんらんには欠かせない。夫婦の夜のだんらんには、妻のお手製のおつまみがあったほうがいい。

「お、旨いな」と夫が言い、「でもすごく簡単なの」と答える感じ。「アボカドをフォークでつぶしてチーズと……」と説明しようとしたら、夫のワイングラスが空になっているのに気づき、注ぐ感じ。「いやー進んじゃうなあ」とグラスを持つ夫に「飲みすぎちゃだめよ」とメッとにらみ、そしたら夫が「はーい」とよいお返事をする感じ。そんな「感じ」が集まって、幸福な夜ができていく。

（ひまつぶし）

睡眠状態に入りかけ、意識が遠のきかけたところで、そんな言葉が胸をよぎった。

（ぜーんぶ、夜、眠りにつくまでのひまつぶし）

そのような言葉があとにつづいた。わたしは目をつむったまま、ほほえんでいた。ミルクをたっぷり飲んだ仔猫みたいな、子守唄を歌う母親に規則的にお腹をやさしく叩かれている赤ん坊みたいな、たぶん、すごくあどけない顔をしている。

このごろ、わたしは直人さんの要望を感じ取れない。

妻にたいする「こうしてほしい」という望みはあるようだが、それはわたしをほのかに照らす「夕方」のようなもので、命令ではなかった。直人さんひとりを愛すると誓った、と唱えることもない。

それはおそらく、基礎体温を測り、記録するという新しい習慣のためである。わたしは自分のからだが正常に働いていることを知った。すばらしく健康だったのだと、グラフを見て気づいた。大きな自信になった。自分のなかにあった、健康。変わったところがないこと。正しいとされる状態にあること。ふつうのこと。

わたしはふつうなんだわ、と思えた。ひとよりずっとふつう。だって、ほら、見本通りのグラフじゃない？　こんなに見本通りのひとって滅多にいないんじゃない？

気がかりがなくなったことも、わたしの精神を安定させるのにひと役買った。あの子からの連絡が途絶えたのだ。たしか、もう、一年近くになる。

最初のうちはいつ呼び出しがくるかと気が気ではなかった。あの子から電話がきたら、なにをおいても出かけなければならない。抑揚のない口調で叱られながら、しつこく揉まれたり、いじられたり、挿れられたりしなければならない。とてもいやな気分だし、ちっともきもちがよくないはずなのに、あの子のしたいようにさせていると、わたしのこころが満足した。あの子のなすがままになっていると、やさしくされたいだれかに、やさしくしてあげたくてあげたくてたまらない青筋の立った乳房が喜ぶのだった。

ああ、もう、あの子から連絡が来ないな、と思えるようになったのはつい最近だ。

やさしくされたいだれかに、やさしくしてあげたいわたしの乳房は、ちょっとは張ってはいるけれど、青筋が立つには至っていない。乳を搾りたい衝動に駆られることもなくなった。たまには疼《うず》いた。そんなときは、基礎体温のグラフをながめると、おさまった。

あの子が呼び出しをかけなくなった理由は分からない。あの子はわたしの「全部」を知っているると言っていた。その上で「許す」と。きみを許せるのはぼくだけだ、と。だから、きみはぼくを好きになる、と、いつかかならず好きになる、と、思い込むというよりも、とうに決まっていることだと考えているようだったのだが。

きっと、なんにも知らなかったのだ。吹かしていただけ。意味ありげなヒントを出していたけれど、きっと、あてずっぽう。もしかしてもしかしたら、少しは知っていたのかもしれないけれど、「全部」じゃない。

わたしがあの子をなかなか好きにならないのを、あるいは、こんなやり方では、わたしがあの子を好きになりっこないのを、持ち前の頭のよさで気づいたんだわ。頭がいいわりには、気づくのが遅いような気がするけど、でも、それも含めて、あの子の世界一高いプライドは、きっと、たくさん傷ついた。女の味も知ったことだし、これ以上深追いしてもいいことない、って思ったんじゃないかしら。ぼくのプライドがすり減るだけだと。

そんなところだ、と見当をつけている。

ひょっとしたら、あの子は、なにかちがうやり方を一生懸命探っているのではないか、としばしば思う。あの子がわたしを諦めるのは、なぜか、なんだか、考えられない。

眠たげなあの子の目が放つ緊張した視線や、わたしをいじる指の熱さや、かなしいのか怒っているのか泣いているのか分かりづらい表情や、ときにひどく浅かったり、反対にいやに深い呼吸や、そんなものが、ぼくはきみを絶対に諦めない、と宣言しているようだった。

(だとしても)

そのような言葉を、わたしはかたちなく胸に浮かべた。

(わたしには関係がない)

あの子がどう思おうと、どんな「やり方」を思いつこうと、わたしには。

(ううん、関係ないってことはないわね)

かたちにならない言葉が煙のように広がる。わたしはほとんど眠っているようだ。

(あの子といると、あのときのことを思い出すの)

場所は新宿。西新宿。

(この次、あの子と会ったら、あのときみたいになっちゃうかも)

最高に盛り上がった海面の絵がまぶたの裏をかすめる。手もなく飲み込まれ、流される自分のすがたも。

鼻からスーと息を吐いた。かたちにならない、わたしの言葉が夫婦の寝室に漂う。

いまはおだやかな海で泳いでいる。盛り上がりもしなければ、低くもならない海面。心地いいけど、ちょっとだけ自然じゃないような気がする。そう、心地いいんだけど。しあわせだけど。満ち足りているけれど。でも、わたしじゃないみたい。

それは、きっと、わたしが過去を忘れかけているから。過去を思い出すことはほぼなかった。パソコンでの検索もしていない。パソコンにさわるのはクックパッドにあたるときだけ。だから、過去が、少し懐かしい。騒がしかったあの夜を、あんなこともあったなあ、と思う。二度とごめんだというきもちと、衝動にまみれた自分を少しだけ羨むきもちのあいだくらいのきもちで思う。

かたちにならない言葉が消え、わたしは眠りに落ちる。「夕方」みたいな夢のなかに入る。帰りたいと思う場所。帰らなくちゃと思う場所に、わたしは帰る。

2　二〇〇五年　右近麻紀

「ピンクとラベンダーを足して二で割ったような色がイイ感じで自己主張してるアッシュ」

長い髪の毛を指先でつまみ、鏡越しに希望を伝えた。

「なるほどね。ぐっとロマンチックに」

友人のスタイリストも鏡のなかの麻紀《まき》に向かってうなずき、「トリートメントどうする？」と訊く。

「んー、お願いしちゃおうかな」

麻紀は口元をゆるめた。前歯が二本覗く。大きめの前歯で、少し前に出ていて、おまけに隙間がある。上唇を下唇にかぶせるようにして隠した。これが麻紀の考える彼女の唯一の難点だった。ほんの少しでも力を抜くと顔を出す。人形風のメイクがよく似合う可憐な顔立ちが一瞬にして「まぬけ面」になる。そういうところが親しみやすさを醸し出すという意見も麻紀のなかにはあるのだが、気休めにすらならないことくらい本人がいちばんよく知っていた。「まぬけ面」をお茶目に見せるとか、コンプレックスを打ち明けて共感を得るなんて耐えられない。というか似合わない。砂糖菓子みたいな甘い夢の世界から抜け出てきたような正統派ラブリーキャラのあたしには、絶対。

スタイリストがカラー剤を調合するため、その場を離れた。麻紀は雑誌を手に取った。青文字系のファッション雑誌だ。麻紀が読者モデルをしている雑誌ではない。つまり麻紀は載っていない。だからこそ穏やかな心持ちで——冷静にポーズの研究をしたり、美容にかんする情報収集をしたりしつつ——ながめることができた。

自分が載っている雑誌ならそうはいかない。せっかくオーディションを勝ち抜いて読者モデルとして採用されたのに、麻紀が載っているスペースは、いつもとてもちいさかった。もう少し前歯が奥に引っ込み、尚且つ隙間がなくなりさえすれば、圧倒的な容姿と雰囲気でもってカリスマ読者モデルになるのだって夢じゃないのに。

だが、先立つものがなかった。歯の矯正費用は高額だというのが常識だ。読者モデルのギャラなど交通費込みで三千円とかの世界だから、ないに等しい。古着屋でのバイト代は月に十万いくかいかないかで、そんなもの、すぐに消える。

イベントコンパニオンやキャバ嬢になればいまより稼げるだろうが、気が進まなかった。ネットで散見される彼女たちのいでたちは麻紀の趣味ではなかったし、男たちの性的欲望を煽り、Hな目線を集めておいて、気づかぬ振りをするか上手にはぐらかすような芸当はできそうにもないと強くかぶりを振ってみせる以前に断じてしたくなかった。

雑誌から目を離した。あたりを見回す。新宿のヘアサロンには三人の客がいた。いや、客ではなくカットモデルだ。アシスタントの美容師の技術向上のため、サイトで募集をかけたところ、無料でカットしてもらおうと応募してきた女の子たち。

麻紀も一応はカットモデルとして来店した。ただし、彼女を担当するのは新米とはいえスタイリスト。加えて遊び仲間の特典で、本来はほんのちょっぴりだけどお金のかかるカラーもサービスしてくれる。トリートメント代は請求されるかもしれないけれど、もしそうでもきっとお友だち価格に決まっている。

あたしはあなたたちとはちがうの。そんなきもちで麻紀は閉店後のヘアサロンでアシスタントの自信なさそうなハサミ遣いに大事な髪を任せる女の子をひとりずつ、見ていった。勝った、勝った、と顔立ちを自分と比べていき、三人目でちょっと迷った。

負け、という言葉は浮かべたくなかった。相手は素人だし、言うに言われぬ野暮ったさが半透明の膜となって覆っている。おそらくがんばって整えた眉は角度がつきすぎていたし、アシスタントとの会話でのうなずきが深すぎるし、数も多い。その上、不必要に笑っている。まるでアシスタントが次々ともっともなことか、すごく面白いことを言いつづけているみたいだ。

「あ」

思い出した。あの子だ。そうだ、あの子だ。初めて会ったときも、負け、という言葉は浮かべたくない、と思ったあの子。

一昨年だった。

その春、麻紀は都内の短大に進学した。同じ高校だった当時の彼氏は志望校に落ち、予備校通いが決まった。

麻紀は暇を見ては予備校にあそびに行った。彼氏の受ける講義にこっそり潜り込むこともあったし、学食で仲よくランチをとることもあった。できるかぎり一緒にいたいきもちのあらわれだったし、浮気防止の意味もあった。

麻紀は彼に夢中だった。彼はそんじょそこらの女の子より綺麗な顔をしている。色が白くてほっそりしていて、寝癖みたいな茶色い巻き毛がホワホワしていて、天使みたいだ。ふたりで手をつないで歩くと、天使と妖精のカップルに見えると思う。セックスの匂いのしない、すごく綺麗なカップルだ。

でも実際はちがう。天使のような彼は性にかんしてどん欲で、会えばかならず麻紀を求める。とにかく求める。「もう」とかなんとか言いながら麻紀はお尻を突き出したり、足をひらいたりするけれど、内心はとてもいやだった。

できればセックスなんてしたくなかった。セックスで得られる快感よりも、鏡に映した自分のすがたを見て得られる快感のほうが、麻紀にとっては大きいのだった。もちろんこのふたつの快感は種類が異なる。それくらい麻紀だって知っている。知っているけれど、「あられもなくうっとりできる心地よさ」ということで言えば、鏡に映した自分のすがたを見ているほうに軍配が上がる。

どんなに長い時間鏡を見ていても飽きない。心地よさの波——ちいさいのも大きいのもある

――が始終押し寄せてきて、それに身を任せるときのきもちよさといったら。か細い声を上げながら、彼の動きに協力しつつ、「早く終われ」と念を送るときに忍び込んでくるむなしさとは比べものにならない。

それでも麻紀は彼が大好きだった。彼ほど、麻紀好みの容姿の男の子など滅多にいない。話し方もやさしいし、性格も温和で、麻紀の我儘を許してくれる。なにより、ふたりで手をつないで歩くときに受ける視線の多さ。すれちがうひとたちから送られる驚きと賞賛のまなざしは、麻紀ひとりでいるときよりずっと多い。

七月だったと思う。その日、二限が休講になった。そこで麻紀は予備校にあそびに行くことにした。彼を驚かせるつもりだった。学食で待っていて、講義を終えて入ってきた彼に「よっ、お疲れ」と男の子っぽく声をかけようと思った。

だが、彼はすでに学食にいた。明るい白木のテーブルに肘をつき、女の子と話をしていた。女の子は膝に手を置いていた。肩を少し怒らせて、緊張しているようだった。彼のほうが積極的に話しかけているようすである。彼はとてもにこやかで、何秒かに一回くらいの間隔で口を開けて笑っていた。女の子もそれに合わせて笑った。女の子は笑うか、うなずくかしていた。それしかできないようすだった。

大きい子だな、と麻紀は思った。

背が高そうだ。決して太ってはいないのだけれど、「大きい」印象を受けた。水玉のノースリーブのブラウスを着ていて、肩と二の腕が剝き出しになっていた。白くて、しっとりとした肩と二の腕だった。よいにおいのする、女性らしい脂が滲み出ているようだった。顔立ちも、まあ、悪くはなかった。垢抜けない、もったりした感じはあったが、まあまあ、悪くなかった。おそらく、プロポーションも「まあまあ」なのだろう。上背もあるし、洗練されれば、いわゆるゴージャスと言われるような女の子になれそうだ。「ゴージャス」は、ラブリーな麻紀とは正反対の方向の誉め言葉だった。でも。

いまはまだ、ごろんと「大きい」だけ。道の駅で売っている、とれたて野菜か果物みたいなもの。都内のスーパーやデパートに並ぶ、商品として厳しく選別され、ラッピングされた野菜や果物ではない。

麻紀はふたりのほうに真っすぐ歩いた。

「え、なに？　サボり？」

だめだぞー、と彼の隣に腰を下ろした。

「あれー。なんで？」

彼はくっきりとした二重まぶたの目をぱちぱちさせ、麻紀を指差した。そんなに慌てていなかった。まずいところを見られた、とは思っていないようだった。ただ麻紀の登場にびっくりしただけのようすだった。そう、ただびっくりしただけで、予定外に恋人と会えた喜びは伝わってこなかった。

「休講になったんだよね」

麻紀は黒目がちの瞳を見ひらき、彼から女の子へと視線を移した。女の子は「ああ、そうなんですね」というふうに深くうなずいた。

「ああ、そう」

と言ったあと、彼は麻紀を手のひらで指し、女の子に、

「このひと、麻紀ちゃん」

と紹介した。麻紀の通っている短大の名を告げ、同じ高校だったんだよね、と付け足した。女の子はやはり「ああ、そうなんですね」というふうに深く、二度、うなずいた。

「で、このひと、マユちゃん」

彼は向かいの席の女の子を手のひらで指し、紹介した。

「北海道出身。伯母さん家に居候してるんだって」

と茶色い巻き毛を両の指で揉み込むような身振りをした。

「よろしくぅ、マユちゃん」

麻紀が声をかけたら、

「あ、よろしくぅ、麻紀ちゃん」

とマユちゃんは麻紀とまったく同じ調子で応じた。「よろしくぅ」の「くぅ」をちょっと上げ、ちょっと伸ばしたのだった。それから、口を閉じたままの笑顔を浮かべた。麻紀は、マユちゃんのつくった表情もまた、自分そっくりなのだろうとすぐに分かった。分からなかったのは、そのことが快いのか不快なのかの判別だった。

「マユちゃんて少し変わってるんだ」

ね、と彼はマユちゃんに首をかしげてみせた。マユちゃんはますます肩を怒らせてかしこまりつつも、笑い声を立てた。

「どんなふうに？」

麻紀が彼に訊ねると、

「なんとなく」

と彼は顎に手をあてた。「なんか、なんとなく」と繰り返したあと、「面白い子なんだよね」とマユちゃんに言った。マユちゃんはやはり笑い声を立てた。低くもなかったし、高くもなかったし、そう大きくもなかったが、その笑い声は、的外れだった。マユちゃんの笑い声はリアクションしづらいときによくする場つなぎめいたものではなかった。単に明るい笑い声だったのだ。

麻紀が彼と別れたのは、その年の秋だった。

麻紀が読者モデルになってすぐだった。麻紀は彼と一緒に雑誌に出て、天使と妖精のカップルとして読者のあこがれを集め、人気者になりたかったのだが、彼の同意を得られなかった。「オレがいましなきゃならないのは勉強だし、志望校に入ることだし、二浪したくないし、これ以上親に心配も迷惑もかけたくないし、チャラチャラしてる時間なんてないんだよね」とのこと。そもそも彼は麻紀が読者モデルをすることにも反対だった。

「麻紀ちゃんの人生だから、オレがどうこう言う立場じゃないんだけど」

と断りを入れ、

「麻紀ちゃんはたしかに可愛いよ。可愛いけど、なんていうか客観的に見て、『そこまでかなー』みたいな。吉本《よしもと》とかでもよく言うじゃん。学校で一番おもろいやつが集まるって。そのなかで頭角を現すのはたいへんなんだみたいな。どの世界でも同じじゃない？　友だちのあいだで『可愛い麻紀ちゃん』でいるほうがラクじゃない？」

わざわざ自ら戦場に乗り込まなくてもさー、とため息をついてみせた。

「もう、いい」

分かった、と麻紀は低い声で言った。

「いままでどうもありがとう。楽しかった」

棒読みで告げ、席を立った。リボンのついたピンク色のエナメルの財布から紅茶代を出し、テーブルに置き、予備校近くのカフェをあとにした。外は小雨が降っていた。ちっちゃな雨粒が顔にあたった。ちっちゃな涙の粒も目から落ちてきた。悔しかった。信じられないくらいの怒りにまみれていた。こんな辱めを受けたのは生まれて初めてだった。彼が麻紀を「そこまで(可愛い)かなー」と評したのは、絶対に、前歯のせいだ。さすがに気を遣って、彼は前歯のことを口にしなかったのだ。でも視線は正直で、あのとき、彼の視線は麻紀の口元をさまよっていた。

あの野郎、という言葉が思わず胸によぎったとき、後方から傘がさしかけられた。赤い傘だったので、視界が一瞬、あわい赤に染まった。

「麻紀ちゃん？　だよね？」

と傘の持ち主が言う。

「……そうだけど？」

さっと涙をぬぐい、傘の持ち主を見上げた。背の高い女の子だった。まあまあ悪くない顔立ちの、太ってはいないのだが「大きい」印象の。見覚えはあったのだが、名前が出てこなかった。

「ごめん」

と言うか言わないうちに、その女の子は「ああ、そうなんですね」というふうに深くうなずいた。

夏に予備校で一度会った子だった。彼が「面白い」と言っていた子。あのあと彼は麻紀とふたりきりになったとき、「ていうかちょっと気味がわるいんだよね」と言っていた。「何人かで話してると、いつのまにかスーッとそばにきていて、みんなでドッと笑うと、一緒に笑ってんだ。すんげえ楽しそうに。意味も分かんないのに」とつづけた。学食でふたりで話していたのは、彼の気が向いて、めずらしい動物をからかっていただけのようだった。

「いま、別れたとこ」

麻紀は首をひねり、カフェを顎でしゃくった。「別れた」と声に出したら、いったん引っ込んだ涙があふれ出た。

「え」

その女の子は息を吞んだ。がらりと顔をゆがませ、「え、え」とつぶやいた。泣き出しそうな表情だった。なんとか涙が出ないかと奮闘しているようにも見えた。麻紀の目に、その女の子の表情は大げさに映った。親友でもないのに、共感しすぎる。共感しようとしすぎる。

見かけによらず肉食の彼が、口では「気味がわるい」と言いながら、その実、大柄のその女の子をつまみ食いしようとしているのではないかと疑っていたことを思い出した。

「そんなばかな」と彼は取り合わなかった。「それならいいけど」と軽く応じてみせた麻紀のなかで疑いはずっとくすぶっていて、たまに「あの子どうしてる？」とものついでのように何度か訊ねた。彼は「知らない」とか「最近見なくなった」と短く答えた。嘘をついているふうではなかった。一度、「麻紀ちゃんは、なんでそんなにあの子のことを気にするのかなー」とひどく面倒くさそうに言われ、以降、口にするのをやめた。思えば、彼とうまくいかなくなったのは、あのころからだ。

「あ、いや、なんでもないけど」

急いで打ち消し、両手で両目の涙をふいた。と、抱きしめられた。背の高いその女の子は、男の子のように、麻紀を抱きしめていた。傘を持ったままだったので、柄の先が肩にあたって、ちょっと痛かった。が、それよりも、抱きしめられたあたたかさが麻紀の胸いっぱいに広がった。あたたかさに身を委ねたくなった。その女の子は胸も腕も柔らかくて、湿っていて、香水ではない、よいにおいがした。

「どうしたらいいの？」

その女の子がかすかな声で訊いた。

「わたし、どうしてあげたらいいの？」

と声をふるわせる。麻紀の背筋に幅の細い恐怖が走った。端的に言うと、ぞっとした。あたしを抱きしめているこの子は、あたしのかなしみを受け取って、心底あたしを慰めようとしているらしい。親友でもないのに、親友のように。

あの子のカットが終わってすぐに麻紀のトリートメントが終わった。遊び仲間のスタイリストにお友だち価格の礼を言い、「じゃ、あとでね」と麻紀はヘアサロンを出た。急ぎ足であの子のあとを追いかけ、背なかを叩く。あの子が振り向くやいなや声をかけた。

「久しぶり。覚えてる？」

親しげな笑みを浮かべたら、あの子も同じ表情をした。

「ああ、ああ」

と麻紀を指差す。言いながら思い出そうとしているようだ。

「予備校で」

一昨年だったかな、と助け舟を出したら、「ああ、ああ」の声に力がこもった。早く、何度もうなずく。はちきれそうなほど嬉しそうな顔のまま、「でも、うーん」と首をかしげる。

「あたしも」

すかさず麻紀は小柄なからだをぶつけるようにして近づき、

「ごめんね、名前までは覚えてなかったりして」

と肩をすくめた。あの子は「ああ、そうなんですね」というふうにうなずいた。

「あたし、麻紀ちゃん！」

麻紀が言うと、あの子は、

「わたし、マユちゃん！」

と麻紀と同じ調子で名乗った。「そうだ、そうだ、マユちゃんだった」と麻紀は手を叩いた。

マユちゃんも手を叩き、「そうだ、そうだ」と笑う。息が上がったように笑う。

「大学、どこ？」

訊くと、首を横に振った。

「そういうの、もともと無理だったし」

と黒い合皮のキルティングバッグを持ち直す。マユちゃんはカラシ色の麻のワンピースを着ていた。仕立てはよさそうだが、ミセス向けのデザインだった。ちゃんと肩があり、ウエストが適度にしぼられている。マユちゃんの「ゴージャス」なプロポーションが品よく浮き上がっていて悪くなかったが、足元がだめだった。マユちゃんは肌色のストッキングに、くるぶしまでの高さの黒い登山靴のようなものを合わせていた。

「伯母さんにもらったの」

麻紀の視線を感じたらしく、マユちゃんは胸のあたりをさわった。

「麻紀ちゃんは？　大学は？」

と急いた口調で訊く。

「卒業したよ。短大だったから。いまはモデル兼ショップ店員」

まだモデルだけじゃ食べていけないんだよねー、と、麻紀は渋面をこしらえてみせた。マユちゃんも一瞬くしゃっとしかめっ面をしてから、「でもすごい。モデルさんなんてすごい」とその場で軽くジャンプした。

「それだけじゃまだ食べていけないって言ってるじゃん」

はしゃぐマユちゃんを麻紀は「どうどう」となだめた。

「パパとママが離婚しちゃってさ、あたしはママ側についたんだけど、短大出ると同時に家も出て、独り暮らし始めたからタイヘーン」

とかぶりを振ってから、「ママに彼氏ができまして……」と声をひそめた。

「わたしもなの」

マユちゃんは口を開け、目を見ひらき、勢い込んだ。夜十一時を回っていたが、新宿は明るかった。だから、麻紀にはマユちゃんの非常に明るい茶色の虹彩がよく見えた。

「伯母さんに彼氏ができて、独り暮らしを始めたの。伯母さんはなんにも言わなかったけど、そのほうがいいってわかったから、伯母さん家《ち》を出たの。笹塚にね、アパート借りたの。お金とかは伯母さんが出してくれたの。伯母さんはエッセイストでね、テレビやラジオにも出るの。わたしはアシスタントっていうか、そういうのやってるの。スクラップしたり、ノートに経費を書き込んだり、お買い物行ったり、お掃除したり、お料理つくったりもしてるんだけど、そんなに忙しくないから、近所のパン屋さんでバイト始めたんだ」

マユちゃんは一気に言った。息をついてから、

「独り暮らし始めたからタイヘーン」

と、さっき麻紀が言ったのと同じ調子でつづけ、かぶりを振った。

「ほんと、タイヘーン」

麻紀がブンブンと二、三度かぶりを振ったら、

「タイヘーン」

とマユちゃんもブンブンと同じようにした。それからふたりは互いの肩や腕を叩き合い、親友のように大声で笑い合った。

「時間ある？」

依然として笑った顔をしているマユちゃんに麻紀が訊ねた。

「パーティ、来ない？　あ、ごく内輪のやつだから、パーティっていうより飲み会かな。『本業』のほうで知り合ったひとたちと、たまにあそぶんだよね」

麻紀は「本業」にアクセントを置いた。モデルとして知り合ったファッション関係のひとたちとの集まりということにしたかった。いや、もともとは読者モデル仲間と夜あそびをしていたときに知り合ったひとたちだから、まんざら嘘ではない。

「……いいの？」

マユちゃんは唾を飲み込んだようすだった。真剣な顔つきだった。思いがけない幸福が訪れて、戸惑っているようにも見えた。

「全然いいよ。マユちゃんみたいな子が来てくれたら、みんな喜ぶよ」

麻紀はマユちゃんの腕に自分の腕を絡ませた。

「あ、ちょっと待って」

絡ませた腕をほどき、

「一応連絡入れとくか」とマユちゃんに笑いかけた。

厚く下ろした前髪とサイドの高い位置で結んだ長い髪は染めたてで、トリートメントしたてで、いつにもましてつややかだった。白地に赤い水玉模様のカットソーに白いミニスカート、フリルのついた白いソックスに踵の高いサンダルを合わせた自分を見つめるマユちゃんの視線に満足する。

とはいえ、その満足は決して大きくなかった。まあまあ綺麗とはいえ、ちっとも洗練されていない田舎者からの羨望なのだから。もし前歯がちょっと出ていなく、隙間がなかったら、と思わずにいられない。矯正が済み、理想の前歯を手に入れられたら、マユちゃんみたいな子からの羨望なんて取るに足らないものになる。

白い円形のバッグから携帯を取り出し、マユちゃんから少し離れた。プーリーに電話を入れる。プーリーは縄状の被毛を持つ犬種の名前だ。ドレッドヘアがトレードマーク――鼻ピアスもだけど――だから、そう呼ばれているプーリーは二十五、六の男である。生業は知らない。

「ひとり、連れてく」

言うと、プーリーは低い声で長く笑い、

「サンクス。用意しとくわ」

　と答えた。

「超上玉」

　麻紀が告げると、

「マジか」

　と鼻息を漏らした。

3　二〇〇五年　後藤健次郎

荻窪《おぎくぼ》から丸ノ内線《まるのうちせん》に乗り、西新宿で降りた。

　数分も歩けば、大将のマンションに着く。

　三十なん階建てだかのタワーマンションの三十一階。二十畳を超すリビングと十五畳ほどの寝室の1LDKだ。

「ひとりで住むにはちょうどいい」と大将がしばしば言う。その都度、健次郎《けんじろう》は「いやいやそんな」と軽く手を振り否定する。あるいは、「こんな広くて、ちょうどいいなんてありえない」とほんのりキレてみたりする。聞こえない振りをして、反応しないこともある。

そんなときは大将も聞こえなかった振りをした。「きょうの健次郎はノリが悪いようだ」というように微笑する。満足げな微笑だ。大将は、ノリのいいパターンの健次郎のリアクションにたいしても満足げに微笑する。大将はいつも、なんの不足もない、満たされたひとのように微笑している。健次郎だけでなく、ほかのだれと接していてもそんなふうだ。たしかに大将は満たされている。なに不自由なく暮らしている。健次郎が三十二年生きてきて、初めて触れた本物の裕福な人物だった。

知り合ったきっかけはSNS。健次郎が登録したのは去年の五月だった。そのSNSがサービスを開始して間もないころだ。しばらく放置していたが、今年に入ってちょくちょくインするようになった。日記は書かなかったが、いくつかのコミュニティに入った。そのうちふたつのコミュニティが大将と重なっていた。同い歳が集まるものと、新宿でよく飲み食いする者が、旨い店、安い店、個性的な店を情報交換するものである。

今年の二月中旬、新宿のほうのコミュニティでオフ会があった。参加者は男四人、女三人で、場所はもちろん新宿だった。個室ダイニングで型通りの自己紹介をし、コミュニティで紹介された店に行った感想や、仕入れたばかりの新しい情報を披露し合った。

健次郎は積極的に発言しなかった。もとより口数はそう多くない。不機嫌そうに黙り込むのではなく、さも愉しげに相槌を打ったり、言葉足らずの発言者をそれとなくフォローしたりして、その場に溶け込むタイプである。決して悪目立ちはしない。しないようにしている。

健次郎にとって大切なのは、その場の雰囲気を壊さないことと、居合わせたひとたちに、よくもわるくも強い印象を残さないことだった。前者は健次郎の気の弱さに起因し、後者はプライドの高さに拠《よ》った。こどものころから健次郎はなぜか他人の印象に残らなかった。クラスメイトの名を全員挙げていくと、思い出せない者が何人かいるもので、その何人かに健次郎はかならず入っていた。

隣り合わせた大将も似たような性質だとすぐに見抜いた。彼もまた、上手に周囲と調和していた。ただし、彼は健次郎より落ち着いていた。同席したのは初対面の人物ばかりなのに、はしゃぎもしなければ緊張もせず、普段通りに振る舞っているようだった。

「こういうの、初めてなんですよ」

大将が健次郎に話しかけた。

「ぼくもですよ」

健次郎が答えた。オフ会なるものに参加するのは初体験だった。

「どういうもんかな、と思って」

大将が健次郎にビールを注いだ。

「ぼくもそんな感じですね」

健次郎も大将にビールを注ぎ、ふたり揃ってひと口飲んだ。

「けんちゃんさんは職場がこのへんなんですか？」

少し間を置いて、大将が訊ねた。健次郎の登録ユーザー名は「けんちゃん」で、そのように自己紹介していた。

「そうです、割合近く。大将さんも？」

健次郎は新宿駅周辺にある事業会社で社内ＳＥをしている。

「まあ、そんな感じですかね」

家も歯医者もここいらへんですね、と大将はニッと歯を剝いた。真っ白い歯が美しく並んでいた。

「ていうか、『大将さん』ってどうも……」

とうつむいて苦笑した。SNS上で呼びかけられるぶんにはさほど気にならなかったが、口語でそう呼ばれると居心地がよくないらしい。

「仲間内からは『タイショー』って呼び捨てだからさ」

本名を音読みし、「大将」と漢字をあてたのが彼のユーザー名だそうだ。

「ぼくだってリアルで『けんちゃんさん』って呼ばれたことないですよ」

健次郎も少し笑った。

「たしかにリアルで『けんちゃんさん』はないよね」

大将は低く、長く、笑った。いかにも仕立てのよさそうな紺色の上着の肩を揺すり、ちょっと手持ち無沙汰のように「たしかにね」と繰り返した。

オフ会がおひらきになり、店を出たあと、歩きながら、連絡先を交換した。大将からの着信があったのは翌週で、「家飲みっていうかホームパーティっていうか、なんかそういう、だらしたやつやるんだけど、来ない？」と誘われた。それが大将のマンションに行った最初だった。

以来、月に二度のペースで行っている。大将のパーティに顔を出している。大将がどれほどの頻度でパーティをひらいているのかは知らない。まさか毎晩ではないだろうが、月に二度だけというわけでもないだろう。

自分に声がかかるのは、大将の気が向いたときだけだと健次郎は思っている。なぜ気が向くのかは分からない。そもそもなぜオフ会で知り合った、どこといって特徴のない自分がパーティに誘われたのかも分からなかった。

分からないと言えば、大将についてもなにも知らなかった。大将がなにも言わないからだ。大将がなにも言おうとしないので、だれも、なにも、訊かない。

どっさり酒を用意してくれ、高級なケータリングを手配してくれ、勝手放題に振る舞っても微笑を浮かべてながめるきりの大将に、金の出所にかんして訊くのは野暮というような空気があった。それに、もし根掘り葉掘り訊ね、大将の機嫌をそこねでもしたら、お声がかからなくなるかもしれない。地べたを這うような地味で退屈で屈辱的な毎日から解き放たれ、自由な気分で、我を忘れてばか騒ぎできる、とびきりリッチなひとときを手放したい者はいないのだ。

むろん健次郎もそのひとりだった。大将から誘いの着信があるのはだいたい夜の十時過ぎだ。一、二回目こそ事前連絡だったが、以後は、当日の連絡だった。

「けんちゃんさん、いまから来れる？」

そう大将に言われたら、たとえ帰りの電車に乗っていたとしても、あるいは帰宅したばかりだったとしても、もしくはめずらしく定時に仕事が退け、十畳の1Kで缶ビールを飲みながらコンビニ弁当を食べ、きょうは早めに寝ようと算段していたとしても、西新宿のタワーマンションに馳せ参じてしまう。

断ったら、それきりになると思えた。

それならそれでかまわない、というきもちも健次郎のなかにはあった。大将のパーティでも健次郎は目立たない。ほかの連中のように大騒ぎしない。愉しんでいるのかどうか、こころの底から愉しいと思っているのかどうか、自分でも不明だ。乱痴気《らんちき》騒ぎをする連中に嫌悪感を抱くときもある。

だが、大将から声がかかったら、パーティに行きたくてならなくなる。「それきり」になるのは、なんとも勿体ないのだった。大将に選ばれた者だけが参加できるパーティ。自分は特別な者なのだと強い優越感を持つことができる。

「けんちゃんさん、いまから来れる？」

大将に訊かれたら、

「相変わらず急だよね」

と、ちょっとしたあそび人のように喉の奥でクククと笑い、

「んー、まー、行けないこともないけど」

と、やや面倒くさそうでありながら、あそびにかんするフットワークの軽さを感じさせる自分の口ぶりに、大げさな言い方をすれば惚れ惚れする。自分の名前を最後まで思い出せなかった、地元の小学校、中学校、高校のクラスメイトに聞かせてやりたい。なにをしているのかは分からないが若い金持ちのマンションで、素性の知れぬ面々と朝まで飲むのは、実に、東京らしい出来事と言える。田舎でくすぶっているおまえらには一生知るチャンスがないだろうが、

東京には、そういうひとたちがいるのだよ。まったくもって非現実的な夜があるのだよ。

だから、お盆休み最終日のきょうも、健次郎は荻窪から丸ノ内線に乗り、西新宿駅で降りたのだった。明日から仕事で、大将のパーティがおひらきになるのは早くて明け方と決まっているのに、三十なん階建てだかのタワーマンションの三十一階を目指したのである。

「けんちゃんさん、遅ーい」

玄関を開けたのは麻紀ちゃんだった。長いツインテールの女の子だ。ファッション雑誌の読者モデルをしているらしい。パーティ参加者では、「素性の知れている」ほうだった。ときどき自分の載った雑誌を持ってくる。

「穴子、超ウマい」

手に持った穴子の押し寿司を食べながら、健次郎の先に立って廊下を歩く。軽やかな足取りである。機嫌がいいところを見ると、今夜のパーティに麻紀ちゃんより可愛いか、有名な女の子はいないのだろう。

「スペシャルゲストがいるよ」

くるっと振り向き、麻紀ちゃんがにいっと笑った。隙間のある出っ歯が覗く。麻紀ちゃんは、健次郎には、不用意に出っ歯を見せる。ほかのひとの前ではなるべく口を閉じるようにしているので、健次郎にこころをひらいている証拠である。

麻紀ちゃんは健次郎をパーティで唯一の「まともなサラリーマン」と見ているようで、酔っぱらうと胸のうちを打ち明けた。要は「あたしはすごくがんばってる」ということで、「この歯さえ矯正すればうまくいく」としきりにうなずき、「だから、あたし、コツコツお金貯めてるんだよね」と照れくさそうに鼻を啜《すす》った。

「……ああ、そう」

健次郎が力なく応じると、麻紀ちゃんは、

「もう始まってる」

と穴子の押し寿司をちょっと齧った。表情が暗くなったが、ぶるんとひと揺すりして払いのけた。

「まーあたしがもらえるのは、ほんのちょびっとだけど」

塵も積もれば山となるー、とぴょんと跳ね、リビングに入った。

ああ、そう、とひとりごち、健次郎もリビングに入る。毎度のことだが、別世界がひらいたように感じた。床から天井までの窓から見える夜景。ザッツ東京というような。それと、壁に寄せたテーブルに置かれた料理、取り皿、飲み物、グラスだ。どれもすごく高そうなやつ。健次郎はどれにも興味がなく、素養もなかったけれど、値の張るものだということは分かった。料理と飲み物はそこはかとない威厳を発していたし、食器はその重さや軽さや手触りが健次郎の知っているものとはちがっていた。なにより、それらは美しかった。大将の真っ白な歯のように、金と手間のかかった、それぞれの美しさを持っていた。

床のそこここに座っているメンバーに「よ」というふうに軽く手を挙げ、テーブルに近づく。氷の入った銀色のバケツのようなものから白ワインを取り出し、グラスに注ぐ。穴子の押し寿司に手を伸ばし、つまみながら、「スペシャルゲスト」を見た。

カラシ色のワンピースを着た女の子だった。オフホワイトの大きめのクッションにお尻を半分のせ、横座りをしていた。血豆みたいな色をした赤ワインの入ったグラスが彼女の前に置かれているが、まだ手をつけていないようだ。くるぶしのあたりを触りつつ、プーリーの質問に答えている。

プーリーはいつものように、デジタルムービーカメラを担いでいた。どこでどうやって調達したのかは知らないが、素人目にもプロ仕様と知れる大きなものだ。

「へえ、じゃあ、大学受験のために上京したんだ？」

ドレッドヘアと鼻ピアスがトレードマークのプーリーは、自称おじーちゃんが黒人のクォーターで、精悍なプロレスラーみたいなからだつきをしている。目つきもなかなか鋭いのだが、物言いはやさしい。ことに「スペシャルゲスト」にたいしては、すこぶるジェントル且つフレンドリーに接する。「スペシャルゲスト」の緊張をやわらげる術に長けていた。

「そうそう、そうなの。伯母さんの家に居候して、予備校に通ってたんだけど、わりとすぐに無理だな、と諦めて……」

女の子は頬を紅潮させ、声を上擦らせていた。興奮しているようで、ところどころで息が漏れた。おそらく、こんなに高級なマンションに足を踏み入れるのも、東京の夜に馴染《なじ》んでいそうな者ばかりが集まるパーティに参加するのも、カメラに向かって話すのも初めてなのだろう。

「結局、上京するのが目的だったみたいな？」

女の子のすぐそばであぐらをかいていたアベちゃんが混ぜっ返した。麻紀ちゃんの知り合いだという美容師だ。

「ああ、そのパターンね。出てくりゃこっちのものっていう」

寝そべっていたマサヒロがあとにつづき、

「あるある」

と、クッションを抱えたレンも女の子を冷やかすように口元で笑った。マサヒロとレンはふたりとも金髪で、前髪が長い。Tシャツに細身のデニムを合わせていて、休日のホストかミュージシャンのようだ。

「そうなの！　出てくりゃこっちのものって感じで、うん」

女の子は周りにはべる三人の男に、均等にほほえみかけた。はちきれそうな興奮で胸の動きが分かるほどぜえぜえと呼吸しながらも、その女の子は、まるでアイドルのようにイケメン三人に微笑を振り分けた。

健次郎はその女の子から視線を外した。リビングを見渡す。一、二、三、と数を数え、途中でやめて、今夜集まったのはだいたい十二、三人だと見当をつけた。麻紀ちゃんはゲラゲラ笑いながら、太った、化粧の濃い女の子の腹の肉をつまんでいた。奇声を発しながらジェンガに興じる数人もいたし、「だからー」「ていうか、だからー」と声高になにやら議論する者もいた。紛糾したらキスするのが約束事のようで、男ふたりで口づけてはばか笑いをしていた。

大将はいつもの場所にいた。健次郎から見て部屋の右すみ、角にクッションを重ね、それにもたれて、皆をながめていた。満ち足りた微笑をたたえ、可愛い盛りの仔猫がじゃれ合うのをながめるように、時折目を細めた。

「えー、じゃあ、マユちゃん、いま独り暮らしなんだ?」

大仰に驚くプーリーの声が耳に入った。

「そうなの! 笹塚にアパート借りたの! 蔦におおわれたアパートで、グリーンハウスっていうの。すごく狭いけどそのぶん安いし、安いんだけどロフトもついてるし、蔦におおわれたアパートってすてきだなあ、と思って。伯母さんの仕事を手伝いながら、ときどき近所のパン屋さんでバイトもしてるんだ。伯母さんから――うん、そう、エッセイストの伯母さん。ちょこちょこテレビにも出るんだけど――お洋服とか食器とかもらったし、ベッドなんかも買ってもらったから、不自由とかはないんだけど、なんか暇で。ブログも始めたのよ。伯母さんのお下がりのパソコンで。Mac。Mac の PowerBook でブログをね、ちょっと」

マユちゃんは爆発寸前というような赤い顔で、ハァハァ息継ぎしながら、夢中で喋っていた。喉が渇くのだろう、ワンセンテンスごとにワインを飲んでいた。グラスは瞬く間に空になり、そのたび、周りにはべる三人のだれかかれかがワインを注いだ。

(今回は楽勝だな)

健次郎はこころのなかでつぶやいた。今夜の「スペシャルゲスト」はいままで健次郎が見たなかでもっとも「カンタン」そうである。

冷蔵庫から勝手にビールを出した。テーブルに戻り、栓抜きを使い、飲みながら部屋のすみに行く。大将と対面する位置で、そこが健次郎の指定席だった。クッションとアコースティックギターが用意されてある。クッションに腰を下ろし、ビールを床に置き、ギターを抱え、弾ける曲を弾いていった。

ギターは中学二年生のときに始めた。一歳上の兄が小遣いをはたいて手に入れたものの、思うように上達せず、放り出したギターを譲ってもらったのだった。兄とはちがい、辛抱強く練習し、数年かけて、まあまあ人並みには弾けるようになった。

人前で披露したことはなかった。友人とバンドを組んで文化祭のステージに立ったこともない。自室でこっそり好きな曲を弾き、つぶやくように歌うきりだった。部屋のドア越しに聞いた兄に誉められて、嬉しいとは思ったが、新しいギターを自分の金で買う気は起こらず、大学合格を機に宇部《うべ》から上京した折も持ってこなかった。

大将のリビングでおよそ十年ぶりにギターにさわった。おそるおそる抱え、弾いてみた。初めてパーティに参加した夜だった。

どう振る舞えばいいのか分からなかったし、なにもすることがなかった。ほかの連中はまるで用事のあるひとのように、動き回ったり、とても忙しそうに飲み食いしたり、戯《じゃ》れ合ったりしていた。そのときの健次郎には、ギターを弾いてみるよりほかやることがなかったのである。

大将のリビングにあったギターは、健次郎が持っていた兄のお古よりもいい音が出た。その音が心地よくて、また、ギターをつま弾くのは久しぶりだったこともあり、気づいたら一心に弾いていた。いや、こころのどこかで「一心にギターを弾いているひと」になれば、用事があるように（忙しそうに）見えるだろう、と思っていた。

「けんちゃんさん、弾けるんだ」

向こう側の「いつもの場所」から大将が話しかけた。

「弾けるっていうか、まあ、一応は」

健次郎は手を止め、ギターを脇に置こうとした。

「弾いてよ。なんでもいいからさ」

大将は「さあ、どうぞ」の手振りをした。仲間内で軽音楽部をつくり、バンドを組もうかという話になり、おのおの楽器を用意したはいいが、全員未経験者の上に根気もなく、バンド計画は頓挫《とんざ》した、と説明し、

「いまはおとなしく合唱部とかやってる」

これが笑っちゃうくらい下手で、と大将は口を開けて笑ってみせた。

「合唱、いいっすね」

健次郎が大将に合わせると、大将は、「そうかぁ？」と首をかしげた。健次郎も軽く首をかしげた。大将の言う「仲間」は、このパーティに来ている連中ではないのだろうな、と思っていた。大将と同じクラスの裕福なひとたちの集まりなのだろうな。ゆうゆうと大人のクラブ活動を愉しんでいるのだろう。そこでも大将は満ち足りた微笑を浮かべているのだろうか。

パーティ参加初日から、健次郎は部屋のすみでギターを奏でる係になった。ちいさな声で歌も歌った。麻紀ちゃんたち女の子がギターに合わせて腰をくねらせ踊ることもあったし、手拍

子、あるいは拍手が起こることもあった。

「ねーねー、『リルラ　リルハ』やって」とか「コブクロのなにか頼むわ」とリクエストを受けるようになった。「流しじゃないし」と冗談で返しつつも、次回のパーティに向けて譜面を準備し、練習しつつ披露したりした。

パーティの生BGMを担当するのは、光栄だった。役割があれば、肩身の狭い思いをしなくて済む。ブルーハーツ、BOØWY、ユニコーン、BJC。宇部の自室で弾いていた曲を思いつくまま弾いていく。そんなに正確ではなかったし、ミスも多かったが、気づくひとはいない。

「うん、そうなの！　きょう美容室に行ってきたばかりなの！　カットモデル。帰るとき、写真撮られちゃった。サイトに載せるんだって！　だからタダだったの。トクしちゃった」

マユちゃんの声が大きくなっていた。横座りには変わりないが、膝と膝が大きく離れていた。前ボタンのワンピースだったから、スカートの裾に近いところにあるボタンが弾け飛びそうだった。ボタンとボタンのあいだにも隙間ができていて、太腿がちらちら覗いた。

「写真、一番上に大きく載るんじゃないかな。マユちゃん、きょうイチのカットモデルだったから」

アベちゃんがテーブルから新しいワインボトルを持ってきて、言った。

「ないないない！」

わたしなんか、ぜんぜん、とマユちゃんは大きな身振りで否定した。

「またまたー」

プーリーが呆れ声を出し、

「こんなに可愛いのに？」

「可愛いっていうか、キレイ系？」

マサヒロとレンがマユちゃんを持ち上げているあいだに、アベちゃんがグラスになみなみとワインを注いだ。

「嘘嘘、ぜーったい嘘！」

もうっ、とマユちゃんがワインをぐっとあおる。

「あ、でも、一回だけ雑誌にスナップが載ったことあるの。伯母さん――言ったよね。エッセイストの伯母さん。テレビにもしょっちゅう出てるんだけど、知らない？　イジマトモエっていうんだけど、ふぅん、知らないんだ――のコネなんだけど。あと、学生時代はこれでもけっこうモテたりしたの。でも、わたし、どっちかというと追いかけられるより追いかけるタイプで、告られると醒めちゃうんだ」

ところどころでろれつが怪しくなりながらも、マユちゃんは一生懸命喋っていた。やはりワンセンテンスごとにワインを飲んだ。大きめのワイングラスを両手で持ち、ごっくん。そのたび、白い喉が生き物のように動いた。

「あ、それ、いっちゃんめんどくさいタイプ」

「そういう女子におれら何回泣かされたか」

「思い出しても泣けるで、ほんま」

などなど、周りにはべるイケメン三人は、もっとマユちゃんをよいきもちにさせようと太鼓を叩く。

「つーか、マユちゃん、酒強くない？」

「ぜんぜん酔ってないじゃん」

「ちょっとは酔ってくれないと、おれら口説けないんですけど、みたいな？」

口々に言い、マユちゃんのグラスにワインを注ぐ。

「んー、弱くはないかも。て、いうかー、強いってことにいま気づいた！　ふだんはねー、ほとんど飲まないの。独り暮らしを始めてからは、もう、ぜんぜん。伯母さんの家にいたころは、あ、言ったっけ、エッセイストの伯母さん、テレビにも出る……って、あ、言ったのね、うん、言った、言った、伯母さんの家にいたころは、たまにちょこっと飲ませてもらってたんだけど、ほんとーにちょこっとだったから、強いかどうか自分でも分からなかったの！」

マユちゃんのようすを窺っているうち、ギターを弾く健次郎の指の動きが機械的になっていった。

飲まされて、おだてられて、調子に乗っているとばかり思っていたのだが、ちがうようだ。マユちゃんは、みずから調子に乗ろうとしているように見える。プーリーと三人のイケメンが自分を酔わせて、おだてて、調子に乗せようとしているのを察し、彼らに合わせているように見えて仕方がなかった。

爆発寸前まで顔を火照らせ、大はしゃぎで自分のことばかり喋っているが、マユちゃんは時折こそ泥みたいに四人の男たちの顔色を窺った。そのとき、彼女の顔に、うっすらとした微笑がよぎるのだった。「これでいい？」「合ってる？」と確認するようであり、「嫌いにならないでね」「仲間に入れてね」とお願いするようでもあった。

健次郎は大将に視線を移した。

マユちゃんの微笑は、大将のそれによく似ていた。

マユちゃんの微笑も、見ようによっては、なんの不足もない、満ち足りたひとが浮かべるそれなのだった。

（だとすると）

健次郎はギターに注意を戻した。

（マユちゃんは、いま、最高に満たされてるのかもしれない）

地方から東京に出てきて、「エッセイストの伯母さん」の家に居候し、予備校通いも長つづきせず、独り暮らしのマユちゃんには、おそらく友だちがいない。東京で親しくなったひとは、ひとりもいないはずだ。麻紀ちゃんの知り合いらしいが、文字通り「知っている」程度の仲だろう。今後親しくなる予定もなく、だから、麻紀ちゃんは彼女を「スペシャルゲスト」として招いたのだ。

「えーっと、ところでマユちゃんの初体験は？」

プーリーが冗談めかして訊ねた。

「それ訊いちゃう？」

「訊いちゃうんだ」

「ちょ待って。おれ、こころの準備しないと」

三人が「マユちゃんの口からぜひ聞きたい」とわくわく期待している雰囲気を醸し出した。その雰囲気の内側には「勿体つけずにさっさと言えや」という硬い芯があった。

「えーっ」

マユちゃんはまず両手で顔をおおった。アベちゃんが幾分乱暴に彼女の手首を掴み、顔から外させると、柔らかな微笑を浮かべ、四人を少しずつ見ていった。

「高校に入る前。一回だけ。一回で気が済んじゃったの！」

「マジか！」

「それはヒドい」

「やり逃げかよ」

「そうそう、そんな感じ。とにかく一回やりたかったっていう。だから後腐れのなさそうな、無害そうな、なんか、うん、そういう子を選んでみました」

ぷぷぷぷ、とマユちゃんは笑い、口元を押さえて、上半身を前に倒した。

「それ、男からしたらたまったもんじゃないな」

「おれはマユちゃんにもてあそばれたヤツが不憫《ふびん》でならないよ」

「まったくイマドキの女子は……」

とアベちゃんが立ち上がり、テーブルに向かった。テキーラとバケツのようなものとナイフとガラスの瓶に入った塩を持ってきた。

「いたいけな男子の童貞を奪ったマユちゃんに、罪滅ぼしをしてもらわないと！」

バケツには氷と数個のレモンが入っていた。レモンを取り出し、ナイフで割り、マユちゃんに渡す。

「手、出して」

素直に出すマユちゃんの親指とひと差し指のまたに、ひとつまみの塩を置いた。空になったグラスにテキーラを注ぎ、

「レモンを齧る。すかさずテキーラを一気に飲む。塩を舐める」

と指示する。

「罪滅ぼしじゃなくて、単に旨い飲み方じゃん」

「アベちゃんは可愛い子には甘いから」

ほんと、ほんと、と言い募るマサヒロとレンを「まーそう言わずに」と落ち着かせ、アベちゃんはマユちゃんの肩に手を置き、顔を覗き込んだ。「分かるね？」と言外に言いきかせる。

「マユちゃんが飲まないと収まりがつかないんだよ」と説得しているようでもあったし、「言う通りにしろ」と凄《すご》んでいるようでもあった。

「さあ」

グラスを握らせ、

「レモンを齧る。すかさずテキーラを一気に飲む。塩を舐める」

カンタンでしょ？　とマユちゃんの耳元でささやく。

マユちゃんは肩をすくめ、ゆっくりとほほえんだ。満ち足りた思いが目盛りを上げているようだった。最初から、わたしはこうしたかったの。これがわたしのしたいことだったの、というふうに、カリリとレモンを齧り、テキーラを飲み干し、塩を舐めた。

男たちが歓声を上げたら、

「やだ、なんだか暑くなっちゃった」

と胸元のボタンを上から外した。ひとつ、ふたつ、みっつ、よっつ。白くて、そんなに飾りのついていない、ちいさめのブラジャーと、そこからはみ出しそうな真っ白な乳房が現れると、男たちは手のひらが痛くなるほど手を叩き、さも無邪気そうに喜んだ。

「一杯だけじゃ罪滅ぼしにならないんじゃないかなー」

「もてあそばれたほうのきもちを考えるとねー」

「つか、マユちゃんはおれらをもてあそぼうとしてない？」

この子はいける、カンタンにいける、すでに落ちたも同然、と本格的に気分が昂揚してきた三人の目つきが変わった。アベちゃんはテキーラをグラスに注ぎ、マサヒロはレモンを渡そうとし、レンは塩の入ったガラスの瓶を持ち、「手を。早《は》よ」と促した。が、マユちゃんは満一歳の赤ちゃんのようにようやく立ち上がり、

「おトイレ」

と言った。場所を教えてもらい、いたずらっぽくスカートの裾をめくってみせてパンストの

上のほうの色の濃い部分をチラッと見せてから、お尻を振って、トイレに向かった。

マユちゃんがふらつきながらトイレから戻ってきた場所は、健次郎の隣だった。

「あれぇ、マユちゃん、どうしたのー？」

「こっちきてよー」

「さみしいよぅ」

三人の呼びかけに手を振って応え、健次郎にしなだれかかった。肩に感じる重さから、健次郎は、マユちゃんが迷っていることを知った。洗面所の鏡で自分の顔と対峙し、ふと冷静になったのだろう。ただし、はだけた胸元はそのままにしていた。そこを直すのはついさっきまでの自分を否定することになると思ったのかもしれない。それは、彼女の周りにいた四人の男たちを否定するのと同じ、と考えたにちがいない。彼らの怒りを買うかもしれない、という恐れも当然あったはずだ。

健次郎はマユちゃんをそのままにして、ギターを弾き、ちいさな声で歌った。

「スペシャルゲスト」が健次郎のもとにやってくる――避難してくると言ってもいい――のは、何度かあった。

パーティの参加者のなかで、いちばんまともに見えるのだろう。もちろん大将もまともに見えるが、助けてくれそうな「感じ」がしない。健次郎だって「スペシャルゲスト」を助けたりしない。そんなことをしたら、パーティの雰囲気を壊してしまう。大将が満ち足りた微笑を浮かべ、黙認している「あそび」を中断させたら、きっと、もう、パーティに誘われなくなる。

プーリーとイケメン三人の趣味と実益を兼ねた「あそび」を、健次郎は唾棄《だき》していた。小遣い欲しさにその「あそび」に加担している麻紀ちゃんのことも軽蔑している。だが、パーティには参加していたいのだ。いつか、飽きる日がくるまで、参加しつづけたい。叶うことなら、大将が健次郎に飽きる前に飽きたい。大将が健次郎に声をかけなくなる前に、「いや、もう、そういうのは」と誘いを断って、終わりにしたいのだった。

BJCの「悪いひとたち」。スペシャルゲストがそばに寄ってきたときに健次郎が歌う曲だ。たいていは歌い終えるまでにイケメン三人が「スペシャルゲスト」を迎えに来る。

「そんなに長生きなんかしたくないんだってさ」

健次郎がちいさな声で歌ったら、マユちゃんがもっとちいさな声で繰り返した。

「そんなに長生きなんかしたくないんだってさ」

それから、マユちゃんは、さりげなく鼻をいじった。ひと差し指を鉤形にし、尖った第一関節で鼻柱を二、三度、弾く。その仕草は、四人に囲まれているさいにも見せていた。

健次郎は、それが、少し、気になっていた。ギターを弾く手が止まった。歌もやめたが、マユちゃんはとてもちいさな声で同じフレーズをお経のように口ずさんでいた。鼻をいじりつづけていた。ひと差し指を鉤形にし、尖った第一関節で鼻柱を連続して弾く。止められないようだ。

「それってさ、深層心理で言うと、隠しごとをしてるってことらしいよ」

そんな言葉が健次郎の口をついて出た。

マユちゃんは頭を起こし、健次郎を見た。マユちゃんの目はとても明るい茶色だった。あんまり透き通っていて、健次郎は居心地が悪くなった。彼女の目に映る自分も透けて見えたからだ。

「え？」

「え？」

マユちゃんが麻紀ちゃんのほうを見た。ちょうど麻紀ちゃんが大笑いをしたところだった。麻紀ちゃんは、太った、化粧の濃い女の子のTシャツをめくりあげ、そこにマジックで顔を描いていた。いやに凜々《りり》しい眉毛をした、劇画タッチの男の顔だ。

マユちゃんはちょっとのあいだ、ぼうっと麻紀ちゃんをながめた。染み出てくるような微笑を浮かべ、かすかにかぶりを振った。「さて、と」というふうに立ち上がる。下手が操るマリオネットのような動きで四人の男の元に戻った。

プーリーがたいそうりっぱなデジタルムービーカメラを構え、近づいてくるマユちゃんを撮り始めた。三人のイケメンたちは「はい、はい、はい、はい」と手拍子を打ち出した。

彼らの元に戻ったマユちゃんは、さらに飲まされ、動けなくさせられ、三人のイケメンに順番をつけるよう催促されるだろう。「ここで発表！　マユちゃんが選ぶ抱かれたい男ナンバーワンは三人のなかでだれ？」「ほう、そうきましたか。じゃあ、二位は？」「やべぇ、おれ、最下位じゃん」というやり取りを経て、「ではでは」と抱きかかえられ、寝室に連れて行かれる。マユちゃんの選んだ順番で三人とまじわることになる。

そのようすをプーリーが撮影する。撮影したビデオは複製し、刺激的なタイトルを付け、プーリーが街角で売ったり、個人でやっているサイトで通信販売をしたりする。稼げそうな「スペシャルゲスト」には連絡先を聞いておいて、二度、三度と撮影する。マユちゃんもきっとそうなるだろう。自分が主演女優である粗末なビデオで頬を叩かれたら、彼女はプーリーの言いなりになるにちがいない。

マユちゃんを紹介した麻紀ちゃんは、ちょっぴりだけど分け前にありつける。そのお金をコツコツ貯めて、麻紀ちゃんは隙間の多い出っ歯を治そうと思っている。歯さえ治せば、すべてうまくいくと信じている。健次郎が、大将に声をかけられなくなる前に、「いや、もう、そういうのは」と誘いを断り、パーティ参加を終わりにする自分を想像するように、思った通りになった自分を想像し、また新たな「スペシャルゲスト」を探してくる。大将は満ち足りた微笑をたたえ、プーリーは自慢のデジタルムービーカメラを担ぎ、イケメン三人は「スペシャルゲスト」をもてなし、ほかの参加者は見て見ぬ振りを決め込んで、自分たちの愉しみに熱中しようとし、健次郎は部屋のすみでギターを弾きながらちいさな声で歌を歌う。ブルーハーツ、BOØWY、ユニコーン、BJC。宇部の自室で弾いていた曲を思いつくまま弾いていく。次のパーティでも、その次のパーティでも、とりあえず、ずっと。

4　二〇一四年六月十四日

高田馬場駅から船堀駅に行くには三つの経路がある。東西線を使って九段下で都営新宿線に乗り換えるか、JRを使い新宿で乗り換えるか、西武新宿線を使い西武新宿で乗り換えるかだ。

ぼくが好きなのは、東西線を使うパターンだ。船堀に行くときはいつも東西線を使った。気まぐれを起こしてJRに乗るときもあったが、西武新宿線に乗ったことは一度もない。理由はとくにない。強いて言えば、東西線の駅のほうがちょっとだけアパートに近いから。駅じたいもちいさいし、そのぶん静かだし、なんだか落ち着く。

きょうもぼくは東西線を選んだ。端の座席に座っている。これもだいたい、いつもの通り。ボストンバッグは床に置き、足で挟んだ。必要以上にうつむいてしまいそうになるのを堪《こら》え、腕を組み、向かい側の車窓に目をやる。

もう始まっているのだ。

ぼくはできるだけ、どこにでもいる、ありふれた人物として振る舞い、他人の視線を素通りさせなければならない。それはつまり、ふだん通りのぼくでいいということなのだが、「もう始まっている」がゆえの強張りがぼくの動きを幾分ギクシャクとさせ、過剰に用心深くさせる。注意しないと。ぼくはまだ、だれかに顔を見られたり、万が一覚えられたりしたとしても、困ることなどひとつもないのだから。いや、ほんとうを言うと、ふつうのひととはことなる、張りつめた気配を察せられ、顔を覚えられたとしても、別段問題はなかったりするのだが。

だって、「もう始まっている」のだ。

「始まってしまった」のだ。

ニュースで晒《さら》されたぼくの顔写真を目にし、「このひと、お昼過ぎの東西線で見たわ。なんとなくいやな感じがしたから覚えていたの」と手柄顔で家族に発表したり、自分の第六感のすばらしさを友人知人職場の同僚に触れ回ったりするひとが何人いようと、ぼくは平気だ。痛くも痒くもない。ただ、舌打ちしたくなるだけだ。ぼくは、知らないひとのくだらない自慢の種になりたくない。

知り合いだったとしても、不愉快だ。ぼくと話をしたことがあるだけで、さも、ぼくのなにもかもを知っているというふうに、「いまにして思えば」的なエピソードを得々と披露したあと、浅い分析をしてみせたりしそうな手合いの得意げな顔つきなど、想像するだけで吐き気がする。あんまり気分が悪いので、つい、くわしく想像したくなるくらいだ。

たとえば、高島くん。高校の同級生。同じ大学に合格し、自分が音を上げたホテルの配膳係のバイトをぼくに引き継がせたのだから、いわゆる同級生枠では、ぼくとのかかわりが断然深い人物になる。

「たしかに高校も大学も同じでしたが、これといった付き合いはなかったですね。退学したのも知らなかったくらいで……。彼、もともとそんなに人付き合いのいいほうじゃなかったし、自分のほうから避けるっていうか、内にこもるっていうか、なにを考えているのか分からないっていうか……。あ、入学してすぐにバイトを紹介したんですよ。ホテルの配膳係。茶谷くんはスタイルがいいからホテルの制服がきっと似合うよ、と背中を押してあげたら、すごく素直に喜んでましたね。高校のときからひとりぼっちだったから、そういう『友だちのひと言』みたいなのに飢えてたんだろうなあ、と思います。女性にかんしてもそうだったんでしょうねえ。

女性からすれば、なんでもなく口にしたひと言を真に受けて、思い詰めてしまったのではないかと。基本的に真面目なヤツですから」

たとえば、総務部長。会社の上司枠代表。だいたいのことに「はい」と応じる全方位型のイエスマンらしい発言になるだろう。

「チャー坊、チャー坊、と社長に可愛がられてましたよ。とっつきにくいところはありましたが、頭は悪くないし、仕事も手を抜かないし、誠実な人柄で。いずれ社員になり、社長の右腕になるのだろう、と大いに期待していました。わたしはね。ところが、ある日、プイと辞めてしまいまして。やっぱり今時の若者なんだな、と思いましたね、そのときはね。社長ですか？　さっぱりと笑ってましたよ。『チャー坊には一杯食わされた』と……。わたしもそのときはなんにも知りませんでしたから、『見込みちがいでしたね』と一緒になって笑ったんですが、それがねえ……。ほんとうにお気の毒で。ほんとうに、みなさん、それぞれお気の毒で、なんとも」

口元を押さえた。つい、笑いが漏れたからだ。もっといろいろなひとの発言を想像してみたかったが、切りがない気がしたのでやめた。二十四年も生きていれば、知り合いの数はそこそこ多くなるものだ。ぼくのように、あまりひととかかわらないでいたつもりの人間でも、小中高の同窓生がいて、担任がいて、同じ大学に通っていたひとがいて、バイト先の同僚や先輩がいて、同じアパートの住人がいて、よくいくコンビニや弁当屋の店員がいる。

親や二十歳になった妹や親戚は、あえて勘定に入れなかった。彼らにかける負担や苦労やかなしみを、ぼくは、すごく努力して、なるべく考えないようにしてきた。

　血縁だからこそ彼らに迷惑をかけたくなかったし、血縁だからこそ迷惑をかけられても耐えるべきという正反対の思いがほぼひとしい力で引っ張り合いをつづけ、たいそう疲弊するからである。

　疲弊はいけない。ぼくにとって大切なのは、なんといっても計画を遂行することで、そのためには、気力も体力も充実させておかなければならない。計画の遂行に付随する情緒的なあれこれは、行為を遂行するまで、いったん脇に置いておくのが望ましいのだった。

　親や妹や親戚が頭をよぎり、ちょっと元気がなくなった。ボストンバッグに入れておいたお土産の東京ばな奈を思い出す。わざわざスカイツリーまで行って購入した限定品だ。チョコバナナ味で、スポンジケーキにヒョウ柄が入っている。ぼくは、計画を遂行したら、その足で地元に戻り、親に挨拶をするつもりでいる。

（それまでは、彼らのことを絶対に考えないこと）

　自分自身に強く言い聞かせ、細く、長く、息を吐いた。鼻から息を吸い、もう一度、おこなった。二度とも息を吐くときに唇がふるえ、臆病風に吹かれた感じがした。意気揚々とアパートを出てきたのに。ほんのついさっきまで、知り合いの発言を想像し、笑っていた癖に。

（それはさておき）

　軽く咳払いして胸のうちで言った。

（さはさりながら、それはさておき）

声にはしなかったが、少しふざけた。いいぞ、ちょっぴりだけど調子が戻ってきた。ほんのついさっきまでのぼくに戻ろうとこころみる。

ニュースで晒されるぼくにかんしての発言者で、ぼくが納得するのは金さんと銀さんくらいだ。たぶん、あのふたりがもっともぼくの内側に接近していた。ぼくが思い浮かべるどのひとよりも、ぼくにたいして深いこころ遣いをしてくれるだろう。

「いい子よ。とってもいい子なの」

「ほら、あなたが盲腸で入院したときも毎日お見舞いにきてくれたし」

「そうそう、それに会社にいたときだって、こんなばばあとも愉しくお喋りしてくれたんだわ」

「釈迦に説法のあたしたちの意見にも、きちんと耳をかたむけてくれて」

「あら、そんなことあったかしらね」

「あったような気がするわね。実際にはなくたって、あの子、きっと、そういう子よ」

「そうだわね。口は重いけど、やさしい子だから」

「やさしくて純情」

「一途」

「まあ、それが仇《あだ》になっちゃったんだけどさ」

「思い切れなかったのよねえ、かわいそうに」

「だからと言ってねえ」

「なにもねえ」

「あんなに頭がよくて、将来有望だったのに」

「眉子さんもね、お姉さんなんだから、もうちょっとうまくあしらうっていうのも言葉が悪いけど、そんなふうにしてくれたらよかったんだけど」

「眉子さんは眉子さんで、なんかこう摑みどころがないというか、頼りないというか」

「気をもたせてしまったのかもしれないんだわね」

「あのね、眉子さんばっかりじゃなくて、あたしたちにも責任の一端はあったと思うのよ」

「一端はね」

「あったと思うわね。……あなた、知ってたんでしょ？　チャー坊くんのきもち」

「……ひとめ惚れだったわよねえ」

「契り会のときね」

（テレビカメラもインタビュアーも無視して、内輪で話し合っていたふたりだったが、ここで金さんがカメラに向かって、こう説明する）

「あ、契り会っていうのは、眉子さんのご主人がいっとき盛んにひらいていたホームパーティのことなの」

「そそ、その契り会でチャー坊くんは眉子さんと出会ってしまったというわけなんだわね」

「お土産にお水かなんか持ってきたのよね、チャー坊くん」

「高いやつね」

「高いやつ。あたしたちは手づくりの飾り物だったけど」

「それを眉子さんが気に入って」

「それがすべての始まりだったんだわね」

「あと、ほら、あなたが盲腸で入院したとき。あのとき、病室でチャー坊くんと眉子さんが鉢合わせして」

「ふたりで病室を出ていったのよねえ」

「わりかしいい雰囲気だったわね」

「眉子さんのほうから雰囲気出してたように見えたけど？」

「そうだったっけ？」

「ちがったっけ？」

ぼくはふたたび口元を押さえた。金さん銀さんのお喋りを想像するのは実に愉快だ。おまけにぼくと彼女との数少ないよい記憶を思い出させてくれる。彼女との明るい未来を信じ、それに向かって、懸命に船を漕いでいこうとしたぼくが鮮明によみがえる。

あのとき、ぼくは幸福だった。あのときも、あのときも、と印象深いいくつかのシーンを思い出し、ぼくは、目がくらむほど幸福だった。世界がぼくに向かって扉を開ける瞬間を見た。

この記憶を胸にしまい、ときどき取り出してはゆっくりと味わい、そうやって余生を送ってもいいのではないか、とふと、思った。そんな余生の送り方もあっていいはずだと。

もしかしたら、ぼくに似合いの方法かもしれない。ぼくのなかには、ぼくの思い通りになる、ぼくだけの彼女がいる。ぼくは彼女の唇や胸や腿の内側やあばら骨や柔らかな毛やしっとりと濡れた穴の感触を知っているので、イマジネーションの種にはことかかない。

まだ間に合うかもしれない。

いまなら。そう、いまなら、まだ。

なにをいまさら、と前傾姿勢になりそうなぼくを、ぼくはいさめた。心中でかぶりを振る。なぜなら、「もう始まってしまった」のだ。東西線の電車同様、ぼくは、もう、敷かれたレールの上を走っている。

「始まってしまった」とか「敷かれた」という言葉には、自主性が感じられないが、それがぼくの実感だった。ぼくが敷いたレールだし、ぼくが始めたことだけれど、敷いたときから「敷かれた」と思ったし、アパートを出たときに「始まった」と思った。なにもかもぼくが決めたはずなのに、決めたときには、決められた、と思ったものだ。ああ、ついに決められてしまったと。

いつしか、ぼくは、ぼくの言うことをきかなくてはならなくなっていた。ぼくは、ぼくの言う通りに動かざるをえなくなったのだ。

「あ、そうだ」

ぼくにしか聞こえないくらいの小声でひとりごち、床に置いていたボストンバッグを膝にのせた。ファスナーを開け、手帳を取り出す。

二〇一三年六月十五日、土曜日。

彼女がぼくに絶望を教えてから一年経った。

正確に言うと、とうの昔からぼくが絶望状態にあったことに彼女が気づかせてから一年、ということになる。

ぼくは彼女と連絡を取るのをやめた。最初のうちは、やめるつもりはなかった。少し距離を置こうとしただけだった。我ながら、賢明だった。愚かさと紙一重の賢明ではあるのだが、賢明は賢明。

彼女と会わないあいだに、ぼくは自分の心持ちが変わることを期待していた。それまでぼくは何度も何度も落胆し、そのたび、考え方やものの見方を更新し、立て直してきた。今度もきっとそうなるだろう、と甘い予測を立てていた。

一年前のショックは桁外れに大きかった。それでもぼくの、手を替え品を替え光明を見いだす能力は衰えていないはずだから、きっと、なんとかするだろう、と高を括っていたのだった。

だが、どうにもならなかった。理由は簡単。気づいてしまったからだ。目を逸らす隙などないほど、ばっちり気づいてしまったから。気づかされてしまったから。

彼女の家の納戸に潜む行為も中止した。もとより屈辱的な行為だし、彼女がぼくに気づかせた現場である。舞い戻るなんて、考えられない。あそこはこの世でいちばんおぞましい場所になった。ぼくの死体が転がっている。二度と足を踏み入れたくない。

しばらくは、なにもしなかった。コンビニか弁当屋に行くよりほかはアパートにこもった。

彼女の家の納戸に潜んでいたときに、気づかされたことが、ぼくの頭のなかをしつこくめぐった。ぼくは繰り返し彼女に気づかされ、繰り返し息の根を止められた。幾度も気づかされ、幾度も殺され、ぼくのからだは板ガムよりも薄っぺらくなってしまい、真っすぐ立てない感じがした。

弱っていくという感覚はなかった。むしろ研ぎすまされていっている、と直感で分かった。ぼくは、いま、たぶん、余計なものを削ぎ落としている最中なのだと。ぼくの奥の真んなかにある、真の真なるぼくが現れるまでの辛抱だと思った。そしたら、ぼくがほんとうに考えていること、したいことが分かるはずだ。

真の真なるぼくがいつ出現したのかは覚えていない。

行動を起こしたのは年明け早々だった。真の真なるぼくは、ぼくに計画の全容を明かさず、行動だけをぼくにさせたのだ、というのは、ちょっと回りくどい表現だ。単に考えるより先にからだが動いたにすぎない。ただし、なぜ、ぼくのからだがそう動いたのかは、そのときのぼくには説明できなかった。とにかく、そうしたくなったから、そうしたまでだった。

まず親に電話を入れた。大学を退学したことを報告し、こころから謝った。退学した理由は「人間関係でちょっと躓《つまず》いて……」とぼかしておいた。

「ああ、そう」

母は電話口で気の抜けた声を出し、受話器を押さえもせず、「お父さん、トモ、やっぱり大学やめたんだって」と父に怒鳴った。「やっぱり」が出たところを見ると、予感はあったようだ。とはいえ、二年も留年し、安くない学費を余計に払わせられた挙句の退学なのだから、腹を立てるのは当然だ。ひとしきり、恨み言や嘆きを連ねたあと、ひと呼吸置き、

「……どうするのよ、これから」

と訊いてきた。

「帰ろうかと思ったんだけど、それはいつでもできるし」

ぼくはいったん言葉を濁し、

「あと一年半だけ、こっちでがんばってみたいと思ってる」

とつづけた。

「一年半？」

「来年の六月まで、かな」

「なにするの？」

なにかしたいことでもあるの？　と母は努めて冷静な声で問うた。

「弁護士になろうかと思って。なろう、っていうか、挑戦なんだけど。高卒でも受けられる司法試験予備試験ってのがあってね。それを受けてみようと思ってるんだ。合格したら司法試験の受験資格を得られる」

司法試験予備試験は仙台でも実施されるが、言わなかった。

「それで一年半？」

「うまくいけば」

「いかなかったら、どうするの？」

「諦めるさ」

すかっと笑った。母の耳には自信ありげに聞こえたはずだ。またしても受話器を押さえもせず、父に「お父さん、トモが弁護士目指すって」と報告した。「へーえ」というささかのんきな――呆れたような――父の声がする。

「勉強だけは少しずつしてたし」

だめ押しの言葉を口にしたら、

「分かった」

という声がため息とともに聞こえた。

「一年半だけ、仕送りをしてあげる」

がんばんなさい、という言葉を受けて、ぼくは、

「うん」

と返事をした。少々情けない声になったが、いたしかたない。

母は（おそらく父も）いくら優秀な我が息子でも一発で試験をパスし弁護士になれるとは思っていないようすだった。それでも我が息子はすこぶる頭のできがよいという長年の思いを捨てきれず、また、せっかく東京まで出してやったのだから、弁護士くらいなってもらわないと困るとの思いもあり、それらに念願の大学に合格し、そこで初めて挫折を味わった息子への憐憫が加わり、仕送り延長を決めたのだろう。

こうしてぼくは毎月六万円の収入を確保した。宅配便の集荷・配送のバイトも決めた。法人向けの仕事で、朝八時から十七時まで、週五の勤務だ。これでさらに十二万を確保。可能なかぎり節約に励み、金を貯めるつもりだった。真の真なるぼくがそうしろと命令していた。彼は、来年の六月までに少なくとも百万は準備したい模様である。

一年半もあればクリアできそうな気がした。

(いや、待てよ)

最低百万を貯めるために、一年半が必要なのかもしれない。

(でもなぜ一年半?)

行動を開始したぼくの頭には、はなから「一年半」という期間が横たわっていた。すなわち「来年の六月」。

意味するところは、うっすらとだが、感知できた。だが、そのときはまだ本気にできなかった。できなかったけれど、充実感がみなぎっていくのは分かった。うすぼんやりとしか感知できなかったけれど、それは、ぼくにとって、明確な目標だった。それを実現したら、楽になれる。

ぼくの苦しみは、彼女を許せないことだった。慣れない宅配便のバイトに手こずって先輩や同僚から嫌味を言われたり、彼女を知らずに過ごしたほうの順風満帆な人生をシミュレートしてみたり、彼女に気づかされ殺された自分を思い出したりするたびに彼女への憎しみが増幅され、揺すぶられ、叫び出したくなることでもあった。

奇妙な言い方に聞こえるかもしれないが、「明確な目標」が具体的になったのは、この年の六月だった。十五日の夜、ぼくは金さん銀さんの営む小料理屋に出向いたのである。ぼくが彼女を初めて見たのは二〇〇八年の六月十四日だった。その日はぼくのなかでとても大事な記念日となっていた。ぼくと彼女、ふたりにとってもとても大事な記念日になるはずだった。

彼女に気づかされたあとでも、ぼくは記念日を忘れることができなかった。無視することもできなかった。いやでも彼女の印象とぼくのこころの動きが再生された。

——ひとことで言うと、不釣り合いなカップルだった。貧相なネズミと、すがたのよい白猫が対になっていた。ぼくの目はまずふたりを捉え、それからネズミに移り、白猫に長くとどまった。

——皿を片付けていても、飲み物を注いでいても、白猫が気になってならなかった。ぼくの目が白猫を見たがるのだった。

(ああ、そして)

——振り返った瞬間、白猫は笑っていなかった。少し口を開けていた。照明の加減で、顔に絵画のような影がついていて、頰がややこけて見え、鼻が高く見えた。瞳は白い肌に穿った穴のようだった。目尻はちょっと垂れていたが、微笑していたときほどではなかった。ぼくのこころを捉えたのは、白猫の瞳の色だった。とても明るい、透き通った茶色をしていた。

——笑っていない白猫には、表情らしきものがなかった。ぼくは、ぼくのなかに蓄えた言葉から、「白猫が一瞬見せた、表情らしきものがない表情」をあらわすものを急いで探した。「無垢」という言葉を見つけたとき、白猫は、ぼくのすぐ近くのテーブルでの挨拶を終え、ネズミに笑いかけているところだった。

固く目をつむった。ぎゅっと音がするほど固くだ。

ぼくは、たぶん、何度でも彼女に恋をする。どんなに残酷な目に遭わされても、完膚《かんぷ》なきまでに叩きのめされた現世を記憶したまま生まれ変わっても、きっと、彼女にこころを奪われる。それは絶対叶わぬ恋で、だから、ぼくは再度絶望というものをとっくりと味わう羽目になるのだが、また生まれ変わったら、同じミスをおかすに決まっている。

鼻水を垂らして、その日は寝ついた。あくる日、カピカピになった枕カバーふくめ、一週間ぶんの洗濯をしてから、部屋でごろごろしたり、口を開けて窓の外をながめたりして時間をつぶし、金さん銀さんの店に行ったのだった。

「あらまあ！」

金さんが小粒の目を精一杯円くした。屈んでなにか作業をしていた銀さんに「ちょっと、ちょっと、チャー坊くんよ」と急いで知らせた。

「お久しぶりです」

頭を下げ、カウンターに腰かけた。

「ほんとだわね」

「久しぶりにも限度があるってもんよ、まったく」

金さんと銀さんはプンとふくれてみせてから、「なーんちゃって」と顔をほころばせ、

「元気そうじゃないのよ」

「マカベにいたころよりハツラツとしてるじゃない」

と言った。

「そうですか？」

ちょっと瘦せたと思うんですが、とぼくが頰に手をあてたら、

「でも、気力がみなぎってる感じがするんだわ」

「そう。それもギラギラしたのじゃなくて、静かに燃えてるっていうふうのね」

ね、と顔を見合わせ、うなずく。お世辞ではなさそうだった。多少色はつけているのだろうが、ぼくは、ぼくが思っているほどしょぼくれてはいないようだった。きのうのきょうだというのに、おかしなことだ、と淡く思い、そんなものかもしれないな、とさらに淡く思った。

「で、いま、なにしてんの？」

「大学行ってる？」

きょうはあたしたちの奢り、と注文も聞かずに支度を始めながら、代わる代わるふたりが訊いてきた。

「大学はやめました。宅配便のバイトしてます」

簡潔に答え、銀さんが注いでくれたビールを飲んだ。テーブル席に二組の客がいたが、それぞれの卓には空の食器が並んでいた。話もそう弾んでおらず、あとは飲み物を消化するだけの

ようすだった。

「忙しくしてるのねえ」

「若いうちはそれがいいわ。暇がいちばんだめなの」

「暇だと、考えても仕方のないことばっかり考えちゃう」

「そうそう、考えても考えても答えの出ないことばっかり考えちゃってさ」

不健康よねー、とふたりは声を合わせた。

「ありがとうございます」

ふたりに聞こえるか聞こえないかくらいの声でぼくは礼を言った。ふたりは反応しなかった。聞こえなかったのかもしれないし、聞こえない振りをしたのかもしれない。

肉豆腐。もずく酢。唐揚げ。ポテトサラダ。人参、きゅうり、蕪のぬか漬け。次々と出てきた、（ふたり曰く）「なんてことない料理」を食べながら、ぼくたちは、ぼくのバイト内容や、ふたりの店の景気についてや、マカベコーポレーション時代の思い出話に興じた。そのさいは、彼女と、彼女の夫の話題は慎重に避けた。不自然だったが、できなくはなかった。

そのあいだにテーブル席にいた二組が会計を済ませ、店を出た。客はぼくだけになり、店にはぼくたち三人しかいなくなった。ぼくたちは最前よりも遠慮なく内輪の話をつづけた。会話が一段落し、めいめい次の話題を胸の内で探すような、短い沈黙の時間がやってきた。定期的に訪れる沈黙だったが、このたびはやや長引いた。おおよそ話したいことは話したせいだろう。金さんがテレビの電源を入れた。スポーツニュースが映った。プロ野球の試合結果をアナウンサーが知らせていた。

「マーくん、負けないねえ」

金さんがつぶやいた。

「あら、マーくんの試合なんてなかったじゃない」

すかさず銀さんが突っ込みを入れた。

「きょうの試合のことを言ってんじゃないの。今年のマーくんはすごいね、って話なんだわ」

「まぎらわしい!」

「……マーくんてお嫁さんもらったのよね」

委細構わず金さんはマーくんの話をつづけた。

「タレントさんよね」

答えてから銀さんがぼくに、

「このひと、甲子園のときからマーくんファンなのよ。面構えがいいんですって」

と教えた。

「早くこどもができないかしらね」

マーくん二世、見たいわあ、と金さんがひとりごちた。

「結婚したばかりじゃないのよ。そんなにすぐこどもはつくらないんじゃない? つくるひとは結婚する前につくるようですし」

銀さんが応じ、

「まあ、つくろうと思ってすぐにできるわけでもないみたいだしねえ」

　とつづけた。

「そうね、眉子さんとこも本腰入れたけどまだ」

　言いかけて金さんは「あ」と口を閉じた。ふう、と銀さんが息をつく。ぼくも深く息を吐き出した。

（眉子さんとこも本腰入れたけどまだ）

　金さんの言葉を繰り返した。

（本腰入れたけどまだ）

　イメージとしては太文字で繰り返した。

「社長のところもそろそろお子さん欲しいんでしょうね」

　なんでもないように口にした。金さん銀さんは察しているだけであって、ぼくと彼女と真壁氏とのあいだにあったすべてを知っているわけではないはずだ。

「そう、そう、そうなの」

「子づくり大作戦を展開中なんですって」

　金さんと銀さんもなんでもないように答えた。そのときだった。ぼくのなかで「明確な目標」が具体的になったのは。彼女だけが、世間一般言うところのしあわせというやつをひとつ残らず手に入れるのが許せなかった。どうしても許せない。承服できない。

　なのに、だから、それでも、ぼくは彼女を忘れられなかった。ぼくはたぶんいまでも彼女に恋をしている。おそらく永遠に恋をしつづける。でも、たぶん、彼女は永遠にぼくの思い通りになならない。

なぜ、彼女は、ぼくのなかの彼女のようにぼくだけを見つめないのだろう。ぼくだけに話しかけ、笑いかけ、ぼくの欲しい言葉を耳元でささやかないのだろう。なぜ、ぼくの首に細い腕を回し「やめろよ」とぼくが叱っても、いやいやをするばかりでぼくから離れようとしないというこことをしないのだろう。そんなにむつかしいことじゃないのに。やろうと思えばすぐにできるのに。

ぼくは真の真なるぼくに全面的に同意した。来年の六月十四日、彼女をこの世から消す。

第七章　ボクはなにをしたらいい？

1　二〇一四年六月十四日

うん、土曜日。今日は土曜日。ぼくが彼女を見つけた六年前と同じ曜日だ。そして、うん、六年前。ぼくはノートをつけ始めた。

今年のぶんのNo．７の手帳をひらく。どこにでもあるような住宅街のそう広くない道路のはしに立ち、ボストンバッグを腕にかけ、ちいさな手帳を読むぼくは、たったいま上京し、親戚かどこかの家に向かおうとして道に迷い、手書きで記入した先方の住所か電話番号を確認している、携帯の使い方すらおぼつかない、完全無欠の地方出身者に見えるはずだ。それでいい。うん、それでいいんだ、うん。うんうん。

息を吐いた。

深く吐いたつもりだったが、切れ切れになった。

落ち着け。

No．７の手帳を見て、思い出す作業に集中するんだ。それが今日の手順じゃないか。ひとつひとつの手順をきちんと踏むこと。ひたむきに取り組むこと。これができなきゃ計画は成功しない。うん、成功しないんだ。

真の真なるぼくとの共闘を誓ったぼくが、金を用意できたのは五月の末だった。家賃を支払い、翌月の生活費と共闘にかかる経費を除いても百万円が確保できたので、宅配便のバイトを辞めた。

まず、武器を買った。ぼくが選んだのはダマスカス鋼ナイフだった。そんなに大きくなく、なるべく重くなく、柄が握りやすいのがよかった。つまり、しっかりと握れて、自由自在に振り回せるものだ。

刃に浮き出る紋様や、すがたのよさも考慮に入れた。武器には美しさも必要だ。実用一点張りではつまらない。ファンタジーRPGに登場する、「伝説の」と枕詞のつく、装飾的でなくてもいいけれど、選ばれた勇者しか帯刀を許されないような、そんな一種曰くありげな、神々《こうごう》しさをたたえた剣が、ぼくは欲しかった。数日かけてネットで探し、近い剣を見つけた。

新品だったが、鹿の角でできた柄は古びた感じ（使い込んだ感じ）を出すために、ところどころ色が剝げていた。革の鞘《さや》も同じ趣向だった。ぼくは伝説の勇者だった遠い祖先が愛用した剣を苦労のすえ手に入れたような気分になった。

刃に浮かぶ紋様も申し分なかった。波の模様によく似ていた。魔力がありそうである。きっと月と太陽に働きかけ、ただちに満潮の状態をつくる力を秘めている、と、ぼくは「そんなばかな」と思いつつも信じた。プラシーボ、プラシーボ。大事なのはプラシーボ。

下着、靴下を含め、新しい衣服一式も買った。このときは、正月を待つこども時代を思い出した。ぼくがこどもだったとき、実家では、一月一日に新しい下着を身につける習慣があった。大晦日の夜、母が枕元においてくれた新品の長袖丸首シャツとブリーフ。色はどちらも白。目覚めてそれらを身につけ、「あけましておめでとうございます」と両親に挨拶したときの、くすぐったさ、はれやかさ、すがすがしさを、ぼくは、とても懐かしく思い出した。

スポーツタオルは一本。さんざん検討した挙句の一本である。剣は鞘に入れず、タオルに包んで持っていこうと結論した。決行直前にタオルから出しておき、ボストンバッグのファスナーも開けておき、そこに手を入れ、柄を握ったまま待機するのがもっとも速やかに行動に移せる態勢だと考えたのだ。

毎晩、練習した。野球選手における素振りのようなものだ。繰り返しおこなうことで、フォームが安定し、スイングスピードが上がるはずである。イメージトレーニングにも役立つ。

素振りのさいにぼくの思い描いた「イメージ」は、単に映像だった。計画を決行する理由や経緯、それらに絡み付くぼくの感情――つまり、ぼくと彼女の歴史――が排除された。素振りをするとき、ぼくは絶対に任務を果たさなければならないアサシンのようだった。ぼくにとって特別な存在の彼女は、だれかが抹殺することを切望している、いちターゲットになった。

決行当日。船堀駅に着いたぼくは、駅とターゲットの家の中間地点で午後一時四十五分になるのを待つ。時間になったら、ターゲットの家に移動し、インターホンのカメラに写らないよう注意しつつ玄関前で待機する。訪問時間を厳守しようとする、生真面目な客人を装う。近所の住人が通りかかったら、「あ、どうも」みたいなふうに会釈する。右手はボストンバッグに入れているが、たまたま通りかかった近所の住人には「手土産を始終気にしているひと」にしか見えないだろう。

このくだりは、もうずいぶん前、ぼくが彼女の家を訪問していたころの経験がもとになっていた。ぼくは、ひとりで彼女の家に向かい、玄関前で約束の時間まで待ったことがなかった。でも、もし、ひとりで訪問したとしたら、きっと早くに到着し、手土産を気にしながら、約束の時間までソワソワしながら待つと思う。

ターゲットがドアを開けたら、すかさず突進する。ターゲットに体あたりすると同時に、左胸に剣をえぐるようにツイストさせ深く刺し、仰向けに倒れさせながら、玄関のなかに滑り込むと同時にターゲットにまたがり、つづけざまに剣を上下に動かす。それを繰り返す。ピストン運動のように、ひたすら。

ターゲットは声を上げるが、間もなくおとなしくなる。新鮮な魚のようにからだをぴくつかせ反応するきりになり、やがて、放心したように動かなくなる。いった、ということだ。ぼくの上下運動により、ターゲットはいったのだ。ぼくがいかせた。

無事任務を果たしたアサシンは不思議なきもちになる。

ターゲットに見覚えがある気がしてならなくなるのだ。遠い過去にターゲットと触れ合った記憶が、ふいにアサシンの頰を撫で、心地よいのか、くすぐったいのか、薄気味悪いのか、よく分からなくなる。胸に込み上げるのは強烈な懐旧の念で、アサシンは「どこか」か「あの日」か、あるいはその両方かに帰りたくなるのだった。

仕事を終えたアサシンは、きっと、こんなきもちになるのだろう。それとも、ぼくのイメージしたアサシンが駆け出しだからなのだろうか。後者だとしたら、訓練をおこなわなければならない。タフで非情なハートを持つための訓練だ。

真っ先に思いついたのは、小動物を何匹か仕留めることだった。これはたぶん、定番の訓練だ。ぼくのオリジナリティは、仕留める小動物を綺麗な白猫に限定するところにあった。もし集められなかったら、ネズミで代替する。元は痩せて貧相だったが、だんだんと太っていった、お調子者のネズミがいいのだが、贅沢は言わない。ネズミであればいい。剣の切れ味を試せるし、効率的な使い方も体得できるので、素振りと併せたら、かなりの成果が上げられるはずである。

けれども、ぼくは、その訓練はおこなわなかった。

決行前に剣をよごしたくなかったのだ。ぼくの剣は彼女のためだけのものだ。彼女よりほかに使いたい対象などない。「ネズミ」を仕留めるのは、筋がちがう。「ネズミ」を打ち取っても、解決などしない。ぼくのプライドがおしるし程度に回復するだけだ。それがなんになる。卑しい自己満足を得るために、ぼくの剣を使うのは馬鹿げている。

訓練をおこなわなかった理由はほかにもあった。ぼくは小動物を手にかけたくなかった。どうしてもいやだったのだ。計画を胸に抱いたときから、無駄な殺生が怖くなっていた。蚊を叩きつぶすことすら躊躇するようになった。歩くときは地面を見て、蟻を踏まないようにした。

肉や魚はなるべく口に入れないようにした。

一日の終わりに、ぼくは、その日ぼくがするはずだった殺生を数えるともなく数え、思うともなく思った。そうしているうち、日々、ポイントが貯まっていく感覚が芽生えた。そのポイント数は、いつしか、貯金額と重なった。百万円を確保できたとき、ポイントも上限まで貯まった。すると、上限までポイントが貯まったら、任意の殺生がひとつ許される、という「特典」が、ぼくのなかに出現したのだった。

この「特典」は、一度だけアサシンになれる資格と同じだった。一度だけのアサシンなら、仕事をやり遂げたのち、センチメンタルになってもやむをえない。そんなアサシンがいてもいい。アサシンの皆が皆、タフで非情なハートを持っているわけではない。

彼女とは会っていなかった。連絡も取っていなかった。彼女からの連絡もなかった。もし彼女から電話があったら、ぼくの決心はあっけなくぐらつくだろうから、却《かえ》ってよかった。だが、冷静に考えると、より強く決心を固めるきっかけになる可能性のほうが高く、だとすると、彼女から電話かメールかLINEがあったほうがよく、たとえば「もしもし」の一言でも、「お元気ですか？」の一行でも、ふざけたスタンプだけでも、それだけでもあったほうがいいので、そういう意味で残念だった。

彼女の家の納戸に潜む行為も中止したままだった。彼女がぼくの動向を知らないように、ぼくも彼女の動向を知らなかった。彼女がぼくの動向を知らないのはよいことだが、ぼくが彼女の動向を知らないのは問題だ。計画を実行するにあたり、最近の彼女の行動パターンを把握する必要がある。

どうやら、ぼくは、ふたたび彼女の家の納戸に潜まなければならないようだった。ぼくの死体が転がっている、あの屈辱的な場所。真っ暗闇のなかに戻らなければ埒が明かないと承知しながらも、なかなか腰が上がらず、一日のばしにしていた。

ようやっと決心して、彼女の家の納戸に足を向けたのは、計画日の一週間と一日前だった。先週の金曜である。

結果としてベストな日程だった。決行日の前日まで数日納戸に潜む苦行を強いられる覚悟をしたのだが、一日で片がついた。その日、ぼくは新しい絶望をとっくりと味わい、すこぶる有用な情報を入手したのだった。

2　二〇一四年六月十四日

シャワーを浴びた。髪を乾かし整えて、麻の袖なしワンピースを着る。Aラインの膝丈で、色はラベンダー。ラベンダーグレー。結婚式のお色直しで選んだドレスより鼠色が勝っている。

洗面台に立ち、化粧を始めた。ふだんは寝室のドレッサーでおこなっている。麻のワンピースは皺がつきやすいので、立ってすることにした。

いま、午後一時半。二時までに家を出ようと思う。わたしの化粧は十五分もかからない。

額、頬、顎、鼻の頭。下地クリームをのせ、指の腹でのばす。美しい女が鏡に映っている。しあわせなきもちというものがどこからか飛んできて、留まっているような、深みのある明るさを放っている。声にしていないし、唇も動いていないのだが、こころの込もった、ありがとうという言葉を発光していた。

口元がほころんだ。表情に動きが出て、鏡のなかの女がいっそう美しくなる。

「ああ、そうか」

手を止め、つぶやいた。

(ほほえむってこういうことなんだわ)

胸のうちで言い、先週の夜を思い出す。

木曜日だった。午後八時過ぎに直人さんが帰宅した。

「おかえりなさい」

わたしはいつものように玄関で出迎えた。

「ただいま帰ってきましたでござる」

直人さんもいつものように機嫌よく応じ、いつものごとく夕食の献立を訊ねた。「豚しゃぶサラダよ」とわたしが答えたら、「いいね、いいね、ヘルシーだね」と靴下を脱ぎながら脱衣所に向かい、「その前におれ風呂入るわ」と脱いだ靴下を洗濯機に放り込み、自室でスーツを脱ぎ、ちゃんとハンガーにかけ、Tシャツとパンツすがたで小脇に着替えの部屋着を抱え、風呂に入った。この一連の行動もいつも通りだった。

「ふう、サッパリした」

風呂から上がり、食卓につき、冷たいビールをぐいっと一口飲んでから、「いただきますとしますか！」と箸を取るのもいつもと同じ。このあと、ふたりの夕食は、直人さんがわたしの料理を誉めたり、つけっぱなしのテレビにたいして突っ込みを入れたりし、そのたびわたしがほほえんで反応しつつ進んでいくのがつねだった。昨日もおとといもその前も、そんなふうに進んでいった。その日もそうだった。

「あのね」

わたしは改まった声を出した。食事はあらかた済んでいた。自分から切り出したのに、わたしはなかなか言い出せなかった。両手を頰にあてたり、口元をおおったりして、少しのあいだ、笑っていた。

「なんだよ、いったい。タメが長いぞ」

直人さんが訊ねた。少々焦れてはいたものの、わたしにつられて笑っていた。わたしは膝に手を置き、喉の調子を整えた。

「赤ちゃんができたの」

六週目の後半ですって、とお腹に手をあてた。

「きょう、病院に行ってきたのよ」

エプロンのポケットからエコー写真を取り出し、直人さんに渡した。

「胎嚢《たいのう》も、胎芽《たいが》も、心臓が動いているのも確認できました」

わたしの言葉にうなずきながら、直人さんはエコー写真を指でなぞった。エコー写真には、CDかなにかの下半分のようなものが写っていた。わたしの子宮だ。そのCDの左上に楕円形の黒い空間があった。穴があいているように見えるけど、これが「胎嚢」。そのなかに豆粒みたいななにかがくっついていて、この「なにか」が「胎芽」で、そして、「心臓が動いている」のだ。

「来年の一月か二月には生まれるみたい」

そう言ったのだが、直人さんはエコー写真を見つめるきりで返事をしなかった。

「来年の一月か二月」

もう一度言った。

「……早生まれだな」

直人さんがつぶやいた。

「そうね。ちいさいうちは同い歳の子よりちいさいから、たいへんかもしれない」

答えると、

「大人になったら同級生よりひとつ若くなる」

それに長嶋茂雄《ながしましげお》もアントニオ猪木《いのき》も早生まれだ、と直人さんは独り言のように言った。依然として視線はエコー写真に向けられていた。

「男のひとばっかりね。生まれてくるのは女の子かもしれないじゃない」

わたしが笑い声を立てたら、すかさず、

「吉瀬美智子《きちせみちこ》がいる」

と答えた。「林家《はやしや》ぺーかよ」と多くの有名人の生年月日を記憶している芸人に自分をなぞらえ、独り笑いをしたあと、テーブルに肘をつき、その手を頰にあてた。空いた手にはエコー写真。感熱紙にプリントされた、白黒の、わたしの子宮と胎囊と胎芽。豆粒なのに心臓が動いている胎芽。

直人さんはエコー写真を目の高さに持ち上げた。少し間を置き、口をひらいた。

「『トリビアの泉』って番組あっただろ。いろんな雑学っていうか知識っていうかそういうのを紹介する番組。そのなかで『トリビアの種』ってコーナーがあってさ」

わたしはうなずいた。エコー写真を見る直人さんを見ていた。

「視聴者から送られた、トリビアになりそうな種——素朴な疑問ってやつだな——をスタッフが真面目に調査したり実験したりして、検証するやつ」

「あれ、面白かった」

言ったものの、わたしには「トリビアの種」の具体例が即座に思い浮かばなかった。

「おれが強烈に覚えているのは『バウリンガルを使うと、野生の一匹狼は○○と言っている』っていうトリビアの種なんだよ」

バウリンガルは犬の言葉を日本語に翻訳する玩具で、当時流行していた。

「スタッフはアメリカにまで行ってだな、現地の生物学者と野生動物のカメラマンに協力をあおぎ、十日ほどかけてまず野生の狼の群れを見つけたんだよ」

一匹狼は、群れのリーダー争いに敗れたため、群れを離れなければならなくなった狼のことらしい。生物学者によると、彼らは群れのあとを追いかける場合が多いようだ。

「群れが去って、二時間くらい経ったら、一匹狼が現れたんだ。鳴き声を集音マイクで拾うため、生物学者が狼の鳴き真似をする。群れに入れず、群れから無視されつづけている一匹狼は、生物学者の呼びかけに遠吠えで応えたんだな」

ヤツはなんて言ったと思う？　と直人さんはわたしを見た。わたしは、「さあ？」というふうな顔をした。なぜ、いま、そんな話をするのかしら。どうして素直に喜んでくれないのかしら。あんなにこどもを欲しがっていたのに。

「『ボクはなにをしたらいい？』だ。バウリンガルによると、一匹狼はそう言っていたんだよ」

直人さんは口を少し開け、下顎をちいさく左右に動かした。

「おれもいま、そんなきもちだ。嬉しいんだけど、すげぇ嬉しいんだけど、なんだか途方に暮れてるようでさ。いよいよ本格的に群れのリーダーになるっていうのに、というか会社では社長だからリーダーなのに、役割的には慣れてるはずなのに、なんかこう『ボクはなにをしたらいい？』ってきもちなんだよ」

ヘンなんだけど、かなりヘンなんだけど、とつづけたあと、

「フッと、もし眉子とこどもがいなくなったら、みたいなことも、けっこうくっきりと脳裏をよぎっちゃってさ。おれ、そのときも絶対『ボクはなにをしたらいい？』ってきもちになると思うんだよね。嬉しいから、すげぇ嬉しくて嬉しすぎるから、早速、眉子とこどもを失うことが頭に浮かんじゃって、すげぇかなしくなったりして」

自分でも意味分かんなかったりなんかして……とかぶりを振った。それから「うん！」とひ

とつ気合いを入れ、椅子を立った。向かいの席のわたしのところまで歩き、わたしを、背中から抱きしめた。わたしの頰に自分の頰をこすり付け、「ありがとうな、眉子」とささやいた。

「よぅーし、今夜はお祝いだ！」

ふだんの威勢のいい夫に戻り、冷蔵庫に向かった。缶ビールを取り出し、「もう飲んじゃうんだから」としなをつくってみせ、わたしを笑わせた。

名前はどうするとか、こどもに自分たちをなんと呼ばせるか――わたしは「おとうさん、おかあさんがいいわ」と言ったが、直人さんは「眉子は『おかあさん』でいいけど、おれはできたら『とうちゃん』と呼ばれたいな。あ、男の子だったらね。女の子だったら『おとうちゃま』かなあ」――といった気の早い会話を一時間ばかりしたあと、親への報告がまだだったと直人さんが気づいた。

「眉子は？　お義母《かあ》さんに教えてあげた？」

確認され、わたしは首を横に振った。

「直人さんに言ってからと思って」

と言ったら、「そりゃそーだ」と直人さんは満足そうにうなずいた。

わたしたちはまず直人さんのお母さまに連絡することにした。直人さんが電話をかけた。報告を済ませたあと、わたしに代われ、というジェスチャーをした。お母さまがこう言った。

「シュートメがああだこうだ言うのは、やっぱし、ほら、せっついてるみたいでアレじゃない？　でも、もう、結婚六年目だしね、どうするのかしら、なぁんて勝手に気を揉んでたわけよ。あーでもよかった。おめでとう、眉子さん。またあそびに来てね」

実家にはわたしが電話をかけた。直人さんはわたしのぴったり横にいて、受話器から漏れ出る声を拾おうとした。母は言った。

「実を言うとね、いつまで夫婦ふたりの生活をつづける気なのかナーとか、それともなにか事情があるのかナー、眉子、さみしくないのかナーって、ちょっとだけ心配したりしてたんだわ。でも去年のお盆にふたりであそびに来てくれたとき、仲よさそうにしてたし、ま、いいか、こどもがいなくても、って思ったりしてね。あーでもよかった。おめでとう、眉子。よかったね。ほんとによかった」

そのあと、母と少しだけ世間話をした。明くる日は勤めている学校が開校記念日で休みなので、梅酒をつくる準備をすると言っていた。

「ああ、梅酒」

母は毎年、梅酒をつくっていた。母のつくる梅酒はそんなに甘くなくて、美味しい。

明くる日も実家に電話をかけた。昼間、直人さんのいないときに。

「もしもし、お母さん？　わたし。眉子」

母は少し驚いたようだった。

わたしが言ったら、

「今日はお休みだって言ってたから」

「そうなんだわ。金、土、日と三連休だから、梅酒のほかにもやることたくさんあって」

とほがらかな声で応じた。

「二日つづけて電話なんてめずらしいじゃないの」

母は、しみじみとした笑みが見えるような声でひとりごちた。初めて身ごもった娘は、親子というより女同士というか母親としての先輩、後輩として、ふたりきりで、ゆっくり話がしたいのだと思ったようだった。

「安定期までは大事にしないとね。とにかく冷やさないこと。無理をしないこと。重いものを持つとかね、カカトの高い靴を履くとか、そういうのはやめたほうがいいよ」

いくつか注意点を挙げたものの、そう深刻な口ぶりではなかった。かといって「言ってみただけ」というような軽さはなく、肉親らしい愛情が伝わってきた。

「なんも心配することないって！」

わたしが黙ったままだったので、母は、元気のよい声を発した。

「あれこれ考えすぎるのがいちばんよくないんだよ。なーんも考えなくても育つ子は育つし、生まれるときは生まれるから。出てくるなって言っても出てきちゃうんだから」

からからと笑ってみせた。

「あ、ちがうの」

わたしも笑った。

「ちっとも心配じゃないの。嬉しいばっかりなの」

と笑った口元のまま、落ち着いた声でつづけた。

「それはいいね。お母さんのきもちが安定してるのは。お母さんが嬉しいと、こどもも嬉しいからね」

そう、そうなの、嬉しいの、と母はやさしく繰り返した。

「あのね、来週の土曜、結婚記念日なの。うん、十四日。ちょうどお休みなんだけど、直人さんはライバル会社――といってもうちよりずいぶん大きな会社なんだけど――の展示会を見に行くのね。で、夕方、待ち合わせて、結婚式を挙げたホテルでごはんを食べることにしたの」

「ああ、そうだったね。結婚記念日、来週だったね」

受話器を持ったまま、母は壁にかけたカレンダーに目をやったようだった。電話台のすぐ近くにかけてあるカレンダーは銀行からもらったもので、わたしたちの結婚記念日にはマルがついている。

「ふたりきりで過ごす最後の結婚記念日だね」

母は言い、

「来年はにぎやかになるね。三人家族だもの」

と付け足した。

「直人さんもそう言ってた。だから今年はうんとロマンチックに決めるんだって」

わたしは言い、

「直人さんにプレゼントをあげようと思ってるの。お誕生日にはあげてたんだけど、結婚記念日にはあげてなかったの。うん、へそくり。ちょっとだけだし、元は直人さんが働いてくれたお金なんだけど、でも、へそくっちゃえば、わたしのお金」

と付け足した。さらに足した。

「だからね、わたし、ホテルでごはんを食べる前に、お買い物しようと思ってるの。きっと、すごく迷うはずだから、二時には家を出るつもり。三時間も探せば、いいものが見つかるはず」

見つかってもらわなきゃ困る、と、わたしは笑った。少し高めの笑い声になった。

「候補は決めてあるの。ポロシャツか、ネクタイか、高級な靴磨きセットか、ランニングシューズ。直人さんね、『今年こそは走って痩せる』ってお正月に言ってたのに、未だに走ろうとしないから、お尻を叩こうかな、なんて。走るのは健康にいいし。長生きしてもらわなくっちゃ」

あはは、と笑いつづけた。どこにでもいると言えば言える平凡で幸福な主婦が話しそうなことを、平凡で幸福な主婦が屈託なく話すように話している、そんなふうに感じた。わたしが、このわたしが。

「来年からは三人暮らしじゃない？　わたし、きっとこどもにかかりきりになると思うのよ。だって初めてだもの。もしかしたら、うちのダンナさん、拗ねちゃうかもしれないじゃない？　あのひと、甘えん坊なところあるから。あと、子育てで衝突することもあると思うの。でも、新米お父さんとお母さん、力を合わせてがんばりましょうね、っていうような、これからもよろしくお願いします、っていうか、うん、そういうきもちを込めたいの」

「ああ、そう」

母の声は、なぜか呆然としていた。

「……そうだね、子育てはふたりで力を合わせないとね」とつぶやき、「いまのひとは、男のひとも子育てに協力的だっていうしね」と独り言を言った。

「『いまのひと』って言っても、うちのダンナは四十越えてるけどね。うん、でもまあ、『いまのひと』にはちがいないわね。ただ、うちのダンナは『お父さん』のきもちになるまで、ちょっと時間がかかりそうなのよ。赤ちゃんができたって言ったときも、ちょっと戸惑ってたみたいだし。だから、わたし、早くお父さんらしくなってちょうだい、って急かさないようにしようと思ってるのよ。キーキーうるさくして、また浮気されたらたいへん。あ、言ってなかったっけ？　去年だったか、一昨年だったか、うちのダンナ、若い子に手を出しちゃったの。うんうん、もう、片付いた。一件落着。ここぞとばかりにお灸を据えさせてもらいましたわ。ダンナ、相当懲《こ》りたみたい。……でもまあ、人並み以上に稼いでくれるダンナのおかげで、専業主婦していられるんだし、それに」

「眉子」

母はわたしの発言を遮《さえぎ》った。

「結婚してよかったね。こどもができてよかった」

わたしは黙ってうなずき、

「お母さん、わたし、もう、大丈夫よ」

と、はっきりと答えた。

フェイスパウダーを使い、チークを入れ、ビューラーで睫毛《まつげ》を上げた。アイシャドウはブラウンの濃淡。アイラインを細く引き、繊維の入っていないマスカラを一度塗り、唇はグロスだけ。眉はなにもしない。

「お母さん、わたし、もう、大丈夫よ」

鏡のなかの自分と向き合い、言った。

母との通話を終え、ふたつのブログを削除した。

母との会話は、ふたつのブログを削除する前の確認作業だった。わたしは自分がほんとうに「大丈夫」かどうか、知りたかった。だれよりも長い付き合いの母なら、たとえ電話越しでも、わたしの変化に気づくはずだ。去年の夏、あそびに行ったときも、「眉子、なんだか感じが変わったね。落ち着いたみたい」と言っていた。去年の夏よりも変化したわたしに。去年の夏よりももっとずっと、どこにでもいると言えば言える、平凡で幸福な主婦に近づいたわたしに母は気づくはずで、その気づきはわたしに伝わる。

ふたつのブログは、わたしのこころのよりどころだった。

どちらも必要なものだった。だが、いまはどちらも必要ではなくなった。

直人さんが名古屋に滞在しているときから更新はしていなかった。必要ではなくなったからだ。ただし、その意味はいまとちがう。あのときは、出会い系で出会った男の子たちとひとときを過ごすことで、現実の自分と、欲求を解き放つ自分（だれかの夢のなかに潜り込む自分）

が一致した。ゆえにブログは不要だった。

不要の理由が変わったのは昨年以降だ。わたしは、わたしであるだけで自分自身を喜ばせることができるようになった。だれかの力を借りなくても、自分の夢のなかに潜り込むことができたのだった。だから、現実の自分を残しておかなくてよくなった。

どうしてこんなに単純なことに気づかなかったのだろう。

いくら考えてみても、わたしには分からない。

きっと、頭のよいひとに話せば、これはこういうことなんだよ、とわたしにも分かるように説明してくれるのではないか、と思う。

現実ではまずありえない。もとよりわたしにはこれまであったことを順序よく話す自信がない。わたしがあわく期待するのは、いままでかかわりを持ったひとたちのたったひとりでもいいから、幼いころわたしの好きだった童話の一節のように「ケレドモ、ボクハ　イツデモ　キミヲ　ワスレマスマイ」と思ってくれることだった。

これもまた、ありえないことだと思う。わたしをこころの片隅に置いてくれるひとなんているわけがない。ためしにいままでかかわりを持ったひとたちを思い浮かべてみた。どのひとも、あっさりとわたしの頭のなかを通り過ぎた。「冷たいんじゃやない？」と文句を言いたくなるほど、あっさりと。

「あ」

鏡に向かって口を開けた。

「でも、あのひとたちなら、わたしのことを覚えてくれているかもしれない」

もう九年前になる。場所は新宿。西新宿。「そんなに長生きなんかしたくないんだってさ」と歌った男がいたパーティ。わたしがずっと持て余していた、だれかを喜ばせたい欲求があふれた夜。刺激的な夜。暴力の夜。セックスの夜。「なにが出るかな、なにが出るかな」と広げられた夜。そのようすがムービーに撮られ、ネットに上げられるか、安いAVとして売られた夜。最低の夜。なのにお声がかかれば何度も出かけた。もう九年前になる。場所は新宿。西新宿。「そんなに長生きなんかしたくないんだってさ」と歌う男のいるパーティ。

でも、「大丈夫」となったいまでは、ゆるぎなく「大丈夫」になったいまでは、来年には三人暮らしになり、リフォームもし、どこにでもいると言えば言える、平凡で幸福な主婦として、一通りの経験をするだろう「これから」が見えたいまでは、火照るほど、潤《ほと》びるほど、懐かしい。もう、あんなことはできない。したくもないし、後悔もしている。わたしはあのときの自分を憎んでいる。蔑《さげす》んでいる。屈辱も覚える。あれほど暴力的に扱われたことはなかった。あれほど辛かったことはなかった。けれども、あれほど昂揚し、解放されたことはなかった。あのときだけだ。あのときが最高だった。

キッチンに行った。時計はさっき確認した。二時までにはもう少し時間がある。冷蔵庫から麦茶を出し、グラスに注いだ。麻のワンピースに皺がつかないよう立ったまま、飲む。

あのときに近い感覚といえば、と、こころのなかでつぶやいた。

あの子の顔が頭の中に戻ってきた。

オレンジ色に染まった空がまぶたの裏に浮かぶ。帰らなくちゃと思った自分、どこかに帰りたいとあてどない目をして周りを見る自分のすがたも浮かび、最高に盛り上がった海面の絵が浮かび、そこに飲み込まれ、流される自分が浮かんだ。

(もしかしたら)

空のグラスを調理台に置いた。

(わたしの帰りたい「どこか」って、あのときのわたしなんじゃないかしら)

二度と戻りたくなんかないのに、とほほえみ、首を振った。おかしなことね、と言葉を浮かべると、鼻がムズムズする。思い切り掻きたくてたまらなくなる。「大丈夫」になったからこそ、二度と戻らないからこそ、ばかな考えがフッとよぎったりするんだわということにし、「ね」とお腹に手をあてた。

目を上げて、リビングの壁を見る。円い時計を確認する。

二時になった。

わたしはグラスをさっとゆすいで、キッチンを出た。座面に置いていたクラッチバッグを手に取り、玄関に向かう。ローヒールの白いサンダルを履き、ドアを開けた。

3　二〇一四年六月十四日

計画――あるいはイメージ――では、念のため玄関の鍵をかけ、彼女をまたいで家のなかに入ることになっていた。浴室で着ているものを全部脱ぎ、シャワーを浴びるのが手順だった。

剣にもシャワーを浴びさせるはずだった。血の匂いがすっかり消えたら、脱衣所にて、剣とからだを拭く。バスタオルは彼女の家のものを借りる。ドライヤーも借りる。びしょ濡れの頭で歩き回るやつなどいないから。そして着替える。パンツもTシャツも靴下もチェックのシャツもジーパンも、着古した普段着だ。脱いだ洋服は手早く丸め、ひとまずボストンバッグに入れる。剣も同様。ひとまずボストンバッグにしまう。そしたら、納戸から駐車場に抜け、彼女の家をあとにする。東京駅に向かう。できれば十五時台の新幹線に乗る。遅くとも十七時四十分までには仙台に着く。駅からタクシーを飛ばして、家までおよそ三十五分。父は分からないが、母はパートから帰ってきているはずである。司法試験予備試験の短答式試験に合格したと報告し、喜ぶ母にまだまだこれからさ、と答え、勉強の息抜きにふらっと訪れただけということをさりげなくアピールし——もう何年も帰省していない無沙汰を詫びる意味もあったこともアピールし、仕送り延長についての改めての礼もする——、妹に勉強してるか、と声をかけ、限定品の東京ばな奈を渡す。お腹空いてる？　と訊く母に、新幹線のなかで弁当喰った、と答え、友だちと約束してるから、と家を出る。そんなに遅くならない、と告げる。来るなら来るって連絡くらいしてくれてもいいのに、と文句を言いながら、ぼくの部屋のベッドにシーツだの枕カバーだのを運ぼうとしていた母は、ゆっくりしておいで、息抜きは必要だよ、と笑いかける。その笑顔を胸に、ぼくは仙台駅に戻る。空港に向かう。新千歳行きの飛行機に乗る。着いたらJRに乗り換え、札幌駅で降りる。タクシーに乗り込み、運転手に、花畔《ばんなぐろ》と告げる。運転手は、花畔のどこ、と訊く。ぼくは、花畔ならどこでもいいと答える。そこをひと目見たいんだ、と言う。運転手は、変わってるね、と言いたそうにうなずく。タクシーが走り出す。花畔に着くまでぼくは運転手に彼女のことを話す。ぼくの思う通りの彼女と、思い通りの関係になった彼女とのことを、話して聞かせる。でもね、運転手さん、彼女はもうこの世にいないんだ、とぼくがため息をついたところでタクシーが花畔に着く。ぼくは運転手さんに、ちょっと待ってて、と言いおき、タクシーを降り、花畔の空気を吸う。胸いっぱいに吸い込んでから、こちらを窺う運転手の目を盗み、洋服と剣を捨てる。ほんのちょっとぼんやりしたのち、タクシーにふたたび乗る。札幌駅に戻ってもらうが、このときのぼくはなにも喋らない。札幌駅からの行き先は決めていない。金が尽きるまで移動するつもりだった。ぼくが帰りたいのは「どこか」か「あの日」か、あるいはその両方で、だが、どれにも辿り着けそうな気がしなかった。移動していれば、もしかしたら、見つけられるかもしれない。確率はすこぶる低いが、「あの日」と巡り合う可能性だってないとは言えない、と、ここまでが真の真なるぼくと、ぼくとで立てた計画だった。

ぼくは動けなかった。剣を持ち、彼女にまたがり、彼女の顔を見つめている。彼女の顔は綺麗なままだった。顎や口元や耳たぶには飛び散った赤いものが付着しているが、穏やかな顔つきをしている。うっすらほほえんでいるようにすら見える。だから、ぼくは動けない。ただ口のなかで繰り返している。ぼくはなにをしたらいい？　きみのために、ぼくは。

解説

石井千湖《いしいちこ》
（書評家）

あなたが朝倉かすみさんの『満潮』を読んだら訊いてみたいことがあります。
主人公の真壁眉子《まかべまゆこ》はどんな人だと思いましたか？　かわいそうな人でしょうか。恐ろしい人でしょうか。痛ましい人でしょうか。かわいい人でしょうか。不幸だったでしょうか。幸せだったでしょうか。
わたしは単行本が発売されたとき、週刊誌のブックレビューにこう書きました。

とにかく眉子の造形が強烈で、忘れがたい。彼女はアルバイト先の会社の社長と結婚し、若くて綺麗な上に控えめな妻として絶賛される。いわゆるトロフィーワイフだ。容姿がいいことは自覚していても、打算や野心はない。夫の期待に応えようとがんばりすぎるくらいがんばる奥さんなのである。彼女は〈だれかの「ために」動いていないと、わたしのからだは「剝製みたい」になる〉という。だから懸命に場の空気を読み、どう振る舞えばいいのか正解を探す。で、いくらなんでもそこまでやられたら気持ち悪いと思うレベルまで、他者に対して献身、あるいは同調してしまうのだ。

眉子のグロテスクな一面が最初にあらわれるのは、小学生のときのエピソードだろう。彼女はクラスで嫌われていた女の子を救うために、授業中にわざとおしっこをもらす。『泣いた赤おに』の青おにになりきって。彼女の突拍子もないようでリアリティのある逸脱をたどっていくと、名作童話から芸能ゴシップまで、自分が生きているのは自己犠牲の物語が賛美されがちな社会であることを実感する。眉子はモンスターではない。ただ置かれた環境に過剰に適応しすぎただけの人間だ。

内容を要約したもので、再読した今でも間違っているとは思いませんが、恐怖と憐憫《れんびん》が前面に出ている気がします。それと、無意識に大事なことを隠していました。わたしは眉子の言動に共感性羞恥をおぼえていたのです。

例えば、眉子が好きな本だということでちょこちょこタイトルが出てくるフィリップ・ロスの『さようならコロンバス』。彼女はこの小説をほんの一部分しか読んでいませんが、ヒロインに憧れて台詞や行動を真似します。『泣いた赤おに』のときと同様、虚構と現実のギャップは無視して、ただ上っ面をなぞっただけです。当然、眉子が意図した通りの効果はなく、他人にドン引きされます。眉子ほどやりすぎなくても、フィクションの世界に浸るのが好きな人間ならば、いいなと思ったキャラクターに影響されて自分にまったく似合わない言葉を口にしたりすることはあるのでいたたまれません。

自分の顔にある吹き出物を拡大して見せられているような、うわーという羞恥心と嫌悪感。でもそれを観察するのはどこか刺激的で興奮することでもあって、次々とページをめくってしまうのです。

眉子という人物はどのようにして生まれたのでしょうか。単行本が出た当時のエッセイで朝倉さんは「この小説を書いたきっかけ」を八つ紹介しています（「小説宝石」二〇一七年一月号掲載の「散らばっていたもの」。「ブックバン」というウェブサイトで読めますので興味のあるかたは検索してみてください）。第一に挙げているのが太宰治の「饗応夫人」です。語り手は、ある未亡人の家で働く「私」。

奥さまは、もとからお客に何かと世話を焼き、ごちそうするのが好きなほうでしたが、いいえ、でも、奥さまの場合、お客をすきというよりは、お客におびえている、とでも言いたいくらいで、玄関のベルが鳴り、まず私が取次ぎに出まして、それからお客のお名前を告げに奥さまのお部屋へまいりますと、奥さまはもう既に、鷲の羽音を聞いて飛び立つ一瞬前の小鳥のような感じの異様に緊張の顔つきをしていらして、おくれ毛を掻き上げ襟もとを直し腰を浮かせて私の話を半分も聞かぬうちに立って廊下に出て小走りに走って、玄関に行き、たちまち、泣くような笑うような笛の音に似た不思議な声を挙げてお客を迎え、それからはもう錯乱したひとみたいに眼つきをかえて、客間とお勝手のあいだを走り狂い、お鍋をひっくりかえしたりお皿をわったり、すみませんねえ、すみませんねえ、と女中の私におわびを言い、そうしてお客のお帰りになった後は、呆然として客間にひとりでぐったり横坐りに坐ったまま、後片づけも何もなさらず、たまには、涙ぐんでいる事さえありました。

という長い長い一文で始まります。何かに駆り立てられるように客をもてなし続ける奥さまは、この「私」以外の誰にも大切に扱われません。侮《あなど》られ、搾取《さくしゅ》され、疲弊《ひへい》しながらも、客の要求を拒めない様子を「私」は〈底知れぬ優しさ〉と表現します。優しさは今の世の中でも変わらず重視される美点ですが、底の抜けた優しさは一種の狂気でもあるのではないか。そもそも奥さまのふるまいは優しさから来ているのか。そんな問いが頭に浮かんできました。

新婚時代、たびたびホームパーティを開いていたときの眉子は、確かに「饗応夫人」の奥さまを彷彿とさせます。ただし、眉子が最も心を砕くのは客をもてなすことではありません。きれいな奥さんと素敵な生活を手に入れた敏腕経営者という夫の自己イメージの実現に貢献することです。だから見た目を整えて夫のつまらないジョークに望みどおりの反応をすることが何よりも最優先。夫が褒めてくれたら成功で、客がどう感じるかということには無関心なのです。彼女が作る料理は特別美味しくも不味くもないという登場人物の評価にリアリティがあります。

少女時代に憧れの物語の主人公になろうとして失敗した眉子は、いつしか身近な他人の物語のヒロインを目指すようになっていたのでした。なぜか。眉子が小・中・高の同級生だった女性に語った言葉が手がかりになるでしょう。

「わたし、分かったの。『そのままのわたし』でいればだれかを喜ばせることができるって。そうして、『そのままのわたし』はひとつじゃなくて、目の前のだれかの数だけいるの」

断片的かつ抽象的な自分語りに〈と、言われましても〉と困惑していた同級生は〈ところで『そのままのわたし』ってなに?〉と訊ねます。そのあとの会話が不穏です。

「だれかがこうだったらいいな、って思う眉子」
「それはまゆちゃんからすると『そのままのわたし』じゃないよね?」
「どうして?」
「ちがうじゃん」
「おんなじよ」

眉子という人には主体性がほぼありません。誰かの夢の形に自分をあてはめることによって初めて生きている実感が得られます。中小企業の社長のトロフィーワイフは、彼女にとって願ってもない役割でした。自分の価値を上げてくれる妻がほしいという夫の欲望はわかりやすかったからでしょう。

ところが、ある程度欲望を満たされると、夫は眉子がどんなに尽くしてもあまり喜ばなくなってしまいました。そんなときに眉子は茶谷という青年と出会うのです。茶谷は一目惚れした眉子に近づくため、彼女の夫の会社にアルバイトとして入社します。眉子は茶谷の歪んだ夢のヒロインに選ばれたのでした……。

『満潮』はある事件の当事者になるまでの眉子の日常、彼女の過去を知る人々の回想、ストーカーの茶谷の独白で構成されています。肌が粟立つ結末にたどり着いたとき、太宰治の「眉山」を思い出しました。ちくま文庫の『太宰治全集』では、「饗応夫人」と同じ九巻に入っています。

舞台は戦後まもないころの新宿。小説家の「僕」の行きつけの飲み屋に〈眉山〉と呼ばれる女中がいました。眉山は〈幼少の頃より、小説というものがメシよりも好き〉と主張し、「僕」と仲間たちの話に加わりたがりますが、そのうちのひとりをとっくの昔に死んでいる川上眉山という小説家だと勘違いしてしまうくらい知識がありません。おまけにトイレをおしっこの洪水で汚したり、買ったばかりの味噌を踏んだり、失敗ばかりするのでみんなに馬鹿にされます。しかし、眉山についてあるかわいそうな事実が明らかになると「僕」はこんなことを言うのです。

「そうですか。……いい子でしたがね。」

思わず、溜息と共にその言葉が出て、僕は狼狽し、自分で自分の口を覆いたいような心地がした。

とるにたらないと思っていた人物を通して未知の世界が見えたときの衝撃と戸惑いが描かれています。

『満潮』もまた、読者にそういう衝撃と戸惑いを体験させてくれる作品です。夢と現実の落差が大きいという点で似た者同士の眉子と茶谷。ふたりのなかに満ちていた昏い欲望があふれたとき、固定観念が流されて、むきだしの人間に遭遇することでしょう。

「小説宝石」二〇一四年五月号〜二〇一六年七月号掲載を改稿
二〇一六年十二月　光文社刊

引用
『浜田廣介童話集』浜田廣介　角川春樹事務所
『さようならコロンバス』フィリップ・ロス　佐伯彰一訳　集英社

光文社文庫

満《まん》　潮《ちょう》
著　者　朝《あさ》倉《くら》かすみ

2019年7月20日　初版1刷発行

発行者　鈴木広和
印　刷　新藤慶昌堂
製　本　ナショナル製本

発行所　株式会社 光文社
〒112-8011　東京都文京区音羽1-16-6
電話 (03)5395-8149　編集部
8116　書籍販売部
8125　業務部

落丁本・乱丁本は業務部にご連絡くだされば、お取替えいたします。
ISBN978-4-334-77871-2　Printed in Japan

JASRAC　出 1906210-901　　組版　萩原印刷

KOBUNSHA